Holger Haase
Ejhaw
Die Wächter der Lade

Über den Autor

Holger Haase wurde 1958 in Berlin geboren. Er studierte Journalismus und arbeitete dann als Redakteur und Ressortleiter in verschiedenen Regionalzeitungen. Er war Gründer und Geschäftsführer einer Internetfirma, die ab 1999 für mehrere norddeutsche Zeitungsverlage Nachrichtenportale aufbaute und betrieb. Mittlerweile ist er freiberuflicher Buchautor. Seine Erstveröffentlichung, der biographische Roman „Aufstieg in den Abgrund: Carola Neher – Bühnenstar zwischen Berliner Boheme und Stalins Kerkern" erschien im September 2022 im Osburg Verlag.
Holger Haase ist verheiratet, hat zwei Kinder und lebt in Mecklenburg-Vorpommern.

Holger Haase

Ejhaw
Die Wächter der Lade

Historical Fiction

Bibliografische Information der Deutschen Nationalbibliothek:
Die Deutsche Nationalbibliothek verzeichnet diese Publikation
in der Deutschen Nationalbibliografie; detaillierte bibliografische
Daten sind im Internet über dnb.dnb.de abrufbar.
Die automatisierte Analyse des Werkes, um daraus Informationen
insbesondere über Muster, Trends und Korrelationen gemäß
§ 44b UrhG („Text und Data Mining") zu gewinnen, ist untersagt.

© 2024 Holger Haase
Verlag: BoD · Books on Demand GmbH,
In de Tarpen 42, 22848 Norderstedt
Druck: Libri Plureos GmbH,
Friedensallee 273, 22763 Hamburg
ISBN: 978-3-7693-0114-4
Umschlaggestaltung: Maren Winter
Titelgrafik: Sylvia Potschien
Lektorat: Ulrich Steinmetzger
Satz: Hans-Jürgen Paasch

Für meinen Vater

Prolog

Wüste Midian,
677 Jahre vor Gründung der Stadt Rom

Er hasste diesen Körper. Alt und gebrechlich, hielt er nicht mehr Schritt mit dem ewig jungen Geist, der seit fast fünfzig Jahren in ihm wohnte. Das war an Tagen wie diesem spürbar, da er den Berg erstieg, den die Nomaden Horeb nannten. Stochernd suchte er mit dem mannshohen Hirtenstab nach Halt im Geröll, die Füße fanden nur mühsam ihren Weg in dem steinernen Bachbett. Knochen und Gelenke schmerzten, die Augen brannten unter der Sonne, und die Felswände warfen ihre Hitze auf ihn. Er hatte sich diesen Berg ausgesucht, weil er der höchste im Massiv war und seine Spitze zuweilen in Wolken verschwand. Dann raunten seine Leute, mit den Himmelsfetzen schütze sich ein Gott vor menschlicher Neugier.

Hinter sich hörte er das Keuchen der siebzig Ältesten. Er hatte ihnen und den zwölf Stämmen, deren Anführer sie waren, den langen Weg durch die Wüste zugemutet. Jetzt litten sie unter den Mühen des Aufstiegs. Und ihrer Angst.

Voller Furcht hatten sie am Morgen mit den Männern, Frauen und Kindern ihres Volkes zum Gipfel des Horeb gestarrt. Der war in einem dichten Nebel verschwunden, durch den immer wieder Blitze zuckten. Aus seiner Mitte stieg eine fette schwarze Rauchsäule. Dazu der grollende Donner. Es war, als stünde ein Vulkan vor dem Ausbruch.

Er hatte es ihnen angekündigt. Als er berichtete, dass ihm auf dem Berg jener Gott erschien, der sie aus dem Reich des Pharao hierher geführt hatte, und ihm sagte, er werde sie weiter leiten. In ein Land, wo Milch und Honig fließen. Kein Feind könne sie aufhalten, da er bei ihnen sei. Zur Gegenleistung müssten sie nur genauestens seine Gesetze befolgen.

„Aber Herr", so habe er geklagt, „sie werden mir nicht trauen. Warum, werden sie fragen, zeigt er sich dir und nicht den Ältesten unserer Stämme?" Da habe der Gott geantwortet, er werde in drei Tagen erneut auf den Horeb herabsteigen, um ihm seine Gesetze in Stein getrieben zu übergeben. Doch diesmal solle er die siebzig Anführer mitbringen sowie seinen Bruder Aaron und dessen Söhne. Als Zeugen. So werde ihm das Volk für immer trauen. Alle anderen aber müssten dem Berg von jetzt an fernbleiben. Wer künftig seinen heiligen Boden berühre, werde vom Zorn des Gottes niedergestreckt.

Genau so hatte er es dem Volk nach der Rückkehr vom Horeb berichtet. Aaron sorgte sofort dafür, dass Kämpfer seines Stammes die Zugänge zum Gipfel bewachten. Denn Zweifler, Neider und Übermütige gab es immer. Doch selbst die waren verstummt, als heute Morgen der Berg bebte. Das ganze Volk sank auf die Knie. Betend drückten alle ihre Gesichter in den staubigen Boden, als hoch vom Gipfel Hörner erschallten: das Zeichen zum Aufbruch für ihn und die Stammesführer.

Bei der Erinnerung an diesen Anblick lächelte er leise und blieb stehen. Sie waren am Ziel. In dem Geröllfeld dort vorn hatte er vor drei Tagen den kostbaren Stein abgelegt. Kurz dahinter waberte die dichte Wand aus Dunst und Rauch, die den Gipfel umschloss. Entschlossen stieß er seinen Stab in das Geröll des Bachlaufs und drehte sich um. „Wir sind da. Hier traf ich ihn. Er erschien mir in dem Dornbusch dort oben. Der brannte, ohne von den Flammen erfasst zu werden. Folgt dem Pfad nach rechts auf das Felsplateau. Doch wagt es nicht, dem Herrn in sein Antlitz zu schauen. Denn wer es erblickt, ist des Todes. Ich aber werde ihm entgegen schreiten."

Langsam stiegen die siebzig Ältesten zum Plateau. Den Abschluss ihres Zuges bildeten Aaron und seine Söhne. Er selbst begab sich auf den Weg zu dem Dornbusch. Kurz vor dem Geröllfeld drehte er sich um und rief den Stammesführern zu, sie sollten niederknien und ihr Gesicht nicht erheben, bis es ihnen erlaubt werde. Zufrieden sah er, wie sie der Anweisung Folge leisteten. Dann hob er die rechte Hand. Er schaute auf den Ring daran. Der war aus Gold und trug eine auffallend große, runde Platte mit drei konzentrischen Kreisen darauf. Diese wurden durchbrochen von einem Kreuz, das sie in gleiche Bögen teilte. Die Fassung für acht Diamanten, die sich jeweils wie tiefblaue Hügel aus dem Gold erhoben. Im Innern schlossen sie einen Rubin ein, der rot in der Sonne strahlte. Das Symbol seiner Heimat. Er drückte mit dem linken Zeigefinger auf den Stein in der Mitte.

Im selben Augenblick erschien auf dem Geröllfeld eine Gestalt in einer leuchtenden Nebelwolke. Sie trug ein Hemdkleid mit weiten Ärmeln und ein Tuch über dem Kopf, sodass kein Körperteil zu sehen war. Dazu vibrierte die Luft unter dem Bass einer Stimme: „Schauet auf euren

Herrn ohne Furcht. Er erhebt die Hand nicht gegen die Vornehmen Israels."

Wie erwartet, wagten nur wenige, den Kopf zu heben. Aarons Ältester bestätigte ihm, dass sein Plan aufging. Denn der wandte sich mit einem erstaunten Ruf an seinen Bruder: „Schau nur. Der Boden zu seinen Füßen ist wie mit blauem Edelstein ausgelegt. Er glänzt heller als der Himmel selbst!"

Die schemenhafte Gestalt im Nebel drehte sich jetzt zu ihm herum, und erneut erschallte die Stimme: „Du bist hier, um meine Gesetze zu empfangen, und die Ältesten deines Volkes werden dies bezeugen. Folge mir auf den Berg. Ich übergebe dir Tafeln aus Stein mit den Geboten für die Stämme und unterweise dich in den Vorschriften, damit du sie in das Volk trägst. Du bist der, der in meinem Namen spricht."

Nachdem die Stimme verstummt war, wandte er sich an die Ältesten: „Ihr seid Zeugen, dass ER mich erwählte, dem Volk seinen Willen zu verkünden. Steigt wieder hinab und wartet im Tal auf meine Rückkehr. Aaron führt euch." Dann schritt er dem Körperlosen hinterher, der zum Gipfel schwebte.

Sobald ihn der dichte Nebel schützte, setzte er sich auf einen Stein. Sein müder Leib brauchte Erholung. Als er sicher war, dass sein Bruder und die Ältesten ihn nicht mehr sehen konnten, erhob er sich und stieg zu dem armlangen blauen Diamanten hinab, der unten im Geröll lag. Dort angelangt, nahm er sein Wolltuch von den Schultern und breitete es über den Stein. Er verknotete das Tuch, trug es zum Dornbusch und legte es davor ab. Mit dem Stab schob er die Zweige zur Seite.

Hinter dem Gestrüpp schwebte ein dunkler Zylinder. Er griff ihn sich und ließ seinen Zeigefinger über die runde Unterseite gleiten. Schnell fand er die kleine Erhebung in der Mitte, die er drückte. Augenblicklich hörte es auf zu blitzen, die schwarze Rauchsäule fiel in sich zusammen. Nur der Nebel blieb. Nun hielt er den Zylinder quer vor sich. Wie Papyrus von einer Schriftrolle zog er dessen Hülle vom Kern ab. Sie hatte die Länge einer Schrifttafel und versteifte sich, als er sie mit den Händen auseinanderzog. Nach einem Druck mit dem Finger in die untere Hälfte der Platte leuchtete ein Feld mit Symbolen auf. Er schloss die Augen. Konzentrierte sich.

Mit einem Ruck löste er sich aus der Starre. Sein Blick war seltsam abwesend, aber die Finger flogen nur so über die Tafel. Seit Wochen plante der rastlose Geist in ihm eine Truhe, die den blauen Diamanten für alle Zeiten sicher bewahrt. Jetzt gab er klare Befehle, um sie aus dem Akazienholz zu bauen, das unten im Tal lagerte. Niemand sollte je erfahren, dass die Lade einen Bledamanten schützte, und damit den einzig verbliebenen Energiestein dieser Welt. Darum würde er um sie herum die Legende weben, sie enthielte das Allerheiligste: die von dem Gott in Steintafeln geschlagenen Gebote für sein Volk. Kein Mensch dürfe daher die Lade je berühren oder nur einen Blick auf sie werfen. Wer dies wage, bezahle mit seinem Leben. Nur der Vertreter Gottes auf Erden bliebe verschont. Also er allein. Und jene wenigen Vertrauten, die er zu seinen Helfern salbt. Ja, er würde die Lade zu einer furchtbaren Waffe machen. Mit tödlichen Erregern für alle, die sich ihr ohne Schutz nähern. Der sofortigen Elektrokution jener, die es wagen, sie zu berühren. Und mit Gift, das sekundenschnell den Tod bringt, sollte einer der Gesalbten unerlaubt den Deckel heben. Den Schutz vor dem äußeren Feind indes werden die Leute dort unten im Tal bilden. Dank der Gesetze, die er ihnen gibt. Sein Wort, der Befehl ihres Gottes, wird die Stämme einen zu einem Volk. Bereit, die Lade und deren Inneres mit dem Leben zu schützen.

Die Sonne verlor schon merklich an Kraft, als er endlich alle Befehle eingegeben hatte. Seine Demiurgen, unsichtbare kleine Anfertiger, würden sie umsetzen, sobald er zurück im Tal war. Er hob den Zylinder auf und wickelte den Schreibmantel wieder um ihn. Dann legte er die Röhre auf den Boden und stellte den Hirtenstab schräg vor sich, den Blick auf dessen Spitze gerichtet. Dort befand sich ein Signum, das wie die Gussform für seinen Ring aussah. Er hob die zur Faust geballte rechte Hand und presste das Siegel in die Vertiefung. Mit einem leichten Zischen zerlegte sich der Stab in sechs Röhren, die dicht übereinander schwebten. Er bückte sich nach dem am Boden liegenden Zylinder, klinkte ihn an zweiter Stelle ein und drückte auf den Rubin. Die Röhren wurden wieder zum Stab.

Der alte Mann, den sie Moses nannten, seufzte. Er schaute ins Tal. Dort warteten die zwölf Stämme auf seine Rückkehr. Sie einig um die Lade zu scharen bedeutete eine gewaltige Arbeit. Doch gelingt sie, könnte er sich endlich auf die Suche nach einem Berg begeben, der in dieser Welt blaue Diamanten kreißt. Die würde ohne Zweifel lange dauern und schwierig sein. Aber wenn er etwas ausreichend hatte, dann Zeit. Laut seinen Technikern an die 28 000 Jahre.

Jerusalem

im siebenten Regierungsjahr des Kaisers Claudius (47 n. Chr.)

„Höre Israel. Der Herr, unser Gott, ist der einzige Herr." Kraftvoll übertönte Ananias den Lärm, der von draußen in die Lernhalle drang. Er sprach das wichtigste Gebet der Juden, das Bekenntnis zur Einmaligkeit ihres Herrn. Die Rufe der Händler und Wechsler in den Säulengängen rund um den Tempel, das Geplapper der Fremden auf Griechisch, Arabisch oder Latein, das Klopfen der Arbeiter, die einen Mosaikboden im Hof verlegten – er nahm es nicht mehr wahr. Genauso wenig wie den Protest der zum Altar gezerrten Opfertiere. All das war für ihn wie das Plätschern des Brunnens im Atrium seines Hauses. Stets da, doch kaum beachtet.

„Gepriesen sei Gottes ruhmreiche Herrschaft immer und ewig!" Die vor ihm stehenden Schüler sprachen die Antwort im Chor. Ananias nahm die rechte Hand herunter, mit der er seine Augen bedeckt hatte, um sich auf das Gebet zu konzentrieren. Er schaute auf seine Zöglinge. Einige von ihnen werden schon bald das erste Mal vor ihrer Gemeinde aus der Tora lesen. Doch er sah ebenso in die Gesichter von Jungen und Mädchen, keine sieben Jahre alt, die hier nichts zu suchen hatten. Überall sonst in

Judäa war die Unterweisung der Kleinsten in die Gebote des Herrn Sache der Väter. Aber hier in Jerusalem ließ sich das mit großzügigen Spenden oder frommen Diensten für den Tempel auf ihn abwälzen. Das gefiel ihm nicht. Selbst wenn es seinen Wohlstand sicherte.

Erneut hob Ananias die Stimme. Er trug den abschließenden Lobspruch vor. Das Gebet floss aus ihm heraus wie ein Strom, der seinen Lauf zum Meer selbst findet. Daher konzentrierte er sich auf das Gemurmel der Schüler. Die strebsamsten von ihnen sprachen flüssig mit. Sie saßen direkt vor ihm: Joannes aus Gischala, der findige Elijah und Josef, Spross einer der vornehmsten Priesterfamilien der Stadt. Nur dieser Jakob geriet regelmäßig ins Stocken. Er passte nicht in die Reihe der Eifrigen. Und das nicht nur wegen seiner ärmlichen Tunika. Den Hohepriestern gefiel es, ihn und seine Schwester Leila zum Dank für die treuen Dienste ihres Vaters in die Tora-Schule zu schicken. Aber im Falle des Jungen war das vergebliche Mühe. Zu welchem Zweck auch immer ihn der Herr auf Erden wandeln ließ, das Denken war es nicht. Das erledigte meist sein Freund Josef für ihn, dem er nie von der Seite wich. Selbst wenn er dafür in die erste Reihe musste.

„In der Höhe der Welt ist dein Thronen, und deine Gerichte und dein Wohltun reichen bis an der Erde Enden." Ananias sprach die letzten Worte des Lobspruchs. Er nahm eine der Quasten seines Gebetsmantels, küsste sie und setzte sich auf den Teppich des Lehrers. Für die Schüler das Zeichen, ebenfalls mit gekreuzten Beinen ihre Plätze einzunehmen.

„Wir sprechen heute darüber, wie der Herr dem Moses erschien. Leila, erzähl uns, was auf dem Horeb geschah."

Um nicht in den Verdacht zu kommen, er vernachlässige sie, rief Ananias anfangs gern einen der jüngsten Schüler auf. Diese Leila war im Gegensatz zu ihrem Bruder ein schlaues Kind. Ihre Antwort würde den Unterricht nicht unnötig verzögern.

„Moses führte sein Volk aus Ägypten. Da traf er auf den Herrn. Das war auf dem Berg Horeb. Zuerst sprach nur seine Stimme zu ihm. Aus einem Busch, der brannte, ohne den Strauch zu verzehren. Aber dann zeigte er sich Moses und gab ihm seine Gesetze. Die hatte er mit dem Finger in zwei Felstafeln geschrieben. Und er gab ihm den Plan für ein Heiligtum. Das sollte seine Wohnung sein."

Ananias war zufrieden. Die Kleine enttäuschte ihn nicht. „Fein. Jakob, was war das für ein Heiligtum?" Das wird der Junge doch wohl hinbekommen.

„Ähm." Hilfe suchend blickte Leilas Bruder auf seinen Freund Josef. Der formte daraufhin mit den Händen vor dem Bauch ein Rechteck. „Ein ... Haus?"

„Na sicher. Mitten in der Wüste. Und als es stand, wanderten alle weiter." Der neben ihm sitzende Joannes schaute Beifall suchend auf die Mitschüler. Einige Kinder lachten. Ananias brachte sie mit einem strengen Blick zum Schweigen. Josef schob die Fingerspitzen höher, sodass sie ein Dach bildeten. Jakob schaute verständnislos darauf. Endlich begriff er: „Nein, kein Haus. Ein Zelt."

„Die Wohnung des Einen und seiner Gesetze während der Wanderung. Fein, dass dir das einfiel. Was befand sich im Innern des Zeltes, Joannes?" Der Junge aus Gischala gab die Antwort, ohne zu zögern. „Da waren zwei Räume. Im ersten standen die heiligen Gegenstände, die Moses nach Gottes Plan anfertigen ließ: der Leuchter mit den sieben Armen, ein Tisch für die Brote des Herrn und der Räucheraltar. Und hinter einem Vorhang war das Allerheiligste. Der Raum, den niemand betreten durfte. Da stand die Bundeslade."

Na bitte, das Stichwort war gefallen. „Die Lade. Das Zeugnis des Bundes unseres Herrn mit seinem auserwählten Volk. Was enthielt sie, Hanna?"

Überrascht schaute die Sechsjährige auf die neben ihr sitzende Leila, dann zu ihrem Lehrer. Zaghaft neigte sie den Kopf zur Seite und flüsterte: „Die zehn Gebote?"

„So ist es. Und wie lauten die? Alle gemeinsam!"

„Ich bin dein Gott, der dich aus der Sklaverei Ägyptens herausgeführt hat. Du sollst neben mir keine anderen Götter haben ..." Mit wachem Blick prüfte Ananias, ob alle seine Zöglinge mitsprachen. Die Jüngsten gerieten zuweilen aus dem Rhythmus, aber sie waren bis zum Schluss eifrig dabei. „So sprach der Herr zu Moses, und der überbrachte die Gebote seinem Volk", schloss er zufrieden die Prüfung der Schüler ab.

„Bevor wir uns deren Auslegung zuwenden, berichte ich euch Näheres von der Bundeslade. Der Herr gab dem Moses genau vor, wie sie auszusehen habe. Etwa so breit fertigte man sie, ihm zum Gefallen." Ananias streckte seine Arme zu beiden Seiten aus. Dann drückte er im Sitzen den Rücken durch, legte die flache rechte Hand auf seinen Kopf und nahm sie ein wenig nach vorn. „Die Truhe war so hoch und genauso tief. Sie bestand aus Akazienholz und war mit purem Gold überzogen. An ihren vier Füßen hatte man große Ringe angebracht, in denen auf jeder Seite eine Stange steckte. So trug das Volk die Bundeslade, ohne sie zu berühren, durch die Wüste.

Auf der Deckplatte thronten zwei Cherubim. Sie sahen sich an und hielten ihre Flügel über die Truhe, um sie zu schützen. Denn es war nur Moses und seinen Nachfolgern gestattet, die Lade zu sehen oder gar zu berühren. Wagte dies ein Unwürdiger, war er des Todes."

Ananias registrierte zufrieden die atemlose Stille der Schüler. „Ich gebe euch davon ein Beispiel. Einst zogen die Philister von den Küsten des Meeres gegen unser Volk in die Schlacht. Das führte damals ein Leben voller Laster, und so strafte es der Herr mit einer Niederlage. Siegestrunken stahlen die Feinde die Bundeslade. Sie verhüllten sie und schleppten sie in den Tempel ihres falschen Gottes Dagon. Aber die Leute, die sie hier sahen, wurden am gleichen Tage mit der Pest geschlagen. Da trugen die Fürsten ihre Beute weiter. Doch in welche ihrer Städte sie auch kamen, sofort ging der Schwarze Tod um. Das Volk schrie, man solle die Lade wieder zu den Israeliten zurückschaffen. Also stellte man sie verhüllt auf ein Gespann mit Ochsen und trieb es nach Judäa. Dort waren die Bauern auf den Feldern. Als sie den herrenlosen Karren erblickten, liefen sie und schauten, was das Tuch verbarg. Sie entdeckten die Lade und jubelten über ihre Rückkehr. Doch der Herr geriet in Zorn, weil sie das Allerheiligste geschaut hatten. Auf der Stelle streckte er siebzig von ihnen nieder. Da sandten sie voller Angst nach den Leuten von Kirjat-Jearim. Die sollten die Lade so mit sich führen, wie es einst auf der Wanderung durch die Wüste geschah. Das gefiel dem Herrn. Man brachte sie in das Haus des Abinadab, das einsam auf einem Hügel lag. Ihn weihte der Hohepriester zum Hüter der Bundeslade."

Ananias goss sich Wasser aus dem neben seinem Teppich stehenden Krug in eine Schale und trank daraus. Sein Blick wanderte über die gespannt lauschenden Schüler. Er entschied sich, ihnen mehr zum Fürchten zu geben. „Josef, ich sprach lange genug. Komm vor und berichte von dem Schicksal des Usa, der umkam, als er die Lade retten wollte." Es gefiel ihm, dass Joannes aus Gischala finster auf den angesprochenen Mitschüler schaute. Die beiden neideten sich ihre Erfolge. Ihm war es recht. Das beförderte die Hingabe beim Lernen. Josef erhob sich. Aber er blieb stumm.

Ananias runzelte die Stirn. „Was ist mit dir? Du kennst doch die Geschichte?", fragte er. „Warum sprichst du nicht?"

In diesem Augenblick räusperte sich jemand hinter dem Lehrer. Der drehte sich verwundert um. Zwischen den Säulen der Lernhalle traten zwei Männer hervor. Bei ihnen waren ein Junge und ein kleines Mädchen. Beide etwa so alt wie der Jakob und seine Schwester. Ananias erhob sich schwerfällig. Voller Respekt begrüßte er den Anführer der Gruppe, einen hageren Mann in langem, weißen Gewand mit hohem Turban: „Oberpriester Matthias ben Theophilos. Welche Ehre für mich und meine Schüler. Du bringst Gäste?"

„Sei gegrüßt, Ananias. So ist es. Dies sind der Kaufmann Marcus Maecius Midas und seine Kinder. Er traf gestern mit der römischen Kohorte ein, die die Besatzung der Festung ablöst. Die Soldaten waren so nett, mit seinen Waren zugleich eine Truhe zu bewachen, die die Tempelsteuer der Juden aus Syria enthält." Die Augen des Oberpriesters verrieten ein Lächeln, das sein voller Bart kaum erkennen ließ. Dann wandte er sich an den Händler. „Midas, das ist der gelehrte Ananias ben Nebedaios. Der Mann, den du zu sprechen wünschst."

Der Römer verbeugte sich. „Sei gegrüßt, ehrenwerter Rabbi. Ich hörte, dass du die Gesetze eures Herrn mit hoher Würde auslegst und sie selbst die Jüngsten lehrst. Ich bin hier, um dich zu bitten, meine Kinder in den Kreis deiner Schüler aufzunehmen. Kommt ihr?" Er winkte die beiden heran. Unbefangen trat das Mädchen vor. „Das ist Sadah." Ihr Bruder folgte zögernd. „Und das ist mein Erstgeborener, Nicanor."

Ananias drehte sich zu seinen Zöglingen. „Wie ihr hört, habe ich etwas mit dem Oberpriester und seinem Gast zu besprechen. Ihr teilt euch in dieser Zeit in zwei Gruppen. Für die Schüler links ist Josef verantwortlich. Ihr findet Vorfälle, wo der Herr Anblick und Berühren der Lade streng mit dem Tod bestrafte. Die rechte Hälfte führt Joannes. Ihr nennt Anlässe, bei denen er darauf verzichtet. Begründet beides."

„Den Josef hätte ich gern bei unserem Gespräch dabei."

„So?" Überrascht schaute Ananias auf den Oberpriester. „Wie du wünschst." Sein Blick glitt suchend über die Schüler der ersten Reihe. „Elijah, dann übernimmst du die linke Gruppe." Er winkte Josef zu sich und wandte sich an seine Besucher. „Lasst uns in der Vorhalle weiterreden."

Draußen traten die drei Männer zwischen die hohen Säulen der äußeren Halle. Ananias schickte Josef zu den Kindern des Kaufmanns, die das Gespräch von der Seite verfolgten. Es wurde in Griechisch geführt.

„Sag", fragte Midas den Lehrer, „was hältst du von meinem Wunsch? Ich rechne fest auf dein Wohlwollen. Sei versichert, dass ich mich das einiges kosten lassen werde."

Ananias schaute missmutig auf den Kaufmann. Allein das Manteltuch über der Tunika! Es war aus Seide und wurde an der Schulter von einer goldenen Spange gehalten. Dazu die Ringe an den Händen. Reichtum quoll aus jeder Pore des Mannes. Er hatte keine Lust, die Kinder eines Römers in die Gebote des Herrn einzuweisen, nur weil der dem Tempel spendete. „Wie soll das gehen? Ich bete mit den Schülern und lehre sie, Seinen Willen zu erfüllen. Auf Hebräisch. Verstehen deine Kinder die Sprache der Juden? Und warum sollten sie Liebe zu einem Herrn heucheln, der nicht der ihre ist?"

„Du hast recht, Ananias. Schande über den Vater, der seine Nachkommen zu fremden Göttern beten lässt. Aber das liegt mir fern. Lass mich offen sein. Ich bin römischer Bürger, doch meine Ahnen sind Griechen. Für die alten Familien in Rom sind Leute wie ich Emporkömmlinge. Unseren Söhnen bleibt nur ein Weg, ihre Achtung zu gewinnen: die ritterliche Laufbahn. Und den Töchtern die Heirat mit einem Mann aus vornehmem Geschlecht. Beides braucht Vermögen und Bildung. Das gebe ich ihnen. Bei ihren griechischen Lehrern lernen sie, dass die Gesetze der Natur ewig gelten. Von dir sollen sie erfahren, dass es sich mit den Geboten unserer Herren, seien sie Kaiser oder Gott, anders verhält. Die lassen sich ausdeuten."

Ananias sah den Römer überrascht an. „Der Kluge richtet seinen Blick in die Zukunft, der Weise bereitet ihr den Weg. Dann sei es so. Ich werde deine Kinder aufnehmen. Doch verlange von mir nicht, dass ich ihnen beibringe, was jeder Jude mit der Muttermilch einsaugt – die täglichen Verrichtungen und Gebete. Dies ist nicht Sache eines Rechtsgelehrten." Beim letzten Satz schaute er vorwurfsvoll auf den Oberpriester. Der hob beruhigend die Hände. „Keine Angst. Deshalb ist der Josef hier. Er wird diese Aufgabe übernehmen. Ich nehme ihn mit Nicanor und dessen Schwester Sadah in meinem Haus auf. Damit wäre zudem deine Sorge um die Sprache aus der Welt. Josef ist mit dem Griechischen vertraut. Er übersetzt."

Der Kaufmann hob die rechte Hand. „Für meinen Sohn ist das eine feine Lösung. Doch ich fürchte, Jungen diesen Alters ist die ständige Begleitung einer Sechsjährigen eher lästig. Gibt es nicht ein Mädchen, das die gleiche Aufgabe bei Sadah übernehmen könnte? Ich komme für alle Unkosten auf."

Ananias schaute auf Josef. „Gibt es eines?" Bei den Kleinen kannte er sich nicht so aus. Der Junge musste nicht lange überlegen. „Leila. Ihr Bruder Jakob hat nie Lust, mit mir Griechisch zu lernen. Aber ihr macht das Spaß. Sie spricht längst in ganzen Sätzen."

Matthias ben Theophilos wandte sich an Ananias. „Das sind die Kinder des Simeon, nicht wahr? Ich hätte nichts dagegen. Und ihr Vater wird sicher zustimmen. Oder was meinst du?"

Der Lehrer zögerte, bequemte sich dann aber doch zu einer Antwort. „Ich denke, Simeon ist froh, wenn er ein Maul weniger zu stopfen hat. Zumal seine Tochter in einem der vornehmsten Paläste der Stadt wohnen darf. War es das? Ich würde gern sehen, wie die Schüler ihre Aufgabe lösen."

„Einen Augenblick." Der Oberpriester drehte sich zu den drei Kindern. „Josef, du kennst ja mein Haus in der Oberstadt. Bring Leila heute Abend zu mir, ich lasse Räume für euch vier herrichten. Und erkläre ihr ihre

Aufgabe. Ich verlasse mich auf dich." Matthias ben Theophilos bot Josef zum Abschied den Rücken seiner Hand, die der Junge nahm und küsste. Dabei fiel sein Blick auf den Ring des Oberpriesters. Er war aus Gold und trug eine runde Platte mit drei Kreisen in gleichem Abstand zueinander. Sie wurden von einem Kreuz durchbrochen. Die Zwischenräume waren mit blauen Steinen besetzt, die sich um einen großen roten Edelstein in der Mitte fügten.

Zurück in der Lernhalle, stellte Ananias zufrieden fest, dass seine Schüler eifrig miteinander stritten. Er klatschte laut in die Hände, worauf sie wieder ihre Plätze vor seinem Teppich einnahmen. Josef führte die Kinder des Römers in die letzte Reihe und ließ sich dort neben ihnen nieder. Ananias ignorierte die fragenden Blicke auf die drei und nahm seinen Unterricht wieder auf. „Wo waren wir? Ach ja, Gottes Bestrafung für das Berühren der Lade. Elijah nennt jeweils eine Regel, Joannes eine Ausnahme. Mal sehen, ob sich das die Waage hält."

Gleich nachdem Ananias die Lernhalle verlassen hatte, war Jakob zu Josef geeilt. „Ich verstehe es nicht. Erlaubt mir der Herr nun, die Bundeslade anzufassen, wenn sie vor mir steht, oder nicht?" Er setzte eine verzweifelte Miene auf.

Lachend boxte ihm der Freund gegen die Schulter. „Probiere es aus!"

Jakob grinste zurück. „Lieber nicht. Wer weiß, wie der Eine gerade gelaunt ist. Warum reden wir überhaupt darüber? Die Lade ist schon ewig verschollen. Die berührt keiner mehr."

„Darum geht es gar nicht, Jakob. Ananias lehrt uns an diesem Beispiel, dass das Wort Gottes immer der genauen Prüfung bedarf. Es gilt zu bedenken, wie er meint, was er sagt."

„Ich will seine Gebote nicht prüfen, sondern befolgen. Er soll mir eine klare Anweisung geben: anfassen oder nicht. Aber sag mal, was wollte denn der Oberpriester von dir?"

Josef ergriff die Gelegenheit, vor dem Freund anzugeben. Er legte die Hände flach auf seinen Brustkasten. Das hatte er an der Tempelmauer gesehen, bei Rednern, die über sich selbst sprachen. „Er gab mir den Auftrag, mich um den Nicanor zu kümmern. Wir verbringen die nächsten Monate gemeinsam. Damit er lernt, wie Juden leben. Und ich werde ihm die Worte des Ananias ins Griechische übersetzen."

„Heißt das, du hast keine Zeit mehr für mich? Und wenn, dann ist dieser Römer dabei?"

„Nicht nur er. Seine Schwester ebenso. Und deine."

„Leila? Was hat die denn damit zu schaffen?"

„Sie bleibt bei der kleinen Römerin. Soll ihr Sachen zeigen, die Mädchen machen und so. Die beiden werden im Haus des Oberpriesters wohnen. Genauso wie Nicanor und ich."

Jakob schluckte. Er beneidete seine Schwester und den Freund. Monatelang in einem Palast leben, umsorgt von Dienern, das wäre genau das Richtige für ihn. Josef, der sah, was los war, versuchte, ihn zu trösten. „Du hilfst mir, abgemacht? Ich kann dem Nicanor zwar die Gesetze unseres Herrn erklären, aber zeigen, wie furchtlos Juden im Kampf sind, das ist eher deine Stärke."

Die Miene des Freundes hellte sich auf. „Dann bring ihn doch heute Nachmittag mit zu den Ölbäumen am Getsemani. Da werden wir uns fein prügeln."

Wenige Stunden später zeigte Josef Nicanor und Sadah den Weg zu der Brücke, die von der Oberstadt über das Käsemachertal zum Tempel führt. An deren Ende warteten Jakob und seine Schwester Leila. „Auf in die Schlacht!", rief der Freund. Die Kinder liefen über das Tempelgelände zur Mauer auf der anderen Seite. Josef zeigte nach vorn: „Das ist das Tor zum Ölberg. Getsemani liegt zu seinen Füßen. Im Kedrontal."

Schon von Weitem hörten sie lautes Geschrei. An die zwanzig Jungen bereiteten sich auf eine Schlacht vor. Sie suchten Äste, um sie als Waffen zu nutzen. „Seht an, der Feind naht!" Grinsend wies Joannes aus Gischala auf die kleine Schar um Josef. Er trug ein Holzschwert an einem Strick, den er sich um den Bauch geknotet hatte. Über seinen Schultern hing ein rotes Wolltuch. Das Zeichen des Anführers.

„Wieso der Feind? Wir tragen keine Waffen!" Jakob trat vor.

Die anderen Jungen kamen näher. Es roch nach Streit. „Eine List eures Heerführers Josef, wie ich vermute", gab Joannes großspurig zurück.

Josef bemühte sich, Gezänk zu vermeiden. „Welche Schlacht spielt ihr nach?", lenkte er ab.

Sein Herausforderer grinste. „Issos. Alexander gegen die Perser."

Damit machte er es Josef leicht, dem unterwegs eine Idee gekommen war: „Ein Kampf, dessen Ende jeder kennt. Was haltet ihr davon, Neues zu probieren? Bei uns sind zwei kleine Mädchen. Sadah spielt eine fremde Prinzessin und Leila ihre Dienerin. Ich führe ihre Wache. Wir begleiten sie auf dem Weg durch das Kedrontal. Du und deine Leute, ihr versucht, sie zu rauben. Um Lösegeld von ihrem Vater zu holen."

Joannes sah, dass den anderen die Idee gefiel. „Meinetwegen", lenkte er ein. „Und wer ist Sieger?"

Josef tat nur kurz so, als müsse er nachdenken: „Die Gruppe, die zuerst die Mädchen zum Grab von König Joschafat bringt. Das kennt jeder, es ist der Turm am Eingang der alten Totenstadt. Start ist hier. Wer keine Waffe hat, sucht sich eine, und dann losen wir, wer in wessen Truppe kämpft."

Joannes war einverstanden, woraufhin Josef den Kindern des Händlers das Spiel erklärte. „Ich will aber nicht schon wieder laufen", maulte Sadah.

Ihr Bruder beruhigte sie. „Du bist eine Prinzessin. Wir suchen uns einen Ast und tragen dich." Nicanor zwinkerte Josef zu. Er kannte seine Schwester.

„Ich spiele nur mit, wenn du bei mir bleibst", lenkte sie ein.

„Dann müssen wir auf Art der Syrer losen. Zähl schon mal."

„Auf Art der Syrer?" Josef hatte diesen Begriff noch nie gehört. „Was heißt das?"

Nicanor erklärte es ihm. „So wählen die Kinder bei uns in Damaskus. Sie stellen sich im Kreis auf, dann wird abgezählt. Jeder Dritte, Vierte oder Fünfte verlässt die Runde, bis die Zahl der Ausgeschiedenen genauso groß ist, wie die der Kinder im Kreis. Der Wievielte gehen muss, machen die Anführer unter sich aus. Sorge dafür, dass die Wahl jeden Dritten trifft. Dann landen Jakob und ich zum Schluss bei dir."

Josef schaute ihn überrascht an. „Gut. Mal sehen, ob Joannes da mitmacht. Ich frage ihn." Der war einverstanden. Laut rief er den übrigen Kindern zu, sie sollen sich im Kreis aufstellen, weil man heute die Mannschaften auf eine neue Art wähle. Josef sah, wie Nicanor zu seiner Schwester blickte. Die reckte sich und streckte einen Arm hoch. Dabei ballte sie die Hand zur Faust, den Daumen steil nach oben. Ihr Bruder zog Jakob zum Kreis und stellte ihn an seine Seite. Bleib genau hier, gab er ihm zu verstehen.

Gleich nachdem sich der Letzte eingereiht hatte, tippte Nicanor dem links neben ihm stehenden Jungen auf die Schulter und sagte etwas auf Griechisch. Der guckte ihn verständnislos an. „Wir wählen jetzt die Räuber. Jeder Dritte geht zu Joannes. Fang an abzuzählen!" Josef, der als Anführer der Wache außerhalb des Kreises stand, half aus. „Ach so. Eins." Der Junge blickte auf seinen Kameraden links. „Zwei", rief der und schaute den Nächsten an. Der antwortete „Drei", drehte sich um und lief zu Joannes. Schnell waren die zehn Räuber ausgezählt. Als Elfter wäre Jakob ausgeschieden. Aber er blieb ebenso wie Nicanor stehen. Damit gehörten sie zur Leibwache der Prinzessin. Zufrieden ging Josef zu ihnen.

Joannes schwor indessen seine Bande auf den Kampf ein: „Wir werden es diesem Angeber aus der Oberstadt und seinen Römerfreunden zeigen. Es gilt: Wer zuerst mit den Mädchen beim Grabmal ist, hat gewonnen. Mir nach, Jungs. Holen wir uns das Lösegeld!" Johlend rannten die Räuber in die Schlucht.

„Ich habe einen Plan!" Josef versammelte seine Leute um sich. „Jakob, du führst die Leibwache. Ihr liefert Joannes einen ehrenhaften Kampf. Dann überlasst ihr ihm zum Schein die Mädchen, greift aber weiter an. Nicanor und ich umgehen euch alle. Wir rennen hoch zum Tempel und durch das hintere Tor wieder hinunter zur Totenstadt, wo wir uns verstecken. Joannes wird zwei seiner Leute befehlen, die Prinzessin schnell zum Ziel zu tragen. Damit sie es erreichen, während er sich hinten mit euch prügelt. Aber Nicanor und ich befreien die Mädchen. Lenkt ihr die Räuber lange genug ab, siegen wir. Verstanden?" Die Jungen nickten. „Sucht jetzt einen Ast für die Sänfte. Ich erkläre den Römerkindern meinen Plan. Dann laufen wir los."

Die Leibwache stob auseinander, doch Jakob wurde an seinem Hemdkleid festgehalten. Verdutzt schaute er sich um. Josef hatte ihm noch etwas zu sagen: „Joannes macht sich oft lustig über dich. Er meint, er sei schlauer. Aber du bist ein Kämpfer. Halte ihn auf, und er verliert. Diesen Tag soll er nie vergessen."

Jakob ballte die Fäuste. „Wird er nicht." Kurze Zeit später blickte er Josef und Nicanor hinterher, die den Weg zum Tempel empor rannten. Gleichzeitig kehrten die anderen Jungen mit einem dicken Ast zurück, den sie unter einem alten Olivenbaum gefunden hatten. Die kleine Sadah setzte sich auf die von zwei Jungen gehaltene Trage, ihre Dienerin Leila stellte sich hinter sie. Dann ging es los. Jakob lief voran.

Schon an der ersten Biegung des Pfades entdeckte er den Feind. Die Räuber hatten sich zu beiden Seiten des Wegs hinter Steinen versteckt. Jetzt sprangen sie hervor. Während zwei Jungen auf Jakob zuliefen, stürmte ihr Anführer Joannes, sein Holzschwert schwingend, zwischen die restlichen Verteidiger der Mädchen. Er teilte harte Schläge aus, sodass ein Leibwächter nach dem anderen vor ihm wegrannte. Jakob hatte unterdessen seinen linken Arm um den Hals eines seiner Angreifer gelegt und hielt ihn in der Armbeuge fest. Gleichzeitig prügelte er mit der Rechten auf dessen Gefährten ein, bis der sich heulend hinsetzte und schützend seine Arme über dem Kopf verschränkte. Das gab Jakob die Gelegenheit, sich nach den anderen umzuschauen. Es sah nicht gut aus. Einer der Leibwächter saß auf dem Weg und hielt sich den Arm. Der Rest versuchte verzweifelt, dem Schwert des Joannes nicht zu nahe zu kommen. Die Mädchen standen mit dem Ast weiter vorn und schauten entsetzt zu. So wird der Plan nicht gelingen. Mit einem Knurren stieß er seinen Angreifer von sich und rief Joannes. „Hör auf, die Kleinen mit dem Schwert zu verprügeln, und stell dich einem richtigen Gegner!"

Der Anführer der Räuber drehte sich zu ihm um. „Das kannst du haben!" Die anderen Jungen hörten auf, sich zu schlagen. Diesen Kampf wollte niemand verpassen.

Joannes sah sich um. „Wo ist denn der Feigling Josef? Spielt der mit dem feinen Römer die Nachhut, um sich nicht prügeln zu müssen? Den Sieg kann er uns nicht mehr nehmen." Er zeigte auf die beiden Jungen, die gegen Jakob gekämpft hatten. „Bringt die Mädchen zum Grabmal. Wir halten euch den Rücken frei." Dann hob er drohend das Schwert und ging auf seinen Herausforderer zu.

Unterdessen stand Josef keuchend mit Nicanor am Eingang der Totenstadt. Von Joannes und seiner Bande war nichts zu sehen. Er zeigte auf eine Wegbiegung. „Da vorn überfallen wir sie. Von dort ist es nicht weit bis ins Ziel." Er schlich voran zu der Stelle, an der das Tal rechts wegknickte. Hier kauerten sie sich hinter einen großen Felsen.

Das Warten gab ihm Zeit für eine Frage an Nicanor. „Woher wusstest du, dass ihr in meine Mannschaft gewählt werdet?" Der grinste. „Von Sadah. Sie zählt die Mitspieler. Dann malt sie mit genauso vielen Punkten einen Kreis in den Sand und fängt an, jeden dritten wegzuwischen. Soll jemand bei mir bleiben, zeigt sie an, wo er stehen muss." Josef grinste. Ein schlaues Mädchen.

Im selben Moment hörte er es griechisch klagen. „Der Ast tut weh. Ist es noch weit?" Die Prinzessin und ihre Dienerin näherten sich. Er lugte hinter dem Felsen hervor. Wie erhofft, waren nur zwei Jungen bei ihnen.

In diesem Augenblick wurde er entdeckt. Aber nur von Leila. Sie handelte sofort: „Sadah muss mal!" Die Übersetzung des Gejammers war frei ausgedacht, erfüllte jedoch ihren Zweck. Die Jungen blieben stehen.

„Und mir wird sie zu schwer. Bitte. Soll sie absteigen und pinkeln." Josefs Mitschüler Eleazar schien genervt.

„Aber sie ist eine Prinzessin", rief Leila. „Sie macht nicht vor Männern."

Der Junge stöhnte auf. „Dann geht hinter einen Felsen."

Jakobs Schwester drohte: „Wehe, ihr schmult. Sie sagt es ihrem Vater."

„Ja doch. Beeilt euch!" Eleazar und sein Gefährte setzten sich auf einen Felsbrocken, die Mädchen gingen den Weg ein Stück weiter zu einem großen Stein.

Leila schaute zurück zu ihren Bewachern. „Nicht gucken!", rief sie. Und die drehten sich um!

Josef grinste. „Los", flüsterte er. Doch nicht leise genug. „Bleibt stehen", tönte es von hinten. Nicanor reagierte zuerst: „Auf unsere Rücken!" Sadah klammerte sich an ihren Bruder, Leila an Josef. Und dann liefen sie. Doch Eleazar und sein Kumpan kamen näher.

„Bleibt stehen. Kämpft!", riefen sie. Da öffnete sich der Weg zum Grab des Joschafat. Gemeinsam mit Nicanor stürmte Josef zum Turm.

„Sieg!" Lachend umarmte er Jakobs Schwester. „Danke, Leila. Deine List hat uns gerettet!"

„Das war gemein!", empörte sich Eleazar. „Zuerst lügen die Mädchen, und dann flieht ihr feige vor dem Kampf."

„Wenn sich der Sieg mit List statt mit dem Schwert erringen lässt, nutzt das der schlaue Anführer." Josef kostete den Triumph aus. „Kommt. Wir gehen zu den anderen. Sonst prügeln die sich bis in die Nacht."

Schon von Weitem sahen sie, dass der Kampf keinen Sieger gefunden hatte. Müde saßen die Jungen beider Lager auf Felsen am Wegesrand. Joannes stand auf. „Und?" Doch Josef beachtete ihn gar nicht. Er hatte auf Jakobs Kopf eine Wunde über dem rechten Auge entdeckt, getrocknetes Blut klebte auf der Stirn. „Was ist passiert?", fragte er den Freund.

An dessen Stelle antwortete Joannes. „Er war zu langsam für mein Schwert", höhnte er triumphierend. „Aber sag schon. Wer hat gewonnen?"

Um die Spannung zu erhöhen, blickte Josef mit ernstem Gesicht in die Runde. Endlich rief er jubelnd: „Wir!" Jakob und die Leibwache brachen in Siegesgeheul aus.

Joannes schaute wütend auf Eleazar. Der verteidigte sich: „Aber nur mit einer List. Josef und der Römer sind an uns allen vorbeigerannt. Durch den Tempel. Dann haben sie sich im Tal versteckt. Als wir dort ankamen, log Leila, dass diese Sadah mal muss. Und sagte, wir sollen uns umdrehen."

„Und ihr macht, was euch ein kleines Mädchen befiehlt?" Joannes war fassungslos.

„Na ja, die andere war doch eine Prinzessin. Und dann sind alle vier vor uns weggelaufen. Wir hinterher. Aber ihr Vorsprung war zu groß. Sie erreichten das Königsgrab zuerst."

„Joannes und die Räuber", prustete Jakob. „Besiegt von einer pinkelnden Prinzessin!" Das löste die Spannung unter den Kindern. Lautes Gelächter erfüllte das Tal.

Nur der geschmähte Bandenführer lachte nicht. Finster trat er zu Josef. „Diesen Sieg zahl ich euch heim", zischte er. „Versprochen." Und er sollte sein Wort halten.

Jerusalem

im dreizehnten Regierungsjahr des Kaisers Nero (66 n. Chr.)

Nie zuvor hatte Josef die Stadt so vergnügt erlebt. Sie feierte ihre Helden, die Rom eine bittere Niederlage beigebracht hatten. Hunderte Frauen, Kinder und Greise waren wie er zum Benjamintor geeilt. Jubelnd begrüßten sie an diesem sonnigen Herbsttag die Kämpfer, die aus der Schlacht zurückkehrten. Josef sah Männer, die Legionärshelme trugen. Andere stießen erbeutete Schwerter in die Luft. Einer hatte sich den Brustpanzer eines Offiziers umgeschnallt. Vor dem Tor geriet der Zug ins Stocken. Es war zu schmal für die Vielen, die hindurch drängten. Kämpfer und Volk mischten sich hier zu einer wogenden Masse von feiernden Menschen. Bauern und Städter hatten Cestius Gallus, den Statthalter des Kaisers, besiegt, hatten seine eitle XII. Legion und das Heer ihrer Verbündeten, an die dreißigtausend Mann, wie Ziegen vor sich her getrieben. Wer zurückfiel, fand den Tod. Jetzt säumten Tausende Leichen der Römer den Weg nach Bethoron. Bei den Juden gab es kaum Verluste.

„Josef!" Ein Schrei übertönte den Lärm um ihn herum. „Josef ben Mattitja!" Er stellte sich auf die Zehenspitzen, um über die Köpfe der Menschen hinweg zu sehen, wer nach ihm rief. Und da entdeckte er ihn. Ein kräftiger Kerl in Wolltunika mit einer langen Narbe über dem rechten Auge drängte mit zwei Gefährten in seine Richtung. Wie die Spitze eines Rammbocks teilten sie die Menge. „Jakob", jubelte er. Sein Kamerad aus Kindertagen war zurück!

„Sag bloß, du alter Pergamentroller warst in der Schlacht." Lachend arbeitete sich der Freund heran und presste ihn in seine Arme. „Hör auf, mich zu zermalmen, du Muskelberg!" Der Druck ließ nach, und Josefs Füße fanden den Boden wieder. „Nein, ich half im Tempel. Die meisten Priester waren ja auf Römerjagd. Was für eine Freude, dich zu sehen. Es hieß, du begleitest eine von Midas' Karawanen!"

„Das tat ich. Anderthalb Jahre lang." Grinsend drückte Jakob den Freund von sich weg, um ihn zu betrachten. „Zart und schmal wie eh und je. Oder täuscht da das weiße Gewand des Tempeldieners?" Endlich nahm er seine Hände von Josefs Armen und legte sie um die Schultern der beiden Männer neben ihm. „Das sind Herkules und Samuel. Meine Begleiter. Wir haben zusammen die halbe Welt gesehen." Jakob klopfte den Kameraden kräftig auf den Rücken und ließ sie wieder los. „Als wir vor ein paar Tagen zurückkamen, war Jerusalem in heller Aufregung. Die Römer hätten die Stadt belagert, sagte man uns. Mit einem riesigen Heer. Doch dann bliesen sie ohne ersichtlichen Grund den Angriff ab und zogen sich in ihr Lager vor der Stadt zurück. Uns kümmerte das zunächst nicht. Wir gingen zum Tempel. Ein Dankopfer bringen für die Reise. Herkules, als Grieche, blieb draußen bei den Händlern. Kaum kehren wir zu ihm zurück, rennen alle nach Norden. Die Römer fliehen, hieß es. Halb Jerusalem verfolge sie.

Na, das versprach eine feine Prügelei. Wir hinterher. Jetzt gehören wir zu den Siegern der Schlacht von Bethoron."

Josef hörte kaum zu. „Mensch, Jakob." Er versuchte, den Glanz in seinen Augen wegzublinzeln. „Nach so langer Zeit. Ich habe dich vermisst." Diesmal umarmte er den Freund.

„Na, na", brummelte der. „An mir lag es nicht. Wer ist denn zuerst weg? Du. Um Priester aus Neros Kerkern in Rom zu befreien. Ich konnte nicht ewig warten, ob dir das glückt. Hattest du Erfolg?"

„Ach, das ist eine lange Geschichte. Wisst ihr was? Lasst uns eure Heimkehr feiern! Es gibt reichlich zu erzählen. Kommt, wir suchen uns eine Schenke. Ich gebe einen aus."

„Das ist ein Wort, Jungs!" Jakob schaute aufmunternd auf Herkules und Samuel. Dann legte er seine rechte Hand auf Josefs schmale Schulter. „Vorher haben wir aber etwas zu erledigen. Der Hohepriester bat mich, ihm die Schlacht zu schildern, sobald wir zurück sind. Ich versprach es. Wir werden zuerst bei ihm vorbeischauen."

„Dann ziehe ich inzwischen statt der Priesterkleidung eine Tunika an. Kennst du den ‚Halben Schekel'?"

„Den Römerkrug neben der Festung Antonia? Wo die Soldaten ihren Sold versaufen? Ist das der rechte Ort zum Feiern? An so einem Tag?"

„Römer gibt es hier seit Wochen nicht mehr. Der Mord an der Besatzung der Festung Antonia, die ihre Waffen schon abgelegt hatte, führte ja zum Einmarsch des Gallus. Dass die Juden den Ausschank meiden, lässt mich umso mehr auf eine freie Bank hoffen. Treffen wir uns dort!"

Einige Zeit später saß Josef an einem der grob gezimmerten Tische im „Halben Schekel". Der Wirt schob ihm missmutig einen Becher Posca auf die Platte. Kein Legionär hätte sich dieses billige Essigwasser bestellt. Die sechs Männer, die am Tisch in der Ecke schräg gegenüber mit ihren Abenteuern bei der Schlacht prahlten, schienen ihm lohnenswerter. Dort ließ er ein junges Mädchen mit langem schwarzem Haar Wein ausschenken. Seine Tochter, nahm Josef an. Die Rechnung ging auf. Sie wurde immer wieder zum Füllen der Becher gerufen. So erfuhr er, dass sie Rahel heißt.

„Guckt euch den Schriftgelehrten an." Jakobs voller Bass übertönte sogar das Gejohle der Männer nebenan. „Lässt sich an so einem Tag Wasser einschenken!" Der Riese drehte sich zum Wirt. „He du da! Bring uns Wein. Aber keine Lora. Das verdünnte Gebräu kannst du deinen Gästen aus der Unterstadt andrehen." Jakob sprach laut genug, um sich missmutige Blicke vom Nachbartisch einzuhandeln. Es war klar, wen er meinte.

Die Miene des Wirtes hellte sich auf. „Oh, gewiss. Ich habe da einen feinen Tropfen aus Syria!"

„Nichts da!" Der Hüne baute sich vor dem Mann auf. „Wir haben eine Schlacht gewonnen. Da steht uns das Beste zu. Bring einen Krug vom Wein aus Sicilia. Midas erzählte, dass er immer einige Schläuche für Roms Offiziere zu dir schaffen lässt. Der droht jetzt ja zu versauern!"

Die Augen des Wirts fingen an zu glänzen. Ein unterwürfiges Lächeln spielte um seine Lippen. „Du bist ein Freund des ehrenwerten Händlers Marcus Maecius Midas? Warum hast du das nicht gleich gesagt, Herr?" Er klatschte laut in die Hände. „Rahel!" Die Schwarzhaarige kam zu ihm geeilt. „Geh nach oben, füll einen Krug aus dem Schlauch hinter dem Vorhang und bring ihn unseren Gästen!"

„Warum nicht gleich so?", grinste Jakob und setzte sich zu Josef. „Keine Sorge, ich lade dich ein. Midas hat uns für die Reise großzügig entlohnt. Außerdem haben Herkules und Samuel es verdient, dass ihnen ihr Herr nach dem gemeinsamen Abenteuer das Beste auf den Tisch stellt. Sie kommen später."

Jetzt war Josef verwirrt. „Sie sind deine Sklaven?"

Jakob lachte dröhnend. „Aber nein. Wir gehören alle drei zu einer Bruderschaft, deren Anführer ich bin. Als du damals in Rom warst, rief mich der Hohepriester zu sich …" Er unterbrach sich. Zufrieden beobachtete er, wie Rahel zwei Becher auf den Tisch stellte und Wein einschenkte. „Dazu gehört aber Wasser." Er zwinkerte dem Mädchen zu, das prompt errötete. „Er sagte", setzte Jakob erneut an, „er erkenne in mir einen Anführer. Weißt du, was da mit meiner Brust geschah?" Josef schüttelte den Kopf. „Na sie schwoll!", dröhnte sein Freund.

Wieder unterbrach er sich, als Rahel Wasser brachte. Sie lächelte ihn an und zwinkerte diesmal zurück, bevor sie ging. Jakob lachte laut auf, nahm den Krug und verdünnte den Wein. Dann hob er seinen Becher. „Prost mein alter Freund!" Josef erwiderte seinen Gruß und genoss den Sicilianer. Beide stellten ihre Trinkgefäße auf der speckigen Tischplatte ab. „Der Hohepriester schlug mir vor, eine Bruderschaft von Streitern zu gründen und sie zu schulen. Faustkämpfe, Umgang mit Dolch, Schwert und Stab, Schießen mit dem Bogen. Dazu Kampf im Verband wie die Römer und Sport nach Art der Griechen."

„Du treibst Gymnastik?" Josef staunte. „Viele der Priester am Tempel meinen, dies sei ein Götzendienst am eigenen Körper."

„Pah. Das ist das Brot des Kriegers. Was nützt Stärke, wenn der Gegner ausweicht? Der schlaue Kämpfer setzt auf alle Fähigkeiten des Leibes. Kraft, Schnelligkeit, Ausdauer. Die Griechen verstehen sich auf diese Kunst. Kurz gesagt, Matthias gab mir das Geld, um Männer anzuwerben und auszurüsten."

„So ist deine Bruderschaft eine bezahlte Schutztruppe?"

„Das und zugleich mehr. Eine Familie. Wir vertrauen uns, stehen füreinander ein. Mir war immer klar, ich würde nie ein Schriftgelehrter werden. Oder gar Priester. Der Kopf ist bei mir nicht so schnell wie die Faust. Und doch habe ich dank Matthias eine Möglichkeit gefunden, dem Herrn zu dienen. Ihm und seinem Tempel. Das ist meine Bestimmung." Jakob sann kurz über das Gesagte nach. Dann sprach er weiter. „Der erste Klient unserer Bruderschaft war der Hohepriester selbst. Ich stelle seine Leibwache. Er vermittelte mir zudem den Auftrag des Midas. Weißt du, die Karawanen der Händler befördern nicht nur Waren. Sie halten die Verbindung zu all den Juden in fernen Ländern. Bringen Briefe und gesalbtes Öl, holen die Tempelsteuer. Ihr Schutz ist wichtig und bringt eine Menge ein, wegen der Gefahren auf dem langen Weg. Ich wollte sehen, welcher Art die sind. Deshalb ging ich mit auf die Reise."

„Schlau. So macht dir niemand etwas vor. Weder die Klienten noch die eigenen Leute. Wo wart ihr denn überall?"

Jakob nahm einen Schluck aus seinem Becher und stellte ihn wieder ab. „Wir sind zuerst zum Nordmeer, das die Perser das Schwarze nennen. Und von dort durch Reiche, von denen ich nie zuvor gehört hatte. Bis hinunter nach Babylon. Da übernahmen wir Seide aus China und sind zurück Richtung Damaskus, wo wir für einige Tage Gäste des Midas waren, bevor er uns nach Jerusalem entließ."

„Du warst bei Midas? Das erzählst du erst jetzt? Hast du Nicanor getroffen? Und Sadah?"

Jakob grinste. „Sie ist eine Schönheit geworden. Und eine wahre Prinzessin." Auf Josefs fragenden Blick hin schränkte er ein: „Na ja, wie man das so sagt. Aber sie tritt so auf."

„Wie meinst du das?"

„Sadah ist was Besseres, und das zeigt sie gern. Bei mir hielt sie sich zurück. Wegen früher. Aber wer kein Römer ist, hat es schwer mit ihr. Dabei sind ihre Vorfahren Griechen. Doch das vergaß sie, als sie in eine der ältesten Familien Roms einheiratete. Verarmter Adel, aber mit hohem Ansehen. Von der Mitgift kaufte sich ihr Mann einen Sitz im Senat und einen Palast in der Stadt. Sadah hat jetzt, wovon sie immer träumte."

Josef erinnerte sich an den Tag, an dem er Midas das erste Mal gesehen hatte. Damals kündigte der Kaufmann an, er werde seinen Kindern die Achtung Roms erkaufen. Bei Sadah war ihm das also gelungen. „Und Nicanor?", fragte er.

„Der macht seinen Vater glücklich", grinste Jakob. „Keine Ahnung wie, aber Midas hat dafür gesorgt, dass sein Sohn Ring und Purpurstreifen eines römischen Ritters erhielt. Damit stand ihm die höhere militärische Laufbahn offen. Zwei ihrer drei Stufen hat er schon hinter sich. Er führte eine Kohorte syrischer Hilfstruppen beim Feldzug gegen die Parther und danach eine Ala von 500 Reitern. Jetzt wartet er auf die letzte Stufe. Den Dienst als Tribun in einer Legion."

„Das heißt, er hat sich der Armee verschrieben?"

„Ich glaube kaum. Kampf ist nicht so seine Sache. Er ist wie du. Hat es eher mit dem Kopf. Nein, die Legionen sind für ihn wichtig, um Kontakte zu knüpfen für die Zeit, in der er die Geschäfte seines Vaters übernimmt. Heere müssen ja versorgt werden. Schafft er die höhere Militärlaufbahn, steht er im Rang gleich hinter einem Senator. Das hilft bei Verhandlungen." Jakobs Blick wurde sentimental. „Ach, Josef. Die Bruderschaft, die Bekanntschaft mit Midas, die Reise – das verdanke ich nur dir. Du hast dafür gesorgt, dass ich fast zwei Jahre mit Nicanor und dir im Haus des Hohepriesters leben durfte."

„Genau genommen, dankst du das Leila. Du hattest ihr gefehlt, sie weinte oft. Ich schlug dem Matthias damals nur die nahe liegende Lösung vor. Wie geht es ihr heute?"

„Leila?" Jakob lachte laut auf. „Sie errötet, wenn dein Name fällt. Aber sie ist verheiratet. Mit Simon. Einem Zimmermann aus der Unterstadt. Rechtschaffener Mann. Leider versagt ihnen der Herr bislang ein Kind. Ich komme gut mit ihm aus." Jakob leerte seinen Becher in einem Zug und goss sich Wein nach. „Mann, so viel wie heute habe ich Monde nicht geredet. Jetzt erzähl du. Hast du die Priester aus Neros Kerker geholt? Aber halt dich kurz. Herkules und Samuel kommen schon."

Josef drehte sich um und schaute in Richtung der Festung Antonia. In der Ferne sah er die beiden Gefährten seines Freundes. Der Wein machte Jakob die Zunge schwer, trübte aber nicht seinen Blick. Er musste sich in der Tat beeilen.

„Vor drei Wintern erzählte mir Matthias, dass einige Priester aus geringem Grund verhaftet und dem Kaiser zur Verurteilung überstellt wurden. Wie du weißt, beschloss ich damals, in Rom für sie zu streiten. Mit meiner Waffe, dem Wort. Bei der Überfahrt gerieten wir in einen Sturm, und das Schiff sank. Fischer holten mich Stunden später aus dem Wasser. So kam ich in eine Hafenstadt namens Puteoli. Dort fand ich Aufnahme bei einem Juden, der als Schauspieler Neros Gunst genoss."

„Du wolltest dich kurzfassen", mahnte Jakob.

„Ja doch. Durch ihn wurde ich mit Poppaea bekannt."

„Neros Frau? Du kanntest die Kaiserin persönlich? Ich hörte, dass er sie vorigen Sommer umbrachte. Samt seinem Kind, das sie trug. Mit einem Tritt in den Bauch."

„Ja, diese Gerüchte um ihren Tod gab es überall. Man munkelte von einem Wutanfall Neros. Der Palast bestritt das. Dort hieß es, das Kind habe sie vergiftet. Wie dem auch sei, sie war mir gewogen. Keine Ahnung, warum. Wir sprachen viel über Werte, Kultur und die Traditionen Roms, und sie wollte wissen, wie es die Juden damit halten. Irgendwann wagte ich, Poppaea um die Freilassung der Priester zu bitten. Sie überredete Nero dazu und beschenkte mich reichlich bei der Abreise aus Rom."

„Mein Freund Josef ein Günstling der Kaiserin. Erzähl mal, wie war sie denn so?"

„Hör dir das an, Herkules, wir kommen zur rechten Zeit!" Jakobs Reisegefährten hatten die Schenke erreicht. „Das ist ein feines Thema: Wie war sie denn so? Aber vergesst nicht, zu erwähnen, von wem ihr redet."

„Da seid ihr ja. Setzt euch!" Jakob rückte ein wenig beiseite. „Wir sprechen von Poppaea Sabina. Josef lernte sie in Rom kennen und machte ihr Eindruck. Fast hätte sie ihn zum Bleiben bewegt." Jakob grinste. „Er wurde reich belohnt."

„Die Kaiserin beschenkt einen Beschnittenen?" Der erstaunte Ruf des Herkules geriet ein wenig zu laut, denn er erregte die Aufmerksamkeit der Männer am Tisch in der Ecke.

Einer von ihnen stand von seiner Bank auf. „He, ihr da", lallte er. „Passt auf, was ihr sagt! Vom Kaiser wollen wir hier nichts mehr hören und von seiner Hure schon gar nicht. Wie ... wieso sitzt ihr Römerfreunde überhaupt hier? Begrabt lieber eure toten Kumpane auf dem Schlachtfeld!" Unter dem Gejohle seiner Freunde sank er zurück auf die Bank.

Jakob drehte sich zu dem Mann und schaute ihm drohend ins Gesicht. „Für viele Römer dort waren wir das Letzte, was sie auf Erden sahen. Und worüber wir reden, schreibt uns niemand vor."

Jetzt erhob sich an dem Tisch ein anderer Mann. „Mag sein, dass du eben aus Bethoron zurück bist. Aber dein Begleiter da ist es nicht. Ich kenne ihn. Es ist Josef, Priester der ersten Reihe und wie alle Vornehmen ein Freund der Römer. Der hat hier nichts verloren. Der Tempel gehört jetzt uns."

„Und wen genau meinst du mit uns?", knurrte Jakob.

„Die Männer des Eleazar, des Siegers von Bethoron. Wir sorgen dafür, dass Jerusalem nur einen einzigen Herrn hat. Und das ist Gott. Wir haben Neros Statthalter vom Tempel vertrieben. Die Freunde Roms sind als Nächste an der Reihe."

Jakob erhob sich nun seinerseits von der Bank. „Pass mal auf. Ich habe euch vorhin von euren Heldentaten prahlen hören. Als ihr aus sicherer Höhe vom Rand der Schlucht herab Steine auf die Römer geworfen habt, standen wir ihrer Nachhut im Kampf Mann gegen Mann gegenüber. Schwert rein in den Bauch, eine Drehung rechts, eine links, rausziehen, ab zum Nächsten. Ihr feiert den Sieg? Macht das. Aber lasst die in Ruhe, die allen Grund dazu haben." Seine Worte wirkten. Die Freunde des Mannes zogen ihn wieder herunter auf die Bank. „Geht doch", brummte Jakob.

„Hast du das Vorgehen des Eleazar soeben als feige bezeichnet?" Josef senkte die Stimme, um nicht erneut den Unmut des Nachbartischs zu erregen.

Jakob setzte sich. „Nein. Sein Plan war ja schlau. Die Römer kamen bei ihrem Abzug nur langsam voran. Wegen ihrer Belagerungstürme und Kriegsgeräte. Eleazar nutzte das, um immer mehr Juden heranzuholen. Es mussten gar keine Kämpfer sein. Ihm genügte ihre schiere Masse. Er führte sie an beide Kanten einer langen Felsschlucht, durch die sich der Weg nach Bethoron schlängelt. Seine geübten Streiter, darunter auch wir, trieben die Römer in das Tal. Dessen Ausgang versperrten Bauern aus den Dörfern dahinter. Damit saß die Legion in der Falle. Um den von oben auf sie geworfenen Felsen zu entgehen, drückten sich die Soldaten an die Wände. Doch da erwischten sie die Steinschleuderer von der anderen Seite. Letztlich kämpften sich die Römer mit hohen Verlusten nach vorn aus der Schlucht. Und die Juden brachten die im Stich gelassenen Verwundeten um. Ein Blutbad, sage ich dir."

„Das uns teuer zu stehen kommen wird", meinte Josef. „Eine solche Schmach kann sich Nero nicht bieten lassen."

Herkules erhob seinen Becher. „Aber heute feiern wir erst einmal den Sieg. Auf uns, die wir überlebten." Sie stießen mit ihren Trinkgefäßen über den Tisch hinweg an, tranken und knallten die Becher wieder auf die Holzplatte.

Da lenkten erschrockene Rufe Rahels die Aufmerksamkeit der vier erneut auf den Nachbartisch. „Lasst mich in Ruhe! Onkel Ephraim, hilf!" Das Mädchen versuchte verzweifelt, sich aus der Umarmung eines der Männer zu befreien, der sie auf seinen Schoß gezogen hatte. Er hielt sie mit der Linken im Nacken fest, um ihren Mund auf seinen zu drücken, während die andere Hand ihre Brüste suchte. Gleichzeitig griff ihr sein Nebenmann unter das vom Strampeln der Beine hochgerutschte Hemdkleid. Die Übrigen schauten lachend zu. Als der Wirt herbeistürzte, stand einer von Eleazars Männern am vorderen Ende der Bänke auf. Er schlug ihm die Faust mit solcher Wucht ins Gesicht, dass er im Laufen von den Beinen gehoben wurde und mit dem Rücken flach auf den Boden schlug. Dort blieb er liegen. Das Gelächter am Tisch wurde zum Gegröle.

Jakob gab Herkules mit den Augen ein Zeichen, auf Josef zu achten. Dann schlug er Samuel auffordernd an den Arm. Beide erhoben sich. „Es reicht!", rief Jakob. „Lasst sie in Ruhe."

„Die Dirne hat es den Römern besorgt, jetzt bringt sie uns Spaß." Der Redenschwinger von eben ergriff erneut das Wort.

„Das Mädchen ist keine dreizehn Sommer alt. Die weiß gar nicht, wovon ihr redet. Lasst die Finger von ihr." Jakob schob die Bank unauffällig mit dem Fuß ein wenig nach vorn.

„Das wird sich gleich zeigen!" Erneut griff der Mann neben ihr Rahel unters Hemdkleid. Die schrie auf. Diesmal achteten seine Kumpane nicht darauf. Sie standen auf und kamen aus ihren Bänken. Zwei von ihnen zogen Dolche aus ihren Gürteln.

Jakob mahnte seine Gefährten: „Denkt an unseren Auftrag." Dann stieß er kraftvoll mit dem Fuß die Sitzbank in den Raum. Gleichzeitig hob Herkules mit beiden Händen den Tisch an und kippte ihn um. Krachend fielen Krüge und Becher zu Boden und zerbarsten. Er drängte Josef an den Platz zwischen Wand und umgestürztem Kneipentisch und stellte sich schützend vor ihn. Samuel griff sich eine größere Scherbe und hielt sie wie ein Messer vor sich.

„Ist euch der Wein zu Kopfe gestiegen?", höhnte der Anführer der sechs. Seine beiden Saufbrüder ließen von Rahel ab, die weinend in der Ecke kauerte, und stellten sich zu ihm. „Wir sind doppelt so viele. Haut ab und lasst uns den Spaß."

„Davon wirst du gleich genug kriegen."

„So? Das werden wir ja sehen." Der Anführer stürmte zwei Schritte auf Jakob zu, wurde aber jäh von dessen Faust aufgehalten. Krachend brach die Nase des Mannes. Zugleich legte Samuel seinen Oberkörper leicht zurück und trat einem der Bewaffneten den Dolch aus der Hand. Dann schnellte er vor und schnitt seinem Gegner mit der Scherbe tief ins Gesicht. Der brach wimmernd zusammen. Jakob wich derweil durch eine Drehung dem Dolch eines anderen Raufbolds aus, der hinter seinem Anführer herangestürmt war. Der Mann stolperte, vom eigenen Schwung getragen, an ihm vorbei. Jakobs Ellbogen krachte mit solcher Wucht in das Genick des Angreifers, dass dem die Luft wegblieb. Wie ein Sack fiel er zu Boden, wo er bewusstlos liegen blieb. Mit einem Fußtritt brach Jakob ein Bein der umgekippten

Bank ab, hob es als Knüppel auf und drehte sich zu Herkules. Der erwehrte sich gleich zweier Angreifer, die aber der Tisch behinderte. Mit einem Schlag auf den Kopf nahm Jakob einen der beiden aus dem Kampf. Gleichzeitig wand sich der Grieche mit einer schnellen Drehung unter dem anderen Gegner durch und drückte ihm von hinten seinen steinharten Oberarm gegen den Hals, bis der Mann aufhörte zu zappeln und kraftlos niedersank. Samuel schickte im selben Moment den letzten der sechs mit einem Tritt zwischen die Beine ins Tal der Schmerzen.

Das alles ging so schnell, dass Josef gar keine Chance hatte, einzugreifen. Wobei fraglich war, ob er dazu überhaupt in der Lage gewesen wäre. Bisher hatte ihn der Herr vor Prügeleien verschont. Sein Freund sah ihn besorgt an. „Mir geht es gut", beteuerte er. Jakob nickte den Gefährten zu und ging zum Wirt, der aus seiner Ohnmacht erwacht war. Er half ihm hoch. „Tut mir leid, dass wir dir den ‚Halben Schekel' verwüsteten. Ließ sich nicht vermeiden. Ich lass dir dafür einen ganzen da. Das sollte für Wein, Bank und Krüge reichen."

„Nein, Herr. Ihr habt uns geholfen. Ihr schuldet mir nichts."

„Wie du meinst. Dann sorgen wir mal dafür, dass sich diese Schwächlinge nicht an euch rächen."

Jakob ging auf den Rädelsführer zu, der sich stöhnend am Boden krümmte. Er zog ihn an der Tunika in die Höhe und hielt sein Gesicht direkt vor dessen blutige, gebrochene Nase. „Hör zu. Wir sind keine Freunde der Römer, aber der Schwachen. Wenn ihr euch je wieder dem ‚Halben Schekel' nähert, kriegt ihr es mit meiner Bruderschaft zu tun." Er öffnete die Faust, worauf der Mann wie ein Sack

Mehl zu Boden fiel. „Genug gefeiert. Verschwinden wir." Beim Gehen zwinkerte er der verheulten Rahel zu, die lächelnd aufschluchzte.

Draußen warteten die anderen. Josef hielt die Arme verschränkt und sah ihn an. „Jakob, du hast da drin deine Gefährten an ihren Auftrag erinnert. Was meinst du damit?"

„Das soll dir der Hohepriester sagen. Er erwartet uns beide nach dem Morgengebet im Tempel. Ich hole dich ab, sobald der Tag anbricht. Wir nehmen den Weg über die Brücke vom Käsemachertal. Dann sind wir bei Sonnenaufgang im Heiligtum. Nanu, Rahel. Haben wir etwas vergessen?" Er schaute auf das Mädchen, das hinter Josef aufgetaucht war. Es stürzte vor und umarmte ihn fest. „Ich wollte dir danken, Herr. Du hast mich gerettet."

Jakob sah die Freunde an und zuckte hilflos mit den Schultern. „Schon gut", brummte er.

Rahel hielt ihn weiter umschlungen, stellte sich aber auf die Zehenspitzen, um mit ihrem Mund sein Ohr zu erreichen. „Besuch mich doch mal", flüsterte sie. Dann rannte sie zurück in die Schenke.

„Ich glaube, du hast eine Eroberung gemacht", spottete Josef.

Am nächsten Morgen wartete Jakob im bleichen Licht der Dämmerung am Haus von Josefs Vater in der Oberstadt. Er trug das weiße Gewand der Tempelwächter. Und er war nicht allein. Neben ihm stand eine zierliche Frau in weinrotem Hemdkleid. Eine blaue Simlah warf einen Schatten über ihr Gesicht. Das lange Tuch reichte bis zum Saum ihres Wollgewandes.

„Leila?" Josef ahnte, wen Jakob mitgebracht hatte.

Der Freund lachte. „Gleich wiedererkannt! Als sie hörte, dass wir zum Tempel gehen, fiel ihr glatt ein, dass sie ja dringend etwas von den Händlern dort benötigt!"

Josef trat näher an die beiden heran. „Wie lange ist das her. Geht es dir gut?" Er stellte sich vor Leila und sah sie an. Bei einer zufälligen Begegnung hätte er sie nicht erkannt. Sie war eine Frau mit makellosen, jetzt leicht erröteten Gesichtszügen, was sie zu verbergen suchte. Sanft griff er nach der Hand, mit der sie die Simlah vor Mund und Nase zog, und stoppte sie. „Leila. Wir sind doch Freunde. Ich will nur sehen, was aus dir geworden ist. Du erlaubst?"

Vorsichtig schob er das Tuch zurück. Sie ließ ihn gewähren. Die großen braunen Augen hielten seinem Blick stand. Aufmerksam betrachtete er ihr Gesicht. Dessen Züge und die sandfarbene Haut verrieten ägyptische Vorfahren. Dichte Augenbrauen führten in sanftem Schwung zur geraden Nase. Eine Spitze des lockig-schwarzen Haares hatte sich in ihrem leicht geöffneten Mund verfangen. „Wie schön du bist!" Kaum hatte er ihn gesagt, ärgerte sich Josef über den Satz. Solche Worte konnten Leila nur in Verlegenheit bringen.

„Das wäre nicht das Erste, das mir einfällt, wenn ich dich anschaue." Sie lächelte spöttisch und zog die Simlah ohne Eile wieder über den Kopf. „Ist es das Licht, oder bist du so blass?" Leila musterte ihn. „Und mager scheinst du. Gibt man dir im Haus deines Vaters nichts zu essen?"

Jakob, dem klar war, dass seine Schwester das Peinliche der Situation überspielte, lachte laut auf. „Genau das habe ich ihm gestern gesagt. Aber lasst uns gehen. Der Hohepriester wartet. Ihr könnt auf dem Weg miteinander sprechen." Er drehte sich um und schritt auf das Käsemachertal zu, das die Oberstadt vom Tempelberg trennte.

Josef begriff, dass der Freund ihn mit seiner Schwester allein ließ und war dankbar dafür. „Jakob erzählte, du bist verheiratet?"

„Ja, mit Simon. Er ist Zimmermann. Leider findet er kaum Arbeit, seit der Tempel fertig ist. Um die wenigen Aufträge der Priester und der Vornehmen streiten sich zu viele. Er denkt daran, in eine andere Stadt zu gehen."

„Bist du glücklich mit ihm?"

Überrascht von der Frage, sah Leila kurz zu Josef herüber. Dann sprach sie leise und zögernd. „Die Väter haben uns einander vorgestellt. Sie trafen eine vernünftige Wahl. Er ist anständig. Mehr kann ein Mädchen aus der Unterstadt nicht erwarten." Sie blieb stehen und sah ihn an. „Ich denke oft an dich, Josef." Als er nichts sagte, drehte sie sich wieder um und ging weiter. „Ich erinnere mich gern an unsere Gespräche im Garten Gethsemani oder auf dem Ölberg. Vor allem an die auf Griechisch. Dank dir bin ich wohl die einzige Jüdin niedriger Herkunft in der Stadt, die diese Sprache spricht. Und wie du, ein Sohn aus altem Priestergeschlecht, mit mir über die Auslegung der Gesetze des Herrn diskutiert hast! Obwohl ich jünger bin als du. Du hast meine Gedanken immer ernst genommen." In ihre Stimme mischte sich Wehmut. „Erinnerst du dich, wie wir an einem Sabbat darüber stritten, ob man an einem Sabbat über Gesetzesfragen streiten darf?"

Jetzt schmunzelte auch Josef. Er senkte seine Stimme zum Flüstern, damit ihn Jakob nicht hören konnte. „Nur was Moses mit der Unreinheit der Weiber meinte, hast du mir nie verraten."

Leila schaute ihn belustigt von der Seite an. „Ich war im elften Sommer, als du danach fragtest! Später schämte ich mich nicht mehr. Es ist ja gottgegeben. Doch da lebtest du schon bei dem Einsiedler in der Wüste. Und Vater fing an, mir junge Männer aus der Nachbarschaft vorzustellen. Ich habe gewartet. Aber du kehrtest nicht zurück. Selbst heute bin ich es, die zu dir kommt." Sie verstummte. Leilas Hand streifte im Gehen die seine. Er wollte sie ergreifen, zögerte aber.

Sie kamen an das Tor in der Außenmauer des Tempels. Josef hatte gar nicht bemerkt, dass sie die dorthin führende Brücke über das Käsemachertal schon passiert hatten. Jakob drehte sich zu den beiden um. „Bis zum Sonnenaufgang bleibt kaum Zeit. Wir sollten uns beeilen."

Leila verstand. „Geht nur. Ich muss ohnehin zu den Händlern in der Königshalle. Erinnert ihr euch, wie uns ihr Geschrei früher von den eintönigen Belehrungen des Ananias ablenkte?" Sie lächelte bei dem Gedanken. „Schalom, Josef."

Jakobs Schwester zog die Simlah tiefer, damit der Freund aus Kindertagen ihre Traurigkeit nicht sah. Sanft fuhr er mit der rechten Hand zum Abschied über ihren Arm. „Schalom, Leila." Mehr wusste er nicht zu sagen. Dann drehte er sich um und eilte mit Jakob zu der halbhohen Ziermauer, die den nur Juden erlaubten Teil des Tempels umschloss. Leila sah ihnen nach, bis sie an den Wächtern vorbei in das Heiligtum gingen. Das Mädchen mit roter Simlah, das hinter einer Säule hervortrat und ihnen nacheilte, nahm sie gar nicht wahr. Ihre Gedanken waren bei Josef. Dem Mann, den sie seit frühester Jugend liebte.

Der Tempel der Juden schien mit seiner Haupthalle ein Pfeiler des Himmels selbst zu sein. Fünfundzwanzig Männer hätten, auf ihren Schultern stehend, kaum ihr Dach erreicht. Ihr vorgelagert waren zwei Innenhöfe. Direkt vor dem Heiligtum befand sich der Hof der Priester mit dem Opferaltar. Den durften nur Männer betreten. Davor wiederum lag der Hof der Frauen. Zu den beiden von Säulengängen und schlichten Hallen begrenzten Plätzen führten im Norden und Süden je drei Portale. Doch die waren geschlossen. Zum Tempel kam man so früh nur durch die mächtigen Haupttore der Höfe. Die wurden geöffnet, wenn das erste Licht der Sonne auf sie fiel.

Die Flügel des mit korinthischem Erz beschlagenen Tores im Osten waren schon aufgesperrt. Gemeinsam mit Gläubigen, die zum Morgengebet kamen, betraten Jakob und Josef den Hof der Frauen. Vom Ölberg her wiesen die ersten Strahlen der aufgehenden Sonne den Weg in das Innere des Tempels, doch der wurde noch vom Großen Tor versperrt, das den äußeren Hof von dem der Priester trennte. Zu ihm führten fünfzehn breite Stufen, die an einem weiten Absatz endeten. Hier schritten soeben rechts und links je zehn Tempeldiener in ihrer weißen Kleidung empor. Sie stellten sich vor die gewaltigen, mit Goldplatten verzierten Torflügel und begannen, sie aufzudrücken. Durch die sich langsam weitende Öffnung prallte das Licht der Morgensonne auf den Tempel. Sein weißer Marmor und daran aufgebrachte Platten aus purem Gold glühten auf, als spiegele sich der Eine selbst in ihnen.

Und aus all diesem Licht kam der Hohepriester. Er schritt bis an den Rand des Treppenabsatzes. Von hier sah er, mit erhobener Hand Ruhe gebietend, auf das Volk hinab. Matthias ben Theophilos trug ein weißes Gewand mit Gürtel. Nur der hohe Turban wies ihn als Ersten unter allen Priestern aus. Sobald es still wurde, bedeckte er mit der Hand die Augen. Laut rief er in den Hof: „Höre Israel. Der Herr, unser Gott, ist der einzige Herr." Das Morgengebet war eröffnet.

Lobpreisungen, Bitten und Gebote im Kreise anderer Juden zu sprechen war für Josef so normal wie das Brechen des Brotes vor dem Mahl. Er verpasste nie den Einsatz, sagte die Texte ohne Stocken auf. Doch er dachte schon lange nicht mehr über sie nach. Sie verrichteten sich von selbst – wie das Atmen. Aber hier, vor dem Haus des Herrn, bewirkte das gemeinsame Gebet etwas Besonderes. Die Gesichter der Pilger, die zum ersten Mal in ihrem Leben den Tempel betraten, drückten eine Hingabe und einen Eifer aus, die ihn stets aufs Neue verstörten. Ihre Hoffnung, Gehör bei dem Einen zu finden, nahm fast wahnhafte Züge an. Er begriff nicht, wie man sich Gott so aufdrängen konnte. Der Herr gibt und er nimmt. Wie es ihm gefällt. Er lässt sich nicht umstimmen.

Ein derber Schlag Jakobs auf seine Schulter riss ihn aus seinen Grübeleien. „Matthias erwartet uns. Am Tempel." Das Morgengebet war beendet. Der Freund fasste Josef an seinem linken Arm und zog ihn hinter sich her, gegen den Strom der Männer und Frauen, die durch die Seitentore wieder nach draußen drängten. Eilig nahmen sie die Stufen zum Großen Tor und betraten den Hof der Priester.

Wie immer war der Platz voller Männer, die sehen wollten, wie die Innereien ihrer Opfertiere dem Herrn dargebracht werden. Sie drängten sich an dem schmalen

Steingitter, das sie von dem turmhohen Altar fernhielt. Soeben banden zwei Priester ein brüllendes Rind von seinem Pfahl los und zerrten es zu einer der Schlachtbänke vor dem Tempel. Jakob und Josef achteten nicht darauf. Sie liefen im Rücken der Zuschauer nach rechts zu einem schmalen Säulengang, der zur Rückseite des Tempels führte. Dort befand sich der einzige Zugang zum inneren Hof, offen nur für Priester. Die Wächter winkten sie ohne Nachfrage durch. Man kannte sich.

Am Tempelgebäude liefen die beiden zurück zu dessen vorderem Eingang. Niemand kümmerte sich um sie. Die Kuh lag inzwischen tot vor der Schlachtbank neben dem Altar. Drei Helfer zertrennten sie. In Schalen bargen sie das Fett, das ihre Eingeweide bedeckte, sowie die Nieren. Die brauchten sie für das Brandopfer. Ein weiterer Tempeldiener fing das Blut auf. Der Hof roch nach Tod und Feuer, war erfüllt vom Klagen der Tiere, dem Gestank ihrer Ausscheidungen und den lauten Gebeten der Männer. Josef kannte das, aber es bewegte ihn jedes Mal: Hier schlug das Herz seines Volkes.

Sie stiegen die zwölf Stufen zum gewaltigen torlosen Portal des Heiligtums hinauf. Dort wartete der Hohepriester, die Arme vor der Brust verschränkt: „Da seid ihr ja. Folgt mir!"

Matthias ben Theophilos schritt in die Vorhalle des Tempels. Das riesige Portal direkt gegenüber wurde von einem Vorhang in kostbaren Farben bedeckt, über dem ein gigantischer Rebstock goldfarbene Trauben trug. Hier befand sich der Eingang zum Heiligtum und dem Allerheiligsten dahinter. Der Hohepriester eilte jedoch nach links zu einer Tür am Ende der Vorhalle. Matthias öffnete sie. Der Raum war leer. „Was ist das für eine Kammer?" Jakob konnte seine Neugier nicht zügeln.

„Oh, die hat keinen speziellen Zweck. In ihrem Gegenstück auf der anderen Seite lagern wir Räucherwerk. Das Interessante hier sind die Mauern." Der Hohepriester schloss die Tür, legte einen Riegel vor und stellte sich an die Wand auf der rechten Seite. Er schob mit dem Fuß einen hervorstehenden Stein in der untersten Reihe zurück und drückte mit beiden Händen gegen den weißen Marmor. Eine geheime Drehtür öffnete sich. Sie war oben und unten auf Zapfen gelagert. So genügte die Kraft eines Mannes, sie zu bewegen. Matthias ging ins Dunkle und kniete sich nieder. Dort schlug er mit einem Eisen gegen einen Stein und entzündete so getrockneten Schwamm. Er nahm eine Fackel aus ihrer Halterung und hielt sie in das Flämmchen. In ihrem lodernden Licht wurde eine Treppe nach oben sichtbar. „Folgt mir!"

„Wir sind in der Außenwand", staunte Josef.

„Ja. Als König Herodes den Tempel erneuerte, ließ er geheime Gänge anlegen. Dies ist einer von ihnen." Im Schein der Fackel stiegen sie aufwärts. Nach nur neun Stufen öffnete sich der Treppenraum zu einer schmalen Kammer. Deren Decke verschwand im Dunkel, aber bis zur Rückwand waren es nur vier Schritte. Dort stand eine Truhe. Matthias nahm ihren Deckel ab und stellte ihn neben einen an der Wand lehnenden Hirtenstab. Josef sah in die Kiste. „Das Festkleid des Hohepriesters", rief er erstaunt. „Das bewahrten zum Schluss doch die Römer in der Antonia auf!"

„Ja. Bis sie der Tempelhauptmann Eleazar abschlachten ließ. Er nahm es an sich, als seine Leute die leere Festung plünderten. Seine Männer würden es künftig bewachen, sagte er. Doch er stahl nur ein Ersatzkleid. Gefertigt, weil einer meiner Vorgänger den Römern misstraute."

„Somit ist das hier das Echte. Warum zeigst du es uns?"

„Die Zeiten sind stürmisch. Es mag sein, dass ich das nächste Opfer eines Attentats der Dolchschwinger bin. Ich will dieses Geheimnis nicht mit in mein Grab nehmen." Josef setzte zu einem Einwand an. Aber mit erhobener Hand gebot ihm Matthias, zu schweigen. Eindringlich sprach er weiter. „Diese Furcht ist berechtigt. Erinnert euch an das Schicksal des Jonathan ben Hannas. Er war der Erste in einer langen Reihe von Vornehmen und Priestern, die am hellen Tage von diesen Sikariern ermordet wurden, weil sie als romfreundlich galten. Und töteten die Leute des Eleazar nicht euren Lehrer Ananias, nachdem sie sein Versteck in den Gewölben unter dem Königspalast gefunden hatten? Wie Jonathan war er einst unser Hohepriester. Elf Jahre lang. Es schützte ihn nicht vor der falschen Anklage, ein Mann der Römer zu sein."

„Aber was ist mit jenen deiner Vorgänger, die am Leben sind? Warum weihst du nicht sie ein?"

„Ich vertraue ihnen nicht. Sie sind wie Halme im Feld. Sie drehen sich in die Richtung, in die der Wind weht. Die Geheimnisse des Tempels kennt nicht jeder Hohepriester. Sie wurden nur wenigen Auserwählten weitergegeben. Seit dem Tod des Ananias bin ich der Letzte von ihnen." Matthias strafft sich. „Womit wir wieder bei der Frage sind, warum ich euch diese Truhe zeige. Das Gewand des Hohepriesters ist äußerst kostbar. Nehmt allein die zwölf großen Edelsteine auf seinem Brustschild. Dazu die Stirnplatte, die Ringe und Ketten aus purem Gold. Wenn euch jemand bedrängt, ihm den Schatz der Hohepriester zu geben, dann überlasst ihm dieses Gewand. Es kann neu gefertigt werden. Sein Verlust wiegt längst nicht so schwer wie der des unsagbar Wertvolleren, das zu schützen ich euch heute bitte."

Die Freunde wechselten überrascht einen Blick. „Kostbarer als das Festkleid des Hohepriesters?" Jakob stellte laut die Frage, die sie beide bewegte. „Und was wäre das?"

Matthias ben Theophilos schaute ihm prüfend in die Augen, als zögere er zu antworten. Dann sprach er es aus: „Die heilige Lade. Das Zeugnis des Bundes zwischen dem Einen und seinem Volk."

Die Worte schwebten in das dunkle Tempeldach, ohne von einer Regung gestört zu werden. Nur das Knistern der Fackel durchbrach die Stille. Wäre ihnen der Herr in diesem Moment erschienen, die beiden Freunde hätten nicht anders geschaut. Jakob fand zuerst die Sprache wieder. „Die Lade", echote er. „Ich denke, die ist verloren? Verbrannt beim Überfall der Babylonier auf den ersten Tempel?"

Der Hohepriester winkte ab. „So wurde es Jahrhunderte erzählt. Doch sie ist sicher."

„Wie kann das sein?"

„Es gelang damals dem obersten der Priester, die Bundeslade mithilfe von zwei Getreuen durch einen geheimen Gang aus dem Allerheiligsten zu bringen. Er erinnerte sich an einen Ort, an dem sie schon einmal länger gestanden hatte. Dorthin schafften die drei sie zurück."

Josef fielen die Worte des Ananias ein. „Kirjat-Jearim", flüsterte er.

Matthias zog anerkennend die Mundwinkel herunter. „Genau. Der Hohe Priester kannte eine Höhle in dem

Berg, auf dem das Haus des Abinadab steht. In ihr verbarg er die Truhe. Er und seine Helfer verschworen sich zu einem Bund, der seither die Lade schützt. Sie verbreiteten die Legende von ihrem ewigen Verlust. Was leicht fiel, da die Juden von ihren Bezwingern ins Exil nach Babylon gezwungen wurden. Niemand konnte das überprüfen."

„Und woher kennst du die wahre Geschichte?"

„Von den Nachfolgern des Priesters. Jenen, die in den Generationen nach ihm die Lade bewachten. Sieh mal, Josef. Du hast schon als Kind meinen Ring bewundert." Matthias hob die rechte Hand in die Höhe, an der er das Schmuckstück trug. Im Schein der Fackel leuchtete das Gold der drei von einem Kreuz durchbrochenen Kreise, zwischen denen blaue Edelsteine und der Rubin schimmerten. „Er gehörte dem Mann, der die Lade rettete, und lange vor ihm dem, der sie einst schuf. Seit Jahrhunderten wird er unter den Führern der Bruderschaft weitergegeben, die das Geheimnis der Bundeslade bewahrt. Sobald sie ihn tragen, suchen sie sich Mitstreiter, auf die sie sich bedingungslos verlassen. Ab heute helft ihr mir, über die Lade zu wachen." Der Hohepriester schaute den Freunden nacheinander ernst in die Augen. „Es ist eine heilige Aufgabe. Ihr erfüllt direkt den Auftrag des Herrn. So wie er ihn einst dem Moses und seinen Nachfolgern auferlegte, als er mit ihm auf dem Horeb sprach. Vergesst es nie: Gott selbst beauftragt euch, die Lade als Zeugnis des Bundes mit seinem Volk zu schützen. Seid ihr dazu bereit?" Zufrieden nahm Matthias die Zustimmung der beiden zur Kenntnis. „Ich habe es nicht anders erwartet. Ein letzter Hinweis. Wer immer euch diesen Ring zeigt, verdient vollstes Vertrauen. Und sei er bis dahin euer ärgster Feind gewesen. Dieses Siegel macht seinen Träger zu einem anderen Menschen. Denn aus ihm spricht der Eine."

Jakob hatte einen Einwand: „Und wenn ihn ein Dieb stahl?"

Matthias winkte ab. „Das ist egal. Glaube mir. Der Ring ist der Herr dessen, der ihn trägt und niemals umgekehrt."

„Na fein. Dann gibt mir künftig ein Schmuckstück Befehle." Jakob war deutlich anzusehen, dass er an seinem Verstand zweifelte.

Josef erging es ähnlich. „Aber vor wem sollen wir die Lade schützen?", fragte er verwirrt. „Sie ist doch so sicher versteckt, dass sie über Jahrhunderte niemand fand? Warum kann Gott sie nicht schlicht bei sich behalten?"

Der Hohepriester schmunzelte. „Dann wäre es eine Truhe wie jede andere, nur im Besitz des Einen. Nein, sie gehört dem Herrn und seinem auserwählten Volk gemeinsam. Und zusammen schützen sie sie. Wir Menschen vor Sterblichen, die die Lade aus Gier, Neid, Ruhmsucht oder welchen Motiven auch immer in ihren Besitz zu bringen versuchen. Und Gott in seiner Welt vor Wesen, die ihn von seinem Volk abbringen wollen. Die führt ein Widersacher, der ihn stets neu versucht. Der will, dass er seinen Bund mit den Juden löst. Es ist ein ewiger Kampf, den die beiden ausfechten, und manchmal führen sie ihn direkt über ihre Stellvertreter auf Erden. Dann nehmen sie von einem Menschen Besitz und erkennen sich an den Ringen, die sie tragen. Die Farbe des Herrn ist Rot wie dieser Rubin, die des Bösen Grün. Treffen sich beide, so streiten sie mit allen Mitteln um die Lade. Wir Helfer stehen dann an Seiner Seite."

Jakob räusperte sich. „Jetzt mal Öl aufs Brot. Heißt das, du nimmst uns in", er zögerte kurz, „eine von Gott selbst geführte Bruderschaft auf? Wir sind keine Hohepriester. Ich als Tempelwächter werde gewiss nie einer sein. Warum sollen ausgerechnet wir zu den Auserwählten gehören, zu denen Er durch seinen ...", Jakob zögerte, „Ringträger spricht?"

„Es ist kein Bund von Hohepriestern, sondern einer von Würdigen. Die Männer vor uns verließen sich nie darauf, dass die Richtigen in das höchste Amt des Tempels gelangen. Sie wählten sich ihre Mitstreiter selbst. Dein Vater, Jakob, war ein treuer Diener des Heiligtums. So warst du Jonathan ben Hannas schon früh aufgefallen. Er sorgte dafür, dass Ananias seine Weisheit mit dir teilte. Und stammte die Idee, eine Miliz eingeschworener Kämpfer zu gründen, nicht von mir? Sie wird dir beim Schutz der Lade nützen." Der Hohepriester wendete seinen Blick von Jakob auf Josef. „Du standest ebenfalls unter unserer Obhut. Ananias bemerkte früh, wie rege dein Geist ist. Er gab dir die alten Schriftrollen zu lesen und lehrte dich, den Willen des Herrn auszulegen. Ich für meinen Teil lenkte dich auf die Priester in Neros Kerker, damit du erkennst, welch weltlichen Kräften wir ausgesetzt sind. Was aber ohne unser Zutun entstand, das war eure Freundschaft. Sie macht euch zu Kopf und Gliedern eines einzigen Körpers. Er ist wie geschaffen, das Geheimnis der Lade zu schützen."

Jakob sandte einen verzweifelten Blick zu Josef. Dann stellte er die Frage, die ihn im Augenblick am meisten beschäftigte: „Du sagst, der Herr spricht mit dir? Nicht nur am Jom Kippur, sondern ständig? Siehst du ihn? Wie klingt er?"

Der Hohepriester seufzte. „Er erscheint mir nicht. Es ist eine Stimme in meinem Kopf, die mit mir redet. Sie ist freundlich."

Josef wusste nicht recht, was er von der ganzen Sache halten sollte. Litt Matthias an Wahnvorstellungen? Aber was er sagte, war vernünftig. „Warum weihst du uns jetzt ein? Gibt es dafür einen Anlass?"

Der Hohepriester sah ihn traurig an. „Ja. Ich fürchte, der Herr wendet sich in diesen Tagen von uns ab. Schau dich um. Juden ermorden die Priester und Vornehmen wegen ihrer Nähe zu Rom. Im Irrglauben, der Tempel sei uneinnehmbar, fordern sie frech das mächtigste Reich des Erdkreises heraus, indem sie sich gegen den Kaiser erheben. Wenn unser Volk sich nicht eint, um das Heiligtum wie ein Mann zu schützen, geht es in Zwist und Krieg zugrunde." Er hielt inne. Dann schaute er nachdenklich auf Josef. „Ich muss jetzt handeln, weil äußerst wichtige Entscheidungen anstehen. Ich habe ein Sanhedrin einberufen. Der Rat der 70 Ältesten und ich als Hohepriester werden heute darüber reden, wie wir uns auf den Krieg mit Rom vorbereiten."

Jakob unterbrach. „Wovon sprichst du? Den haben wir gewonnen. Eine ganze Legion wurde von uns aufgerieben."

Matthias schaute ihn traurig an. „Ihr habt den Sieg in einer Schlacht erzielt. Mehr nicht. Ihr müsst das aus der Warte Neros sehen. Senat und Volk von Rom werden Rache für diese schmachvolle Niederlage fordern. Und der Kaiser muss sich ihrem Ruf beugen. Denn unser Sieg wird zur Gefahr für sein ganzes Reich, sollten andere Völker erfahren, dass er für die Juden folgenlos bleibt. Er wird mehr Legionen senden und seine besten Heerführer. Seid gewiss: Der Krieg ist nicht beendet, er fängt erst an. Deshalb benennen die Ältesten heute Statthalter für die jüdischen Provinzen und Jerusalem. Sie werden die Mauern der Städte verstärken, Vorräte für Belagerungen anlegen, Kämpfer für ein Heer ausheben und dieses in die Schlacht führen. Und du, Josef, wirst unser Mann für Galiläa sein. Der Herr will es so. Er bestätigte meine Wahl."

Josef schüttelte den Kopf. Das kam für ihn so unerwartet wie Regen in der Wüste. Jakob indes ließ die Rechte auf seine Schulter krachen. „Glückwunsch, mein Freund!"

Josef bedachte ihn mit einem strafenden Blick. In ihm arbeitete es. Heerführer? Er? Der doch nur mit Worten zu streiten verstand? Und wie sollte er die Lade schützen, wenn man ihn in den Norden schickt? Dann meinte er, den Plan dahinter zu erkennen: „Galiläa? Lässt du mich zum Statthalter berufen, damit ich ein Heer führe, das die Römer weit weg von Kirjat-Jearim hält?"

„Nicht nur das. Ich brauche in diesem Amt jemanden, der sich auf den Kampf vorbereitet, aber zugleich zum Frieden bereit ist. Unbeeinflusst vom Bruderzwist hier in Jerusalem. Alle wissen, dass du kein Krieger bist. Das musst du auch nicht sein. Sorge nur dafür, dass Galiläa sich verteidigen kann. Wichtiger aber ist, den Kampf zu verhindern. Du bist einer der Vornehmen der Stadt, in dir fließt königliches Blut. Gleichzeitig gehörst du zu den Gelehrten, die sich durch die Kenntnis der heiligen Gesetze auszeichnen. Und du warst Klient der Kaiserin in Rom. Damit findest du Gehör bei den drei großen Parteien des Konflikts: den Römern, den Freunden Roms unter den Juden und den religiösen Eiferern, die meinen, dieses Land gehöre Gott und ihnen allein. Du bist der ideale Vermittler." Matthias hielt inne. Dann senkte er die Stimme zum eindringlichen Flüstern: „Das Wichtigste ist die Lade. Wenn es zum Kampf kommt und ihr seht, dass Rom die Juden und ihren Tempel in den Staub wirft, ist es eure Pflicht, sie zu retten. Dafür müsst ihr alles tun. Alles. Und wenn ihr sie unter Neros Thron versteckt. Der Bund des Herrn mit seinem Volk darf nicht zerbrechen. Schwört es mir!"

Josef straffte sich. So ergab seine Berufung zum Statthalter Sinn. „Das schwöre ich. So wahr der Herr, unser Gott, der einzige Herr ist." Matthias wandte seinen Blick auf Jakob. Der legte denselben Eid ab.

Josef wurde das Feierliche des Augenblicks bewusst. Hier stand er inmitten der Mauern des Tempels der Juden und leistete einen heiligen Schwur, der ihm eine gewaltige Verantwortung auferlegte. Er handelte ab sofort auf direkten Befehl des Herrn. Damit stand er in einer Reihe mit Moses. Der Gedanke war so absurd, dass er ihn umgehend verscheuchte. Konzentrier dich darauf, was zu tun ist, mahnte er sich. Und fragte den Hohepriester, ob es nicht Zeit sei, ihnen die Lade zu zeigen. Schon für den Fall, dass dem etwas zustoße.

„Das hatte ich vor. Es bedarf aber einiger Vorbereitungen. Erinnert euch: Nur den Würdigen ist es erlaubt, sie zu sehen. Den Unwürdigen, die sich ihr nähern, droht der Tod." Matthias ging zu der Truhe, hob das Gewand des Hohepriesters an und holte darunter ein Lederpäckchen hervor. Er knüpfte das Bündel auf und entrollte es auf dem Boden. Neben einer Dose enthielt es zwei Röhrchen mit einer hellblauen Flüssigkeit. Der Hohepriester nahm sie und übergab je eines an seine beiden Helfer: „Die Philister starben an Krankheit und Schwarzem Tod, nachdem sie sich der Lade näherten. Diese Mixtur verhindert, dass es euch genauso ergeht. Euer Leben lang. Trinkt!"

Verunsichert schauten die beiden Freunde sich an. Jakob zuckte mit den Schultern. Er zog den Pfropfen aus dem Röhrchen und trank. „Schmeckt nach nichts", brummte er. Josef folgte seinem Beispiel.

Matthias nahm ihnen die Glasbehälter wieder ab. „Solltet ihr jemals euren Bund erweitern, findet ihr zwei gefüllte Phiolen hier und ein ähnliches Kästchen bei der Lade." Er griff nach der Dose aus Alabaster. „Jetzt werde ich euch salben. Danach könnt ihr den Schrein berühren, ohne von einem tödlichen Blitz niedergestreckt zu werden." Er nahm vorsichtig den Deckel von der kleinen Dose, legte ihn ab und tunkte den Zeigefinger seiner rechten Hand in den Behälter. Als er ihn wieder herauszog, haftete ein wenig Öl an ihm. Er strich es auf Jakobs Stirn und rieb die Flüssigkeit ein. „Ist das heilige Öl in die Haut eingezogen, schützt es ein Leben lang", erläuterte er. Dann wiederholte er die Salbung bei Josef. Zum Schluss legte er die wieder verschlossene Dose zurück zu den Glasröhrchen in der Lederhülle. „Das Öl findet ihr ebenso bei der Lade." Matthias schloss die Truhe und nahm die Fackel aus ihrer Halterung. „Ich werde morgen früh nach Kirjat-Jearim gehen. Ihr folgt mir später. Man soll uns nicht zusammen auf der Straße dorthin sehen. Lasst euch den Weg zum Haus des Abinadab zeigen. Ich warte dort." Matthias drehte sich um und schritt die Stufen hinab. Seine Helfer folgten ihm in den Vorraum. Hier drückte er die Geheimtür zurück in die Wand, wo sie einrastete.

Als er die Tür zur Tempelhalle entriegelte, hielt Jakob ihn auf. „Eine letzte Frage. Dieser Hirtenstab da drinnen neben der Truhe, was hat es mit dem auf sich?"

Matthias drehte sich zu den beiden um. „Das ist der Stab, mit dem Moses einst auf den Horeb stieg, um die Gesetze des Herrn zu empfangen." Lächelnd ließ er seine neuen Helfer in die Vorhalle treten.

„Jetzt treibt er aber seinen Spaß mit uns", raunte Jakob seinem Freund im Hinausgehen zu.

Als die beiden wieder am Tempel auftauchten, löste sich das Mädchen von dem Pfosten des Großen Tores, an dem es geduldig gewartet hatte. Schnell zog es sich die rote Simlah ins Gesicht und drehte sich zur Seite. Doch die Freunde achteten nicht auf das Volk um sie herum. Sie verließen den Hof der Frauen und gingen in Richtung Oberstadt. Das Mädchen folgte ihnen. Kurz vor der Brücke über das Käsemachertal hielten die beiden an. „Ich brauche erst einmal Wein. Kommst du mit?" Jakob schien verstört.

Das Mädchen bückte sich, als hole es ein Steinchen aus der Sandale. So hörte es die Antwort seines Freundes. „Pass auf, dass er dir nicht die Zunge löst. Ich muss jetzt allein sein. Und nachdenken. Wir sprechen morgen über alles. Auf dem Weg nach Kirjat-Jearim haben wir Zeit dazu. Ich erwarte dich zur dritten Stunde am Benjamintor." Das Mädchen stand auf und ging. Es hatte genug erfahren.

Es war Mittag, als Jakob und Josef am nächsten Tag endlich das Dorf Kirjat-Jearim vor sich sahen. Der Weg dorthin war mühselig. Er führte sie durch weite Täler, aus denen die Nachtkälte des Herbstes nur zögernd wich. Die aufsteigende Sonne schien den Wanderern zwar in den Rücken, doch der kalte Wind, der von den Höhen des Jordantals herabfiel, ließ sie dennoch frösteln. Anfangs versuchten sie, über die Ereignisse des gestrigen Tages zu sprechen. Was sie für ihre Zukunft bedeuten. Doch die Ernennung Josefs zum Statthalter und das gelüftete Geheimnis der Lade waren so erstaunlich, dass sie die Folgen nicht im Geringsten abschätzen konnten. So verstummten sie bald. Jetzt waren sie froh, ihr Ziel erreicht zu haben. Im Dorf fragten sie einen Ziegenhirten nach dem Haus des Abinadab. Eines Juden, der Jahrhunderte tot war. Der Mann wunderte sich nicht. Er hielt die Fremden für Pilger und wies auf einen Berg im Nordosten.

Hinter ein Gebüsch auf dem Hügel kurz vor Kirjat-Jearim gekauert, beobachtete das Mädchen die Szene. Von hier hatte es alles im Blick: das kleine Haus oben auf dem Berg, auf das der Hirte zeigte, und den Pfad, der sich vom Dorf dorthin schlängelte. Es war im Morgengrauen aufgebrochen und dann dem Weg gefolgt, den ihr ein Wächter am Stadttor beschrieb. In die Simlah eingehüllt, hatte es geduldig auf Jakob und seinen Freund gewartet. Die liefen jetzt zu dem Berg. Von dort kam ihnen ein Mann entgegen, der sich beim Laufen auf einen langen Hirtenstab stützte. Obwohl er nur in eine schlichte Tunika gekleidet war, erkannte es den Hohepriester. Die drei begrüßten sich. Zur Überraschung des Mädchens verließen sie den Pfad und schlugen sich ins Gebüsch. Vorsichtig stieg es den Hügel herunter und schlich ihnen hinterher.

„Wer wohnt jetzt dort oben auf dem Berg?", fragte Jakob. Er folgte dem Hohepriester, der sich einen Weg durch die Büsche bahnte. Matthias drehte sich um. „Elias.

Ein gottesfürchtiger Mann, bei dem wir schon oft eine Schlafstatt und Nahrung fanden. Er meint, wir kommen aus Jerusalem, um auf dem Gelände des uralten Tempels, der hier einst stand, geheime Rituale abzuhalten. Keine zwei Ochsen würden ihn dazu bringen, uns zu folgen. Mittlerweile wäre er dafür ohnehin zu alt. Ich überlege, ihm Haus und Acker abzukaufen, um den Berg zu schützen. Aber mir fehlt ein zuverlässiger Pächter." Matthias wies nach vorn. „Wir erreichen gleich eine Steinterrasse. Sie bildete einst den Boden des alten Tempels. Seine längst verschwundene Halle versteckte den Eingang zu der Höhle, die unser Geheimnis birgt."

Der Hohepriester ging weiter. Sie betraten eine Plattform aus grob gehauenen Steinblöcken, zwischen denen Sträucher wuchsen. Matthias schritt zu der Stelle, an der sie aus dem Berg zu kommen schien. Er senkte seinen Hirtenstab und schob einige Büsche beiseite, die vor einem riesigen Felsblock wucherten, in den eine Nische gehauen war. Womöglich der Altar der früheren Kultstätte. Der Hohepriester zwängte sich an den Sträuchern vorbei und lief um den Felsen herum. Vor ihm lag der Eingang einer Höhle, den man, obwohl er mannshoch und wie ein Ochsenkarren breit war, erst hinter dem Steinblock sah. „Wir sind da", sagte er und ging hinein. Josef und Jakob folgten ihm. Der Gang führte nach rechts, deshalb reichte das Tageslicht nicht weit. Matthias schritt unbekümmert in die Dunkelheit und betrat hinter einem scharfen Linksknick eine größere Felsenhalle. Hier hob er eine Fackel vom Boden neben dem Eingang auf und zündete sie an. Dann ging er rechts an der Wand entlang, bis er zu einer Nische im Gestein kam. Er winkte die beiden Freunde heran. Gemeinsam starrten sie auf einen sarkophagähnlichen Behälter aus Kalkstein.

„Darin steckt die Lade?", fragte Jakob andächtig.

Der Hohepriester blickte ihn spöttisch an. „Hat euch Ananias nicht erzählt, wie groß sie ist? Nein, die passt hier nicht hinein. Schaut genau zu." Matthias bückte sich und griff hinter dem linken, grob gehauenen Fuß nach einem Ring aus Eisen, den er mit einem Ruck herunterzog. Das wiederholte er rechts. „Jetzt ist der Deckel entriegelt", erläuterte er. „Hilf mir, Jakob." Gemeinsam schoben sie die Steinplatte zur Seite. Josef beugte sich vor. „Die Truhe ist voller Silber! Tyrische Schekel. Die Währung des Tempels."

Jakob ließ ein paar Münzen durch die Hand gleiten. „Einer der Händler unserer Karawane hat mir erzählt, dass das Wort, mit dem wir das Gewicht von etwas Schwerem angeben, von den alten Babyloniern stammt. Ein Talent war bei denen die Last, die ein Mann tragen kann. Das hier müssen Hunderte Talent sein!"

Der Hohepriester hielt die Fackel über den Behälter und ließ die Münzen in ihrem Schein glänzen. „Mag sein. Wie ihr seht, haben wir einen Teil des Tempelschatzes hierher gebracht. Ohne einen einzigen Schekel davon zu nehmen. Als Notvorrat. Und zum Schutz der Bundeslade. Niemand, der dieses Silber findet, kommt auf die Idee, dass die Höhle weit Wertvolleres enthält."

Josef schaute sich um. „Aber wo ist ihr Versteck?"

Der Hohepriester trat einen Schritt zurück. „Das zeige ich euch jetzt. Legt den Deckel wieder drauf." Die Freunde drückten die Steinplatte über die Truhe und sahen zu, wie Matthias die Eisen an deren Füßen nach oben einrasten ließ. Dann führte er sie zurück Richtung Eingang. Mitten im Tunnel, kurz hinter dem scharfen Knick blieb der Hohepriester stehen. „Fällt euch etwas auf?", fragte er.

Seine neuen Helfer sahen sich aufmerksam um. „Nein." Matthias rieb sich die Hände. „So soll es sein. Die Arbeit von geschickten Sklaven, vollendet in der Ära des alten Tempels, der hier stand. Jakob, schaust du bitte, ob uns draußen jemand gefolgt ist?"

Der trat vor die Höhle und ließ den Blick über die steinerne Terrasse schweifen. „Niemand zu sehen!"

Das Mädchen presste sich auf den Boden und hielt den Atem an. Hoffentlich entdeckte Jakob es nicht! Zum Glück hatte es vorhin die rote Simlah abgenommen und neben sich gelegt. Sein graues Hemdkleid hob sich kaum von den verwitterten Steinen ab, in deren Schutz es sich verbarg. Vorsichtig hob es den Kopf über die Steinkante. Jakob war wieder hinter dem Felsen. Was trieben die dort? Sie würde es bald herausfinden.

Nachdem Jakob zu ihnen zurückgekehrt war, bückte sich Matthias und umfasste einen aus der Wand ragenden Stein von der Größe eines Kinderkopfs. Er zog kräftig daran, und zum Erstaunen der beiden Freunde löste er sich aus dem Fels. Matthias rollte ihn zur Seite und leuchtete mit der Fackel gegen die Wand. „Seht ihr diesen langen, haarfeinen Riss?" Mit Mühe erkannten sie ihn. Er führte bis hinunter zu dem Loch, in dem zuvor der Stein gesteckt hatte. „Passt auf." Der Hohepriester drückte gegen die Wand, die sich nach innen drehte. „Dieselbe Technik wie bei der Kammer im Tempel. Nur, dass diese Tür um einiges älter ist. Die Leute damals hatten einen wahrhaft geschickten Baumeister."

Matthias trat nach innen, Jakob und Josef folgten ihm. Er zeigte auf ein kleines Kästlein neben dem Eingang. „Hier findet ihr die Salbe und die Phiolen, von denen ich euch erzählte." Er stellte seinen Stab dazu. Josef sah sich um. Ansonsten war der Raum leer. Bis auf einen Haufen Geröll, der beim Einsturz einer Wand entstanden war. Der Hohepriester wies mit der Fackel auf die Gesteinshalde. „Dahinter steht sie. In einer künstlich herausgeschlagenen Kammer. Dieses Geröll ist ihr letzter Schutz. Es liegt dort seit Generationen. Niemand würde hinter ihm einen weiteren Raum vermuten." Josef sah ihn überrascht an. „Das heißt, du hast die Lade selber nicht gesehen? Wie kannst du dir sicher sein, dass sie hier ist?"

„Ich weiß es, so wahr Gott, der Herr, aus mir spricht. Vergiss nicht, dass es ihn aufs Äußerste erzürnt, wenn Menschen sie ohne Not betrachten. Wir sollen sie schützen, nicht angaffen."

Als die Männer wieder hinter dem Felsen hervorkamen, drückte sich das Mädchen erneut an den Boden. Es machte sich so klein wie möglich. Und blieb unentdeckt. Die drei liefen zum Rand der Steinterrasse, in Richtung des Pfades, der zu dem Haus auf dem Berg führt. Der Hohepriester trug seinen Hirtenstab nicht mehr bei sich, doch darum machte es sich keine weiteren Gedanken. Das Mädchen blieb kurz liegen, dann schlich es zu dem Felsen, hinter dem die Männer hervorgetreten waren. Schnell fand es den Tunnel dahinter und die Höhle. Nachdem sich seine Augen an die Finsternis gewöhnt hatten, tastete es sich vorsichtig die Wand entlang. Irgendetwas musste es hier doch geben. Endlich stieß es auf die Nische mit dem steinernen Sarkophag. Es versuchte, den Deckel zur Seite zu schieben, aber der bewegte sich keinen Deut. Ob sie hier dunkle Magie betrieben hatten? Oder die Vorfahren gerufen? Es konnte sich das Geheimnis dieser Höhle nicht erklären. Aber eines Tages würde Jakob es ihm enthüllen. Da war es sich sicher.

Die Sonne verschwand tiefrot hinter den Bergen, als die beiden Freunde am Benjamintor ankamen. Sie hatten Matthias in Kirjat-Jearim zurückgelassen. Der Hohepriester wollte bei Elias bleiben und ihn bitten, ihm das Haus und den Berg zu verkaufen. Josef schaute zum Tor, dann auf den Freund. „Ein verrückter Tag, was?"

Jakob stöhnte. „Und ob. Allein, dass ich mit dem frischernannten Statthalter von Galiläa stundenlang durch die Wälder gelatscht bin. Meine Kehle ist staubtrocken und der Magen leer wie der Tempel um Mitternacht. Kommst du mit in den ‚Halben Schekel'?"

Josef hob lachend beide Hände zur Abwehr. „Auf keinen Fall. Da schlaf ich ja vor der Bestellung ein. Zu Hause stört es niemanden, wenn ich auf dem Speisesofa schnarche. Grüß die Kleine von mir."

Jakob schmunzelte ertappt. „Du führst ein trauriges Leben, Josef ben Mattitja. Aber ja, mach ich."

Der Gastraum im „Halben Schekel" war leer. Umso mehr freute sich der Wirt, als Jakob eintrat. „Sei willkommen, Herr. Danke, dass du uns erneut die Ehre erweist. Darf ich dir den Rest von dem sizilianischen Wein bringen?"

Sein einziger Gast grinste. „Aber sicher. Und etwas zu essen. Ich verhungere. Wo ist denn Rahel?"

Der Wirt zuckte mit den Schultern. „Sie ist im Morgengrauen aufgebrochen. Zu meiner Schwester. Die wohnt in Bethanien. Einem Dorf an der Straße zum Salzmeer. Knappe Wegstunde von hier. Angeblich ist sie hin wegen irgendwelcher Frauensachen. Wüsste nicht, wie ihr eine knochentrockene Witwe da helfen kann. Was das Essen angeht, so kann ich dir nur Brot und Garum anbieten."

Jakob drohte mit dem Finger. „Salzige Fischsoße? Damit ich noch durstiger werde? Aber solange der Wein fließt – nur zu!" Der Wirt stellte einen Krug Wasser auf den Tisch und eilte nach oben, um den Roten aus Syracusae zu holen.

„Jakob! Du kommst mich besuchen!" Rahel streifte sich ihre Simlah vom Kopf und stürzte von der Tür zum Tisch, an dem ihr Retter saß. Der drehte sich überrascht um, hatte aber keine Möglichkeit mehr, ihrer stürmischen Umarmung zu entgehen.

Wie gerufen polterte der Wirt die Treppe herunter. „Hier kommt dein Wein, Herr. Rahel, lass unseren Gast in Ruhe. Er hat Durst und Hunger. Ich bring gleich Brot und Garum."

Das Mädchen löste sich von dem Hünen und schaute empört auf den Wirt. „Ein Mann wie er braucht richtiges Essen. Da ist doch die Lammkeule, die am Sabbat übrig blieb. Ich habe sie mit Honig bestrichen, um sie frischzuhalten. Die werde ich ihm bringen. Geh du nur schon nach Haus, Onkel Ephraim. Ich kümmere mich. Mehr Gäste kommen heute ohnehin nicht."

Dem Wirt schien das recht zu sein. „Meinetwegen. Du warst so lange fort, ich bin schon den ganzen Tag auf den

Beinen. Räume aber alles wieder an seinen Platz." Mit einem unterwürfigen Lächeln wandte er sich an Jakob. „Rahel kann dir mehr Wein bringen. Ich würde sagen, mit zwei Sesterzen wäre dein Mahl bezahlt. Ein Sonderpreis für unseren Retter, wie du bemerken wirst." Der holte das Geld aus dem Beutel, der um seinen Hals hing. Der Wirt nahm es und verließ eilig den Gastraum.

„Das ist dein Onkel?", fragte Jakob. Rahel goss ihm Wein in den Becher. „Ja. Die Mutter starb bei meiner Geburt, der Vater gehörte zu den Männern, die der Prokurator voriges Jahr als Aufwiegler kreuzigen ließ. Ephraim nahm mich auf und gab mir das Zimmer über seiner Schenke. Er wohnt schräg gegenüber." Rahel setzte sich rittlings auf Jakobs Bank, ihr Knie berührte ihn. Er tat, als ob er es nicht bemerkte. Sie rückte näher. „Ich fühle mich nicht mehr wohl bei ihm", flüsterte sie. „Er bot Legionären, die hier zechten, an, sie könnten sich zu mir legen. Sie hielten das für einen Spaß, weil ich so jung aussehe. Aber er meinte es ernst."

Jakob war das Thema unangenehm. Er trank einen Schluck von dem Sizilianer und schenkte sich sofort nach. „Wie alt bist du denn?"

Rahel straffte sich, legte sich mit beiden Händen das lange, schwarze Haar hinter die Ohren und drückte dabei den Oberkörper vor, sodass sich die Spitzen ihrer kleinen Brüste unter dem Hemdkleid abzeichneten. „Fünfzehn Sommer."

Jakob betrachtete sie. Ihre feinen, dunklen Augenbrauen, das schmale Gesicht mit der geraden Nase und dem sinnlichen, leicht geöffneten Mund, der zarte Körper – sie war eine im Erblühen befindliche Schönheit. Er riss sich von ihrem Anblick los und trank mit kräftigen Schlucken seinen Becher leer. „Versprachst du mir nicht Lamm mit Garum?" Ein untauglicher Versuch, seine unreinen Gedanken zu verbannen.

Rahel stand auf, zog ihr Hemdkleid wieder über die Knie und stieg von der Bank. „Das hätte ich fast vergessen." Sie eilte nach oben. Während das Mädchen dort rumorte, schenkte sich Jakob ein weiteres Mal ein. Rahel war begehrenswert. Aber zugleich fast ein Kind. Von wegen fünfzehn Sommer. Ihre Jugend machte ihm Angst. Er fürchtete, seine Lust würde die Vernunft besiegen. Was würde dann aus ihr? Eine ehrbare Ehefrau sicher nicht mehr. Sie kam wieder herunter, trat hinter ihn und stellte eine Schüssel mit der Lammkeule sowie Garum und Brot auf den Tisch. „Lass es dir schmecken." Sie strich mit der Hand leicht über seinen Arm. „Diese festen Muskeln brauchen Kraft. Sie müssen mich schützen. Vor dem Onkel. Und den Betrunkenen. Bleib mein Retter. Was sie wollen, wird dann allein dir gehören."

Jakob griff nach der Schüssel, schob sie aber wieder weg. Er drehte sich um und blickte Rahel in die Augen. „Hör zu. Meine Männer und ich, wir haben dich gerettet. Mag sein. Doch deshalb gehörst du mir nicht. Ich bin gern dein Beschützer. Aber ohne Belohnung."

In ihren Augen flackerte Panik auf. „Du hast eine Frau?"

Jakob schüttelte den Kopf. „Nein. Weißt du, ich liebe das Abenteuer und will mich nicht binden. Erst recht nicht an ein Mädchen, so jung wie du." Den letzten Satz sagte er leise. Er fürchtete, sie wütend zu machen.

Doch Rahel strahlte ihn an. „Du machst dir Sorgen wegen meiner Jugend? Dann lass mich für Fremde deine

Tochter sein. Dagegen wird niemand etwas sagen." Sie beugte sich herab und gab ihm einen Kuss auf die Wange. „Iss jetzt. Möchtest du mehr Wein? Ich bereite oben ein Lager, falls er dir zu Kopfe steigt … Vater." Jakob starrte sie kurz verdutzt an. Dann prustete er los.

Festung Jotapata

im dreizehnten Regierungsjahr des Kaisers Nero (67 n. Chr.)

Den Esel störte etwas. Das Tier hatte den Kopf nach oben gehoben und blähte die Nüstern. Seine Ohren waren angelegt. Zwecklos, es zum Weitergehen überreden zu wollen. Da war etwas. Ein Pferd hätte Jakob zwingen können weiterzulaufen. Aber die Festung von Jotapata, so hatten sie ihm unten am See Genezareth gesagt, würde er mit keinem Gaul erreichen. Zu steil die Felshänge, zu schmal der Pfad, zu groß die Gefahr, das Tier könne vor einer Schlange scheuen, die auf dem Weg die Frühlingssonne genießt. Ein Esel bleibt einfach stehen, wenn ihn etwas stört.

Wie konnte er ahnen, dass Josef das Tal des Jordan verlässt, um eine entlegene Bergfestung zu besichtigen! Jakob schwang sein Bein über den Sack mit Schwertern, den er seinem Gefährten an die Seite geschnallt hatte, und glitt herunter auf den Felsboden. Beruhigend klopfte er dem Tier mit der flachen Hand an den Hals. Da vernahm er in der Ferne den Ruf eines weiteren Esels. Deshalb die Aufregung. Nichts da, mein Grauer. Die Zeit, auf einen Freund zu warten, haben wir nicht. Er entnahm dem großen Wolltuch, das er auf der anderen Seite festgezurrt hatte, ein Büschel Heu und hielt es dem Tier vor die Nase. Der Graue blähte die Nüstern und trat vor, um es Jakob aus der Hand zu reißen. Doch der drehte sich um und ging den Pfad weiter. Der Esel trabte dem Duft des Heus hinterher.

Sie erreichten das Ende des Berghangs. Und da sah er die Festung Jotapata. Die Stadt, hinter deren Mauern Josef dem Heer des römischen Feldherrn Vespasian standhalten wollte. Panisch hatte der Freund als neuer Statthalter nach Jerusalem berichtet, dass die Römer mit drei Legionen in Galiläa einfielen. An ihrer Seite arabische Bogenschützen, syrische Reiter und Fußtruppen der verbündeten Könige. Insgesamt an die 60 000 Mann. Wenn es Zeit für den Ausgleich mit Rom sei, schrieb er, werde er den suchen. Wäre Krieg beschlossen, so solle man ihm ein Heer zur Hilfe senden. Jakob kannte die Antwort.

Da er am Ziel war, musste er nicht mit dem Heu sparen. Er gab dem Esel das Büschel aus der Hand zu fressen, setzte sich auf seinen Rücken und drückte ihm die Füße in die Flanken. Vorsichtig folgte das Tier dem Pfad hinunter ins Tal. Jakob betrachtete derweil Jotapata. Die Stadt lag auf einem Felsrücken, der zu drei Seiten steil nach unten abfiel. Feste Mauern ohne Tore und Türme schützten sie. Nur im Norden gab es keinen Abgrund, sondern einen sanften Abhang, der aussah wie der durchhängende Rücken eines Pferdes. Ihm gegenüber stieg das Gelände wieder an, bis zur Kuppe eines Berges, die höher lag als die Stadt. Jakob verzog den Mund. Die einsame Lage der Festung auf einem Hügel lud jeden Feind ein, einen Belagerungsring um sie zu ziehen und die Verteidiger von Norden anzugreifen. Oder sie auszuhungern.

Langsam trottete der Esel durch das Tal und auf der anderen Seite wieder bergan. Der Pfad endete am einzigen Einlass in die Stadt, einem Tor an der Nordseite. Hier wimmelte es von Arbeitern. Sie fuhren Steine heran, schichteten sie zu einem zweiten Wall vor der Stadtmauer, spickten ihn mit dicken Holzpfählen. Jakob brummte zufrieden: Josef hatte den Schwachpunkt der Festung erkannt. Auf dem Bergsattel vor dem Tor feuerten Hunderte von Menschen Männer an, die sich im Kampf übten. Speerwerfer zielten auf Puppen aus Stroh. Neben ihnen lernten Bauern, wie man Steine schleudert. Andere schlugen lachend mit Stäben aufeinander ein. Jakob runzelte die Stirn. Diesen Männern schien Krieg ein Spiel. Dabei näherte sich ihnen das beste Heer des Erdkreises.

Er führte den Esel durch das Tor und blieb erschrocken stehen. Die Stadt quoll über vor Menschen. Auf der Hauptstraße und in den Gassen drängten sich Frauen mit Krügen und Körben durch Gruppen von Männern im müßigen Gespräch. Zwischen ihnen rannten Kinder umher. Greise beobachteten von den Schwellen ihrer Häuser aus das Geschehen. Es stank nach dem Fleisch verbrannter Hühner, die dem Einen geopfert wurden, damit er die Bewohner vor den Römern schützt. Mit Mühe kämpfte sich Jakob durch die Menge. Vom Berg gegenüber hatte er etwa einhundert Gebäude gezählt. Demnach wohnten in Jotapata sonst an die eintausend Menschen. Jetzt waren es wenigstens dreißigmal so viele. Wie will Josef die bei einer Belagerung ernähren? Ein Junge zeigte Jakob den Sitz des Statthalters. Ein großes Haus, keine hundert Schritte weiter. Er band den Esel an einem Ring in der Seitenwand des Gebäudes fest, warf sich den Sack mit Schwertern über die Schulter und klopfte energisch an die Tür. Die wurde einen Spalt geöffnet, dann aber aufgerissen.

„Du, Herr? In diesem Nest?" Herkules, sein Gefährte auf dem Karawanenzug des Midas, konnte die Freude über das Wiedersehen kaum verbergen.

„Ich bin ebenfalls beglückt, dich zu sehen, mein griechischer Freund. Ist Josef da?" Zur Antwort wies der Leibwächter nur mit dem Kopf nach hinten. „Fein. Nimm das hier. In dem Sack sind zehn Gladiusse. Die sind für dich und die anderen Brüder."

„Gladii, Herr."

„Was?"

„Die Mehrzahl von Gladius lautet Gladii."

„Mir doch egal, wie die Römer ihre Schwerter nennen. Der Händler verstand sofort, was ich wollte. Und du sei dankbar, anstatt mich zu verbessern. Aber genug davon. Wir unterhalten uns später. Zuerst muss ich schlechte Nachricht überbringen."

Jakob ging in den Lichthof des Hauses. Er war klein, nicht zu vergleichen mit einem Atrium der Jerusalemer Oberstadt. Der Raum gegenüber war offen. Seine Wände zierten große rote Felder, unterbrochen von deckenhohen Bändern in Schwarz und Weiß. Der Anstrich des Bodens ahmte Marmorplatten nach. Am Fenster, durch das man auf die Stadtmauer sah, saß Josef an einem Tisch. Er schrieb.

„Der Feldherr, der mit einer Schriftrolle in die Schlacht zieht!" Jakobs dröhnender Bass ließ den Freund zusammenfahren.

Verdutzt drehte er sich um und sprang erfreut auf. „Du hier! Welch feine Überraschung. Bringst du mir das Heer aus Jerusalem?" Freudig nahm er den Gefährten in die

Arme. Der ließ die stürmische Begrüßung lächelnd über sich ergehen. Josef löste sich von Jakob, schaute an ihm vorbei in den Innenhof. „Nein. Du kommst allein."

Der Freund zuckte mit den Schultern. „Hast du ehrlich erwartet, die in Jerusalem schicken dir ihre Männer? Die brauchen sie ja für den Kampf gegeneinander. Doch ich bringe dir Botschaften. Einen Brief vom Rat der Ältesten sowie Grüße von Matthias und Leila. Ich soll es nicht sagen, aber ..." Jakob sprach es zögernd aus: „Sie ist jetzt Witwe."

Josef brauchte einen Augenblick, um zu begreifen. Seit dem Treffen in Jerusalem wanderten seine Gedanken immer wieder zu der Gefährtin aus der Jugendzeit. Er schalt sich dafür, denn dies lenkte ihn von seiner göttlichen Aufgabe ab, die Römer von der Lade fernzuhalten. „Du sollst nicht die Frau deines Nächsten begehren", mahnte er sich jedes Mal.

Nun aber war sie in Trauer. Hatte den Mann verloren. Und er dachte nur an den Vorteil, den ihm das bot. Mit erhobener Hand stoppte er den Freund. „Nicht alles auf einmal. Wir reden später über Persönliches. Gib mir zuerst das Schreiben der Ältesten." Jakob griff nach einem Band, das er um den Hals trug, und zog eine verschnürte Lederhülle unter seiner Tunika hervor. Mit einem Ruck riss er sie ab und gab sie Josef.

Der Statthalter von Galiläa entnahm der Hülle ein kleines Pergament und überflog es stirnrunzelnd. Verärgert warf er es auf den Tisch. „Du kennst seinen Inhalt?" Jakob nickte. Man hatte es ihm erklärt. Die Aufgabe, die Wohnung des Herrn zu schützen, verlange, dass sich die Juden um den Tempel in Jerusalem scharen. Da sei kein Mann für Galiläa entbehrlich. Josef habe mit seiner Streitmacht dafür zu sorgen, dass den Römern die Lust am Kampf vergeht. Er solle nur darauf vertrauen, dass ihm der Herr dabei zur Seite steht.

„60 000 Mann, Jakob." Josef klang verzweifelt. „Rom marschiert mit drei Legionen und ihren Hilfstruppen auf mich zu. Mit Belagerungsgerät, Reitern, Bogenschützen. Und ich? Habe nur halb so viele Kämpfer. Ach, was rede ich. Von wegen Kämpfer." Er lachte bitter auf. „Es sind junge Eiferer, die in Sandalen und Hemdkleid in den Krieg ziehen. Begierig, mit ihren Hirtenstäben die Schildkrötenformation der Römer aufzubrechen. Die keinem Befehl folgen, weil sie ja nur dem Herrn Gehorsam schulden." Josef unterbrach sich, schaute erschrocken in den Innenhof. Waren da Lauscher? Er fasste Jakob an die Oberarme und bewegte seinen Mund flüsternd an das Ohr des Freundes. „Wir haben einen Auftrag, direkt vom Herrn. Er lautet: überleben. Um die Lade zu schützen. Doch ich werde an dem verfluchten Berg hier draufgehen." Josef sprach wie unter einer schweren Last. Er löste sich wieder vom Freund. „Ich habe als Statthalter alles getan, um Galiläa zu halten. Habe die Städte mit Mauern umzogen, Zehntausende zu den Waffen gerufen und Bauern zu Soldaten geformt. Wie unnütz! Gegen uns marschiert das beste Heer der Welt. Das lässt sich nicht mit Hirtenstäben aufhalten. Höchstens mit Worten." Josef schaute erneut an Jakob vorbei, ob jemand lauscht. Aber der Innenhof war leer. „Ich müsste verhandeln. Doch die Menschen hier lassen das nicht zu. Sie haben Angst vor der Rache der Römer. Ein Bote brachte Nachricht aus der gefallenen Stadt Gabara. Dort ließ der Feldherr Vespasian alle töten. Männer, Greise, Frauen, Kinder. Als Vergeltung für das, was wir der wehrlosen Besatzung der Antonia und der XII. Legion bei Bethoron antaten. Glaub mir, die Leute hier bringen mich als Verräter um, sobald sie merken, dass ich die Festung übergeben will." Er verstummte und starrte ins Leere.

Jakob räusperte sich. „Darf ich als Freund zu dir sprechen?"

Verwundert hob Josef den Kopf. „Was soll die Frage? Na klar."

„Du bist kein Krieger und hast Angst davor, dass man dich zwingt, einer zu sein. Der göttliche Auftrag ist dir Vorwand, um nicht für die Freiheit anderer sterben zu müssen." Josef wollte etwas sagen, aber Jakob stoppte ihn mit einer Handbewegung. „Lass mich ausreden. Wenn der Herr dich dazu auserkoren hat, die Lade zu retten, warum sollte er deinen Tod wollen? Du stehst nicht ohne Grund hier. Kann es nicht sein, dass genau das sein Plan ist? Glaube an ihn. Dann wirst du überleben."

Josef war erschüttert. So hatte er Jakob nie reden gehört. Sein lebenslustiger Gefährte, der die Regeln des Einen oft eher großzügig auslegte, war demnach im Innern von einem tiefen Gottvertrauen erfüllt. Und musste ihn an seines erinnern! Bewegt umarmte er den Freund und flüsterte in sein Ohr: „Danke. Du hast recht. Sein Wille geschehe. Ich werde leben."

Jakob räusperte sich verlegen. Er löste sich vom Statthalter und schaute auf dessen Tisch. „Du hast nicht zufällig einen zweiten Becher für deinen Wein? Du ahnst gar nicht, wie staubig der Weg war!"

Josef lachte auf. „Verzeih, ich bin ein unaufmerksamer Hausherr. Lass uns etwas essen." Er klatschte zweimal in die Hände, worauf ein Diener aus einem der Nebenräume des Atriums geeilt kam. „Bring uns Wein, Trauben und Feigen in das Speisezimmer." Er nahm seinen Becher vom Tisch und reichte ihn Jakob. „Hier. Du kannst erst einmal von meinem trinken." Der Hüne leerte das Gefäß in einem Zug. Dann folgte er dem Freund in den Raum rechts von ihnen, den der Besitzer des Hauses im römischen Stil eingerichtet hatte. Dort setzten sie sich auf zwei aneinander geschobene Speisesofas. Josef wartete, bis der Diener die Früchte sowie Wein und Wasser abgestellt und ihre Becher gefüllt hatte.

„Aber jetzt erzähl. Was ist Leilas Mann geschehen?" Jakob trank einen Schluck.

„Was heute jedem braven Kerl passieren kann. Er war mit Freunden unterwegs. Nach Caesarea."

Josef war entsetzt. „Was? In die Stadt, in der voriges Jahr zwanzigtausend Juden von ihren griechischen Nachbarn ermordet wurden? Was wollte er dort?"

„Tja, er meinte, er hätte aus genau diesem Grund einen Vorteil. Seit der Tempel fertig ist, finden Bauleute in Jerusalem kaum Arbeit. Griechen und Römer in Caesarea hingegen errichten weiter ihre Paläste. Simon meinte, nach dem Massaker müsse es dort an Handwerkern mangeln. Vielleicht hatte er sogar recht, aber seine beiden Freunde und er kamen nie in der Stadt an. Räuber nahmen ihnen Wegzehrung und Werkzeug. Mehr hatten sie ja nicht. Dann erschlugen sie sie."

„Und Leila? Wie geht es ihr?"

„Sie trauert. Glaubt sich von Gott verlassen. Und hat Angst vor dem, was kommt. Wer nimmt schon eine Witwe, die verheiratet keine Kinder bekam? Ich bot ihr an, bei mir zu wohnen, doch sie lehnte ab. Wir würden nur in Streit geraten."

„Dann bring sie in das Haus des Hohepriesters." Josef war selbst erstaunt über seine plötzliche Idee. Aber während er redete, kam sie ihm immer einleuchtender vor. „Dort ist sie sicher. Niemand wird Matthias bedrohen. Er ist zu einflussreich. Er hat Freunde in der Stadt, am Hof des Königs, bei den Römern. Selbst die Aufständischen achten ihn als obersten Priester. Leila ist gescheit. Sie wird ihm helfen. Bei seinen griechischen Briefen, im Haus, was weiß ich. Und sie kann unserem Dreier-Bund nützen. Botschaften überbringen zum Beispiel. Matthias wird den Vorteil erkennen."

Trotz aller Mühe, es zu verbergen, musste Jakob grinsen. Das hatte sich Josef fein ausgedacht. So würde er seine Schwester immer mal wieder sehen. Aber wenn er ehrlich zu sich war, hatte der Freund recht. In ihrem Haus würde Leila verkümmern. Als ewige Witwe, deren Leben früh vorbei war. „Einverstanden", gab er sich einen Ruck.

Was Josef freute. „Fein. Matthias, du und ich, wir kümmern uns gemeinsam. Um sie und die Lade."

Jakob blickte seinen Freund prüfend an. „Du glaubst das, oder? Das mit der Bundeslade. Dabei sahen wir sie nie."

Josef widersprach: „Der Hohepriester zeigte uns, wo sie steht."

Das war Jakob zu wenig. „Er führte uns zu einem Haufen Steine, der sie angeblich verbirgt. Das ist alles."

„Du weißt, dass jeder des Todes ist, der sie erblickt. Ich hatte keine Lust auszuprobieren, ob das stimmt. Außerdem liegt das Geröll dort seit Jahrhunderten so. Es wäre töricht, es ohne Not zu bewegen. Warum sollte Matthias lügen?"

„Um uns auszunutzen? Was ist, wenn er das Silber aus dem Tempel gestohlen hat? In dem Fall hätte er mich eine Miliz bilden lassen, die seinen Raub mit ihrem Leben schützt. Nur, weil er behauptet, dies sei ein Auftrag unseres Herrn."

„Wenn du solche Zweifel hast – warum machst du mit?"

Jakob winkte ab. „Ich meine ja nur. Mir ist die Geschichte mit der Lade nicht geheuer. Er hätte sie uns zeigen sollen. Aber ansonsten: Er ist ein guter Mann. Ich bin ihm zu Dank verpflichtet. Deshalb zog die Schule meiner Bruderschaft vor ein paar Wochen nach Kirjat-Jearim. So sind tapfere Streiter notfalls schnell bei der Höhle. Seine Geheimnisse sind dort sicher. Ich selbst lebe jetzt im Haus des Abinadab, oben auf dem Berg. Als Pächter des Hohepriesters."

Josef schlug dem Freund mit der Faust gegen den Arm. „Gratuliere! Ich hoffe, du hast jemanden aus dem Dorf, der dafür sorgt, dass es bewohnbar bleibt."

Jakob schüttelte den Kopf. „Brauch ich nicht. Rahel kommt manchmal vorbei und hält Ordnung."

Josef war wenig überrascht. Er kannte die Schwäche seines Freundes für das Mädchen. „Liegt sie des Nachts bei dir?"

Jakob nahm ihm die Neugier nicht übel. „Du weißt genau, dass ich sie dann zur Frau nehmen müsste. Nein. Für sie bin ich der Beschützer, an den sie sich klammert. Dass sie mir dafür das einzig Wertvolle anbietet, das sie hat, macht mir eher Angst. Weil es so verlockend ist."

Josef bemerkte, wie unangenehm das Thema dem Freund war. Darum wechselte er es. „Erinnerst du dich an Joannes aus Gischala?", fragte er und nahm sich eine Traube vom Teller.

„Besiegt von einer pinkelnden Prinzessin." Jakob lachte laut auf. „Na klar erinnere ich mich an den. Was ist mit ihm?"

„Er spielt nicht mehr den Führer einer Räuberbande, er ist einer. Verschlagen, gefährlich, von unersättlicher Gier. Anfangs vertraute ich ihm. Der alten Zeiten wegen. Gab ihm Geld, um seine Heimatstadt zu befestigen. Doch er nahm es, um Hunderte von Kämpfern um sich zu scharen. Söldner, Bettler, Flüchtlinge. Er spielt den Anführer der Unterdrückten, die sich gegen Rom wehren. Aber seine Bande zieht plündernd durch Galiläa. Beraubt Dörfer und Reisende. Und ich stehe als Versager da, der sie gewähren lässt. Vor einigen Wochen sandte er mir sogar Attentäter. Denn er will meinen Posten. Als Statthalter hätte er Zugriff auf die Steuern. Und als Feldherr die Macht, sie einzutreiben. Es ist pure Gier, die ihn antreibt."

„Warum setzt du ihn nicht fest? Du verfügst doch über wesentlich mehr Männer als er."

„Oh, das habe ich. Aber er gelobte öffentlich Besserung. So musste ich ihn ziehen lassen, um keinen Bruderkrieg zu riskieren. Jetzt hat er sich vor den Römern in den Mauern von Gischala verkrochen. Hoffentlich lässt ihn der Herr dort verrotten. Oder macht ihn Vespasians Rache zum Geschenk." Josef schaute sich erneut um, ob es einen Lauscher geben könnte. Aber im Atrium war alles still. „Weißt du, Jakob, in letzter Zeit quält mich ein frevlerischer Gedanke: Was, wenn die Gebote des Herrn nicht mehr das einigende Band zum Schutz der Lade bilden? Wir Juden sind untereinander so zerstritten, womöglich ist es in der Tat besser, sie unter Neros Thron zu verstecken? Weil sie da sicherer ist als bei uns?"

Die Mutlosigkeit der Worte erschreckte Jakob. So kannte er den Freund nicht. Aber er kam nicht mehr dazu, zu antworten. Herkules stürzte in den Raum. „Statthalter! Die Römer kommen! Die ganze Armee. Sie werden schon morgen hier sein. Ich sag den anderen Bescheid!" Der Grieche rannte wieder in den Hof.

Überrascht blickte Josef auf Jakob. „So schnell? Wie es aussieht, verfolgt der Herr seinen Plan mit mir recht hartnäckig. Jetzt bleibt mir in der Tat nur zu kämpfen. Aber du musst dringend hier weg. Sie werden als Erstes einen Belagerungsring um uns ziehen."

Der Freund protestierte. „Kommt gar nicht infrage! Du brauchst jemanden, der dir hilft und dich schützt. Ich bleibe."

Josef widersprach. „Nein. Deine wichtigste Aufgabe ist nicht mein Schutz. Du gehst zurück nach Kirjat-Jearim. Damit ist unser Bund auf das, was kommt, am besten vorbereitet: Matthias wartet im Tempel ab, du wachst bei der Lade und ich kümmere mich darum, Vespasian von ihr fernzuhalten. Deine Gefährten stehen mir zur Seite. Das genügt. Ich muss jetzt Anordnungen treffen. Ruhe ein wenig. Sobald es dunkel wird, gehst du los. Ich fürchte, die Römer werden bald alle Wege kontrollieren. Lass dich nicht von ihnen aufgreifen. Es wäre Verrat am Willen des Herrn."

Vorsichtig schlich Jakob einige Stunden später an der äußeren Festungsmauer entlang. Er konnte nicht riskieren, dass man ihn gegen das helle Licht des Mondes sah. Kurz vor der Südspitze hockte er sich hin und zog sich das Ziegenfell über, das ihm Herkules besorgt hatte. Mit zwei Stricken band er es sich auf dem Rücken fest. Von

Weitem würde man ihn so hoffentlich für ein Tier halten. Er hatte vor, von der Seite in die Schlucht zu klettern, die hinunter ins Tal führte. Vorsichtig kroch er rückwärts an die Kante des Abhangs. Der fiel zwar stark, aber nicht steil ab, er konnte langsam an ihm hinunterrutschen. Mit den Sandalen prüfte er immer wieder die Festigkeit der Steine. Waren sie groß genug, stemmte er sich dagegen, hielt inne und besah sich den vor ihm liegenden Abschnitt. Ruhe war seine erste Pflicht. Er hatte einen Auftrag des Herrn, und es sah so aus, als sei er dabei auf sich gestellt. Josef saß in Jotapata fest und Matthias womöglich bald in Jerusalem. Das Gewicht der Lade lastete allein auf ihm. Er musste zu ihr durchkommen. Plötzlich löste sich einer der Steine unter seinen Füßen. Er sprang mit lautem Klacken in Richtung des ausgetrockneten Bachs am Fuß des Abhangs. Jakob hörte, wie er gegen einen Felsen prallte und liegen blieb. Angestrengt lauschte er in die Nacht. Wenn die Römer hier eine Wache aufgestellt hatten, mussten sie den Lärm gehört haben. Aber nichts rührte sich. Er wartete eine Weile, dann kroch er weiter abwärts, sich immer wieder umschauend. Endlich hatte er das Bachbett erreicht. Es lag im nächtlichen Schatten des Hanges und bot mit seinen Felsen Deckung. Ab hier wurde es leichter für ihn. Er band sich das Ziegenfell ab und schlich hinunter zum Tal zwischen der Festung und dem Berg gegenüber. Dort verlief der Pfad nach Kana. Jakob kroch an dessen Rand. Er wollte sich schon aufrichten, da vernahm er hinter sich ein Knirschen. Vorsichtig schaute er zurück. Und sah direkt in zwei Speerspitzen, die auf ihn gerichtet waren.

„Wen haben wir denn hier?" Jakob verstand die beiden Römer nicht, aber er ahnte, was sie sagten. Normalerweise hätte er es mit ihnen aufgenommen, doch er lag auf dem Boden, und sie standen direkt über ihm. Bei der geringsten Bewegung würden sie kurzen Prozess machen. Er wollte schauen, ob sie nur zu zweit waren, aber sofort drückte sich eine Speerspitze in seine Wange und schob seinen Kopf sanft zurück. Würden sie ihn töten wollen, hätten sie es längst getan. So lag er weiter steif auf dem kalten Boden, das Kinn auf ein paar Steinchen gepresst, die sich in seine Haut bohrten. Sie warteten auf etwas. Die Wachablösung? Nach einer ganzen Weile vernahm er erneut Schritte. Zwei weitere Römer. Nicht allzu vorsichtig. Sie sprachen seine Bewacher an. „Er ist allein. Niemand hinter ihm." Griechisch. Davon hatte er die wichtigsten Worte bei Ananias und später von Herkules gelernt. Womöglich konnte er verhandeln.

„Steh auf!" Gehorsam erhob er sich. „Sieh an, du verstehst mich." Einer der Neuen kam auf ihn zu, seine beiden Gefährten hielten weiter ihre Speere auf seinen Oberkörper gerichtet. Der Vierte schaute gelangweilt zu. Jakob fiel auf, dass sie keine Helme trugen und dunkle Mäntel die Uniform bedeckten. Das war ein Spähtrupp. Ihr Anführer trat vor ihn. „Du bist Jude?"

Zwecklos, das zu leugnen. „Ja, Herr."

„Ein Jude, der Griechisch spricht und den Steilhang von der Festung herunterrutscht. So so. Es ist zwar eindeutig, aber ich will es aus deinem Mund hören: Was machst du hier?"

Der hielt ihn für einen Spion. Wenn er das bestätigte, war er tot. Leugnete er es, ebenso. Denk nach Jakob. Was hätte Josef an deiner Stelle gesagt? Die Wahrheit. Doch so, dass es passt.

„Ich suche Wege durch Galiläa. Auftrag meines Herrn Marcus Maecius Midas aus Damaskus", stammelte er auf Griechisch. Der Anführer begann zu grinsen und drehte sich zu seinen Gefährten um. Die fanden seine Antwort offenbar ebenfalls lustig. Glaubten sie ihm nicht? Jakob steigerte sich panisch in seine Rolle. „Das ist Wahrheit. Midas Kaufmann. Er sagt, ich müssen neue Wege für Karawanen finden. Durch Land, weit weg von Krieg. Er das brauchen für Geschäft."

Sein Gegenüber hörte auf zu lächeln. Er trat an Jakob heran. Dabei kam er ihm mit dem Gesicht so nahe, dass er dessen stinkenden Atem riechen konnte. „Da hast du aber Pech gehabt, mein Freund", flüsterte er drohend. „Denn du bist ausgerechnet Männern der syrischen Reiterkohorte in die Hände gefallen. Die in ihrem Lager schnell überprüfen können, ob deine Geschichte stimmt. Ich denke ja, du bist ein Spion. Und die pflegen wir nach Römerart ans Kreuz zu nageln." Der Anführer trat zurück. „Bindet ihn!" Einer der Männer legte seinen Speer zur Seite und holte unter dem Umhang einen Riemen hervor. Damit fesselte er Jakob die Hände. Dann stieß er ihn auf den Weg. In die genau falsche Richtung.

Nach der ersten Biegung des Pfades erreichten sie einen Platz mit Dutzenden von Pferden. Die sind mit mindestens zwei Einheiten hier, erkannte Jakob. Der Feind war schneller als vermutet. Der Anführer der Späher trat auf einen Offizier zu und machte Meldung. Die schien den Mann zu erheitern, er schaute grinsend zu dem Gefangenen. Dann erteilte er einen Befehl. Jakobs Bewacher holten fünf Pferde und setzten ihn gefesselt auf eines davon.

Gemächlich ritt der kleine Trupp in weitem Bogen um die Festung herum. Keine Hoffnung auf Flucht. Einer der beiden Reiter vor ihm führte das Pferd, auf dem er saß, an einem langen Strick. Alle schwiegen. So fand er Gelegenheit, über seine Lage nachzudenken. Er hatte sich erwischen lassen wie ein Tora-Schüler beim Dösen. Jetzt hatte der Hohepriester gleich beide Helfer verloren. Josef würde von den Römern belagert und er ans Kreuz geschlagen. So wie alle Spione. Dass er einer war, stand für sie fest. Warum sonst sollte ein Jude nachts in Richtung ihres Lagers kriechen? Er hatte versagt. Der Herr würde sich einen anderen Hüter der Lade suchen. Womöglich hat er sich längst von ihm abgewendet.

Nach einer Weile entdeckte er hoch oben auf einem Berg die Palisaden eines riesigen Feldlagers. Es war im Bau, überall wurde gehämmert und gegraben. Darunter standen im Tal die Zelte der Späh- und Bautrupps, die dem Heer des Vespasian den Weg zur Festung Jotapata ebneten. Seine Begleiter saßen ab, zwei Männer holten ihn von seinem Pferd herunter. Der Anführer stieß ihn zu einem Zelt in der Mitte des Lagers. Vor dessen Eingang befahl er dem Gefangenen zu warten. Jakob hörte, wie er drinnen Meldung machte. Deutlich war der Name Maecius Midas zu verstehen. Dann öffnete sich die Plane, und der Anführer winkte ihn in das Zelt. Dort war es warm. In einer Feuerschale leckten die Flammen an frischen Holzscheiten. Dahinter befand sich ein Kartentisch, an dem ein Offizier mit dem Rücken zu ihm stand und ein Pergament studierte. Er trug die Uniform eines römischen Tribuns, sein Helm mit dem Kamm aus rot gefärbtem Rosshaar lag auf dem Tisch.

„Der Spion, Herr", meldete der Anführer. Der Mann drehte sich um. Jakobs Augen wurden weit. Vor ihm stand Nicanor. Deshalb lachten alle, wenn der Name Maecius Midas fiel! Der Sohn des Händlers schaute verblüfft auf den Gefangenen. Dann wurde sein Gesichtsausdruck hart. „Du hast recht, Optio. Das ist ein Spion. Da bin ich mir absolut sicher."

Festung Jotapata

im dreizehnten Regierungsjahr des Kaisers Nero
(67 n. Chr., am 47. Tag der Belagerung)

„Steh auf, Herr!" Unsanft wurde Josef die Decke weggezogen, unter der er schlief. Brutal fasste ihn jemand an den Schultern und riss ihn hoch. Aus einem tiefen Schlaf der Erschöpfung gerissen, öffnete er die Augen und versuchte, sich zu orientieren. Herkules ließ ihm nicht einmal dazu Zeit. „Komm schnell. Die Römer sind da!"

Josef setzte sich auf und schaute benommen um sich. „Wo? An der Nordmauer?"

Der Grieche zerrte ihn mit Gewalt von seinem Lager nach oben. „Nein. In der Stadt. Überall. Komm. Du musst fliehen!" Jetzt hörte Josef Lärm im Innenhof. Durch die offene Tür sah er Männer seiner Leibwache gegen Römer kämpfen. Simon erhielt soeben einen Stich mit dem Gladius in den Hals, eine Blutfontäne schoss heraus. Jakobs Gefährte sank auf den Boden, der schon mit weiteren Leichen bedeckt war.

„Durch das Fenster!" Herkules schob ihn gegen die Öffnung in der Wand, die zur Stadtmauer ging, und stellte sich schützend vor ihn. Josef gehorchte augenblicklich. Er war jetzt hellwach. Der Sturz auf die Gasse hinter dem Haus war schmerzhaft, aber er hatte sich nichts gebrochen.

Neben ihm schepperte ein Schwert auf den Boden, dann folgte Herkules. „Hoffentlich haben sie uns nicht gesehen. Wir müssen zur Südmauer. Ich gehe vor." Er hastete an die Ecke des Hauses, lugte vorsichtig in die Seitengasse. „Die sind beschäftigt. Los!" Der Leibwächter sprintete hinter das nächste Gebäude. Josef eilte hinterher, schaute aber kurz in die Gasse. Dort hatten drei Römer ein junges Mädchen auf den Rücken geworfen. Die Nachbarstochter. Keine vierzehn Sommer alt. Sie quiekte wie ein an den Hinterläufen gepacktes Ferkel. Zwei der Soldaten hatten jeweils einen Fuß auf ihre beiden wie an einem Kreuz ausgebreiteten Unterarme gestellt und sicherten den Ort mit gezogenen Schwertern zur Straße. Der dritte kniete zwischen den Schenkeln des Mädchens und zerrte ihr Hemd hoch. Dahinter lag Marias Mutter in einer Lache Blut.

„Weiter!", zischte Herkules. Sie hasteten den Pfad an der Stadtmauer entlang. Der Morgennebel in der Festung wurde durch Rauch verstärkt, der ihnen in Augen, Nase und Rachen biss. Josef sah Flammen aus Fenstern schlagen. Gnadenlos machten die Römer jeden nieder, der aus einem brennenden Haus floh. Der Dunst dämpfte die Schreie des Entsetzens und der Mordlust. Sie klangen seltsam entfernt, obwohl das Blutbad nur eine Gasse weiter stattfand.

Ein Bretterverschlag versperrte ihnen den Weg. „Wir müssen nach vorn. Bleib dicht bei mir." Herkules schlich vorsichtig zur Hauptgasse. Die war übersät mit Leichen. Viele Frauen, Kinder, Greise. Kein Toter trug einen Helm oder nur einen Umhang. Die Männer waren von ihren Schlafplätzen auf die Straße gestürzt und dort umgebracht worden. Einige wenige Verletzte hielten sich wimmernd ihre klaffenden Wunden. Weiter vorn erklang Kriegslärm. Das Morden hatte sich an die Westmauer verlagert. Rechts von ihnen näherte sich schnell das Klappern genagelter Militärsandalen. Herkules warf sich zwischen die Leichen auf den Boden und zerrte Josef ebenfalls nach unten. Sie stellten sich tot. Eine Herausforderung, angesichts des bestialischen Gestanks aus verbranntem Fleisch, im Sterben entwichener Notdurft und frei liegender Eingeweide. Zwei Frauen stürzten durch den Nebel an ihnen vorbei, gejagt von drei lachenden römischen Soldaten. Kaum waren sie vorüber, sprang Herkules auf: „Weiter!"

Willenlos folgte Josef der Anweisung. Wozu fortlaufen? Die Römer sickerten in Scharen von Norden her in die Festung ein. Sie machten jeden nieder. Im Süden war nur die Mauer. Wer nicht beim Sprung von ihr den Tod fand, würde spätestens am doppelten Belagerungsring im Tal sein Leben verlieren. Es gab kein Entrinnen. Herkules zog ihn wieder in Richtung Stadtmauer. „Da!" Der Leibwächter zeigte auf einen schmalen Spalt im Boden. Eine unbehauene Treppe im Felsen, ausreichend für eine einzelne Person. „Steig hinunter!" Die kaum mehr erkennbaren Stufen führten zu einem Loch. Vor Jahrhunderten in den Stein gehauen, knapp eine Schwertlänge breit. Josef zwängte sich hinein. Eine weitere Treppe. Er stieg hinab und schaute unten zweifelnd auf Herkules. „Du willst dich in einer Zisterne verstecken?"

Der Grieche zuckte die Schultern. „Besser, als erschlagen zu werden. Wenn wir Glück haben, verfliegt der Blutrausch der Römer, ehe sie uns hier finden. Außerdem ist das mehr als eine Wasserstelle. Schau!" Herkules ging hinunter zum Rand des fast ausgetrockneten Beckens. Er watete durch die Pfütze zur gegenüberliegenden Seite, wo ein hüfthohes Loch gähnte, hinter einem Steinhaufen kaum zu entdecken. Der Eingang zu einem Tunnel. Er zeigte mit dem Gladius auf ihn: „Dahinter befindet sich eine geräumige Höhle. Komm!" Der Leibwächter kniete nieder und kroch hinein. Josef folgte ihm. Auf der anderen Seite richtete er sich auf. Durch einen schmalen Spalt in der Decke fiel Licht in das unterirdische Gewölbe. An dessen Rückwand standen an die drei Dutzend Männer. Einige von ihnen hatten Dolche oder Knüppel in der Hand. Kampfesbereit schienen sie nicht. Eher müde. Und voller Furcht. Herkules nahm sein Schwert herunter und ging einen Schritt auf sie zu. „Habt keine Angst! Wir sind auf der Flucht, genau wie ihr."

Ein älterer Mann trat hervor. „Ich kenne dich", sprach er Josef an. „Du bist der Statthalter."

Unter seinen Gefährten entstand ein aufgeregtes Gemurmel. „Dir danken wir das Morden der Römer!", sagte einer wütend. „Er hat ihnen 47 Tage widerstanden!", widersprach ein anderer. „Wäre er nicht gekommen, hätten sie uns gar nicht erst belagert", tönte es von hinten.

Der ältere Mann hob die Hand. „Ruhe!", zischte er. „Sollen sie uns hören?" Sofort setzte betroffenes Schweigen ein. „Statthalter, du siehst vor dir die Reste von Jotapatas Ältestenrat. Als die Römer gestern die Bresche in die Stadtmauer schlugen, war uns klar, dass die Festung bald fallen würde. Ich erinnerte mich an diese Höhle hier, die nur erreicht werden kann, wenn die Zisterne fast ausgetrocknet ist. Wir prüften im Morgengrauen, ob sie eine Zuflucht bietet, da brach in der Stadt Kampfeslärm aus. Wie die Sintflut ergossen sich die Römer in die Gassen. Nie hätten wir vermutet, dass sie Jotapata so schnell nehmen.

Wir schafften es nicht, zu den Unseren zurückzukehren. Wir fürchten das Schlimmste für sie. Sklaverei. Tod." Er seufzte. „War es Verrat?"

Josef wusste darauf keine Antwort. „Ich bin genauso überrascht worden wie ihr. Meine Leibwache weckte mich. Sie rief, ich solle durch das Fenster fliehen. Die Männer versuchten, die Römer aufzuhalten. Sie fanden dabei den Tod. Draußen traf ich diesen griechischen Söldner hier. Er wies mir den Weg zu der Zisterne, die er vor einigen Tagen entdeckt hatte."

Der ältere Mann sah seine Mitbürger an, dann entschied er: „So bleibt, bis sich die Lage beruhigt hat."

Die Höhle entrückte Josef vom grausamen Geschehen in der Stadt. Schreie, Klagerufe und Siegesgeheul verwebten sich zu einem fernen Klangteppich. Der Wind blies den Rauch der Brände über den Spalt in der Decke hinweg. Er mischte sich mit der frischen Luft, die aus der Zisterne nach oben zog. Josef setzte sich an die Wand neben dem Durchgang und schloss die Augen. Sein Gewissen quälte ihn mit dem Anblick der Nachbarstochter auf dem Boden der Gasse. Hätte er sie retten können? Nicht heute, das wäre Selbstmord gewesen. Aber vorher? Von Anfang an war klar, dass die Römer siegen. Bei all ihrer Militärmacht. Warum hat er die Festung nicht gleich übergeben? Weil Vespasian dann weitermarschiert wäre, gab er sich selbst die Antwort. Zum Tempel. So hatte er die Römer 47 Tage vom Heiligtum ferngehalten. Lange genug, um sie in ein Winterquartier zu zwingen. Nein, Marias Leiden war nicht umsonst. Sie hatte das Schicksal all der Mädchen in Jerusalem auf sich genommen. Doch in seinem Kopf blieb das Bild von der Tochter, deren Haar im Blut der Mutter lag, während der Römer sie schändete. Er riss die Augen auf, um es loszuwerden.

Herkules saß neben ihm. Hatte sich an die Wand gelehnt, die Lider geschlossen. Quälten ihn ähnliche Bilder? Der Gladius, der sich in Simons Hals bohrte? Die Leichen mit ihren herausquellenden Eingeweiden in den Straßen? Der Grieche öffnete die Augen. Er musste bemerkt haben, dass Josef ihn anstarrte. Herkules wandte ihm sein Gesicht zu. „Warum hast du mich als Söldner vorgestellt und nicht als Letzten deiner Leibwache?" Eine berechtigte Frage.

Er hatte es aus Instinkt getan, ohne darüber nachzudenken. Josef zuckte mit den Schultern. „Eine Eingebung. Sie sollten nicht wissen, dass wir uns schon lange kennen. So ist dein Schicksal nicht mit meinem verbunden. Und du hast den Vorteil der Überraschung, wenn du mir hilfst."

Der Grieche überlegte. „Da ist was dran", gab er zu. Er schaute auf die Ältesten, die sich in kleine Grüppchen aufgeteilt hatten. Einige saßen apathisch an der Wand, andere redeten leise miteinander. Manche versuchten, auf dem Felsboden zu schlafen. „So viele Menschen und keine Vorräte. Wenn es dunkel wird, gehe ich Nahrung suchen. Und einen Fluchtweg. Du bleibst. Hier bist du sicher." Josef widersprach nicht.

Herkules machte sich auf den Weg, als es im Spalt in der Decke finster war. Zwei Männer aus Jotapata begleiteten ihn. Sie wollten sich ebenfalls draußen umsehen. Josef bekam davon nichts mit. Sein Körper nahm sich, was ihm nach Wochen der ständigen Anspannung am meisten fehlte: Ruhe. Keine Befehle, die es zu erteilen gab, kein Bedenken der Pläne des Feindes. Keine Sorge um Greise, Frauen und Kinder, keine Beschwichtigung der Hitzköpfe in den eigenen Reihen und kein Entflammen des Kampfgeistes bei den Erlahmenden. All das fiel von ihm ab. Was blieb, war Schlaf.

Er wurde erst wach, als Unruhe um sein Lager herum entstand. Im fahlen Licht der Morgendämmerung sah er, wie die anderen Männer vorsichtig auf ihn zu kamen. Doch ihr Interesse galt nicht ihm. Im Tunnel waren Geräusche zu vernehmen. Josef stützte sich auf und schaute ebenfalls zum Loch in der Wand. Dort erschien zuerst ein Korb, dann sah man die Hand, die ihn schob, endlich den mit einem Tuch bedeckten Kopf einer Frau. Drinnen richtete sie sich auf. „Deborah", rief einer der Ältesten überrascht. „Das Weib des Bäckers in der Südstadt", erklärte er jenen, die sie nicht kannten.

„Seine Witwe", entgegnete sie müde. „Sie sind alle tot. Mein Mann. Seine Brüder. Deren Frauen, unsere Kinder. Liegen unbegraben auf der Straße." Sie streifte die Simlah herunter. „Wir kommen nicht an sie heran. Die Römer suchen in den Tunneln und Höhlen unter der Stadt nach Überlebenden. Zuerst den Statthalter. Er war nicht bei den Toten." Wie auf Kommando sahen alle zu Josef. Die Frau folgte ihren Blicken. „Ach hier bist du", sagte sie nur. Dann sprach sie weiter. „Simon, der Gerber, entdeckte mich in meinem Versteck unter der Bäckerei. Er suchte nach Nahrung für euch. Ich habe mitgebracht, was die Römer übersahen." Sie drehte sich um und ließ sich auf die Knie nieder.

„Du gehst wieder?", fragte einer erstaunt.

„Ja. Ich bleibe bei meiner Familie, bis die Soldaten abziehen. Um sie zu begraben. Der Herr beschütze euch." Vorsichtig kroch sie fort.

Der Sprecher des Ältestenrates verteilte die Fladen. Jeder bekam ein Viertelstück. Dann kehrten alle an ihre Plätze zurück und rissen sich Stücke aus dem Teig.

Josef fragte Herkules nach den Ergebnissen seiner nächtlichen Erkundung. Der berichtete, dass überall Trupps von Römern umherstreifen. Sie holen alles Nützliche aus den Häusern. Nahrung, Kleidung, Werkzeuge. Was zu groß oder schwer sei, zerstörten sie. „An einer Stelle war ich schneller", grinste er und warf ihm eine Tunika und ein Wolltuch zu. „Ein Statthalter im Hemdkleid, das geht doch nicht." Dann wurde er wieder ernst. „Ich habe mit den beiden anderen gesprochen, die draußen waren. Wir sind uns einig. Die Flucht ist unmöglich. Die Römer haben Soldaten in die Festung gelegt, in die stehengebliebenen Häuser im Norden und vor das Tor dort. Überall Wachen und Plünderer. Den einzigen Schutz bilden die Leichen auf den Straßen. Die überlassen sie den Tieren zum Fraß. Keine Ahnung wie wir hier rauskommen." Der Grieche nahm einen letzten Bissen von seinem Fladenbrot, steckte den Rest unter ein weiteres Wolltuch, das er mitgebracht hatte, und legte sich dann darauf. Schnell hörte man ihn schnarchen.

Josef lehnte sich wieder an die Felswand. Er schaute auf die Männer in der Höhle, die vor sich hin starrten, müde auf dem Boden lagen oder leise Gebete sprachen. Ihm kam Leila in den Sinn. Er hätte so gern ein letztes Mal mit ihr gesprochen. Sie berührt. Jetzt, da sie frei war, war er gefangen. Der Herr spielte mit ihm. Warum? Er handelte doch in seinem Auftrag. Als einer von drei Gesalbten, die in der Nachfolge des Moses stehen. Er schloss die Augen und sprach das Morgengebet. Leise und inbrünstig. Höchste Zeit, dass ihm der Einzige hilft.

Einige Stunden später hörte er durch den Tunnel neben sich eine Stimme. Laut und herrisch. Jemand rief ihn. „Josef ben Mattitja!" Die Ältesten schauten verwundert auf das Loch in der Wand. Einige standen auf und kamen näher. „Ich rufe den Statthalter Galiläas. Rede mit mir!" Der Mann sprach griechisch.

Josef erhob sich von seinem Platz. Die anderen beobachteten ihn aufmerksam. Er kniete sich an den Tunneleingang und rief zurück: „Wer bist du?"

Die Antwort klang durch den Hohlraum seltsam verzerrt. „Feldherr Vespasian entsendet dem Kommandanten der Festung Jotapata einen gleichgestellten Offizier. Er macht dir ein Angebot." Die nächsten Sätze ließen Josef erstarren. „Man nennt mich Marcus Maecius Nicanor. Ich bin der Tribun der 2. Syrischen Kohorte, aber stehe hier allein. Meine Leute bewachen oben den Eingang der Zisterne. Ich wünsche, den Statthalter unter vier Augen zu sprechen. Das ist keine Falle. Im Namen Vespasians gebe ich ihm das Ehrenwort, dass er bei diesem Gespräch unbehelligt bleibt."

Nachdem er sich von seiner Überraschung gefangen hatte, suchte Josef Blickkontakt zu Herkules. Fast unmerklich schüttelte er den Kopf. Sag nicht, dass wir ihn kennen. Der Grieche verstand ihn zum Glück sofort. Er hielt zur Bestätigung kurz die Augenlider geschlossen. Beruhigt stand Josef wieder auf. Er wandte sich an die Männer in der Höhle und übersetzte, was Nicanor gesagt hatte.

„Geh nicht", stürmten sie auf ihn ein. „Die Römer versuchen, dich gefangen zu nehmen. Hier herein kommen sie nicht, da wir jedem von ihnen einzeln den Kopf abschlagen könnten, sobald er aus dem Tunnel kriecht. So probieren sie es mit einer List!" Josef verstand ihre Angst. Er war ihr Unterpfand. Solange die Römer ihn schonten, überlebten sie alle. Aber er musste unbedingt zu Nicanor. Es war doch kein Zufall, dass in dieser verzweifelten Lage wie aus dem Nichts sein Freund aus Kindertagen auftauchte. Der Herr hatte sein Gebet erhört.

„Sie brauchen ja gar nicht hereinzukommen. Sie könnten uns leicht verhungern lassen. Das kostet sie zwei Mann Wache vor dem Tunnel", widersprach er. „Nein, ich werde mir anhören, was ihr Feldherr von einem Besiegten will." Er schaute zu dem Loch in der Wand. „Ich schlage vor, der Grieche bewacht den Eingang. Falls sie doch eine Überraschung geplant haben." Entschlossen zog Herkules den Gladius aus dem Gürtel. Josef war klar, dass er seine Aufgabe begriffen hatte. Es würde keine Lauscher geben. Er kniete sich nieder und kroch in den Tunnel.

Auf der anderen Seite richtete er sich auf. Ein breites Lächeln lag auf seinem Gesicht. Denn ihm gegenüber stand sein alter Freund Nicanor – in blank geputzter Uniform mit dem Helmbusch aus rot gefärbtem Rosshaar auf dem Kopf. Er grinste ebenfalls. Josef legte seinen Finger auf den Mund und wies nach links. Stumm stellten sie sich neben das Tunnelloch. Dann endlich umarmten sie sich. „Wie habt ihr mich gefunden?", flüsterte Josef.

„Durch eine Frau, die euch Brot gebracht hatte. Sie verriet dich in der Hoffnung, dass wir ihr Leben verschonen. Das tat Vespasian. Sie wird mit anderen als Sklavin verkauft." Nicanor hatte ebenso die Stimme gesenkt.

Josef nahm seinen Arm und führte ihn weiter vom Tunnel weg. „Ihr macht Gefangene? Mir schien, es sollte niemand verschont werden."

Der Tribun nickte. „So lautete der Befehl. Aber die Hilfstruppen erhalten kaum Sold, verdienen nur an der Beute. Sie brachten zwölfhundert Frauen und Mädchen sowie Kinder zusammen, die sich leicht verkaufen lassen. Alle anderen sind tot. Nach unserer Schätzung liegen vor und in der Festung an die vierzigtausend Leichen."

So viele. Josef schauderte es. „Herkules bewacht den Eingang der Höhle", lenkte er ab. „Da lauscht niemand. Lass uns dennoch leise sprechen. Sag, was will Vespasian, und warum schickt er ausgerechnet dich?"

„Ein Zufall. Ich war bei seinem Stab, als die Frau ins Zelt gebracht wurde. Ich verriet dem Feldherrn, dass wir uns von früher kennen. Er entschied, mich als Boten zu senden." Der Tribun straffte sich. Er sprach jetzt im Namen Vespasians. „So lautet sein Angebot: Du verlässt die Höhle, stellst dich und im Gegenzug verbürgt er dir das Leben." Gespannt erwartete Nicanor die Reaktion des Freundes.

Die fiel knapp aus. „Das ist alles?", fragte Josef.

Der Tribun zuckte die Schultern. „Was erwartest du? Du bist besiegt, deine Männer sind tot. Mit dem Versprechen, dich am Leben zu lassen, zollt dir Vespasian seinen Respekt."

Josef war nicht überzeugt. „Ich vertraue dir als meinem Freund, aber ich misstraue den Absichten deines Heerführers. Er hätte so viele Gründe, mich zu kreuzigen. Allein, dass ich eure anstürmenden Legionäre mit heißem Öl übergießen ließ, werden mir seine Offiziere nie verzeihen."

Nicanor winkte ab. „Der General kennt den Unterschied zwischen verzweifelter Verteidigung und blinder

Grausamkeit. Er bewundert dich für deinen Einfallsreichtum. Die gespannten, feuchten Ochsenfelle, die unsere Brandgeschosse unwirksam machten. Das Aufhängen vor Nässe tropfender Wäsche, nur damit wir nicht merken, dass euer Wasser zur Neige geht. Das gekochte griechische Heu, das unsere Soldaten auf den Planken der Belagerungstürme ausgleiten ließ. Doch du hattest seine Achtung schon vorher. Wegen deiner harten Anstrengungen zum Schutz der Städte. Als er hörte, dass du in Jotapata bist, schickte er eintausend Reiter voraus, um die Festung zu umstellen. Nur, damit du ihm nicht entfliehst."

Josef war überrascht. „Woher wusste er von meiner Anwesenheit? Ich traf zwei Tage vor ihm ein." Nicanor grinste. „Von Jakob. Er wurde in der Nacht vor unserer Ankunft im Tal aufgegriffen. Zum Glück von einem Spähtrupp meiner Leute. Sie hielten ihn für einen Spion. Ich erzählte ihnen, dass das zwar stimmt, er aber nicht in jüdischen, sondern in römischen Diensten stehe. Dank seinem Bericht konnte ich ihn als bedeutende Quelle ausgeben und Vespasian melden, dass der Statthalter Galiläas in der Festung weilt. Die Nachricht war ihm wichtig. Du hast seinen Plan vereitelt, die Juden in offener Feldschlacht zu schlagen, indem du ihre Städte zu Bollwerken ausgebaut hast, die er alle einzeln erobern muss. Außerdem berichteten ihm Überläufer, dass du dein Heer nach römischem Vorbild aufstellst, mit Centurien und Kohorten. Du warst ihm ein gefährlicher Gegner, der jetzt besiegt ist. Er wird Milde üben."

Josef war sich da nicht so sicher. Vor allem fragte er sich, ob er dem mächtigsten Mann Roms im Osten trauen konnte. „Sag, was ist Vespasian für ein Mensch? Wonach strebt er? Es ist wichtig, ihn zu kennen, bevor ich mich in seine Gewalt begebe."

Der Tribun überlegte. „Er ist älter als unsere Väter. Seine Eltern waren wohlhabend, gehörten zum Landadel. Ihr Sohn erwarb sich große Verdienste bei Feldzügen in Germanien und Britannien. Aber Neros Mutter verhinderte seinen weiteren Aufstieg. Keine Ahnung, warum. Der Kaiser selbst zürnte ihm, weil Vespasian bei einem seiner Auftritte im Theater einschlief. Auf der anderen Seite muss er ihn wegen des hohen Alters und der niedrigen Herkunft nicht als Anwärter auf den Thron fürchten. Darum gab er ihm dieses riesige Heer. Doch Nero unterschätzt etwas: Zum einen stehen die Legionäre hinter Vespasian. Für sie ist er einer von ihnen. Zum anderen paart sich seine Erfahrung mit dem Ehrgeiz seines Sohnes Titus. Obwohl der jünger ist als wir, führt er schon eine Legion. Diese Einheit von Soldaten und Führern ist selten und gefährlich. Für Judäa und Rom." Nicanor verstummte. Dann fiel ihm etwas ein. „Ach ja. Vater und Sohn sind abergläubisch. Sie vertrauen den Zeichen der Götter, selbst fremder. Sie unterbrachen den Feldzug zwei Tage, um am Berg Karmel dem Baal zu opfern und sein Orakel nach der Zukunft zu befragen. Man munkelt, dass der Priester ihnen große Macht und Ruhm voraussagte."

Nicanor versuchte ein letztes Mal, Josef zum Mitkommen zu überreden. „Habe Vertrauen. Ich werde unsere Freundschaft nicht verraten, und Vespasian hat keinen Grund, sie für einen Betrug zu nutzen. Wünschte er deinen Tod, so bräuchte er nur Feuer vor der Höhle legen lassen. Ihr würdet alle im Rauch ersticken. Nimm sein Angebot an."

Josef schaute zu dem Tunnel. „Und was ist mit den anderen da drinnen?" Der Tribun schüttelte den Kopf. „Es gilt nur für dich. Aber kann sein, er übt Milde." Eine Weile standen sie schweigend. Nicanor wartete auf eine Antwort, Josef bedachte die Konsequenzen. Geht er mit, könnte er womöglich die Lade vor den Römern schützen. Aber sein Volk, das davon nichts ahnt, würde ihn für den Verrat hassen. Bleibt er, bedeutet das den Tod. Dann träte er vor den Herrn, ohne dessen Auftrag auf Erden erfüllt zu haben. Und das war nicht das Einzige, was ihn im Leben hielt. Er sah kurz Leila vor sich. Die Entscheidung war klar.

„Morgen früh liefere ich mich Vespasians Gnade aus. Der Herr ist mein Zeuge, dass ich allein in seinem Namen zu euch übergehe und nicht als Verräter. Ich spreche mit den anderen. Gib mir die Nacht, sie zum Aufgeben zu überreden." Josef griff den Unterarm des Freundes, um sich auf römische Art zu verabschieden. „Ich hätte so gern erfahren, wie es dir in den letzten Jahren erging und ob Sadah ihr Leben in Rom genießt."

Überrascht sah er, dass Nicanor bei ihrem Namen zusammenzuckte. Der Freund schaute ihn ernst an. „Dazu hatte sie kaum Gelegenheit. Ich erzähle dir später davon. Jetzt erstatte ich Vespasian Bericht. Oben bleibt ein Posten zurück. Wir sehen uns in der dritten Stunde nach eurem Morgengebet."

Herkules hatte Wort gehalten und den Tunnel bewacht. Erst als Josef zurück in die Höhle kroch, räumte er seinen Platz. Das nutzten die Ältesten, um auf den Statthalter einzustürmen. Laut riefen sie ihre Fragen. Was der Tribun denn gesagt habe. Ob er Soldaten bei sich hatte. Wie ihr Versteck entdeckt wurde. Josef hob beide Arme, um sie zu beruhigen. Dann schilderte er das Gespräch mit Nicanor in knappen Worten. Und löste einen Tumult aus, als sie merkten, dass er über dessen Angebot ernsthaft nachdachte. Von allen Seiten drangen sie auf ihn ein. Ob ihm denn sein Leben so lieb sei, dass er es gar in Sklaverei verbringen würde? Gott gab den Juden Seelen, die den Tod verachteten. Wie viele hätten dieses Geschenk genutzt, um auf seine flammenden Worte hin ihr Leben für die Freiheit zu geben. Und er wolle sich dieser Ehre entziehen? Dann sollten sie lieber gemeinsam den freiwilligen Tod suchen. Sterbe er mit ihnen, so als geachteter Heerführer der Juden. Ergäbe er sich und die Römer brächten ihn um, fiele er als Verräter.

Erregt fuchtelten sie mit Knüppeln und Dolchen, drohten mit den Fäusten. Herkules erhob in ihrem Rücken besorgt seinen Gladius, aber Josef schüttelte den Kopf. Er war ein Meister der Redekunst, und darauf setzte er jetzt. Was nütze es denn, so fragte er sie, sich selbst zu morden? Sicher sei es ehrenvoll im Krieg zu sterben. Doch nur im Kampf um die Freiheit und durch die Hand derer, die sie bedrohen. Sie stünden aber nicht mehr in der Schlacht. Die sei entschieden. Die Sieger würden sicher Milde walten lassen, nachdem ihr Blutrausch verflogen ist. Wieso überhaupt, so fragte er sie, fürchtet ihr den Tod durch die Römer, wenn ihr ihn euch doch selbst geben wollt? Kein Tier suche den eigenen Tod. Gott schenke das Leben, nur an ihm sei es, es wieder zu nehmen. Letzten Endes beruhigten sie sich. Nicht zuletzt, weil er vorgab, dass ihre Einwände Wirkung zeigten. Er bat sie, ihm etwas Zeit zu geben. Um Für und Wider des Selbstmords zu bedenken.

Jotapatas Älteste zogen sich in die Höhle zurück, wo sie in kleinen Grüppchen weiter diskutierten oder Zweiflern Mut zusprachen. Josef ging hinüber zu Herkules. Müde ließ er sich neben ihm an der Wand nieder. Wie kam er nur aus dieser verfahrenen Situation heraus? Er wollte nicht sterben. Sein Platz war an der Seite von Jakob und Matthias. Um die Lade zu schützen. Und bei Leila. Dass Nicanor hier auftauchte, war sicher kein Zufall. Den hatte ihm der Herr gesandt. Seine Gedanken schweiften zurück zu dem Tag, an dem sie sich kennengelernt hatten. An dem sie beide Sadah und Leila aus den Fängen der Räuber ... Moment mal. Josef war schlagartig hellwach. So sollte es gehen!

„Gib mir mal unauffällig deinen Gladius", raunte er Herkules zu. Der Grieche sah ihn zweifelnd an, legte zögernd die Waffe zwischen sie. Josef schaute aufmerksam in die Höhle. Niemand reagierte. Dann begann er zu zählen. Mit ihm waren hier unten vierzig Juden. Er nahm das Schwert in die Hand, als würde er beim Überlegen gedankenverloren damit spielen. Irritiert sah Herkules zu, wie er es zwischen seinen Beinen so lange auf den Boden einstechen ließ, bis im Staub ein Kreis mit vierzig Punkten entstanden war. Dann wischte er mit seiner Spitze eine Kerbe nach der anderen wieder aus. Bis nur eine blieb. Rechts oben im Rund war sie als letzte deutlich zu erkennen. An der siebten Stelle. Josef fegte auch sie weg. Danke, Sadah.

Er rückte näher an Herkules. „Lass die ihren Selbstmord begehen", flüsterte er. „Für mich ist es dazu zu früh. Und ich denke, du hast darauf ebenso wenig Lust. Mach, was ich sage, und wir entkommen." Der Grieche legte die Hand aufs Herz, ohne ihn anzusehen. „Ich werde dich fragen, wie die Kinder in Syria abzählen. Du sagst, dass dort immer der Vierte aus dem Kreis geht. Mehr nicht. Alles klar?"

Herkules schaute weiter stur geradeaus. Er hatte den Ernst der Lage begriffen. „Sicher."

Josef erhob sich. Langsam, als trage er eine gewaltige Last, schritt er auf den Sprecher des Ältestenrates zu. „Ich habe nachgedacht, Ismael", sprach er ihn an. „Euer Entschluss zu sterben steht fest. Als Priester habe ich dafür zu sorgen, dass niemand selbst Hand an sich legt. Ich fand einen Weg für uns, aus dem Leben zu scheiden, ohne den Herrn zu kränken." Josef sprach laut, sodass die übrigen Männer hörten, was er sagte. Sie kamen näher. „Jeder stirbt durch einen Kameraden. Das Los entscheidet, wer wen niederstoßen soll. Es fällt der Ausgeloste von der Hand dessen, der nach ihm benannt wird. So wird das Los alle treffen, ohne dass jemand gezwungen ist, sich selbst zu töten."

Erregtes Geraune ertönte in der Höhle. „Aber was ist mit dem Letzten?", rief einer. „Wie scheidet der aus dem Leben?"

Josef hatte die Frage erwartet. „Darüber habe ich mir lange den Kopf zerbrochen. Dabei saß die Lösung neben mir." Er zeigte auf Herkules. „Der Grieche ist Söldner. Mag er den Letzten von uns töten. Da es auf dessen Wunsch geschieht, ist es kein Mord. Damit wären alle Juden gestorben, ohne Hand an sich zu legen. Wie er sich dann verhält, muss er mit seinen Göttern ausmachen."

Ismael schaute seine Männer nacheinander an. Die meisten nickten zur Zustimmung. „Dein Plan ist vernünftig. Zumal du dich einreihst. Wie wird die Auslosung ablaufen? Wir haben hier nichts, um so viele

Lose zu fertigen. Selbst an einem Behälter fehlt es." Josef hatte die Antwort schnell parat. „Es wird abgezählt wie bei den Syrern. Wir stellen uns alle im Kreis auf. Damit kein Betrug stattfindet, wird Herkules, dem es egal ist, im Anschluss sagen, jeden wievielten von uns das Los trifft. So steht zugleich fest, wer jeweils der Nächste ist, von dessen Hand der zuvor Bezeichnete stirbt."

Ismael fand daran nichts auszusetzen. „So soll es geschehen." Dann wandte er sich an Josef. „Statthalter, du bist Priester der ersten Reihe im Tempel zu Jerusalem. Sprich uns das Schma Israel."

Der verneigte sich vor dem Ältesten. „So sei es. Nehmt voneinander Abschied. Sobald ihr soweit seid, bildet einen großen Kreis. Er wird nicht mehr verändert. Ich reihe mich nach dem Gebet ein."

Es war ihm klar, dass er die anderen betrog, aber ihn plagte deshalb keine Reue. Im Gegensatz zu ihm suchten sie ja den Tod. Ungerührt sah er zu, wie Freunde und Nachbarn sich umarmten und trösteten. Einige sprachen zum Herrn. Langsam bildeten sie einen weiten Kreis. Herkules beobachtete das Ganze von der Höhlenwand aus. Nachdem sich alle Männer aufgestellt hatten, trat Josef in ihre Mitte. Aufmerksam schaute er in die Runde. Niemandem fiel auf, dass er dabei die sechste Position rechts von Ismael abzählte. Sie wurde von einem Greis mit weißem Bart eingenommen. Beruhigt hielt er sich die Hand vor die Augen: „Höre Israel. Der Herr, unser Gott, ist der einzige Herr."

Wie aus einem Mund antworteten die Todgeweihten: „Gepriesen sei seine ruhmreiche Herrschaft immer und ewig!"

Kaum hatte er den letzten heiligen Text aus dem Gedächtnis zitiert, stellte er sich zwischen den Greis und den Mann rechts von ihm. „So lasst uns denn vor den Herrn treten, ohne ihn erzürnt zu haben." Er wandte sich an Herkules. „Sag Grieche, wenn die Kinder bei euch in Damaskus abzählen, welchen Abstand wählen sie?"

Der schaute in die Runde. „Bei einer so großen Schar? Verlässt jeder Vierte den Kreis."

Josef ließ die anderen gar nicht erst darüber nachdenken. „Dann werden wir es ebenso halten. Ich denke, dass eurem Ältesten die Ehre zukommt, mit der Auszählung zu beginnen. Herkules achtet darauf, dass alles wie besprochen zugeht." Er winkte dem Griechen, der daraufhin mit dem Schwert in der Hand in den Kreis trat. Josef blickte zu Ismael. „Fang an zu zählen."

Der Älteste begann: „Eins."

Seine Nachbarn nahmen die Reihe auf. „Zwei." „Drei." Der Nächste begriff, dass er als Erster sterben würde. „Vier", flüsterte er.

Josef schaute auf den Mann links von ihm. Jeder sah, dass dies der neue Vierte war. „Und jetzt der, der auf dich folgt. Er wird dir helfen, vor den Herrn zu treten."

Der Mann zog einen Dolch aus dem Gürtel und stellte sich vor den zuvor Ausgelosten. „Wir sehen uns gleich", sagte er. Dann erhob er blitzschnell den Arm mit dem Messer in der Hand und stieß es dem anderen kraftvoll ins Herz. Der brach tot zusammen. Sein Henker wischte sich die Waffe am Hemdkleid ab, drehte sich um und ging zum nächsten Vierten.

Dies war ein dürrer Mann mit schlaffer Haut und einem dünnen Bart. Entsetzt schaute er auf den Dolch, den ihm der Jüngere überreichte. „Ich schaffe das nicht", stammelte er.

Herkules trat auf die beiden zu. „Ich helfe dir. Aber töten musst du ihn selbst. Den Göttern gefällt es, wenn ich Feinde im Kampf zu ihnen schicke. Doch sie zürnen mir, sobald ich ohne Grund morde." Er nahm die Hand des Ausgemergelten und führte die Spitze des Dolches an den Hals seines Opfers. „So musst du ihn halten. Schräg unterm Kinn. Jetzt gehst du mit dem Ballen der Linken unter den Knauf. Genau so." Er legte seinen Handballen auf den des Juden, dann stieß er dem Opfer unvermittelt den Dolch bis hinauf ins Gehirn. Der Mann brach sofort zusammen, während der Hagere entsetzt aufschrie. „Er hat nicht gelitten", sagte Herkules und ging wieder in die Mitte des Kreises, von wo aus er dem Töten rings um ihn herum zusah. Die Männer starben unterschiedlich. Manche erhielten Stiche ins Herz oder in den Rachen, anderen wurde die Kehle aufgeschlitzt. Niemand wehrte sich. Fast alle hielten die Augen geschlossen, wenn sie der Tod ereilte. Manche lächelten sogar.

Bald waren außer Josef nur zwei Todgeweihte übrig. Wieder zählten sie bis vier, aber diesmal zögerte der Ausgeloste, den Dolch seines Vorgängers entgegenzunehmen. „Findest du es nicht seltsam, dass ausgerechnet der Statthalter immer wieder dem Los entgeht?", fragte er.

Sein Opfer zuckte mit der Schulter. „Irgendwer muss ja der Letzte sein. Und der stirbt von der Hand des Griechen. Bring es hinter dich, Simon."

Der Angesprochene zögerte nicht länger und stieß dem anderen den Dolch ins Herz. Dann trat er mit der blutigen Waffe vor Josef. „Ich denke, du wusstest, dass du der Letzte bist. Deshalb werde ich jetzt dich töten. Es ist ja egal, wer von uns beiden zuerst geht." Schnell erhob er den Dolch, um ihn dem wie gelähmt dastehenden Josef in das Herz zu stoßen.

Da unterbrach er jäh die Bewegung. Verdutzt schaute er auf eine Schwertspitze, die aus seinem Oberkörper ragte. Ein Schwall Blut schoss ihm aus dem Mund, während sich das Schwert zweimal in seiner Brust drehte. Dann brach er tot zusammen. Herkules holte den Gladius aus dem Körper des Mannes und reinigte ihn an dessen Hemdkleid. „Ich darf zwar nicht ohne Grund morden", sprach er ihn an, „aber den hast du mir geliefert, als du den Statthalter umbringen wolltest."

Josef legte seinem Leibwächter die Hand auf die Schulter: „Danke!" Dann schaute er sich um, sah auf all die Toten. „Sie stehen jetzt glücklich vor ihrem Herrn", murmelte er.

„Und wir leben", antwortete der Grieche.

Stunden später hielt Josef den Anblick der Leichen kaum mehr aus. Die toten Augen, das geronnene Blut, zuweilen ein Lächeln, verkrampft im Sterben. Herkules hatte es abgelehnt, zur Zisterne zu kriechen. Nicanor mag vertrauenswürdig sein, warnte er, doch dessen Männer wüssten ebenso, wo sie sich versteckt hielten. Was, wenn sie Rache am Feldherrn der Juden üben wollten? Für ihre toten Kameraden? So hatten sie sich zu beiden Seiten neben den Tunnel gesetzt, um auf den Morgen zu warten. Josef schaute zum Griechen hinüber, der entspannt schlief. Er selbst fand keine Ruhe. Ja, sie hatten überlebt. Die eigenen Leute würden sie nicht mehr umbringen. Aber mit den Römern sah das schon anders aus. Es war möglich, dass

Vespasian ihn trotz allem ans Kreuz schlagen lässt. Als Zeichen an die Empörer in Jerusalem.

Zeichen. Der Feldherr vertraut auf sie, hatte Nicanor gesagt. Konnte man es ihm als Botschaft der Götter verkaufen, dass Josef den Mord in der Höhle als einziger Jude überlebt hatte? Eine andere Bemerkung des Freundes fiel ihm ein. Vespasian sei wegen seiner niedrigen Herkunft und seines Alters der Heerführer, den der Kaiser am wenigsten fürchtet. Doch seine Soldaten liebten ihn. Und der Sohn stünde ihm fest zur Seite. Was, wenn Nero irrte?

Die Gedanken an die Römer verfolgten ihn in seine Träume. Bilder vom Kaiser, dessen General und dem riesigen Heer, das er führte, plagten ihn die ganze Nacht. Erst am Morgen begriff er, dass ihm der Herr damit einen Blick in die Zukunft schenkte. Diese Vision sollte er mit Vespasian teilen. Um zu überleben.

Nicanor erschien wie angekündigt in der dritten Stunde des Morgens. „Statthalter!", rief er laut in der Zisterne.

Herkules nahm sein Schwert auf. „Hoffen wir, dass das keine Falle ist. Ich gehe vor." Dann kroch er durch den Tunnel. Josef folgte ihm. Auf der anderen Seite erhob er sich. Der Grieche hatte seinen Gladius vor Nicanor abgelegt, der in blank geputzter Uniform vor ihm stand.

„Was ist mit den Übrigen?", fragte der Tribun.

„Alle tot", sagte Herkules. „Die Juden zogen ihren Selbstmord der Sklaverei vor. Jeder starb durch die Hand eines anderen. Die Reihenfolge entschied das Los. Der Statthalter blieb übrig."

Nicanor schien wenig überrascht. „Ihr habt auf Art der Syrer ausgewählt?", fragte er.

Josef klopfte sich den Staub des Tunnels von der Tunika. „Es war der Wille des Herrn."

Der Tribun wandte sich an Herkules. „Und dich hat er gleich mit beschützt?"

Der grinste nur. „Mag sein. Ich durfte nicht mitlosen. Der Statthalter sagte, ich sei ein Söldner, der anderen Göttern dient. Das sahen alle ein." Er blickte auf Josef. „Was geschieht jetzt mit mir?"

Der gab die Frage an Nicanor weiter: „Herkules kämpfte nicht gegen die Römer. Er gehört zu Jakobs Männern und hat mich persönlich beschützt. Für Vespasian ist er unbedeutend."

Der Tribun überlegte kurz. „Du bleibst zwei Tage hier unten. Es wird keiner kommen. Wir haben Befehl, niemanden mehr in die Festung zu lassen. Wenn es sicher ist, steigst du über die Mauer und verschwindest."

Josef trat auf Herkules zu, umarmte ihn. „Du hast mir das Leben gerettet. Danke", sagte er.

Dem Griechen war das peinlich. „Pass auf, dass Vespasian es dir jetzt nicht nimmt".

Oben wurde Josef von Nicanors syrischen Reitern in Empfang genommen. Den Männern passte es nicht, den Anführer der Juden zu bewachen. Ihre Blicke verrieten, dass sie ihn lieber tot geborgen hätten. Josef achtete nicht darauf. Er litt an dem Bild, das die Festung bot. Man hatte die Leichen von der Hauptstraße geholt, aber in den Gassen sah man Berge toter Juden, achtlos übereinandergeworfen. Der beißende Gestank von Urin und Kot der Ermordeten mischte sich mit dem Geruch verbrannter Häuser und Menschen. Kurz vor dem Sitz des Statthalters zwang Josef sich zum Blick in die Gasse rechts. Ob Marias geschändeter Körper dort lag, war nicht zu erkennen. Gott wendet sich von seinem Volk ab, ging es ihm durch den Kopf. Wie einst, als er den Babyloniern den Tempel überließ. Nur die Bundeslade rettete er vor den Feinden. Diesmal würde es genauso sein. Der Herr hatte ihm im Traum einen Weg gezeigt, zu überleben. Jetzt galt es, ihn zu gehen.

Eine Stunde später erreichten sie das Lager von Vespasians Legionen. Ein Zaun aus Holzstämmen und Wachtürmen schützte es. Um den Berg herum standen die Zeltstädte der Hilfstruppen. Dorthin entließ Nicanor seine Syrer. Für die Bewachung des Gefangenen genügten dem Tribun acht Mann, die Josef in ihre Mitte nahmen. Er erkannte bald, dass dies eher seinem Schutz diente. Überall traten Soldaten aus den Zelten. Sie schüttelten ihre Fäuste und riefen Beleidigungen. Denn hier lief der Mann, der kochendes Öl auf die Legionäre gießen ließ, die gegen die Mauern der Festung stürmten. Die Schreie, als es unter ihre Brustpanzer floss, würde keiner je vergessen. Doch jetzt war er Vespasian in die Hände gefallen. Ihm allein kam es zu, ihn zu richten. So blieb es bei Pöbeleien.

Nicanor führte seinen Trupp in die Mitte des Lagers zum Zelt des Feldherrn. Es ragte über alle anderen hinaus. Der Tribun befahl zu halten und ging an den Wachen vorbei hinein. Nach einer Weile kam er wieder heraus und winkte Josef zu sich. Gemeinsam betraten sie das Zelt. Drinnen standen Offiziere um einen Kartentisch. Sie schienen Befehle erhalten zu haben, denn sie salutierten vor ihrem Heerführer, drehten sich um und gingen. Einer von ihnen rempelte Josef hart an. Niemand sagte etwas dazu.

Ein Schreiber rollte die Karte auf dem Tisch zusammen, dann eilte er ebenfalls nach draußen. Nur drei Legionsführer, zu erkennen an ihren purpurnen Umhängen, sowie zwei Wachen und ein Diener blieben zurück. Der Feldherr setzte sich auf einen Stuhl neben dem Kartentisch. Mit einer lässigen Handbewegung rief er den Sklaven zu sich. Der stellte wortlos einen Becher Wein auf den Tisch und zog sich wieder zurück. Josef betrachtete den Mann, der ihn nach 47 Tagen Belagerung bezwungen hatte. Vespasian war von mittlerer Größe, seine Gestalt gedrungen. Die Haut schien fest, nur am Hals sah man Falten. Das Haar bildete einen Kranz um den kahlen Kopf. Das runde Gesicht und der gepresste Mund wirkten angespannt, als leide er an einer Verstopfung.

Vespasian trank einen Schluck Wein, dann stellte er den Becher zurück auf den Kartentisch und streckte die Beine aus. Erst jetzt schien er Nicanor zu bemerken, der mit seinem Gefangenen am Eingang stand. „Ah Tribun", sagte er auf Griechisch, „du warst heute erfolgreicher." Dann wanderte sein Blick zum gefesselten Gegner, den er aufmerksam betrachtete.

Nicanor trat einen Schritt vor, schlug die rechte Faust an seine Brust. „Ja Herr", antwortete er. „Dies ist Josef ben Mattitja, Priester der ersten Reihe am Tempel in Jerusalem, Statthalter und oberster Heerführer der Juden in Galiläa. Er wird dir die Festung übergeben."

Vespasian winkte ab. „Das braucht er nicht. Ich habe sie mir schon genommen." Dann drehte er sich zu den drei Offizieren um, die links hinter ihm standen. „Habt ihr gehört? Priester der ersten Reihe." Er schaute wieder zu Nicanor. „Warum erwähnst du das, Tribun?"

Der sah kurz zu Josef, der in der Zisterne darum gebeten hatte, ihn genau so vorzustellen. „Weil das bei den Juden wie ein Titel ist. Er entstammt einem Geschlecht, das Könige hervorbrachte."

Das ließ Vespasian gelten. „Dann ist es berechtigt. Was ist mit denen, die sich mit ihm zusammen verborgen hielten?"

Nicanor antwortete starr nach vorne blickend. „Sie sind alle tot, Herr. Sie nahmen sich gegenseitig das Leben."

Überrascht schaute Vespasian seinen besiegten Gegner an. „Und wie kommt es, dass du jetzt lebend vor mir stehst?"

Der antwortete zögernd auf Griechisch. „Wir entschieden per Los, wer wen töten wird. Um nicht selbst an uns Hand zu legen. Denn das widerspricht den Geboten unseres Gottes. Ihm hat es gefallen, dass ich allein übrig blieb."

Vespasian drehte sich wieder zu den anderen um. „Wie es scheint, ist seine Schläue sein Glück." Die Offiziere lachten. Der General griff sich erneut den Becher Wein. „Sag, warum verschonte er seinen Priester? Er legte dein Schicksal damit ja nur in die Hände meiner Götter. Und es ist der Kaiser, der ihren Willen verkündet. Ich werde dich zu ihm senden."

Josefs Herz schlug höher. Er spielte ein gefährliches Spiel, aber nach allem, was er über Rom, Nero und Vespasian wusste, konnte er es gewinnen. Er sammelte sich kurz. Dann schaute er dem Feldherrn offen ins Gesicht. „Der Herr verschonte mich, damit ich dir eine Botschaft überbringe. Er verkündete sie mir letzte Nacht im Traum. Aber sie darf nur dir allein offenbart werden. Dir und deinem Sohn Titus."

Vespasian sah ihn verblüfft an. Dann lachte er laut, und die Offiziere stimmten ein. „Wieder so ein schlauer Zug", schmunzelte er. „Du kämpfst mit allen Mitteln. Fein, soll der Gott der Juden seinen Willen haben. Legaten Trajan und Cerealis, wartet ihr kurz vor dem Zelt? Die anderen verlassen es ebenfalls. Ich rufe euch gleich wieder." Die beiden angesprochenen Offiziere beugten sich belustigt dem Befehl und folgten Nicanor und dem Sklaven nach draußen. Der dritte Legionsführer, Titus, trat zu seinem Vater. Als Letzte verließen die Wachen das Zelt. „Na", rieb sich Vespasian vergnügt die Hände, „ich bin gespannt. Wie lautet seine Botschaft an einen Andersgläubigen wie mich?"

Josef ließ sich durch den spöttischen Ton nicht beirren. Jetzt galt es! „Mit Bildern, die ich als sein Priester zu deuten weiß, sagte er mir, dass sich schon bald eine uralte Prophezeiung erfüllen wird. Die vom König der Welt, der aus dem Osten kommt. Die Juden bezogen das immer auf den Herrscher ihres Volkes. Er aber zeigte mir, dass die Weissagung dem ganzen Erdkreis gilt. Und der wird von Rom beherrscht. Du willst mich zu Nero senden? Wozu denn? Weder er, noch andere werden den Thron lange behalten." Er schloss die Augen und sprach, die gefesselten Hände vor das Gesicht haltend, als stünde er am Altar. „Du wirst Caesar werden. Du wirst Herr sein über die Erde, die Meere und das Menschengeschlecht. Du und nach dir dein Sohn. Lass mir die Fesseln und richte mich hin, so ich leichtfertig im Namen Gottes rede. Doch du wirst Imperator."

Er ließ die Hände sinken, öffnete langsam die Augen. Und sah in Vespasians verblüfftes Gesicht. Der Feldherr starrte ihn lange an. Dann wandte er sich an seinen Sohn. „Was hältst du davon?"

Der zuckte mit den Schultern. „Er ist ein hoher Priester der Juden. Sein Orakel hat genauso Gewicht wie das der Propheten anderer Völker. Doch zugleich kämpft er um sein Leben. Ich weiß nicht."

Vespasian wandte sich Josef zu. „Es gibt kaum Grund für eine solche Prophezeiung. Mein Handeln ist nicht auf Rom gerichtet. Nero hat mir drei Legionen anvertraut, weil er sicher ist, dass ich sie nie gegen ihn führen werde. Doch wenn ihm die Botschaft deines Gottes zu Ohren käme …" Vespasian hielt kurz inne. „Es war schlau, dass du sie mir vertraulich mitgeteilt hast. Das zeigt, dass du ein Mann bist, der die enorme Kraft der Worte kennt. Ob ich dir glaube oder nicht, ist für Dritte unerheblich. Ich befehle dir, zu niemandem von der Weissagung zu sprechen. Es wäre dein sofortiger Tod." Josef neigte bestätigend den Kopf. „Ich nehme dich beim Wort, Jude. War das Orakel leeres Gewäsch, wirst du nach unserem Sieg über dein Volk hingerichtet. Trifft es ein, bist du am selben Tag frei." Vespasian wandte sich an seinen Sohn. „Hol die anderen wieder herein. Wir reden später."

Trajan, der Führer der X. Legion, kam als Erster zurück. „Ich hoffe, der Gott der Juden bot euch seinen Tempel zum Geschenk", tönte er schon am Eingang.

Vespasian rang sich ein Lächeln ab. „Das nicht. Doch er scheint Ideen für künftige Zuständigkeiten zu haben, im Himmel wie auf Erden. Der Jude wird uns eine Weile begleiten. Als Gefangener." Er zeigte mit einer lahmen Bewegung seines Zeigefingers auf Josef. „Der Statthalter ist vertraut mit der Schwächen und Stärken der von ihm befestigten Städte. Er kennt die Eigenarten ihrer Anführer. Und er beugt sich Roms Autorität. Er wird uns nützen. Tribun!" Vespasian winkte Nicanor heran. „Bring den Mann zum Lagerpräfekten der XV. Er möge ihm ein Zelt zuweisen und es bewachen lassen. Der Gefangene bleibt in Fesseln, steht aber unter meinem persönlichen Schutz."

Der Tribun schlug mit der Faust an seine Brust. „Jawohl, Herr." Er trat zu Josef. „Folge mir!"

Draußen vor dem Zelt rief Nicanor seine Leute zur Bewachung heran. Er nutzte die kurze Zeit, bis sie sich in Marschordnung aufgestellt hatten, für eine Frage an Josef: „Worum ging es, als ihr da drin allein wart?"

Der schaute hinüber zum Zelt des Vespasian. „Um alles. Jetzt muss nur eintreffen, woran die beiden bis heute nicht einmal zu denken wagten."

Jerusalem

im vierzehnten Regierungsjahr des Kaisers Nero
(68 n. Chr.)

Gemächlich trottete der Esel die steinige Straße entlang. Er war das letzte Tier, das Jakob besaß. Die Pferde der Schule hatten die syrischen Kämpfer der Bruderschaft mitgenommen, um sie in Damaskus auf dem Markt zu verkaufen. Den Erlös würden sie, nach Abzug ihres Anteils, bei Midas hinterlegen. Jakob drehte sich auf dem Rücken des Grauen um. Hinter ihm liefen die Juden seiner Schule. Fünfzehn Kämpfer, jeder mit seinem Abschiedsgeschenk, einem Schwert, am Gürtel und einem Stab über der Schulter. An dem hing oft in einem Tuch ihr karger Besitz. Fast alle waren entschlossen, den Tempel zu verteidigen. Griechen, Araber und Syrer hingegen hatte Jakob nach Hause geschickt. Der Kampf gegen Rom war nicht der ihre. Nur sechs Getreue, unter ihnen Herkules und Samuel, blieben in Kirjat-Jearim und warteten auf seine Rückkehr. Sie würden ihm beistehen, falls es Ärger an der Höhle gab.

Sie kamen nur langsam voran. Ihr Trupp war in einem anschwellenden Strom von Pilgern gefangen, die wegen des Erntedankfestes zum Tempel zogen. Unter sie mischten sich viele Flüchtlinge, die Schutz vor dem Heer des Vespasian suchten. Der Römer hatte im Frühjahr den nach

Jotapata unterbrochenen Feldzug wieder aufgenommen. Seine Armee unterwarf jetzt die letzten freien Städte Judäas. Jedem war klar, wohin der Vorstoß zielte: auf Jerusalem. Der Feldherr brauchte Todesruhe im Land, wenn er den Tempel belagert.

Jakob hatte sich entschlossen, in dieser Situation die Schule aufzulösen. Ihre Kämpfer würde er nach einem gemeinsamen Dankopfer entlassen. Ob sie dann zu den Empörern gingen oder zu ihren Familien, war ihre Sache. Er hatte schlicht keine Aufträge mehr für sie. Es fehlte an Vornehmen und Reichen, die Schutz suchten. Sie waren geflohen, ermordet, viele verrotteten in den Kerkern der Aufrührer. Wer bis jetzt überlebt hatte, ging nicht mehr auf die Straße. Denn die Stadt wurde beherrscht von den Feinden Roms. Und die machten seit Wochen Jagd auf dessen Freunde. Jakob hatte tapfere Männer verloren, die er als Leibwächter stellte. Zeit, die Sache zu beenden.

Wie vor jedem der drei höchsten Feiertage quoll die Stadt über vor Menschen. Seine Männer mussten eine Formation bilden, um sich in den Hof der Priester zu drängen. Dort warteten sie, bis hoch oben auf dem Altar der gemeinsam gekaufte Ochse geopfert wurde. Jakob, der als Tempelwächter das Gedränge zum jährlichen Erntedankfest kannte, hatte seinen Leuten gesagt, sie sollten sich danach mit ihm auf dem Xystos treffen. Einem weiten, von Säulenhallen begrenzten Platz in der Oberstadt. Hier standen sie nun im Halbkreis vor ihm. Er sah jedem Einzelnen in die Augen und rief sich seinen Namen ins Gedächtnis. Dann räusperte er sich.

„Hört mich an. Es ist das letzte Mal, dass ich als euer Anführer zu euch spreche. Künftig werde ich das von

Bruder zu Bruder tun. Ihr wisst, das Reden liegt mir nicht. Darum mache ich es kurz. Ihr kamt nach Kirjat-Jearim, um Kämpfer zu werden. Und fürwahr, das wurdet ihr. In dieser Stadt gibt es nur wenige, die so mit dem Schwert, dem Dolch, dem Stab umgehen können. Und keinen, der es mit euch aufnimmt, wenn ihr gemeinsam kämpft. Ihr habt gelernt, wie man in Formation angreift, sich verteidigt, dem Feind Angst einjagt. Nutzt das. Dient mit eurem Können dem Herrn. Steht füreinander ein, eilt Brüdern in der Not zur Seite. Die Unterführer wissen, wo sie euch erreichen, ihr wisst, wo sie sind. Und den Weg nach Kirjat-Jearim kennt ihr alle. Habt keine Angst, um Hilfe zu bitten. Wir sind eine Gemeinschaft und bleiben das." Jakob spürte, dass ihm die Augen feucht wurden. Bloß das nicht. „Kurz: Macht der Bruderschaft von Kirjat-Jearim keine Schande!"

David, einer der Unterführer, trat aus dem Halbrund der Kämpfer heraus und drehte sich den anderen zu. „Ihr habt es gehört", rief er. Dann sah er zu Jakob, zog sein Schwert und reckte es in die Höhe. Laut wiederholte er die Losung. Und vierzehn Mann hinter ihm zogen ebenfalls ihre Waffen und nahmen seinen Ruf auf: „Der Bruderschaft keine Schande!"

Nachdem sich die Kämpfer voneinander verabschiedet hatten, blieb Jakob allein mit David auf dem Platz zurück. Er winkte den Jungen heran, der am Rande des Xystos auf den Esel aufpasste, gab ihm eine Kupfermünze und übernahm das Seil des Grauen. Dann blickte er seinen Unterführer an. „Was ist mit dir? Gehst du weiter nach Jericho?"

David zuckte die Schultern. „Heute nicht. Die Sonne sinkt ja schon. Außerdem heißt es, die Römer stehen vor der Stadt. Ich werde im Tempel übernachten. Womöglich weiß man dort mehr."

Jakob nickte. „Könnte sein. Wie wär's – kommst du vorher mit in den Halben Schekel? Nette Taberna, keine hundert Schritte von hier. Die Bedienung wird dir gefallen. Und der Wein erst!"

Als die beiden Männer den Gastraum betraten, war der nur zur Hälfte gefüllt. Kaum hatte er ihn erblickt, stürzte Rahels Onkel auf Jakob zu. „Wie schön, Herr, dich wieder einmal in der Stadt begrüßen zu können. Darf ich auf Nachschub hoffen?"

Der Angesprochene grinste. „Na klar, alter Gauner. Ich habe meinen Esel in den Stall gestellt. Auf dem Rücken trägt er zwei Schläuche aus Syria. Die du fein bezahlen wirst."

Der Wirt verbeugte sich mehrfach. „Keine Frage, Herr. Wenn ich euch gleich einen Krug davon bringe, geht der aber auf Midas, hoffe ich." Ephraim klatschte laut in die Hände. „Rahel! Komm runter. Es ist Ware eingetroffen!"

Im Obergeschoss waren Schritte zu hören, dann sah man das blaue Kleid einer Frau, die betont langsam und lustlos die Treppe herunterkam. „Warum muss immer ich die hereinholen?", maulte sie mit quengeliger Mädchenstimme. „Ich ... Jakob!" Endlich hatte Rahel den Lieferanten des Weines entdeckt. Sie stürzte die Treppe herunter auf den Hünen zu, sprang an ihm hoch und schlang ihre Arme um seinen Hals.

„Na na", wehrte der sich unbeholfen. „Was sollen denn die Gäste denken?"

Das Mädchen küsste ihn auf die Wange. „Das ist mir doch egal. Ich bin so froh, dass du mich besuchen kommst." Dann fiel ihr Blick auf Jakobs Begleiter. Erschrocken löste sie die Umarmung. „Oh, David. Du bist mitgekommen." Die Enttäuschung stand ihr deutlich ins Gesicht geschrieben.

Der junge Mann lachte auf. „Keine Angst, Rahel. Ich lasse ihn dir. Wir sind alle hier. Die ganze Schule. Jakob schickte uns nach Hause. Unsere Familien und den Tempel beschützen. Wir beide nehmen hier nur einen Abschiedstrunk."

Das war das Stichwort für Ephraim. „Hole jetzt die Schläuche herein, die auf dem Esel im Stall festgebunden sind. Und dann füll unseren Gästen einen Krug davon. Den ziehen wir dem Midas ab."

Als Rahel nach draußen eilte, stieß sie in der Tür fast mit einem hageren Mann in wollenem Hemdkleid zusammen. Er war von mittlerer Gestalt. Sein dunkles, ungepflegtes Haar wurde von einem gefalteten Tuch gebändigt. Rahel fielen sofort seine schiefe Nase und die Narbe über der linken Braue auf. Ein Kämpfer, schoss es ihr durch den Kopf. Sie erstarrte für einen Moment unter dem kalten Blick seiner braunen Augen. Doch er verlor schnell das Interesse an ihr und blickte in den Gastraum, wo Jakob und David sich soeben an einen Tisch setzten. Rahel wich ihm geschickt aus, als er zu ihnen ging.

„Jakob ben Simeon." Der Fremde baute sich vor den beiden auf.

Überrascht drehte sich David zu ihm herum, während sein ehemaliger Meister den Mann gleichgültig musterte. „Und du bist?", fragte er.

Der Hagere lachte. „Du erkennst mich nicht? Dabei hast du früher gern Scherze auf meine Kosten gemacht."

Jetzt forschte Jakob in dessen Gesicht. Der Mann hatte eine schiefe Nase und eine Narbe auf der Stirn, die ihm nichts sagten. Doch dann hellte sich seine Miene auf. „Joannes! Der Junge aus Gischala, der immer Anführer sein wollte!"

Der einstige Mitschüler grinste. „Und heute einer ist. Ich bin nicht zufällig hier. Einer meiner Leute erkannte dich, als du auf dem Xystos zu einer Schar bewaffneter Männer sprachst. Mag sein, er ist dir besser in Erinnerung. Eleazar war ebenfalls ein Schüler des Ananias. Ich möchte dir gern einen Vorschlag unterbreiten. Allein", fügte er mit einem Blick auf David hinzu.

Der sah fragend auf Jakob. Als der ihm zunickte, hob er die Hände. „Schon gut. Ich werde Rahel die Schläuche tragen."

Joannes setzte sich auf den Platz des Unterführers. „Und? Juckt die Narbe über dem Auge, wenn das Wetter wechselt?"

Jakob fasste sich unbewusst an die rechte Braue. Dann nahm er die Hand schnell wieder herunter. „Was willst du? Sicher nicht alte Erinnerungen aufwärmen."

Sein einstiger Mitschüler strich sich mit den Fingern über den zotteligen Bart. „Nein. Die Vergangenheit ist gelebt. Es geht um Heutiges. Dir ist sicher bekannt, dass ich mit dem Tempelhauptmann Eleazar Anführer der Zeloten bin." Er schaute Jakob prüfend an. „Der Aufständischen gegen Rom und seine Freunde unter den Vornehmen und Priestern", schob er herablassend nach.

„Ich kenne das Wort", gab Jakob verärgert zurück. Er mochte es nicht, für einfältig gehalten zu werden.

Joannes hob die Hände. „Verzeih. Aber sicher kannst du dir vorstellen, dass wir aufhorchen, wenn uns gemeldet wird, dass auf dem Xystos ein Dutzend Bewaffneter mit erhobenem Schwert ihrem Anführer die Treue schwört. Zumal wir wissen, dass weitere Männer in der Stadt sind, die früher zu deiner Bruderschaft gehörten. Jetzt frage ich mich, was du mit dieser kleinen Privatarmee vorhast."

Jakob schaute verdutzt auf seinen Mitschüler. Dann lachte er laut auf. „Du denkst, ich will hier Kriegsherr spielen? Davon gibt es wahrlich schon genug. Euch Zeloten in der Stadt, Simon mit seinen Banditen vor ihren Toren, die Anführer der priesterlichen Partei in ihren Palästen. Vespasian nicht zu vergessen. Keine Angst. Ich habe heute meine Leute zu ihren Familien entlassen. Sobald ein paar dringende Geschäfte erledigt sind, bin ich aus der Stadt verschwunden."

„Du willst schon wieder heim?" Rahel war an ihren Tisch getreten. Sie hatte einen Krug Wein und zwei Becher dabei, die sie mit einem Knall auf die Platte stellte. „Du bist doch eben erst angekommen!" Wütend schaute sie Jakob an.

Der war überrumpelt von ihrem Ausbruch. „Doch nicht sofort", stammelte er. „Ich nehme mir auf jeden Fall Zeit für dich. Und deinen Onkel", fügte er mit einem Seitenblick auf Joannes schnell hinzu.

„Das will ich doch hoffen!" Rahel drehte sich empört weg und ging zum Tresen, um einen Krug Wasser zum Wein zu holen.

„Kleiner Familienkrach?" Der Zelotenführer konnte sich die Bemerkung nicht verkneifen.

„Ach was", knurrte Jakob. „Ich habe den beiden einmal aus höchster Not geholfen. Seitdem schickt Ephraim seine Nichte jede zweite Woche, um mein Haus in Ordnung zu halten. Sie sind dankbar. Das ist alles." Der Vorfall war ihm peinlich. Er goss sich Wein ein. „Was ist mit dir? Trinkst du mit?"

Joannes schüttelte den Kopf und sprach weiter. „Wenn es so ist, wie du sagst und ihr eure Schule auflöst, dann mache ich dir einen Vorschlag." Er unterbrach sich, da Rahel mit dem Wasser kam.

„Betrifft der mich oder meine Leute?"

Der Zelotenführer überlegte kurz: „Euch alle."

Jakob winkte David heran, der wieder in der Tür aufgetaucht war. „Dann wird er ihn mithören. Er ist Ausbilder bei mir." Er forderte seinen Unterführer auf, sich zu setzen.

Joannes wartete, bis die beiden ihren Wein mit Wasser verdünnt hatten. Dann beugte er sich über den Tisch. „Neue Stürme stehen bevor", flüsterte er. „Der Tempelhauptmann Eleazar verliert den Rückhalt bei den Zeloten. Er geht zu hart gegen die Priester und Adligen vor, die den Römern doch nur die Füße küssen, weil sie Angst um ihre Paläste haben. Ich bin die Stimme der gemäßigten Masse unter den Empörern. Mit etwas Geduld machen sie mich zu ihrem alleinigen Führer. Leider sind das alles Idealisten. Ihre einzigen Waffen sind ihr Vertrauen auf den Herrn und die Wut auf Rom. Deine Leute wiederum sind ausgezeichnete Kämpfer. Wie man hört, gibt es Dutzende von euch in der Stadt. Ich biete dir an, meine Leibwache zu stellen. Gegen gutes Geld."

Lauernd schaute Joannes auf Jakob. Der nahm einen Schluck Wein und räusperte sich. „Ich denke, du willst eine Art Prätorianergarde, wie die vom Kaiser in Rom. Die du nach deinem Ermessen einsetzen kannst. Gegen Anhänger und Feinde, in offener Schlacht und in dunklen

Gassen. Deren wahre Stärke die Angst ist, die sie verbreitet. Ist es so?"

Joannes strich sich über seinen dünnen Bart. „Hast einiges von deinem Freund Josef, dem Verräter, gelernt. Der Vergleich mit Nero gefällt mir. Er trifft die Sache."

Jakob sah David fragend an. Der schloss kurz die Augen. Sie waren sich ohne Worte einig. „Dann pass mal auf. Ich weiß, dass du eine Menge Geld hast. Geraubt von den Reichen, die euren Dolchen zum Opfer fielen. Wir lassen uns bezahlen, stimmt. Aber nicht mit blutiger Münze. Zudem sind wir ein Bund freier Männer. Ich löste die Schule auf, damit sie ihrem Gewissen folgen können. Ob einer an deiner Seite kämpft oder für die Priester, ob er seine Familie schützt oder den Tempel, das entscheidet jeder selbst. Ich befehle sie keinesfalls in den Dienst eines jüdischen Caesars."

Joannes war der Rede seines einstigen Mitschülers mit zusammengekniffenem Mund und schmalen Augen gefolgt. Jetzt beugte er sich vor. „Du hast einiges von ihm gelernt, bist aber längst nicht so schlau wie Josef. Ich kontrolliere bald den Tempel und Jerusalem. Und sollten sie Flügel nehmen – den Römern wird es nie gelingen, die Mauern der Stadt zu übersteigen. Wo ihnen dies doch schon in dem Nest Jotapata nur mit Josefs Hilfe gelang. Wir Zeloten werden sie an der Spitze unseres Volkes bis zum Mittelmeer jagen, so wie die schiere Masse der Juden die Legion des Cestius Gallus bei Bethoron in den Tod hetzte. Ist Vespasian erst einmal geschlagen, wird man mich dankbar zum König ausrufen. Ich werde mächtiger als Salomon sein. Und reicher. Du kannst daran Anteil haben. Oder deine Bruderschaft wird zertreten. Wie ein lästiger Spinnenläufer. Der hat zwar hundert Beine. Aber die kann man einzeln ausreißen."

Jakob war bei diesen Worten bleich geworden vor Wut. Doch er kam nicht zur Antwort. Denn ein Mann in schmutziger Tunika stürzte herein und eilte zum Zelotenführer. Er beugte sich zu Joannes herunter und flüsterte ihm ins Ohr. Der stand daraufhin auf. „Ich muss unsere Unterhaltung abbrechen. Die Römer haben Jericho genommen. Ihre Legionen aus dem Norden und Süden vereinigten sich dort. Jetzt werden sie sich Jerusalem zuwenden. Meine Leute erwarten Befehle." Er sah Jakob in die Augen. „Überdenk das Angebot. Sonst kann ich nicht für das Leben deiner Männer bürgen." Er schaute auf Rahel und ergänzte: „Oder das von Menschen, die dir lieb sind." Ohne eine Antwort abzuwarten, drehte er sich um und eilte mit dem Boten aus der Tür.

Jakob sah ihm finster nach. Dann wandte er sich an David: „Ich hoffe, deine Leute kamen rechtzeitig aus Jericho raus. Ihnen bleibt nur der Weg nach Jerusalem. Warte hier auf sie." Er zögerte. „Bis dahin könntest du mir einen Dienst erweisen."

Der Gefährte überlegte nicht. „Klar. Soll ich Joannes umbringen?"

Sein Gegenüber grinste. „Nein. Aber ab und zu im Halben Schekel vorbeischauen." Er hob das Kinn in Richtung Rahel. „Und auf das Mädchen achten. Mir gefällt nicht, wie er sie ansah."

David folgte seinem Blick. „Ab sofort?", fragte er.

Jakob verneinte. „Ab morgen. Heute übernehme ich das." Dann rief er sie. „Bring mehr Wein. Wir wollen Abschied feiern."

„Wach auf, Liebster." Diese Stimme. Rahel. Er träumte schon wieder von ihr. „Du musst zu Matthias. Und Leila." Mag sein. Doch er mochte nicht aufwachen. Sondern weiterträumen. Von ihr. Aber dieses Pochen im Kopf. Und der Drang, den vielen Wein von gestern Abend wieder loszuwerden. Dann eben nicht.

Er reckte sich, schlug die Augen auf. Und sah in ihr nahes Gesicht. „Rahel?" Kein Traum. Sie lag neben ihm. Unter einer gemeinsamen Decke. Augenblicklich war er hellwach. Er hob das Tuch an. „Du bist nackt!"

Sie lachte, ihre Finger glitten zwischen seine Beine. „Wie du!"

Er stieß ihre Hand weg, setzte sich kerzengerade auf. Sein Kopf drohte zu zerspringen. „Wir lagen beieinander?"

Ihr Lächeln wurde breiter. „Nicht nur das."

Jakob sprang auf griff sich das Hemdkleid, das neben seiner Schlafstätte lag und streifte es hastig über. „Verdammt. Rahel, du bist nicht einmal halb so alt wie ich. Ephraim sagte mir die Wahrheit, du gehst erst auf deinen fünfzehnten Sommer zu. Ich hätte dich nicht zu mir lassen dürfen."

Sie schlug die Decke zurück. „Dann wäre dir das hier entgangen." Seine Augen tasteten ihren Körper ab. Sie war so jung. So makellos. Und nun entehrt. Rahel ließ ihn einen Moment gewähren, bevor sie aufsprang und sich ebenfalls ihr Hemdkleid überzog. „Mach dir keine Gedanken. Du bist nicht der Erste, der bei mir lag. Ich wollte wissen, wie das ist, und gab mich einem Pilger hin. Mit dir war es aufregender."

Jakob stöhnte auf. „Wenn das dein Onkel erfährt. Er wird keinen Ehemann mehr für dich finden."

Sie kam zu ihm, küsste ihn auf den Mund. „Das wäre Sache meines Vaters gewesen. Der Onkel will mich nur verkaufen." Sie umarmte ihn und flüsterte in sein Ohr: „Ich brauche keinen Mann. Nicht zum Heiraten." Er wusste nicht, was er antworten sollte. Rahel lachte. „Sag bloß, das passt dir nicht?" Sie ließ ihn los und ging zur Treppe. „Du bist sicher hungrig. Ich stelle dir unten etwas Brot und Olivenöl auf den Tisch."

Jakob hob sein Wolltuch vom Boden auf und zog es sich über die Schultern. Was machte er jetzt mit dem Mädchen? Er mochte sie. Doch eine Familie mit ihr gründen? Er massierte sich die Stirn. Dieses Pochen!

Nachdem er etwas Brot in Öl zu sich genommen hatte, ging er hinaus in die Stadt. Rahel hatte ihn bis dahin ständig verliebt angelächelt und zum Abschied geküsst. „Komm bald wieder", hatte sie zärtlich geflüstert und mit ihren dunklen Augen verschwörerisch nach oben gezeigt. Zu ihrem Lager. Ihm war klar, dass er ihr den Wunsch erfüllen würde. Es gab jetzt nichts mehr, das ihn daran hindern könnte.

Kurze Zeit später stand er vor dem unscheinbaren Tor einer langen Mauer in der verwinkelten Oberstadt. Aufmerksam schaute Jakob nach rechts und links, aber außer einem kleinen Jungen, der in einem Hauseingang auf der anderen Seite döste, war niemand zu sehen. Kraftvoll klopfte er zweimal gegen die Holztür. Kurz darauf öffnete sie sich einen Spalt. „Ja?", fragte eine dunkle Stimme.

„So ist recht, Ibrahim. Immer schön vorsichtig", lachte Jakob.

Die Tür wurde aufgerissen. „Du bist in Jerusalem, Herr. Herzlich willkommen!" Der Leibwächter freute sich sichtlich. „Willst du zu Matthias oder zu deiner Schwester? Egal, du kennst dich ja aus und findest den Weg allein. Ich kümmere mich so lange um den Esel."

Jakob übergab ihm das Seil des Tieres und trat ein. „Danke, Bruder." Er klopfte sich den Straßenstaub von seinem Gewand und ging durch den Garten auf den zweistöckigen Palast des Hohepriesters zu. Am offenen Flügel von dessen kunstvoll geschnitzter Eingangstür wartete ein Diener auf den Besucher. „Bring mich zu Matthias", forderte er den jungen Mann auf.

Doch der blieb ungerührt stehen. „Und wer bist du?"

Da tönte die Antwort laut in dessen Rücken: „Jakob!" Mit einem Aufschrei der Freude stürzte Leila aus dem Atrium zum Eingang und fiel ihrem Bruder um den Hals.

Der schob sie sacht von sich. „Ist ja gut", meinte er verlegen.

Mit einer Handbewegung winkte Leila den jungen Diener fort. „Matthias schreibt Briefe. Ich führ dich zu ihm." Sie hakte sich bei Jakob ein und strahlte ihn an. „Ich hoffe, du kommst nicht nur wegen der Geschäfte." Das Arbeitszimmer des Hohepriesters befand sich auf der dem Eingang gegenüber liegenden Seite des Innenhofes. Matthias saß mit dem Rücken zu ihnen an einem Tisch und schrieb etwas. Es gab keine hintere Wand. Von seinem Platz aus konnte der Hohepriester direkt in den von Säulengängen umschlossenen Garten blicken. „Entschuldige die Störung", unterbrach Leila seine Arbeit. „Ich bringe dir einen Gast."

Matthias drehte sich um und sprang vom Stuhl auf, als er Jakob sah. „So eine Freude! In diesen schwierigen Zeiten verlässt du dein Haus, um uns zu besuchen?"

Seinem Mitverschwörer entging die leise Kritik nicht. „Es gibt Leute, die es bewachen. Aber eben wegen der bedrohlichen Lage habe ich die Schule aufgelöst und ihre jüdischen Kämpfer nach Jerusalem geführt. Eine gute Gelegenheit, um dir die Pacht unseres Dorfes zu bringen." Er übergab ihm einen Beutel mit Münzen.

Matthias legte ihn auf den Tisch und machte eine wegwerfende Handbewegung. „Das hat Zeit. Geht ihr doch schon in den Garten. Ich beende schnell meinen Brief."

Während Leila sich zum Gehen wandte, rührte Jakob sich nicht. „Ich würde vorher gern etwas mit dir besprechen. Wegen Kirjat-Jearim. Es könnte Ärger geben." Er schaute zu seiner Schwester und bat sie mit den Augen, ihn mit dem Hohepriester allein zu lassen.

Sie verstand sofort. „Dann regelt ihr eure Geschäfte. Ich sehe inzwischen, ob sich in der Küche etwas für uns findet. Schickt nach mir, sobald ihr fertig seid."

„Was für Ärger könnte es denn geben?", fragte Matthias, als sie fort war.

„Ach, das habe ich nur gesagt, um mit dir allein reden zu können. Mich beschäftigt eine dringende Frage." Er sah am Hohepriester vorbei erst in den Hof, dann in den Garten. Beide waren leer, dennoch senkte er die Stimme zu einem kaum hörbaren Flüstern. „Wegen unseres Bundes."

Matthias lächelte über die Vorsicht, nahm aber seinen Arm und zog ihn in den Garten. „Stelle deine Frage", sagte er leise.

„Rundheraus. Wir leben alle drei gefährlich. Du brauchst eine Leibwache zum Schutz vor den Dolchschwingern. Ich entkam den Römern nur, weil zufällig

Nicanor ihr Befehlshaber war. Und Josef ist Gefangener Vespasians. Bisher hatten wir Glück. Doch was, wenn wir innerhalb kürzester Zeit allesamt sterben? Geht dann nicht das Wissen um den Schatz von Kirjat-Jearim unwiederbringlich verloren?"

Matthias legte seine Hand auf Jakobs Schulter. „Hab Vertrauen in den Herrn." Der Hohepriester sah seinem Mitverschworenen in die Augen. „Deine Frage ist ernst und genauso soll sie beantwortet sein. Ich berichtete euch von der Kraft meines Ringes, den schon Moses trug. Er ist unzerstörbar und trägt in sich das Wissen des Herrn. Wenn es notwendig ist, offenbart er sich dem Träger, wer immer es sei, und führt ihn zum Verborgenen." Matthias sah den Zweifel in Jakobs Gesicht. „Ich gebe dir ein Beispiel. Angenommen, morgen ermordet mich einer dieser Dolchschwinger. Er oder irgendjemand, der meine Leiche findet, wird seinen Blick nicht von dem Ring abwenden können und ihn stehlen. Ist er erst einmal an seinem Finger, wird aus dem Träger ein anderer Mensch. Durchströmt vom Geist des Herrn, der zu ihm spricht und keinen Widerstand gegen seine Befehle duldet. Glaube mir. Ich spreche aus Erfahrung."

Jakobs Augen wurden groß. „Der Herr redet mit dir?"

Matthias verkniff sich ein Lächeln. „Natürlich. Ich bin der Hohepriester!" Er schaute zu seinem Schreibtisch. „Habe Vertrauen, Jakob. Das Geheimnis wurde über Jahrhunderte gewahrt, und so wird es weiterhin sein. Aber jetzt lass mich den Brief zu Ende schreiben. Und danach will ich hören, welche Neuigkeiten du uns bringst." Er klatschte zweimal in die Hände und befahl dem heraneilenden Diener, Leila zu holen.

Jakob wartete im Säulengang vor dem Garten auf seine Schwester. Die führte ihn zu einer kleinen Sitzgruppe an der hinteren Mauer des Palastes. „Dir bekommt das Leben hier", stellte er fest.

„Ja, Matthias machte mich zu seiner rechten Hand. Ich helfe ihm bei den Briefen, leite den Haushalt und überbringe zuweilen sogar heikle Botschaften an Mitstreiter. Eine Frau weckt wenig Misstrauen. Vor allem, wenn sie das Witwentuch trägt."

Der Diener betrat den Garten. Er brachte einen Krug Wein und einen mit Wasser sowie drei Trinkbecher. Ein kleines Mädchen stellte eine Schale mit Früchten dazu. Jakob wartete, bis die beiden gegangen waren. „Warst du bei unserem Vater?"

Leila nickte. „Ja. Er ist wohlauf. Aber er möchte nicht, dass ich weiter zu ihm rauskomme. Das sei zu gefährlich, sagt er. Raubüberfälle, Schändungen, Morde häuften sich in der Gegend. Außerdem achteten die Nachbarn auf ihn." Sie sah den Hohepriester in den Garten kommen und rückte auf der Bank ein wenig zur Seite. Er setzte sich zu ihr. Leila nahm einen Becher, füllte Wasser hinein und reichte ihn Matthias.

Jakob schenkte sich etwas Wein ein. Dann kam er zum Anlass seines Besuches: „Nicanor hat mir eine Nachricht geschickt. Mit der letzten Lieferung von Midas. Ich habe euch ja berichtet, dass er als Tribun einer Reiterkohorte an den Kämpfen um Jotapata teilnahm. Nun, er war es, dem sich Josef nach dem Fall der Festung ergab und der ihn zu Vespasian brachte." Jakob sah zu seiner Schwester, die bang seinen Worten folgte. Er machte es kurz. „Nicanor schreibt, dass Josef den Feldherrn und dessen Sohn Titus darum bat, ihnen im privaten Gespräch eine Botschaft seines Gottes überbringen zu dürfen. Das wurde ihm gewährt. Was er sagte, ist unklar. Aber danach haben sie ihn nicht, wie geplant, zur Verurteilung an Nero überstellt. Vespasian erklärte ihn vielmehr zu seinem persönlichen Gefangenen." Jakob schaute auf Leila, dann zu Matthias. „Ich wusste, dass er überlebt hat. Halb Judäa sprach ja über den Verrat, sich als Heerführer der Juden den Römern zu ergeben, anstatt zu sterben. Aber dass sie ihn sogar milde behandeln, war mir neu. Was mag er dem Vespasian und seinem Sohn gesagt haben?"

Matthias überlegte. „Es muss etwas von großer Bedeutung gewesen sein. Nichts, das nur die Juden betrifft. Die sind den beiden egal." Nachdenklich griff er zu seinem Becher und trank. „Josef ist ein Mann von scharfem Verstand. Ich denke, er hat die Lage des Gegners genau bedacht. Rom wird von einem Tyrannen regiert. Gegen den regt sich Widerstand. Vor allem im Senat." Der Hohepriester blickte Jakob an. „Stand in der Nachricht von Nicanor etwas über Sadah?"

Der wunderte sich. „Nein. Was hat die denn damit zu tun?"

Matthias zögerte kurz, blickte zu Leila. Dann erklärte er seine Frage. „Ihr Mann, der Senator Annius Vinicianus, war Kopf einer Verschwörung gegen Nero. Der Kaiser ließ alle umbringen, die darin verwickelt waren. Ihre Frauen wurden zum Selbstmord gezwungen, die Kinder vergiftet."

Leila schlug entsetzt die Hand vor den Mund. „Sadah ist tot?"

Matthias schüttelte den Kopf. „Sie soll geflohen sein und sich in der Provinz verbergen. Verständlich, dass

ihr Bruder nichts über sie schrieb. Doch zurück zu Nero: Der fürchtet weiteren Verrat. Deswegen hält er den Senat mit Terror und das Volk mit Brot und Spielen nieder. Zur Gefahr werden kann ihm nur die Armee. Ich nehme an, das hat Josef erkannt und dem Mann, der die Legionen des Ostens befehligt, eine glänzende Zukunft vorhergesagt. Und weil man dies keinem Besiegten abnimmt, wohl aber dessen Gott, wird er erklärt haben, Bote des Einen zu sein."
Matthias dachte kurz nach. „Das ist es. Deshalb hat es Vespasian auf einmal so eilig." Jakob und Leila schauten ihn verständnislos an. „Ich habe einen hoch gestellten Vertrauten bei den Römern", erläuterte er weiter. „Der schrieb mir, der Statthalter des mittleren Gallien sei von Nero abgefallen. Ein Mann namens Vindex. Er hat 100 000 Krieger der einheimischen Stämme hinter sich und rief die Legionen in Hispanien und Germanien auf, ihn zu unterstützen. Vespasian treibt seinen Feldzug plötzlich so voran, weil er ihn schnell zu Ende bringen muss. Um bei einem Sturz Neros freie Hand zu haben. Wie ich höre, hat er sein Heer aufgeteilt. Die eine Hälfte besetzt den Süden, die andere den Norden von Jerusalem. Er will uns einschließen."

Jakob goss sich etwas Wein nach, verdünnte ihn und trank einen Schluck. „Das ist ihm schon gelungen. Sie nahmen Jericho. Die Legionen vereinigten sich dort wieder."

Matthias schaute ihn überrascht an. „Woher weißt du das?"

Sein Gegenüber wischte sich den Mund ab. „Von Joannes ben Levi."

Der Hohepriester verschluckte sich fast an seinem Wasser. Er stellte seinen Becher ab. „Dem Anführer der Empörer? Weshalb hast du ihn aufgesucht?"

Jakob machte eine wegwerfende Handbewegung. „Ich ging nicht zu ihm. Er kam zu mir, in den Halben Schekel." Die Schenke zu nennen, war ein Fehler, er sah es an Leilas Blick. Zu spät. „Joannes faselte davon, er wolle die Römer und ihre Partei ins Mittelmeer werfen. Um König der Juden zu werden. Er wollte meine Leute zur Leibwache und mich als ihren Führer. Schmierte mir Honig ums Maul, welch kampfstarke Truppe wir in Kirjat-Jearim ausgebildet hätten. Ich sagte ihm, dass die Schule aufgelöst sei und ich die Männer heimgeschickt habe."

Er kennt den Ort, an dem die Lade steht. Sollte er je dort auftauchen, darf er nur das Silber finden. Bring das Festkleid aus dem Tempel zur Steintruhe. Es soll ihn überzeugen, vor dem Schatz der Hohepriester zu stehen. Er wird dann nichts anderes mehr suchen.

Matthias wirkte wie abwesend. Er starrte mit leerem Blick vor sich hin. Mit einem Ruck stand er auf. „Entschuldigt, ich muss Briefe schreiben." Ohne ein weiteres Wort ging er wieder ins Haus.

Verwundert sah Jakob ihm hinterher. „Was war das denn?", fragte er.

Leila zuckte die Schultern. Sie konnte sich diese Reaktion ebenso wenig erklären. Nach einer Weile des Schweigens wechselte sie das Thema. „Du hast die Nacht im Halben Schekel verbracht?"

Jakob schoss das Blut in die Wangen. „Was soll die Frage? Ich feierte mit David Abschied. Und bin am Morgen in der Schenke aufgewacht. Passiert manchmal."

Leila lächelte leise. „Und Rahel lag bei dir, oder?"

Jakob konnte seine Schwester nicht anlügen. „Für Rahel bin ich der Mann, der sie beschützt, nachdem es ihr Vater nicht mehr kann. Sie ist mir dafür zutiefst dankbar. Und will deshalb nicht nur bei Tag für mich da sein, wie zweimal im Monat in Kirjat-Jearim, sondern auch in der Nacht. Obwohl sie weiß, dass ich mit ihr nicht vor den Priester treten werde." Er sah Leilas zweifelnden Blick. „Rahel ist nicht dumm. Ihr ist klar, worauf sie sich mit mir einlässt. Und ich mag sie. Ehrlich. Ich bewundere, wie sie sich gegen die Männer behauptet und um ihren Platz im Leben kämpft. Wir sind füreinander da. In jeder Beziehung. Das ist alles."

Leila hatte ihrem Bruder aufmerksam zugehört. Nie war er so offen zu ihr gewesen. Sie beugte sich vor und nahm seine Hände. „Wenn uns die Römer belagern, wirst du die Stadt eine Weile nicht mehr betreten können. Was meinst du, soll ich mich solange um Rahel kümmern? Als Freundin?"

Alexandria

im sechsten Regierungsmonat des Kaisers Vitellius (69 n. Chr.)

Josef konnte nicht anders. Anstatt wie beabsichtigt zum Hafen zu eilen, blieb er auf dem prächtigen Flur stehen, um die schlanken Säulen in dem Gang zu bewundern und die bunten Kassetten der Wände dazwischen. Ihre abwechselnd roten, gelben und grünen Flächen gaben der Halle Wärme. Ehrfurchtsvoll fuhr er mit der Hand über Säulen, die lange Reihen voller bildhafter Symbole zeigten, und roch an den Blüten fremder Pflanzen in den Tonschalen dazwischen. Der Tempel daheim in Jerusalem ragte in den Himmel und machte mit seiner Größe den Pilger klein. Dieser Palast der Könige von Ägypten stand für den Stolz auf eine uralte Kultur, die schon Jahrtausende zählte, als Moses erst geboren wurde. Doch das Reich der Pharaonen war verweht wie Sand in der Wüste. Das Gift einer Schlange hatte sein Ende besiegelt. Jetzt knallten die Nägel römischer Sandalen auf Steinplatten, über die einst Kleopatra lief. Die Nägel seiner Schuhe. Aus Josef ben Mattitja, dem Priester der ersten Reihe am Tempel, war Flavius Josephus geworden, ein Freigelassener des Vespasian.

Nie würde er den Tag vergessen, an dem er nach zwei Jahren Gefangenschaft in Ketten vor den Feldherrn geführt wurde. Der Hof im Palast von Caesarea war damals voller Offiziere. Sie waren herausgeputzt wie zu einer Parade. Rüstungen und Helme glänzten, die roten Feldumhänge waren makellos sauber. Die meisten hielten Trinkbecher in der Hand. Er sah Neugier in ihren Augen. Und Hass auf den Juden, der ihnen in Jotapata so lange widerstanden hatte. Zwei Wachen führten ihn in die Mitte des Hofes, wo die Heerführer in ihren purpurnen Umhängen standen. Aus ihrer Gruppe trat Vespasian einen Schritt auf ihn zu. Er hob die Hand. Auf der Stelle wurde es still. Und dann verriet der Feldherr, was Josef dem Titus und ihm am Tag seiner Festnahme vorhergesagt hatte. Zu einer Zeit, als Nero Rom fest im Griff hatte, habe er in ihm schon den künftigen Imperator erkannt. Weil sein Gott ihm dies enthüllte. Grinsend gestand Vespasian, dass er das damals für eine List des Juden hielt, um sein Leben zu retten. Zumal der Gefangene behauptete, seine Prophezeiung würde schon bis zum Ende des Feldzugs wahr sein. Aber da man bei den Göttern ja nie wisse, habe er dem Josef gesagt, er werde ihn bis dahin festhalten. An jenem Tag des Sieges nagele man ihn im Falle der Lüge ans Kreuz. Spreche er die Wahrheit, sei er frei. Zu seiner eigenen Überraschung seien jedoch Umstände eingetreten, die dem jüdischen Priester recht gaben: Nero fand kein Jahr später den Tod, seine Nachfolger Galba und Otho überlebten ihn nur um Monate und der Thron-Anspruch des Vitellius stütze sich allein auf seinen beiden germanischen Legionen. „Meine Herren", wandte sich Vespasian zu guter Letzt an seine Offiziere, „als heute ein Bote die Nachricht brachte, der Präfekt von Ägypten, Tiberius Alexander, habe seine Soldaten nicht auf den Thronbesetzer in Rom, sondern auf mich vereidigt, seid ihr dem begeistert gefolgt. Ihr habt mir den Titel Imperator angetragen. Damit schworen mir bisher fünf Legionen die Treue. Ich bin sicher, weitere werden folgen. In dieser Stunde der Demut vor eurem Willen erinnerte ich mich an einen Mann, der dies schon vor zwei Jahren vorausgesagt hat. Ich versprach ihm damals die Freiheit, sollte er recht behalten. Ich stehe zu meinem Wort. Löst ihm die Fesseln!"

Doch bevor eine der Wachen dem Befehl des Feldherrn nachkommen konnte, trat Titus vor und rief „Nein". Jedes Flüstern im Hof erstarb. Der Sohn widerspricht dem Vater? Und Josef sah sich schon am Kreuz. Denn es waren die Legionäre des Titus, die er in Jotapata mit siedendem Öl übergießen ließ. Doch sein einstiger Feind hatte anderes im Sinn. Die Gerechtigkeit verlange, sagte er, dass man dem Juden mit dem Eisen zugleich die Schmach abnehme, verlacht worden zu sein. Wenn man seine Ketten nicht löse, sondern zerhaue, sei es so, als wäre er nie gefesselt gewesen.

So geschah es. Auf einen Wink des Caesars zerschlug ein Soldat die Fesseln mit einer Axt. Damit war Josefs Ehre in den Augen der Römer vollständig wiederhergestellt. Und darüber hinaus erkannte jeder, dass er als freier Mann die höchste Gunst der beiden Cäsaren genoss. Am späten Abend jenes Tages dankte Josef dem Einen für die Rettung. Wie recht doch sein Freund Jakob in Jotapata gehabt hatte: Vertraue auf Gott. Dann wirst du überleben. Der Plan des Herrn sah ihn ohne Zweifel auf der Seite der Römer, damit er mithilfe ihrer irdischen Macht die Lade schützt. Dem von ihm auserwählten Volk traute er das demnach nicht mehr zu.

Kurz vor dem Tor zum Hafen von Alexandria blieb Josef stehen. Er zögerte angesichts der Legionäre, die den Eingang des Palastes bewachten. Zu sechst standen sie dort mit einem Optio als Anführer. Selbst vier Monate nach der Freilassung machte ihn der Anblick von Soldaten nervös. Die sind zu deinem Schutz da, beruhigte er sich, und nicht, um dich zu bedrängen. Er ging weiter. Der Optio musterte ihn: Tunika, gepflegtes Haar, in der Hand eine Wachstafel – keine Gefahr.

Die Herbstsonne tauchte den Hafen in ein warmes Licht. Josef verweilte bei den Arbeitern, die Schiffe aus allen Enden des Reiches entluden. Träger brachten Säcke, Bündel und Kisten in die Lagerhäuser rund um den großen Marktplatz des Hafens. Geschickt wichen sie Händlern aus, die Ware holten, und Kaufleuten, die um Preise feilschten. Auf der mit roten Granitsäulen gesäumten Straße vor dem Markt stolzierten junge Damen mit ihren Freundinnen. Die leichten Stoffe ihrer Kleider blähten sich im Meereswind. Sie suchten die Blicke der Offiziere Vespasians. Die lächelten auf höchsten Befehl freundlich zurück. Der Caesar wollte Eindruck machen in der Provinz, die ihm als erste die Treue schwor. Und so bestanden die Truppen, die er zum Nil mitnahm, vor allem aus gut gebauten Männern. Man war ja nicht im Krieg, sondern auf einem Triumphzug.

Josef wandte sich nach rechts. Sein Ziel befand sich nicht weit von hier auf der Halbinsel Lochias. Während in den Prachtbauten am Hafen von jeher Beamte sowie Gäste des Hofes untergebracht wurden, erhob sich dort der Palast, in dem einst die griechischen Könige Ägyptens, die Ptolemäer, gelebt hatten. Heute war er Sitz des römischen Präfekten und seiner Verwaltung. Eine hohe Steinmauer schützte die Landzunge, und nur ein schmales Tor führte hinein. Davor standen sechs Soldaten und ein Offizier. Josef ging auf die Wache zu und zeigte seine Wachstafel. „Präfekt Tiberius Alexander wünscht, mich zu sprechen."

Der Optio warf einen Blick auf das Siegel des Statthalters und winkte einen Legionär heran. „Danke Herr. Marius bringt dich zu ihm."

Josef hatte keine Ahnung, was der Präfekt von ihm wollte. Er kannte ihn nur aus Gräuelgeschichten, die man sich in Judäa erzählte. So soll er kurz nach seinem Amtsantritt den beiden in der Stadt liegenden Legionen befohlen haben, einen Aufruhr der Juden gegen ihre griechischen Nachbarn mit aller Gewalt niederzuschlagen. Die Soldaten brachten jeden um, den sie im Jüdischen Viertel antrafen. Darunter viele Frauen, Greise und Kinder. Von 50 000 Toten war die Rede. Gewiss, Tiberius Alexander würde ihm nichts tun. Er stand unter dem Schutz Vespasians. Aber vor einem Mann, dem das Leben von Juden so wenig zählt, galt es, auf der Hut zu sein.

Der Soldat führte ihn durch die langen Flure des Palastes zu den privaten Wohnräumen des Präfekten. In einer Vorhalle übergab er die Wachstafel einem Schreiber. Der blickte kurz darauf, erhob sich und forderte Josef auf, ihm zu folgen. Gemeinsam betraten sie einen langen Flur mit vier Türen an den Seiten. Er endete in einer Terrasse, die zum Meer hin von einem halbrunden Säulengang begrenzt wurde. In dessen Mitte stand der Präfekt von Ägypten und schaute auf die sich an der Landzunge brechende See. „Dein Gast, Herr", rief der

Schreiber gegen den Lärm des Meeres. Tiberius Alexander drehte sich zu ihnen um. Ein hagerer Mann, der vom Alter her Josefs Vater sein könnte. Sein kurzes welliges Haar war schwarz gefärbt, ein gönnerhaftes Lächeln überspielte die strengen Züge seines kantigen Gesichts. Die Haut des Statthalters war von einem olivgrünen Ton. Sicher ein Grund, warum Titus von ihm privat nur als „dem Ägypter" sprach. Der Präfekt trug seine Amtstoga mit Purpurstreifen. Fahrig winkte er den Schreiber fort. Der schloss hinter sich die bis dahin offenen Flügeltüren zum Gang.

Tiberius Alexander schritt zu drei im Halbkreis aufgestellten Liegen in der Mitte der Terrasse. Vor ihnen stand ein länglicher Tisch mit zwei Krügen und Trinkbechern. „Das Orakel von Jotapata. Tritt näher." Er schenkte seinem Besucher und sich Wein ein. „Ein Falerner. Du findest nirgends am Nil einen besseren." Josef nahm den Becher aus der Hand des Statthalters. Und erstarrte, als sein Blick auf dessen Siegelring fiel. Der stammte offenbar aus derselben Werkstatt wie der des Hohepriesters. Die gleiche Platte aus Gold, auf der sich drei von einem Kreuz durchbrochene Kreise befanden. Nur, dass hier ein Smaragd in der Mitte thronte, um den sich gelbe statt blauer Steine legten. Das konnte doch kein Zufall sein!

Er hat diese Art von Ring schon einmal gesehen. Du musst herausfinden, wo und vor allem bei wem. Aber sei vorsichtig. Er darf keinen Verdacht schöpfen.

Josef riss seinen Blick von dem Schmuckstück. Dieses ganze Treffen irritierte ihn. Tiberius Alexander war römischer Ritter und Statthalter einer dem Kaiser direkt unterstellten Provinz. Er stand im Rang weit über ihm. Warum bediente er ihn, einen Juden, wie einen alten Freund? Sei vorsichtig! Zaghaft trank er von dem Wein. „Du hast recht, Herr. Danke, dass ich ihn probieren durfte."

Der Präfekt wies auf die Liegen. „Setz dich. Und nenn mich hier in den Privaträumen beim Namen: Alexander." Er nahm gegenüber seinem Gast Platz. „Bevor wir zum Anlass deines Besuches kommen: Mir fiel auf, dass du meinen Ring ansahst, als hättest du ihn wiedererkannt. Ist das so?"

Josef zögerte mit der Antwort. Doch Matthias zeigte seinen Schmuck ja gern in aller Öffentlichkeit. Warum nicht darüber reden? „Ich sah einen Ring von gleicher Form bei unserem Hohepriester. Nur mit anderen Steinen. Sie waren blau und rot. Das wunderte mich."

Das genügt mir. Lass ihn keinen Verdacht schöpfen. Lenke seine Aufmerksamkeit ab.

„Ach ja? Da hat der Meister, der ihn schuf, seine Idee sicher mehrfach verwendet. Doch genug von dem Schmuck. Die Zeit drängt. Ich brauche bei einer heiklen Sache Hilfe. Von dem Priester der ersten Reihe im Tempel zu Jerusalem."

Josef erschrak. War das eine Falle? „Ich bin kein Diener des Heiligtums mehr", wehrte er ab.

Der Präfekt beugte sich nach vorn. „Muss ich dir erklären, wie das in Rom läuft? Wenn du jemandem von hohem Rang einen Gefallen erweist, dann wird er sich dafür erkenntlich zeigen. Du wirst sein Klient. Glaub mir. Es ist besser, den mächtigsten Mann Ägyptens zum Schuldner zu haben als zum Feind." Er beugte sich wieder zurück. „Und was den Priester angeht: Die Weihe gilt ein Leben lang. Oder hast du deinem Gott abgeschworen?" Alexander stellte die Frage zwar wie nebenbei, aber Josef entging nicht ihr lauernder Unterton.

„Nein", antwortete er ehrlich.

Der Präfekt war erleichtert. „Fein. Denn ich bitte dich darum, einen Segen zu sprechen. Über ein Paar, das nicht heiraten darf. Weil es ihre Herkunft, Religion, Kultur, kurz sämtliche Umstände verbieten. Es muss ein jüdischer Lobpreis sein. Die Frau will es so. Es wird nur zwei Zeugen geben. Mich und eine andere Vertrauensperson. Und niemand außer den Anwesenden darf davon erfahren. Bist du dazu bereit?"

Josef zögerte. „Ich habe kein Priestergewand mehr", wagte er einen letzten kraftlosen Einwand.

Der Präfekt winkte ab. „Wir sind in Alexandria. Der Stadt mit der größten jüdischen Gemeinde jenseits von Judäa. Ich habe dir eines besorgt."

Josef gab auf. „Die Frau ist demnach eine Jüdin von höherem Stand, sicher aus altem Geschlecht. Sonst würdest du dich nicht selbst darum kümmern. Habe ich recht?"

Der Statthalter ging auf die Frage nicht ein. „Schwöre mir bei deinem Gott, dass du niemals über das, was du jetzt erfährst, ein Wort verlierst." Das tat er. Ehrlich, ohne Hintergedanken. Alexander war zufrieden. Er schwieg einen Moment, dann sprach er es endlich aus: „Es ist die Schwester deines Königs. Berenike."

Josef ließ sich seine Überraschung nicht anmerken. „Dem Glücklichen, der sich ihrer Gunst erfreut, ist hoffentlich bekannt, dass sich ihr Reichtum aus Ehen speist, die aus Berechnung geschlossen wurden? Zwei ihrer Männer waren Könige."

Der Statthalter grinste. „Und ihr erster war mein Bruder. Sie heiratete ihn mit dreizehn. Er starb leider kurze Zeit später."

Deshalb hatte sie sich an den Präfekten gewandt – er gehörte für sie zur Familie! Josef kam ein irritierender Gedanke. „Aber Berenike ist die Tochter eines Königs von Judäa. Eine Jüdin. Wie konnte sie Frau deines Bruders werden – sie durfte doch keinen Unbeschnittenen heiraten?" Er wagte nicht, den nahe liegenden Schluss auszusprechen.

Alexander hob die Schultern. „Die zwei waren schon verheiratet, als Kaiser Claudius ihren Vater zum König von Judäa machte. Danach hätte es diese Hochzeit sicher nicht mehr gegeben." Der Präfekt nahm einen Schluck, bevor er weitersprach. „Sie wäre nicht standesgemäß gewesen. Denn mein Vater war kein König. Sondern nur Vorsteher der Jüdischen Gemeinde von Alexandria."

Josefs Augen weiteten sich, in seinem Kopf überschlugen sich die Gedanken. Aufgewühlt vergaß er jede Vorsicht. „Du bist Jude! Wie konntest du deinen Truppen den Mord an fünfzigtausend Brüdern befehlen?"

Alexander knallte den Becher auf den Tisch. „Vergiss nicht, mit wem du hier redest! Und wenn wir schon dabei sind: Wie war dir, als du vierzigtausend Juden in Jotapata in den sicheren Tod schicktest?" Der Präfekt war laut geworden, beruhigte sich aber schnell wieder. „Wir dienen beide einem höheren Wesen. Du deinem Gott, ich dem Kaiser. Und um die Frage ein für alle Mal zu beantworten:

Ich legte den Glauben an den Einen schon als Kind ab. Da man mich in Rom erzog."

Josef wusste nichts zu antworten. Der Vergleich des Alexander in Bezug auf die Opfer ihrer Befehle hatte ihn getroffen. Er wechselte das Thema. „Der Römer, den Berenike liebt – kenne ich ihn?"

Der Ärger des Präfekten war dahin. Er lächelte sogar. „Das will ich meinen. Es ist Titus."

Ein Blitz aus wolkenlosem Himmel hätte Josef nicht unerwarteter treffen können. „Aber er ist etliche Jahre jünger als die Königin. Und vom Imperator Vespasian zu seinem Nachfolger ernannt. Niemals würden Senat und Volk von Rom eine Jüdin an der Seite ihres Caesars dulden!"

Alexander winkte ab. „Es ist Liebe. Der Feind jeder Vernunft. Ich sagte ja, gegen diese Verbindung spricht alles. Deshalb muss sie unbedingt im Verborgenen blühen. Niemand außer uns Zeugen darf je erfahren, dass die Königin und der Caesar sich als Paar den Segen des Herrn der Juden einholen. Ich garantiere dies als Verwandter und Freund, du durch deinen Eid vor Gott, die Zeugin des Titus mit ihrem Leben." Der Präfekt erhob sich. „Ich werde sie jetzt holen. Sie fährt mit dir in einem Boot hinüber zum Timonium, dem Sommerpalast des Marcus Antonius auf der Halbinsel links von uns. Dort findest du dann das Priestergewand. Ich nehme den Landweg. Man soll uns nicht zusammen sehen. Die Zeremonie beginnt, wenn die Sonne eine Handbreit über dem Meer steht." Der Präfekt ging hinaus und schloss die Tür hinter sich.

Josef blieb allein zurück. Nervös goss er sich Wein und Wasser nach. Seine Gedanken überschlugen sich. Warum er? Es gab so viele Diener des Herrn in Alexandria. Sollte der jüdische Segen von niederem Wert sein, weil ihn ein Priester sprach, der zugleich Römer war? Was hatte Alexander von der Sache? Die Dankbarkeit einer Königin, von der kaum jemand ahnt, dass sie seine Verwandte ist, und die eines Thronfolgers. Sicher. Doch er hinterging damit klar Vespasian, der einer solchen Zeremonie niemals zustimmen würde. Warum? Was steckte hinter dieser Komödie? Und was bedeutete sie für ihn selbst? Brachte sie sein Leben in Gefahr, weil er um die unmögliche Liebe wusste? Ihm fiel der Ring ein. Was hatte Matthias damals im Tempel gesagt? „Die Farbe des Herrn ist Rot, die des Bösen Grün." Genau wie die mittleren Steine der beiden Schmuckstücke. Gab sich durch den Schmuck des Präfekten gar der himmlische Widersacher des Einen zu erkennen?

Schritte vor der Tür rissen Josef aus seinen Grübeleien. Er stand auf. Ein Sklave öffnete die beiden Flügel, der Statthalter und eine Frau traten ein. Es war eine Römerin in hellblauer Tunika. Darüber trug sie eine goldfarbene Stola, die sie sich über den Kopf gezogen hatte und mit der Rechten schützend vor das Gesicht hielt. Kaum hatte der Sklave hinter ihr die Tür geschlossen, ließ sie das Tuch fallen und streifte die Stola vom Haupt. Josef starrte sie an. Ihr Kopf hätte jede griechische Statue vollendet. Das lockige Haar, schwarz wie der Basalt aus dem Asphaltsee, wurde von einem Netz aus fein gewebten Goldfäden gebändigt. Ihre Brauen, in Form gezupft, betonten die braunen Augen. Ihr Gesicht war das einer Athener Göttin: ebenmäßig, zart, mit hoher Stirn, einer geraden Nase sowie schmalen Lippen. Und es kam Josef vertraut vor.

Der Präfekt machte einen Schritt nach vorn. „Darf ich euch bekannt machen? Das ist ..."

„Sadah!" Ihm war plötzlich klar, wen er da vor sich hatte. Wobei er die Schwester des Nicanor nie an diesem Ort erwartet hätte.

Seine Freundin aus Kindheitstagen begrüßte ihn mit einem alle Würde vergessenden Aufschrei. „Josef!", rief sie und stürzte auf ihn zu. Er war unfähig, sich zu rühren. Das war Sadah? Das Mädchen, das sich immer unnahbar wie eine Prinzessin gab? Sie flog heran, umarmte ihn eng im Nacken und legte ihren Kopf an den seinen. „Hol mich hier raus. Bitte!", flüsterte sie hastig. Dann gab sie ihm einen Kuss auf die Wange und sagte laut: „Du ahnst gar nicht, wie froh ich bin, dich lebend wiederzusehen!"

Tiberius Alexander hatte die Szene argwöhnisch beobachtet. Doch die senkrechte Falte auf der Stirn des Präfekten verschwand schnell. Der Statthalter hob theatralisch beide Hände. „Die Vorstellung kann ich mir ja ganz offensichtlich sparen. Wie die Tochter meines alten Freundes Midas hierher kam und warum du jetzt den Namen Flavius Josephus trägst, könnt ihr euch erzählen, wenn ich fort bin. Nur so viel: Außer meinem Sekretär weiß keiner im Palast, wer sie ist, und niemand soll ihr Gesicht erkennen. Darum redet außerhalb dieser Räume nicht miteinander. Es hat seine Gründe. Wir sehen uns gleich im Timonium." Tiberius Alexander raffte seine Toga und schritt zur Tür. Dort drehte er sich um. „Ihr habt eine halbe Stunde. Dann bringt euch Rufus zum Boot." Der Präfekt ging hinaus, ein Sklave schloss von draußen die Tür.

Erst jetzt fiel Josef auf, dass seine Hände weiter auf Sadahs Hüfte lagen. Erschrocken zog er sie weg. „Verzeih meine panische Begrüßung", flüsterte sie. „Ich hatte Angst, er lässt uns nicht allein. Selbst jetzt kann jederzeit ein Aufpasser eintreten. Wir haben keine Zeit!" Sie blickte ihn flehend an. „Du musst mir helfen. Es ist viel verlangt, wir haben uns ewig nicht gesehen, aber du bist meine letzte Hoffnung."

Er nahm ihre Handgelenke und schaute ihr ins Gesicht. „Sadah, beruhige dich. Ich bin ja hier, und wir sind allein. Wie kommst du in diesen Palast und wobei brauchst du Hilfe?"

Sie schluchzte. „Ich muss fort. Weg von diesem Mann. Er hält mich wie sein Eigentum. Ich ertrage es nicht mehr. Mag er mein Leben gerettet haben. Aber dieser Preis ist zu hoch." Jetzt weinte sie hemmungslos.

Beruhigend und zugleich hilflos nahm er sie in die Arme, spürte, wie sich ihr schlanker Körper schüttelte. „Was ist denn los, Prinzessin?", flüsterte er. „Komm, erzähl mir alles." Sie lehnte einen Augenblick ihren Kopf an seine Brust, dann löste sie sich eher widerstrebend. Erleichtert sah er, wie sie versuchte, ihre Fassung wiederzugewinnen. Er ließ sie los und goss Wasser in einen der Becher. „Trink. Und dann sprich."

Sadah gehorchte wie ein kleines Kind. Sie setzten sich nebeneinander auf die mittlere Liege. Josef wandte sich ihr zu, während sie auf das Meer starrte und nach Worten suchte. Dann erzählte sie ihre Geschichte. Zunächst stockend. „Jakob hat dir sicher berichtet ..." Sie brach ab. Zögerte. Überwand sich. „Ich war so glücklich. Ein Legat, Kommandeur einer Legion auf dem Feldzug gegen die Parther, wollte mich heiraten. Nicanor, damals Offizier in seinem Stab, hatte uns auf einem Fest in Damaskus einander vorgestellt. Der Spross einer alten Familie Roms. Verarmt, aber das war bei uns ja kein Problem." Sie lächelte gequält. „Der Vater versprach ihm eine Mitgift, mit der er sich den Posten eines Senators kaufen konnte, und so wurde ich seine Frau. Das ist jetzt drei Jahre her. Wir gingen nach Rom und alles war so, wie ich es mir erträumt hatte. Annius Vinicianus wurde im selben Sommer Konsul. Eine Verbeugung des Senats vor seinem Förderer Corbulo, dem damaligen Heerführer im Osten. Und zugleich mein Zutritt in die höchsten Kreise Roms. Endlich war ich eine Prinzessin, der strahlende Mittelpunkt der Gesellschaft. Doch dann kam dieses schändliche Fest Neros." Erneut stockte sie. Josef sah den Schmerz der Erinnerung in ihrem Gesicht. Sie blickte ihn an. „Ich habe nie darüber gesprochen. Nicht einmal mit Vinicianus. Doch ich halte das Schweigen nicht mehr aus." Sie starrte wieder nach vorn, auf einen Punkt am Horizont. „Nero hatte hierzu Senatoren wie Saufkumpane von unterstem Stand eingeladen. Wir Ehefrauen sowie einige Töchter und Schwiegertöchter der Senatsmitglieder wurden schon vormittags in den Palast befohlen. Plötzlich besetzte seine Leibwache die Ausgänge und der Kaiser trat vor uns." Sie schloss kurz die Augen. „Er tobte, der Senat sei ein Bordell von Schwanzlutschern und da sollten die Frauen der Senatoren ihren Männern nicht nachstehen. Nero befahl, dass wir uns am Abend den Gästen seines Festes hingeben. Jedem, den es danach verlange. Wer von uns sich weigere, sei des Todes, und diese Strafe würde zugleich den Ehemann und die Kinder treffen." Sie schlug die Hände vors Gesicht. „Wir hatten wahnsinnige Angst um unsere Familien. Allen war klar, dass er die Drohung ernst meinte. Nero ließ uns wie Dirnen ankleiden, und dann wurden wir zu dem Fest gebracht. Es fand an einem falschen See auf dem Marsfeld statt. Die Senatoren hatte der Kaiser zum Bankett auf sechs große Flöße befohlen, die in der Mitte schwammen. Von dort konnten die Männer zwar sehen, was mit ihren Frauen am Ufer geschah, aber nicht eingreifen. Immer drei von uns lagen in offenen Zelten auf Liegen, und die ekelhaften Spießgesellen Neros begannen, uns aufzusuchen." Erneut stockte sie. „Der Erste, der zu mir kam, war Vatinius, eines der widerlichsten Scheusale am Hof. Ein Verkrüppelter, den der Kaiser in einer Schusterwerkstatt aufgelesen hatte und den er als Possenreißer hielt. Es war ..." Sadah schluchzte auf. „Ich schäme mich so!" Erneut wurde sie von einem Weinkrampf geschüttelt.

Josef legte den Arm um ihre Schulter. „Nero hat seine gerechte Strafe für all seine Verbrechen erhalten. Er ist tot."

Sadah nahm die Hände von ihrem Gesicht. Mühsam fand sie die Sprache wieder. „Das Schicksal war ihm dennoch gnädig. Er starb ja aus eigenem Entschluss." Sie sammelte sich und berichtete weiter. „Manche der Frauen konnten mit der Schande nicht leben und brachten sich in den folgenden Tagen um, andere ließen sich scheiden, um ins Exil gehen zu können. Mit mir hatten sie wenig Mitleid: als Emporkömmling war dort am See ja nur meinesgleichen über mich hergefallen. Ich mied von diesem Tag an ihre Gesellschaft und des Nachts meinen Mann. Der litt unter der Schmach, die der Kaiser ihm angetan hatte. Ihm, nicht mir. Vinicianus zettelte mit anderen, denen es ebenso erging, eine Verschwörung gegen Nero an. Er sollte sterben. Mich schickte er nach Ostia, wo ein Schiff meines Vaters lag. Mit dem wollte er fliehen, falls etwas schiefging. Und in der Tat, die Pläne wurden entdeckt. Der Kaiser ließ Vinicianus und seine Mitwisser töten, ebenso deren Frauen und Kinder. Ich wurde rechtzeitig gewarnt und entkam nach Ägypten. Hier versteckte mich Tiberius Alexander in seinem Palast. Ein Gefallen, den er meinem Vater schuldete." Sadah machte eine Pause. Josef wagte nicht, sie zu stören. Sie seufzte auf. Dann sprach sie leise weiter. „Der Präfekt hatte zur Bedingung gemacht, dass Vater streng über all das schwieg. Selbst Nicanor durfte nichts erfahren. Ich wurde in den Privaträumen eingeschlossen. Seinen Sklavinnen verbot er, mit mir zu reden. Alles zu meiner Sicherheit, wie er sagte. Ich blieb hier mit den grausigen Erinnerungen an Rom allein. Der Einzige, dem ich mich hätte anvertrauen können, war Alexander selbst. Er kam oft des Abends in meine Räume. Doch mit jedem Mal wurde mir sein Erscheinen unangenehmer." Sie schloss erneut die Augen, ihre Hände unablässig im Schoß knetend. „Er berührte mich immer wieder wie unabsichtlich, strich mir übers Haar oder den Rücken, gab mir Kleider aus dünnem Stoff, unter dem er stieren Blicks meinen Körper suchte. Sich an mir zu vergehen, wagte er bisher nicht. Ich glaube aus Angst vor dem Geld und Einfluss des Vaters. Aber seitdem er Vespasian vor ein paar Wochen als Erster zum Imperator ausrief, schwindet diese Furcht. Dessen Besuch hier soll ihn zum mächtigsten Mann am Hof machen. Bis das erreicht ist, hält er sich zurück. Doch danach kann er in seinem Palast frei über mich verfügen." Jetzt verstand Josef: daher die Zeremonie heute. Mit der hat Alexander Titus in der Hand. Und so zugleich dessen Vater!

Sadah öffnete die Augen wieder und sah ihn flehend an. „Hilf mir hier heraus, Josef. Ich ertrage die mächtigen Männer Roms nicht mehr. Kaiser, Senatoren, Präfekten – sie erheben sich über uns. Sie erniedrigen, missbrauchen und quälen Menschen. Weil sie es können. In ihrer Gegenwart wird Schönheit zum Fluch und Klugheit ein Übel. Ich hasse sie alle. Wenn ich bei der Abreise Vespasians noch immer in diesem Palast gefangen bin, bringe ich mich um."

Josef sah sie erschrocken an und erkannte, dass sie es ernst meinte. Er nahm ihre Hände. „Es tut mir so leid, Sadah. Ich verspreche dir, wir finden eine Lösung. Mit List oder Gewalt: Ich hole dich hier heraus." Und sie sah in seinen Augen, dass er es aufrichtig meinte.

Sie hatten nicht mehr lange miteinander gesessen. Josef fand kaum Zeit, ihr von Jotapata, seiner Haft und der Freilassung zu berichten, da kam schon der Sekretär des Präfekten, um sie zum königlichen Hafen vor dem Palast zu führen. Sadah hatte sich wieder die Stola über den Kopf gelegt und ihr Gesicht verborgen. Vier Sklaven ruderten sie hinüber zu der Landzunge, auf der der Palast des Marcus Antonius stand. Josef achtete kaum auf den riesigen Leuchtturm der Insel Pharos, an dem ihr Boot vorbeizog. Er zermarterte sich das Gehirn, wie er Sadah helfen könnte, die still neben ihm saß. Er kannte niemanden in Alexandria. Nicht einmal zu den Juden konnte er gehen, denn denen galt er als Verräter. Und der Präfekt der Römer war hier ein König. Doch fuhr er nicht soeben zu einem, der sogar über diesem stand? Das war es: Titus musste helfen. Aber wie? Als er sich in einem der Räume des Palastes das Priestergewand überzog, ergriff ihn Verzweiflung. Ihm fiel schlicht nichts ein.

Die Zeremonie verlief ohne jeden Pomp. Titus und Berenike hatten sich in der Mitte des Raumes aufgestellt. Alexander stand hinter dem Caesar und Sadah im Rücken der Königin. Die Diener und Sklaven hatte man zuvor hinausgeschickt. Das Paar trug festliche Kleidung: der Heerführer eine Toga mit dem Purpurstreifen der Senatoren, seine Geliebte ein weißes Kleid nach Art der Griechinnen. Sadah legte ihr ein durchsichtiges Tuch über den Kopf, als Josef sich vor die beiden stellte. Er sah Berenike zum ersten Mal von Nahem. Sie war, das gestand er sich ein, eine Schönheit. Er hatte als Kind von ihrer zweiten Heirat gehört, der mit ihrem Onkel, dem König von Chalkis. Demnach musste sie zehn oder zwölf Jahre älter als Titus und er sein. Aber das sah man ihr nicht an. Ihre Haut war zart und frei von Falten. Ihre Augen strahlten. Mag sein, dass diesmal echte Liebe im Spiel war. Josef, der Priester der ersten Reihe, sprach seine Segenssprüche auf Hebräisch, und ihm fiel auf, dass alle im Raum ihn verstanden – bis auf Titus. Zum Abschluss der Zeremonie bat er den Caesar, seiner Geliebten eine kostbare Münze zu überreichen. Ein jüdischer Brauch, mit dem ein Bräutigam den Wert seiner Braut heiligt. Alexander hatte Titus hierzu einen tyrischen Schekel, das Silber des Tempels, übergeben. Und just in diesem Augenblick gab der Eine Josef die Erleuchtung: Alle Probleme Sadahs würden gelöst, wenn sie heiratete. Und zwar ihn! Glücklich über seine Idee, schaute er zur Freundin aus Kindertagen und jubelte zum Schluss: „Höre Israel. Der Herr unser Gott, ist der einzige Herr!"

Kaum hatte Josef die Kulthandlung beendet, trat Titus auf ihn zu. „Macht es dir etwas aus, dein Gewand gegen die festliche Tunika zu tauschen, die im Gästezimmer für dich bereitliegt? Es gäbe unnötiges Gerede, wenn die Sklaven uns mit einem Priester des Tempels der Juden feiern sähen." Josef verneinte. Das war im Augenblick sein geringstes Problem. „Gut. Ich führe dich dorthin." Ohne eine Antwort abzuwarten, eilte der Caesar zum Flur. „Wir sind gleich zurück!", rief er den anderen zu. Josef zuckte auf deren verwunderte Blicke hin mit den Schultern. Er wusste selbst nicht, was los war. Wieso wies ihm der Caesar persönlich den Weg?

In einem Nachbarraum lag eine edle Tunika säuberlich ausgebreitet auf dem Bett mitten im Zimmer. „Zieh sie an", drängte Titus. Josef begann, den Gürtel des Priestergewandes zu lösen. Währenddessen plauderte der Caesar mit ihm, als sei er ein langjähriger Freund. „Dir ist schon klar, dass ich bei der Zeremonie kein Wort verstanden habe? Du hättest mich zum Priester erklären können, ohne dass ich es bemerkt hätte."

Josef legte den Gürtel weg und zog sich das weiße Hemdkleid über den Kopf. „Wohl kaum, Herr. Da wären die anderen schon eingeschritten. Vor allem die Königin, die ja den Segen für ihren Bund mit dir erwartete."

Titus lachte. „Ja sicher. Das war nur ein Spaß. Aber wie ich da dein Gebrabbel vernahm, kam mir eine Idee. Was ich dir jetzt anvertraue, wissen bisher nur mein Vater, Alexander und ich. Und du wirst kein Wort darüber verlieren, bis wir es bekannt geben." Titus wartete die Zustimmung nicht ab. „Auf Vespasian als Imperator haben zwar inzwischen fünfzehn Legionen ihren Eid abgelegt, aber den Thron in Rom besetzt immer noch Vitellius, der auf die Unterstützung seiner beiden germanischen Heere sowie von Truppen aus Britannien und Gallien zählt. Er wird sich dort nicht lange halten können. Die mit uns verbündeten Donaulegionen ziehen ihm schon entgegen. Mein Vater wartet die Entwicklung hier in Alexandria ab. Ich hingegen setze den Feldzug in Judäa fort, den wir nach Neros Tod vor einem Jahr unterbrachen." Josef, der sich mittlerweile die festliche Tunika angezogen hatte, folgte stumm dem Vortrag des Caesar – und fragte sich, warum der ihm das alles erzählte. Die Antwort darauf kam schnell: „Du gehörst zum Priesteradel, warst Statthalter der Rebellen und kennst ihre Führer persönlich. Du wirst mich begleiten. Als mein Berater. Wir begeben uns noch diese Woche ins Winterquartier nach Caesarea, um dann im Frühjahr gegen Jerusalem zu marschieren. Deshalb musste es mit der von Berenike gewünschten Zeremonie so schnell gehen." Titus wandte sich zur Tür, für ihn war alles gesagt.

Doch er durfte Josef jetzt nicht entwischen. „Moment, Herr. Darf ich dich ebenfalls um Unterstützung bitten?"

Der Caesar, gut gelaunt, drohte mit dem Finger. „Die Tugend des Feldherrn. Angreifen, sobald sich die Möglichkeit ergibt. Eben sollst du mir einen Gefallen erweisen, prompt verlangst du die Gegenleistung. Worum geht es?"

Josef kam direkt zur Sache. „Um Annia Sadah, Witwe des Vinicianus. Deine Zeugin. Ich möchte sie heiraten."

Titus grinste. „Ich beobachtete dich bei der Zeremonie. Du konntest den Blick kaum von ihr wenden. Aber kommt der Entschluss nicht etwas schnell?"

Josef schüttelte den Kopf. „Überhaupt nicht, Herr. Wir kannten uns schon als Kinder, lebten lange unter einem Dach. Ich war es, der ihr Hebräisch beibrachte, sie lehrte mich mein Griechisch. Dann gingen wir getrennte Wege. Das Treffen heute hat uns klargemacht, was wir dadurch verloren."

Titus bemerkte, dass es seinem Klienten ernst war. „Ich bin wahrlich der Letzte, der über eine unmögliche Liebe urteilt. Aber wozu brauchst du mich dabei?"

Josef sammelte sich. Er musste gegen Alexander argumentieren, ohne sich diesen mächtigen Mann zum Feind zu machen. „Zunächst, um ihr die Freiheit zu geben. Nero verurteilte sie zum Tode, darum versteckt sie der Präfekt seit fast drei Jahren in seinem Palast. Er hat sich in dieser Zeit rührend um sie bemüht, Tag und Nacht. Ein kaiserlicher Erlass würde ihn von dieser Last befreien."

Titus runzelte die Stirn. „Kann ich mir vorstellen, so begehrenswert wie sie ist." Er hatte die Anspielung verstanden. „Aber was du erzählst, ist Unsinn. Der Senat hat Nero zur Unperson erklärt. Seine Statuen sind gestürzt, die Münzen mit seinem Porträt eingeschmolzen, alle Dokumente mit seiner Unterschrift ungültig. Sie ist längst frei, kann gehen, wohin es ihr beliebt."

Josef jubelte innerlich. Der schwierigste Schritt war getan. Blieb, es dringend zu machen. „Eine wahrhaft erlösende Nachricht. Dann brauchen wir nichts von dir als deinen Segen. Nach dem Geschenk meiner Freilassung nahm ich dankbar den Beinamen eures Hauses, der Flavier, an. Heirate ich sie, wird sie somit keine Annia mehr sein, sondern eine Flavia."

Titus verstand. „Was ihr nur zum Vorteil gereicht. Die Annier haben zwar einen kräftigen Stammbaum, aber sie brachten zuletzt Oberhäupter hervor, die ihrem jeweiligen Kaiser nach dem Leben trachteten. Vinicianus und zuvor sein Bruder wollten Nero beseitigen, ihr Vater starb bei einem Komplott gegen Claudius. Das vergisst man der Familie in Rom nicht so bald. Wir Flavier nehmen Sadah gern auf und hoffen, dass sie sich als würdig erweist."

Josef konnte seine Freude nicht verbergen. „Das wird sie Herr, das wird sie. Sie kann es gar nicht erwarten. Es soll so schnell wie möglich gehen."

Titus stutzte. „Ihr seid euch einig? Dann habe ich eine feine Idee. Komm!" Der Caesar stürmte zurück zu den anderen.

Josef trat an ihm vorbei auf Sadah zu, umarmte sie und legte seine Wange an ihre. „Spiel mit", flüsterte er in ihr Ohr. Dann ließ er sie los, fasste sie an den Händen und beantwortete ihren erstaunten Blick mit einem aufmunternden Nicken. Alexander beobachtete die Szene misstrauisch.

Titus wandte sich an Berenike, sprach aber laut zu allen. „Wir sind nicht die Einzigen im Raum, die heute ihre Liebe besiegeln wollen. Josephus bat mich darum, der Annia Sadah den Namen der Flavier geben zu können, indem er sie heiratet. Ich habe es ihm freudig gestattet. Alexander", wandte er sich an den Präfekten, „du besitzt die nötigen Vollmachten. Füge die beiden zusammen und lasse es gleich von einem Schreiber festhalten. Berenike und ich werden die Zeugen sein, und so haben wir zur Erinnerung an unsere eigene Zeremonie sogar ein unverdächtiges Papyrus, das den heutigen Tag mit den Unterschriften von uns fünf besiegelt."

Tiberius Alexander ließ seinen Unmut nicht erkennen. „Ja Herr. Aber bräuchte es nicht den Segen des Vaters der Braut? Und einen Priester?"

Sadah drückte kurz Josefs Hand und trat vor. „Ich bin Witwe und benötige daher kein Einverständnis. Doch selbst wenn – was sollte ein Vater dagegen haben, dass seine Tochter eine Flavia wird, Teil der Klientel des Imperators?"

Titus, der ahnte, was vor sich ging, stimmte ihr zu. „Zum Tempel können sie später gehen", entschied er. „Zu welchem auch immer."

Die Sonne stand tief, als Alexander das Paar zum Boot am Anlegesteg zurück brachte. Er hatte ihre Zeremonie kurzgehalten und zum schnellen Aufbruch der beiden gedrängt, nachdem alle auf die frisch Verheirateten angestoßen hatten. Wie sich herausstellte, wurden Vespasian sowie Berenikes Bruder, König Herodes Agrippa II., zum privaten Nachtmahl erwartet. Sie sollten auf keinen Fall misstrauisch über den Anlass des Essens werden.

Während die Sklaven Sadah beim Einstieg halfen, hielt der Präfekt Josef zurück. „Auf ein Wort", sagte er, hakte ihn unter und entfernte sich mit ihm vom Boot. „Das war schlau von dir. Wie du den Titus gegen meine Interessen eingespannt hast. Ich nehme dir das nicht übel. Du bist neu in der Politik. Aber sei gewarnt, das zu wiederholen. Zumal wir uns künftig öfter sehen. Ich werde Oberbefehlshaber von Titus' Heer bei seinem Feldzug gegen die Juden. Er sagte mir, dass du mitkommst." Alexander drehte um, ohne Josef loszulassen. „Stellst du dir nicht die Frage, warum ich gerade dich für das Spiel der Berenike auswählte? Mit dem sie das ganze Römische Reich ins Wanken bringen kann, so wie dies einst Kleopatra mit Marcus Antonius gelang? Ich suchte jemanden, der die Angst um sein Leben über die Treue zu wem auch immer stellt. Nach Jotapata war ich der

Meinung, du bist so ein Mensch. Sollte das nicht so sein, schützt dich nicht einmal die Gunst der zwei Caesaren. Denke daran, wenn du das nächste Mal versuchst, meine Pläne zu durchkreuzen." Der Präfekt war mit Josef wieder am Boot angelangt. Mit einem bedauernden Blick auf Sadah befahl er den Sklaven abzulegen und ging zurück in den Palast des Marcus Antonius.

Josef nahm neben der Jugendfreundin Platz. Sie hielt das Gesicht mit einem Stück der Stola verborgen. Sanft legte er seine Hand auf ihre und löste sie von dem Tuch. „Du musst dich nicht mehr verstecken." Seit der Hochzeit hatten sie kein persönliches Wort gewechselt, aber in ihren feucht schimmernden Augen sah er unendliche Dankbarkeit.

Am königlichen Hafen erwartete sie Rufus, der Schreiber. Er führte sie zu einem Raum auf der Seeseite des Palastes. „Wir haben auf Befehl des Präfekten deine Sachen herbringen lassen, Herr. Der Besitz der Dame befindet sich nebenan. Eine angenehme Nacht", verabschiedete er sich.

Josef öffnete die Tür und trat hinter Sadah ein. Der Raum wurde beherrscht von einem breiten Bett. Es war mit frischem Leinen bezogen, auf dem Kissen lagen. „Sadah", sagte er hilflos. Er hatte sie mit der Idee der Heirat überrumpelt, ohne die Folgen zu bedenken.

Doch seine Frau, an dieses Wort musste er sich erst gewöhnen, ging an Josef vorbei zu einem kleinen Tisch neben dem Bett, auf dem zwei Krüge und Becher standen. „Ich denke, wir haben einiges zu bereden", sagte sie und schenkte ein. Dann reichte sie ihm seinen Wein. „Berenike hat mir einen Vorschlag gemacht", plauderte sie leichthin. „Sie möchte mich an ihren Hof aufnehmen. Eine Römerin aus gutem Hause, die Hebräisch und Griechisch spricht und zudem Zeugin ihres Bundes mit Titus ist, wäre ihr eine willkommene Begleitung, sagte sie." Nervös trank sie von dem Wein und sah zu Josef.

„Sadah", setzte der erneut an.

Doch sie bat ihn mit einer Handbewegung zu schweigen. „Ich sollte darauf eingehen, meinst du nicht?" Hastig trank sie einen weiteren Schluck. Dann stellte sie den Becher ab und trat zu Josef. „Du hast mich gerettet. Ich flehte darum, und du hast keinen Augenblick gezögert." Ihre Augen schimmerten feucht. „Es war eine unmögliche Bitte. Du musstest dich gegen den mächtigsten Mann Ägyptens stellen. Und hast den einzigen Ausweg für meine verzweifelte Lage gefunden. Ohne dein Angebot, mich zu heiraten, stünde jetzt der Präfekt vor diesem Bett. Ich werde dir ein Leben lang dankbar sein." Sie zögerte kurz. „Aber ich bleibe nicht bei dir."

Josef nahm ihre Hände und hielt sie fest. „Das war mir klar, Sadah. Du kommst aus einer anderen Welt. Deshalb schien mir dieser Weg möglich. Unsere Ehe mag für die Römer gültig sein, aber sie wurde nicht vor meinem Herrn geschlossen. Wir wahren eine Weile den Schein, und sobald du nicht mehr den Namen der Flavier zu deinem Schutz benötigst, verlange ich die Scheidung. Doch du bist jetzt schon frei. Ob du zurück nach Damaskus gehst oder bei Berenike bleibst, entscheidest du allein. Ja, ich bin seit heute dein Mann. Aber so, wie es mir zukommt. Als Freund. Und der bin ich dir ein Leben lang. Selbst wenn wir einst geschieden sind."

Sadah zog ihre Hände weg, schlang die Arme um seinen Nacken und küsste ihn auf den Mund. Nicht kurz, sondern suchend. Er kämpfte gegen die Versuchung an, schmeckte aber den Wein auf ihren geöffneten Lippen und erwiderte den Kuss. Behutsam löste sie sich von ihm. „Du bist ein guter Mann", sagte sie und öffnete die Schulterschnallen ihrer Tunika, die leise zu Boden fiel. „Und für diese Nacht werde ich dir die Ehefrau sein, die du verdienst."

Jerusalem

im ersten Regierungsjahr des Kaisers Vespasian
(70 n. Chr.)
(37. Tag der Belagerung der Stadt)

Er war unbedeutend. Der Aufmerksamkeit der Aufrührer nicht würdig. Man sah ihm sein Alter an und die Schwäche des Körpers. Sein zerschlissenes Hemdgewand war voller Dreck, als habe er auf dem Boden geschlafen, sein Gang schlurfend und gebeugt. Über dem Kopf trug er ein altes Wolltuch, tief in das Gesicht gezogen. Langsam tastete er sich an den Mauern der Gasse in der Oberstadt entlang, immer im Schattenband der Häuser bleibend. Niemand hielt ihn auf. Wozu auch. Der einzige Grund wäre, einen alten Mann nur so zum Spaß zu quälen oder zu töten, aber dazu konnte sich das Gesindel des Joannes in der Mittagshitze nicht aufraffen. Unbehelligt tappte er zu einer schmalen Holztür am Ende der Gasse. Er schlug dreimal gegen sie, wartete, pochte zweimal, zögerte, nahm den Rhythmus vom ersten Mal wieder auf. Jetzt war zu hören, wie ein schwerer Riegel zurückgezogen wurde. Die Tür öffnete sich so weit, dass jemand einen Blick auf den Besucher werfen konnte. „Mach schon auf, Ibrahim", drängte der.

„Den Göttern sei Dank, du lebst!" Der arabische Leibwächter aus Jakobs Bruderschaft riss die Pforte auf, und der Mann trat ein. Kaum war die Tür wieder geschlossen, straffte er sich und nahm das Tuch vom Kopf. „Wie oft soll ich es dir sagen: Es gibt nur den einen Gott, Ibrahim."

Der Araber verbeugte sich. „In deiner Welt, Hohepriester. In meiner teilen sie sich die Arbeit. Einer von ihnen muss sich heute nur um dich gekümmert haben. Ohne Begleitung in der Stadt. Was für ein Leichtsinn!"

Matthias lachte. „Ich bin am Leben. Schicke mir bitte Leila in den Garten. Sie soll einen Krug mit Wasser und zwei Becher mitbringen. Meine Kehle ist völlig ausgetrocknet."

Er hatte kaum im Schatten des alten Johannisbrotbaumes Platz genommen, als Leila an seine Steinbank trat und einen Krug auf dem kleinen Tisch davor abstellte. Sie goss Wasser in einen der Becher und gab ihn dem Hohepriester. „Du hast nach mir rufen lassen?"

Matthias nahm einen Schluck, stellte das Gefäß wieder ab und forderte Leila auf, sich zu ihm zu setzen. Dann schaute er sie an: „Ich habe Josef gesehen."

Jakobs Schwester, die sich soeben die Simlah vom Haar streifte, erstarrte in ihrer Bewegung. Matthias beobachtete lächelnd, dass sie errötete und dann fahrig das Kopftuch über die Schultern zog.

„Wo?", fragte sie nur.

„Vor der Mauer der Oberstadt. Er sprach im Auftrag des Titus zum Volk von Jerusalem. Die Römer behandeln ihn wie einen der ihren. Er sah wohlgenährt aus. Kein Wunder. Der elende Hunger hier in der Stadt ist den Belagerern fremd."

Leila hatte sich wieder gefangen. „Ich verstehe nichts vom Krieg", wandte sie leise ein. „Doch es waren Juden, die die Getreidelager anzündeten, und nicht die Römer.

Sie gingen bei den Kämpfen der Männer des Simon mit denen des Joannes in Flammen auf." Matthias wollte etwas erwidern, aber sie kam ihm mit einer Frage zuvor. „Was hatte Josef den Leuten zu sagen?"

Der Hohepriester schloss die Augen, um sich zu konzentrieren. „Er erinnerte sie daran, dass die Belagerer schon zwei der Stadtmauern einnahmen, die äußere und die mittlere, und die letzte die schwächste der drei sei. Stellten sich die Empörer länger gegen Rom, würde das den Untergang aller in der Stadt bedeuten. Niemand käme herein oder heraus, und der Hunger unterscheide nicht zwischen Volk und bewaffneter Mannschaft. Der Cäsar biete den Belagerten seine Gnade für den Fall an, dass sie sich ergeben. Müsse er Jerusalem aber mit Gewalt nehmen, so werde er niemanden verschonen." Matthias öffnete die Augen und sah Leila traurig an. „Doch er sprach in den Wind. Die Aufrührer drängten das Volk von den Mauern und besetzten sie. Sie beschimpften Josef als Verräter, einige schleuderte Steine und Speere in seine Richtung."

Leila flüsterte fast: „Aber sie haben ja recht. Er wandte sich von den Juden ab, um den Römern zu dienen."

Der Hohepriester widersprach. „Ich denke, seine Treue gilt vor allem dem Herrn. Ich kann sein Handeln inzwischen verstehen. Seit dem Fest der ungesäuerten Brote glaube ich, dass sich Gott von unserem Volk abgewandt hat. Du erinnerst dich, das war der Tag, an dem Titus vor der Stadt aufmarschierte, um im Auftrag seines Vaters Judäa endgültig zu unterwerfen. Anstatt sich einig um den Tempel zu scharen, haben Joannes und seine Leute das hohe Fest genutzt, um sich mit Dolchen unter den Gewändern in das Heiligtum zu schleichen und dort die

Männer des Hauptmanns Eleazar zu töten. Sie schändeten die Wohnung des Herrn mit dem Blut unschuldiger Pilger, die sie bei der Gelegenheit gleich mit umbrachten – aus Mordlust oder weil sie ihnen im Wege standen. Seitdem habe ich den Turban und das Gewand des Hohepriesters nicht mehr getragen. Ich verlor den Glauben an ihre Macht. Josef dagegen ist weiter ein treuer Diener des Herrn. Er will Unheil von dessen Wohnung, dem Tempel, abwenden. Deshalb beschwört er das Volk, die Waffen niederzulegen." Matthias griff unter sein Hemdkleid und zog eine Halskette hervor, an der ein Ring hing.

Was tust du da?

Er sah auf das Schmuckstück und schaute dann Leila an. „Josef hat diesen Ring immer bewundert. Seine goldenen Kreise, die blauen Steine, die sie umfassen und den Rubin in der Mitte. Er ist das einzig wahrhaft Wertvolle, das ich besitze. Sollten mich die Eiferer umbringen, möchte ich, dass Josef ihn trägt. Bei mir ist er nicht mehr sicher. Verbirg du das Siegel bis zum Ende der Belagerung. Es wird sich zeigen, ob ich es zurückverlangen kann oder es dann auf Josef übergeht." Er ergriff Leilas rechte Hand, öffnete sie und ließ den Ring an seiner Schnur darüber schweben.

Eine gute Entscheidung. Ich bin einverstanden.

Erleichtert ließ er das Schmuckstück fallen. „Schwör mir, dass du diesen Schatz treu bewahrst."

Leila versprach es: „So wahr der Herr, unser Gott, der einzige Herr ist." Am selben Abend umhüllte sie den Ring mit etwas Schafwolle und legte ihn in einen kleinen Beutel aus Leinen. Den nähte sie wie einen Flicken unter die linke Ärmelöffnung ihres Unterkleides, sodass ihn der Arm verdeckte. Ein besseres Versteck fiel ihr nicht ein.

Jerusalem

im ersten Regierungsjahr des Kaisers Vespasian
(70 n. Chr.)
(42. Tag der Belagerung)

Vorsichtig löste Ephraim die Bretter vom Verschlag des Stalls hinter seinem Haus. Den Esel hatte er schon vor Wochen geschlachtet, um sich über die erste Zeit der Hungersnot zu bringen. Inzwischen war der einst wohlgenährte Wirt ausgemergelt und kraftlos, nur mit Mühe gelang es ihm, durch die Öffnung auf die Seitengasse zu kriechen. Hier erhob er sich langsam. Nachdem er die Bretter wieder vor das Loch gezogen hatte, schob er sich, an die Hauswand gelehnt, schleppend vor zur Straße. Er hatte keinen weiten Weg zu gehen, der „Halbe Schekel" lag nur ein paar Schritte hin zur Antonia, doch es war gefährlich. Erst kürzlich hatten sie direkt vor der Schenke diesen David umgebracht, der jeden Abend da war und die Augen nicht von Rahel lassen konnte. Sie hatte ihm erklärt, das sei ihr Beschützer. Dabei konnte der nicht einmal auf sich selbst aufpassen. Ephraim ging lieber gar nicht erst aus dem Haus. Aber heute zwang ihn der Hunger dazu. Er musste zu Rahel. Die hatte genug zu essen, das sah er ihr doch an. Sicher ließ sie Empörer nachts zu sich, damit sie ihr die Liebesdienste mit geraubten Speisen entlohnten. Er wollte seinen Anteil daran. Vorgestern, als er sie zuletzt sah, hatte sie sich strikt geweigert, ihm von ihrem Hurenlohn abzugeben. Heute würde er sich nicht abweisen lassen. Gehörte der „Halbe Schekel" nicht ihm? Und wuchs sie nicht in seinem Haus zu der Schönheit heran, die sie jetzt so gewinnbringend verkaufen konnte? Vorsichtig lugte Ephraim um die Ecke. An der Tür lag ein toter Greis, die gebrochenen Augen zum Himmel gerichtet. Neben ihm saß ein Knabe mit krankhaft angeschwollenem Bauch. Der würde auch nicht mehr lange leben. Er schaute zur anderen Seite. Gegenüber dem „Halben Schekel" standen drei Weiber und schwatzten. Ein seltsamer Anblick angesichts der vielen Toten auf der mit Marmor gepflasterten Straße. Er stieß sich von der Wand ab und wankte zur anderen Seite. Nur ein paar Schritte bis zum Schekel. Mühsam hielt er sich an einer Mauerwand aufrecht, sammelte letzte Kräfte für den Rest des Weges. Die drei Frauen hatten ihren Plausch beendet und kamen jetzt auf ihn zu. Er beobachtete sie misstrauisch. Ihr Schritt war seltsam tänzelnd, das Haar gemacht und die Augen bemalt. Als sie ihn fast erreicht hatten, bemerkte er einen Duft von teurem Öl, mit dem sie sich einbalsamiert hatten. Doch dann erstarrte er vor Schreck: Es waren keine Frauen, sondern junge Männer. Der Mittlere trat auf ihn zu. Er legte ihm seinen linken Arm um die Schulter, presste seine Wange an die des vor Angst schlotternden Ephraim und flüsterte ihm ins Ohr: „Hier endet dein Weg, mein Alter." Dann schlitzte er ihm in einem schnellen Schnitt die Kehle auf.

Vom „Halben Schekel" her näherte sich ein weiterer Mann. Der hatte eine schiefe Nase und eine Narbe über der linken Stirn. Ungerührt sah Joannes auf den sterbenden Ephraim. Als der tot war, drehte er sich zu seinen wartenden Gefolgsleuten. „Fein. Sein Haus und den Schekel übergebe ich Rahel. Sie wird den Laden für mich führen. Wer ihr Ärger macht, kriegt ihn mit mir. Sagt das allen. Tötet auf dem Rückweg ein paar Leute, damit das hier nicht so auffällt. Wir sehen uns zur sechsten Nachtstunde am Palast des Hohepriesters. Ach, Eleazar: Wehe, ihr erscheint dort in diesem weibischen Aufzug."

Die Neumondnacht breitete ihr Tuch der Dunkelheit über das Vorhaben des Joannes. Vorsichtig wich er mit seinen Leuten den Leichen der Verhungerten aus, die niemand mehr von der Straße räumte. Sie brauchten sich nicht zu verstecken: Die Menschen waren zu geschwächt und zu ängstlich, um sich nach draußen zu wagen. An der kleinen Gasse, die zum Haus des Hohepriesters führt, ließ er seinen Trupp anhalten. Er winkte Eleazar zu sich. „Wen hast du ausgewählt?"

Sein Gefährte aus Kindertagen zeigte auf zwei Männer: „Jussuf mit seinem Bogen und Simon, die Katze. Er lässt zweimal den Ruf einer Eule ertönen, wenn sie so weit sind."

Der Zelotenführer war zufrieden. „In Ordnung. Jeweils drei Mann bewachen die Eingänge der Gasse, der Rest kommt mit uns." Eleazar schickte die beiden Späher in das Haus an der Ecke, das sie am Nachmittag von seinen Bewohnern geräumt hatten. Er wartete, bis er sie auf dem Dach sah, dann rückten sie langsam vor. Jussuf und Simon kletterten hinüber zum Nachbarhaus, das direkt an den Palast des Hohepriesters grenzte. Der Bogenschütze kauerte sich auf dessen Dach, „die Katze" sprang lautlos in den Garten. Kurz darauf ertönte der doppelte Schrei einer

Eule. Eleazar wartete, bis sich seine Leute rechts und links des Tores verteilt hatten, dann schlug er dreimal gegen das Zedernholz der Pforte. Nach einer Weile waren Schritte auf dem Kies hinter der Tür zu hören, der Schein einer Fackel schimmerte unter der Schwelle hervor. Der Leibwächter. Jussuf richtete sich auf dem Dach auf, zielte und streckte ihn mit einem Pfeil nieder. Die Männer draußen hörten ein Stöhnen, kurz darauf einen Todesseufzer, dann wurden die Riegel zurückgeschoben.

Die Tür öffnete sich. „Immer herein", grinste Simon. Er gab Joannes die Fackel des Leibwächters und schlich mit Eleazar und den übrigen Männern in das Haus. Durch die Stille der Nacht brachen entsetzte Schreie und Kampfgeräusche. Dann kam Simon zurück zum Tor. „Erledigt", sagte er nur.

„Was ist mit dem Priester und der Frau?", wollte Joannes wissen.

„Beide gefesselt. Wie befohlen."

„Hol die Leute von der Gasse und Jussuf her. Stellt im Palast alles auf den Kopf, bis ihr das Tempelsilber gefunden habt. Achtet auf frische Farbe oder umgegrabene Erde und untersucht die Stellen."

Joannes gab ihm die Fackel zurück und schritt ins Haus. Zielgerichtet ging er durch das Atrium zum Arbeitsraum des Hohepriesters. Dort fand er Matthias auf Knien vor, die Hände hinter dem Rücken gefesselt. Eleazar hielt ihm einen Dolch an die Kehle. Weitere Kämpfer standen im offenen Durchgang zum Garten. Joannes schickte sie ins Atrium. Sie sollten Simon bei der Suche helfen. Er zog den Stuhl vom Schreibtisch zur Mitte des Raumes und setzte sich vor den Hohepriester. Mit einem Ruck zog er dessen Kopf an den Haaren nach oben und starrte ihm ins Gesicht. „Matthias ben Theophilos. Der Letzte der hohen Priester des Tempels aus altem Geschlecht. Entmachtet vom Volk, das per Los einen Nachfolger aus den eigenen Reihen wählte. Schmerzt es, zu sehen, dass jeder Bauer dieses Amt ausüben kann?" Höhnisch wartete er auf eine Antwort des Gefangenen. Doch der blieb stumm. Joannes ließ ihn wieder los und lehnte sich zurück. „Kommen wir zur Sache. Ich nehme an, du hast uns schon erwartet. Dir war sicher klar, dass ich die Schatzkammern des Tempels streng prüfen würde, nachdem wir ihn am Fest der ungesäuerten Brote vom Ungeziefer des Hauptmanns Eleazar gereinigt haben. Ich war ziemlich überrascht, nur einen kläglichen Haufen Tempelsilber vorzufinden. Jeder Jude des Erdkreises spendet pro Jahr einen halben Schekel an die Wohnung des Herrn. Wo ist das Geld? Die Erneuerung des Tempels hat Unsummen gekostet, das ist mir klar. Doch seitdem er fertig ist, habt ihr wieder Tausende Talente Silber eingenommen. Ich fand aber kaum hundert. Den Rest kannst nur du an dich genommen haben. Der Tempelhauptmann hätte so viel Silber nie unbemerkt an uns vorbeigebracht. Demnach hast du den Schatz geraubt, bevor er es konnte. Wo versteckst du ihn?"

Diesmal antwortete der Hohepriester. Er spie seine Worte voller Verachtung aus: „Das Silber gehört nicht mir und nicht dir, sondern dem Herrn. Ich habe es in seinem Auftrag vor den Frevlern des Tempels gerettet. Du wirst nie erfahren, wo es ist."

Joannes schnellte nach vorn, sodass er Matthias direkt in die Augen sah. „Ich denke doch, alter Mann", sagte er kalt. „Hol das Weib", befahl er Eleazar, ohne den Blick von dem vor ihm knienden Hohepriester zu wenden. Dann zog er einen Dolch aus dem Gürtel und presste ihn unterhalb des Auges an die Wange seines Gefangenen, sodass dort Blut hervorquoll. „Nur ein unversehrter Priester darf Opfer darbringen. Was hältst du davon, wenn ich dir das Augenlicht nehme? Oder dich zum Lahmen mache?"

Matthias schluckte beklommen.

Du wirst keinen Schmerz empfinden, das verspreche ich dir.

Joannes sah, wie im Blick seines Gefangenen die Angst dem Trotz wich. Er verzog verächtlich den Mund. „Du denkst, du hältst das aus. Aber was, wenn ich an deiner Stelle jemand anderem Leid zufüge?" Er erhob sich von seinem Stuhl und stieß ihn mit dem Fuß zur Seite.

In diesem Augenblick kam Eleazar zurück. Er schubste Leila in den Raum. Sie trug ein Unterkleid, ihre Hände waren auf dem Rücken gefesselt. Erschrocken schaute sie auf den Hohepriester, dem Blut über die Wange lief. „Auf die Knie, du Miststück", herrschte Eleazar sie an.

„Na na", mischte sich Joannes ein. „Lass uns doch erst einmal das Wiedersehen feiern. Erkennst du sie nicht? Schau sie dir genau an!"

Sein Kumpan blickte ratlos. „Wer soll das sein?"

Der Zelotenführer trat auf Leila zu. Mit dem blutbeschmierten Dolch fuhr er sacht die Wölbung ihrer linken Brust nach. „Diese schöne Witwe spielte mit uns in Kindertagen. Erinnere dich. Einmal ist sie dir mit einer üblen List entwischt."

Jetzt dämmerte es Eleazar. „Die pinkelnde Prinzessin. Na klar. Das ist Leila, ihre Dienerin!"

Joannes verzog angewidert den Mund. „So ist es. Der Spruch verfolgte mich jahrelang: Besiegt von einer pinkelnden Prinzessin. Ihr verdanke ich diese Kränkung." Er zerrte die Gefangene nach vorn, sodass sie direkt vor dem Hohepriester zu stehen kam. Ruckartig hielt er ihr seinen Dolch an den Hals. Leila versteifte sich vor Entsetzen und Angst. „Schau nur, welch herrliches Weib aus ihr geworden ist." Mit der Linken zog er ihr Unterkleid weit nach oben. Matthias, der direkt auf ihre Scham blickte, schloss stöhnend die Augen. „Der liebe Eleazar weiß diesen Anblick nicht zu schätzen, er bevorzugt Knaben und Jünglinge. Aber ein Hohepriester sollte das Werk des Herrn genießen, wenn es sich so darbietet." Joannes gab seinem Komplizen ein Zeichen, woraufhin dieser Matthias' Kopf an den Haaren nach hinten zog und ihm einen Schnitt unterhalb des Kiefers beibrachte. Entsetzt riss der Gefangene die Augen auf. Leilas Gesicht war rot vor Scham, doch sie blieb stumm. Augenblicke später ließ Joannes ihr Unterkleid wieder fallen, behielt den Dolch aber an ihrer Kehle. Langsam drehte er sie zu sich herum und schaute ihr in die vor Angst geweiteten Augen. „Ich brenne schon darauf, meiner lieben Freundin aus Kindertagen zu zeigen, womit ein Anführer der Juden pinkelt. Doch du kannst es verhindern, Priester. Sag mir, wo der Schatz des Tempels ist, und ich lasse sie in Ruhe."

Du wirst es ihm nicht verraten.

Matthias' Augen füllten sich mit Tränen. „Leila, ich kann nicht. Selbst wenn ich wollte …", stammelte er. Sie blickte ihn traurig an. Sie war nicht wütend, sondern ergab sich ihrem Schicksal. Ihr war klar, was sie jetzt erwartete.

„Wie du willst", grinste Joannes. „Eleazar, du sorgst dafür, dass er zusieht. Schließt er die Augen, stirbt sie. Und du mein Täubchen, gehst jetzt auf den Boden." Er verstärkte den Druck des Messers an ihrem Hals und drückte sie mit der anderen Hand an ihrer Schulter nach unten. Sobald sie vor ihm kniete, griff er ihr mit der Linken in die Haare und presste ihren Kopf gegen seinen Unterleib. „Ah Matthias, du ahnst gar nicht, wie erregend das ist." Er riss Leila wieder nach oben. Sowie sie vor ihm stand, legte er seinen Arm um ihre Schulter und strich mit dem Dolch über ihre andere Brust. „Letzte Gelegenheit, alter Mann. Gleich kann mich nichts mehr halten!"

Doch Matthias blieb stumm. Zu Joannes' Erstaunen machte dafür Leila leise ein Angebot: „Lass den Hohepriester am Leben. Schwöre es mir, und ich werde mich nicht wehren."

Der Zelotenführer ergriff mit der Linken ihren Hals und drückte ihn mit einem Würgegriff zusammen. Dann zog er ihr Gesicht dicht vor seins. „Du verkennst deine Situation", flüsterte er drohend. „Du bist nicht in der Position, Forderungen zu stellen." Er zog seine Nase über ihre Wange, sog den Duft ihrer Haut ein. „Aber um unserer alten Bekanntschaft willen: Ja, das schwöre ich dir. Solange du dich an deinen Teil hältst." Er drehte Leilas Gesicht vor seins, drückte seinen Mund auf ihre zusammengepressten Lippen. „Genug des Vorgeplänkels", zischte er, stellte ein Bein vor und ließ sie darüber zu Boden gleiten.

Leila schloss die Augen. Ihr Peiniger kniete sich zwischen ihre Beine und schob ihr das Hemdkleid bis über das Gesicht. Den Flicken am Ärmelausschnitt beachtete er nicht. Joannes fuhr mit den Fingern die Innenseiten ihrer

Schenkel entlang an der Scham vorbei, strich hoch zum Bauchnabel und umfasste mit beiden Händen ihre Brüste. Dann drang er in sie ein. Es störte ihn nicht, dass sie apathisch dalag, ohne jede Reaktion. Er presste seine ganze Wut in sie hinein, all den Zorn über das Hohngelächter aus Kindheitstagen, die Demütigungen durch ihren Freund Josef, die Verachtung des neben ihm knienden, sturen Hohepriesters. Im Moment tiefster Befriedigung ließ er all dem seinen Lauf: Er hatte sich gerächt.

In diesem Augenblick kam Simon, „die Katze", in den Raum gestürzt. Sein Blick fiel zunächst auf den stumm weinenden Hohepriester, dann sah er seinen Anführer auf der Frau am Boden. „Oh, verzeih", stammelte er.

Joannes kroch von der wie tot daliegenden Leila herunter, ohne sie wieder mit dem Unterkleid zu bedecken. „Was willst du?", fragte er.

Simon bemühte sich, nicht nach unten zu blicken. „Wir haben alles durchsucht. Nichts."

Der Zelotenführer zuckte mit den Schultern. „Dann eben auf die andere Art. Nehmt dem Priester Finger ab, schneidet ihm Sehnen durch, bis er das Versteck verrät. Mir egal. Aber lasst ihn am Leben. Ich habe es versprochen", fügte er mit einem Blick auf Leila hinzu.

Simon, der nicht mehr anders konnte und ebenfalls auf die Bewusstlose schaute, wurde mutig: „Darf ich auch mal?"

Joannes trat auf ihn zu. „Die Frau gehört mir. Niemandem sonst. Sag das allen." Sein Gefolgsmann nickte bedauernd. „Dann lass deine Kraft jetzt an dem Priester aus. Ich will wissen, wo das Silber ist. Bringt ihn in die Küche. Dort gibt es genug Werkzeug, das euch hilft."

Der Zelotenführer sah zu, wie seine Leute Matthias wegschleppten. Kurz darauf hörte er dessen ersten Schrei. Mit wohligem Schauder bemerkte er, dass ihn die Qual des Hohepriesters und Leilas nackter Körper erneut in Erregung versetzten. Er drehte sie auf den Bauch. Diesmal nahm er sie von hinten.

Kaltes Nass auf ihrer Stirn. Eine Hand, die ihr Gesicht hielt. Der trockene Mund. Schmerzen im Unterleib. Nur langsam kehrte ihr Bewusstsein zurück. Und die Erinnerung an das, was geschehen war. Eine Welle von Ekel und Scham durchfloss ihren geschändeten Körper. Sie wollte ihre Blöße mit dem Unterkleid bedecken, aber das war schon heruntergezogen. Zögernd öffnete Leila ihre Augen. Und sah in das besorgte Gesicht von Rahel. „Endlich. Ich hatte solche Angst um dich", begrüßte sie die Geliebte ihres Bruders. „Ich hörte auf der Straße, dass das Haus des Hohepriesters überfallen wurde, und habe mich sofort hierher geschlichen. Hinter dem Tor fand ich Jakobs Freund Ibrahim. Ermordet, wie alle Diener und Sklaven. Nur du gabst ein Lebenszeichen von dir."

Mühsam richtete Leila ihren Oberkörper auf. „Und der Hohepriester? Joannes schwor, dass sie ihn am Leben lassen, wenn ich mich ihm hingebe."

Rahels Augen wurden groß. „Das hast du getan? Du hast ihm Lust bereitet, damit er einen Priester schont?"

Leila schüttelte den Kopf. „Nein. Er nahm mich mit Gewalt. Sein Vergnügen ... bestand darin, mir wehzutun. Und so Matthias zu quälen." Das Blut in ihr raste, die Schmerzen meldeten sich zurück. „Sie suchten seinen Schatz", hauchte sie kaum hörbar. Ihre Gedanken verwirrten sich. Sie spürte den Flicken unter der Achsel. „Dabei hüte ich den." Dann sackte sie auf den Boden zurück. Eine weitere Ohnmacht.

Rahel legte den Kopf der Fiebernden in ihren Schoß. „Du weißt, wo das Silber ist? Sag es mir. Ich schütze es." Doch Leila hörte sie nicht mehr.

Als sie das nächste Mal aufwachte, war die Hitze aus ihrem Körper gewichen, und die Schmerzen im Unterleib hatten etwas nachgelassen. „Rahel?", flüsterte sie leise.

Das Mädchen ergriff ihre Hand. „Ich bin hier."

Leila öffnete die Augen und richtete sich mühsam auf. „Was ist mit Matthias? Hast du ihn gefunden?"

Rahel schüttelte den Kopf. „Nein. Sie nahmen ihn sicher mit. Du hast im Traum von einem Schatz geflüstert. Wenn sie vom Hohepriester nichts erfahren, kehren sie womöglich zurück, um ihn zu finden. Du musst hier weg."

Leila stöhnte auf. „Aber wo soll ich denn hin? Im Haus meines Mannes leben längst Fremde. Und zu Jakob nach Kirjat-Jearim schaffe ich es nie. Die Römer bringen alle um, die versuchen aus der Stadt zu fliehen."

„Ich habe eine Idee. Onkel Ephraim wurde gestern auf der Straße ermordet." Rahel winkte ab, als Leila sie erschrocken ansah. „Es ist kein Verlust. Er wollte mich zum Schluss zur Hure machen, die ihn versorgt. Aber dank seines Pechs gehört mir jetzt nicht nur der Halbe Schekel, sondern zugleich das Haus schräg gegenüber, in dem er wohnte. Dort verstecken wir dich. In der Schenke wäre es zu gefährlich, da kommen oft Leute des Joannes vorbei. Er hat das Gasthaus unter seinen Schutz gestellt, weil ich den Männern aus ihren geraubten Vorräten Essen koche. Die Reste genügen für uns beide. Bist du einverstanden?"

Leila überlegte nicht lange. „Danke. Das vergesse ich dir nie." In tiefster Not bot ihr Jakobs Geliebte, die sie kaum kannte, Hilfe.

Das Mädchen umarmte sie. „Lass mich dir eine Freundin sein." Denn der erzählt man alles, setzte es im Stillen hinzu. Leila drückte sie dankbar. Dann legte sie ihre blaue Simlah an. Rahel trug ein gleiches Tuch in Rot. Sie zogen sich den Stoff über den Kopf und tief ins Gesicht. Zur Vorsicht. Aber bis auf einige Leichen und zusammengekauerte Gestalten, die auf ihren Hungertod warteten, waren die Straßen leer. Durch die losen Bretter des Stalls an Ephraims Haus schlichen sie zum hinteren Eingang. Drinnen trug Rahel Stroh zu einem Lager zusammen. Sie versprach, am nächsten Morgen Essensreste aus dem „Halben Schekel" mitzubringen. Dann huschte sie hinaus.

Leila legte die Simlah ab und stand unschlüssig vor dem Strohlager. Auf einmal wurde ihr bewusst, dass das Hemdkleid durch Joannes befleckt worden war. Angeekelt zog sie es sich über den Kopf und schüttete den Rest Wasser aus dem Krug in eine Tonschüssel. Sie wusch sich gründlich, versuchte jegliche Spuren, selbst den Geruch des Peinigers, von ihrem Körper zu spülen. Das Hemdkleid würde sie später an der Zisterne des Hauses genauso sorgfältig reinigen. Ihr fiel der Flicken ein. Der musste vorher ab. Sie legte das Wäschestück auf den Tisch, suchte sich ein Messer und löste die Nähte. Müde hielt sie den kleinen Beutel in der Hand. Ihr Blick fiel auf das Strohlager. Schlafen. Von der Zeit träumen, als sie mit Jakob unbeschwert am Ölberg saß. Vergessen, was danach geschah. Sie legte den Flicken zurück auf das Unterkleid, holte sich ihre Simlah und wickelte sich darin ein. Dann sank sie auf das

Strohbett. Den Ring würde sie morgen wieder einnähen. Jetzt schaffte sie es nicht. Sie hatte alle Kraft verloren.

Die Nacht brachte ihr nicht die erhoffte Ruhe. Wenn sie die Augen schloss, sah sie den angesichts ihrer Schande weinenden Oberpriester. Erneut drang Joannes in sie, angefeuert von Eleazar. Und aus der Ferne erklang diese Frage: „Darf ich auch mal?" Erst als der Tag anbrach, kam ihr geschundener Körper zu seinem Recht. Sie fiel in einen tiefen, traumlosen Schlaf. Und hörte nicht, dass Rahel zurückkehrte.

Die junge Wirtin hatte etwas Gerste mitgebracht. Leise, um Jakobs Schwester nicht zu wecken, stellte sie die Schale auf den Tisch. Wo sie den abgetrennten Flicken auf dem Unterkleid liegen sah. Sie befühlte ihn. Er enthielt etwas Hartes unter der weichen Füllung. Schnell schaute sie auf Leila. Die schlief tief und fest. Vorsichtig öffnete sie den Leinenbeutel und holte den Ring hervor. Was für ein edles Stück! Blaue und rote Edelsteine auf einer goldenen Platte. Wie kam Leila an eine solche Kostbarkeit? Sie wollte ihn sich schon anstecken, da erschien ihr das zornige Gesicht des Joannes. Er würde wütend sein, wenn sie den Ring nahm, ohne ihn vorher zu fragen. Mit einem Seufzer des Bedauerns steckte sie den Schmuck wieder in den Leinenbeutel und legte ihn zurück an seinen Platz. Vorsichtig nahm sie die Schale mit der Gerste und schlich aus dem Haus. Sie musste dringend in den „Halben Schekel".

Joannes wartete dort, zusammen mit drei anderen seiner Männer. Verwundert sah er sie an. „Du bist schon wieder zurück? Hat sie geredet?" Rahel antwortete nicht sofort. Sie zeigte mit dem Kopf zur Treppe. „Das würde ich dir gern oben erzählen."

Joannes grinste. „Seht ihr, Männer, sie kann nicht von mir lassen." Dann folgte er ihr. Er fasste Rahel um die Hüfte, zog sie an sich und küsste sie.

Mit einer geschickten Drehung entwand sie sich ihm. „Dafür ist jetzt keine Zeit. Sie schläft. Doch wie lange? Ich habe etwas entdeckt."

Er ließ die Hände von ihr. „Wovon sprichst du?"

„Auf dem Tisch lag ein Flicken, gefüllt mit Wolle. Den muss sie an ihrem Unterkleid getragen haben. Darin lag ein Ring."

Joannes zog die Augenbrauen hoch. „Was für ein Ring?"

„Einer aus Gold. Mit einer Platte, auf der blaue Steine kreisförmig um einen roten angeordnet waren. Er sah alt aus. Ich habe ihn vorsichtshalber dort gelassen, wollte erst mit dir darüber reden. War das falsch?"

„Nein. Es war sogar schlau, ihn nicht zu nehmen. Das hätte dich nur in Verdacht gebracht. Ich will das Silber, das Matthias beiseitegebracht hat. Selbst wenn er noch so kostbar ist, der Ring kann nur einen Bruchteil dieses Schatzes wert sein. Aber es ist schon seltsam. Leila kommt aus einer armen Familie. Sie muss ihn vom Hohepriester haben. Womöglich als Lohn."

„Für Liebesdienste?"

Joannes winkte verächtlich ab. „Du musst nicht von dir auf andere schließen. So eine ist Leila nicht. Nein, eher als Dank. Oder für ihr Schweigen. Womöglich half sie ihm, das Silber des Tempels zu plündern. Und kennt sein Versteck." Er überlegte. „Umso besser, dass du den Schmuck bei ihr gelassen hast. Verrat ihr nicht, dass wir von ihm wissen. Und stell keine Fragen mehr nach dem Silber. Gewinne stattdessen ihr Vertrauen. So wird sie es dir bald von selbst erzählen, wenn sie etwas darüber weiß. Sprich lieber mit ihr über Jakob. Das verbindet. Aber zeig nicht, wie gekränkt du warst, als er in dem Nest da draußen blieb, anstatt dich zu beschützen. Du hast ja inzwischen einen Besseren." Er zog sie grinsend an sich und griff ihr zwischen die Beine, während er sie küsste. Dann schob er sie von sich. „Geh jetzt wieder zu ihr." Er hielt inne. „Nein, warte. Ich berichte dir vorher von einem Stück, das Simon heute vor den Römern aufführte. Das zeigt ihr, dass sie auf niemanden mehr zählen kann in dieser Stadt. Bis auf dich."

Leila hätte sicher bis Mittag geschlafen, wenn sie nicht von Rahel geweckt worden wäre. Die stellte lärmend die Schale mit Gerste auf den Tisch. Dann setzte sie sich zu ihr auf das Strohlager und sah sie traurig an. „Es tut mir leid. Aber ich muss dir erneut Schmerz bereiten. Der Hohepriester ist tot." Leila fand nicht die Kraft zum Schreien und hatte keine Tränen mehr. „Dabei hatte mir Joannes versprochen, dass er ihn am Leben lassen würde", flüsterte sie tonlos.

„Er wurde nicht von ihm umgebracht", widersprach Rahel. „Es war Simon. Der Mann, dessen Bande der Hohepriester selbst in die Stadt geholt hatte, damit sie den Joannes aus dem Tempel jagen." Und dann log sie, dass ihr am Morgen eine Nachbarin erzählt habe, es gäbe eine Verhandlung gegen den Matthias ben Theophilos in der Unterstadt. Sie wäre sofort zum Hippodrom geeilt, wo man schon das Todesurteil sprach, als sie eintraf. Simon selbst hatte den Hohepriester angeklagt. Er warf ihm vor, ein Verräter zu sein, der den Tempel an Titus übergeben wolle. Nicht ein Wort zur Verteidigung wurde Matthias gestattet. Für die Hinrichtung führte man ihn an einen Ort, den die Römer vom Ölberg aus einsehen konnten. Der Henker rief, ob sie denn nicht kämen, ihren Freund zu retten. Dann schnitt er ihm die Kehle durch. Die Leiche zu begraben verbot Simon. Die Hunde würden sich um sie kümmern.

Leila nahm den Bericht gefasst auf. Sie stumpfte ab unter all dem Leid, das sie erlebte. Doch eine Sache verstand sie nicht: „Es waren Joannes und seine Männer, die den Hohepriester gefangen nahmen. Wie gelangte er in die Hände des Simon? Die beiden sind Todfeinde, ihre Leute schlachten sich Tag und Nacht ab."

Rahel zuckte nur mit den Schultern: „Womöglich wurden die Helfer des Joannes selbst überfallen, als sie ihren Gefangenen wegbringen wollten?" Leila bezweifelte das. Doch Rahel ließ ihr keine Zeit zur Gegenrede. Sie müsse dringend zurück in den Schekel, meinte sie. Brei bereiten für die Zeloten. Anderes käme selbst bei denen nicht mehr auf den Tisch. Hastig nahm sie Abschied. „Bis heute Abend!"

Wieder allein, legte sich Leila zurück auf das Strohlager. Ihre Gedanken waren bei Matthias. Er hatte seit Wochen dunkle Vorahnungen vom eigenen Tod gehabt, den er ohne Furcht kommen sah. Es war die Spaltung seines Volkes, die ihn mit dem Diesseits abschließen ließ. Sein Leben lang hatte er dafür geworben, dass die Juden sich einig um den Tempel scharen. Um zum Schluss zu erleben, dass sie sich lieber gegenseitig umbrachten. Hoffentlich fand er an der Seite des Herrn seinen Frieden. Aber gelangte er überhaupt zu ihm? Sie hatten die Beerdigung verboten. Niemand durfte an seiner Leiche die vorgeschriebenen Gebete sprechen, es gab keine Familie, die seiner in der Trauerzeit gedachte. Leila richtete sich auf. Wenigstens sie wird den alten Bräuchen folgen. Sie zog sich die Schuhe aus, denn der Trauernde soll barfuß gehen. Da sie keine Verwandte und beim Sterben nicht an seiner Seite war, genügte es nach dem Gesetz, wenn sie einen Teil des Tages in Kummer und Gram verbringt. Sie legte sich die Simlah über den Kopf und hielt deren lange Seite am Hals zusammen, sodass ihr Körper bis auf das Gesicht bedeckt war. Dann setzte sich Leila an den Tisch und versuchte, das Trauergebet zu sprechen, aber ihr fiel nur der Anfang ein. Josef wüsste es vollständig aufzusagen. Wenn die Römer die Hinrichtung beobachten konnten, wird er vom Tod des Matthias wissen. Sicher hat er sich längst an Gott gewandt, um ihn für seinen Diener gnädig zu stimmen. Sie schloss die Augen und wippte trauernd mit dem Oberkörper vor und zurück. Als sie die Lider wieder öffnete, fiel ihr Blick auf den Flicken mit dem Ring. Der sei ein Teil von ihm, hatte Matthias gesagt. Jetzt schändeten Hunde seinen Körper, und die Seele konnte auf ihrem Weg nichts mitnehmen. Sie trennte den Stoff auf und nahm den Schmuck in die Hand. Welch Schönheit! Sein Gold und die Edelsteine: strahlend, kostbar, fein. Schade, dass er versteckt werden muss, bis sie Josef wiedertrifft. Aber sie könnte ihn anprobieren. Einmal wenigstens. Es sieht ja keiner.

Kurz entschlossen steckte sie ihn auf den vorletzten Finger ihrer rechten Hand. Und spürte, wie er sich an dessen Stärke anpasste. Erschrocken versuchte sie, den

Ring schnell wieder abzunehmen, aber er saß fest. Und jetzt ging eine warme Welle von ihm aus. Über den Arm, ihren Brustkorb, hin zum Herzen. Das pochte rasend, und schon trug das Blut die Wallung durch den ganzen Körper. Sie war wie gelähmt, während sich das seltsame Fieber ausbreitete. Der Hunger. Das muss der Hunger sein, dachte sie. Und sank zu Boden.

Eine tiefe Stimme holte sie aus dem Nichts zurück.

Eine Frau! Ich fasse es nicht. Ein Weib!

Verstört schaute sie sich um. Der Raum war leer. „Wer ist da?" Niemand antwortete. Verwirrte sich ihr Geist? Nahmen ihr Schändung, Hunger und Trauer den Verstand? Ihr Blick fiel auf das am Boden liegende Unterkleid. Ich werde es jetzt waschen, beschloss sie. Und die Schuhe wieder anziehen. Dies ist nicht die Zeit für alte Bräuche. „Ich muss überleben", murmelte sie.

Das wirst du. Denn ich halte meine Hand über dich.

Wieder diese Männerstimme.
  Aber diesmal suchte sie erst gar nicht nach einem Eindringling. Sie hörte die Worte klar in ihrem Kopf. „In mir wohnt ein Geist", flüsterte sie fassungslos.

Es ist dein Herr, der zu dir spricht. Du hast mich in dem Augenblick gerufen, in dem du dir den Ring an den Finger stecktest. Jetzt bist du mein Auge, Ohr und Mund auf Erden.

In ihrem Innern fand sie Widerworte: Es war nicht sein Schmuck, sondern der des Matthias. Der Teil von ihm, der in Josef weiterleben sollte. Doch sie blieb stumm.

Du folgst ab jetzt der Stimme des Herrn. Du bist mein Körper, ich bin dein Geist.

Leila geriet in Panik. „Verschwinde! Ich will das nicht. Es gibt nur einen Gott. Und der soll ausgerechnet mich auserwählt haben? Beweise, dass du seine Macht hast!"
Die Stimme seufzte.

Gut. Lass uns das ein für alle Mal klären. Gehe gegen meinen Willen zur Tür.

Sie wollte es ja. Aber es gelang ihr nicht einmal, sich zu erheben. Wie gelähmt saß sie auf dem Boden, unfähig, Arme, Beine oder auch nur den Kopf zu bewegen.

Siehst du? Und jetzt geh zum Tisch und nimm das Messer. Du wirst es an deine Kehle setzen. Weil ich es so will.

Sie konnte sich nicht wehren. Entsetzt stand sie auf, nahm das Messer und hielt es gegen ihren Hals. Sie wusste genau, was sie tat, aber hatte keine Möglichkeit, es zu verhindern.

Hätte ich beschlossen, dass du dich jetzt selbst tötest, dann würdest du das tun. Doch ich wäge noch das Für und Wider ab. Die vom Ring Auserwählten sind mir Körper, ich bin ihr Geist. Du aber bist die erste Frau, die seine Kraft weckte. Und ich frage mich, ob ein Weib meinen Willen geschehen lassen kann. Es ist ja nicht nur die Schwäche deines Körpers. Du warst Dienerin im Haus des Hohepriesters. Bist demnach weder von Adel, noch besitzt du Vermögen, Einfluss oder seltene Gaben. Wie solltest du meiner Sache nützlich sein?

Leilas Gedanken überschlugen sich. Welcher Dämon auch immer sich ihrer bemächtigt hatte, er spielte mit ihr, und der Einsatz war ihr Leben. Wie hatte sie ihn nur herausfordern können? Gleich würde sie sich die Kehle durchschneiden. Leila entfuhr ein leiser Angstschrei. Folglich hatte er ihr für eine Antwort die Stimme zurückgegeben. „Dann bringe es zu Ende", rief sie. „Und machst du es nicht, so nehme ich mir selbst das Leben. Denn lieber bin ich tot, als die willenlose Hülle einer dunklen Macht, die in einem Ring gefangen war."

Was für eine törichte Idee. Matthias, der zuvor mein Körper war, hielt dich für klüger. Schlauer sogar als Josef, den er zu seinem Nachfolger erkor. Du stecktest dir an seiner Stelle den Ring an, jetzt lebe mit den Folgen. Und sei es aus freiem Willen: Du kannst dich nicht umbringen. Versuch es. Du bist mein Körper, ich bin dein Geist. Es wird nicht geschehen.

Sie hielt weiter das Messer an ihre Kehle. Ihre Gedanken rasten. Ob sie an Hunger stirbt oder im Wahn, es ist gleich. Sie schloss die Augen und zog es durch ihren Hals. Aber nichts geschah. Das Messer lag weiter an der Kehle. Geschockt ließ sie es fallen. Panik stieg in ihr auf. „So bin ich dir ausgeliefert?"

Nein, du bist ein freier Mensch. Wie deine Vorgänger. Moses, Abinadab, Matthias und all die anderen. Sie blieben, wer sie waren. Ich mischte mich nur ein, wenn ihre Hilfe nötig war. Die Ringträger dienen mir zu einem einzigen Zweck: dem Schutz der Lade und ihres Inhalts. Im Übrigen sind sie frei.

„Der Bundeslade? Mit den Steintafeln, auf denen die Gebote unseres Herrn stehen? Man lehrte mich, sie sei verschollen!"

Ja, die Lade mit den göttlichen Steinen. Sie wurde gerettet. Du wirst sie sehen, denn du bist ihr neuer Hüter. Vorher ist aber anderes zu erledigen. Mach dich fertig. Du gehst zum Tempel.

Es ist wahrhaft der Herr. Kein Dämon würde die Truhe mit Seinen Geboten bewahren oder sie zur Wohnung des Einen befehlen. Sie sah auf das am Boden liegende Unterkleid. „Habe ich Zeit, es zu waschen?" Keine Antwort. Sie holte Wasser aus der Zisterne, wusch das Kleid in dem Eimer und legte es zum Trocknen in die Sonne. Dann nahm sie etwas Gerste aus Rahels Schale und aß sie. „Wann soll ich zum Tempel gehen?" Es blieb still. Wenn sie jemand so sehen würde. Selbstgespräche führend, verheult, wirr im Geist. Sie nahm das Messer und strich seinen Griff als Ersatz-Kamm durchs Haar. Ihre Situation war verzweifelt. Sie konnte nicht zurück in den Palast des Hohepriesters. Durfte sich nicht einmal auf die Straße wagen. Die wurde von den Männern des Joannes beherrscht, und der hatte sicher angeordnet, sie zu ihm zu bringen. Für ihn war sie jetzt sein Eigentum. Und selbst wenn sie bis zum Tempel käme: Dort wimmelte es vor Zeloten. Doch ER hatte es ihr befohlen. Sie stand auf und holte sich das Unterkleid. Es war fast trocken. Sie zog es an und streifte ihre Simlah wieder über. Dann trat sie durch das Loch im Verschlag auf die Gasse.

Ein Mann wäre sofort losgelaufen. Der erste Unterschied.

Erneut hörte sie die Stimme. Sie wollte antworten, konnte es aber nicht. ER hinderte sie daran.

In der langen Reihe deiner Vorgänger gab es nicht ein einziges Weib. Ich bin gespannt, was du anders machst als sie. Beweise mir, dass es nicht auf das Geschlecht ankommt, um meinen Willen zu erfüllen. Sonst bringt ihre Eitelkeit all den Frauen, die sich nach dir den Ring anstecken, unweigerlich den Tod. Ich führe dich jetzt zu einem geheimen Gang unter dem Tempel. Bis dahin musst du schweigen.

Er ließ sie vorerst am Leben. Sie hätte ihm gern gedankt, aber sie konnte es nicht. Vielleicht hörte er ja, was sie denkt?

Leila verlor erneut die Kontrolle über ihren Körper. Sie schlich im Schatten der Häuser durch die Straßen, an Toten und Verhungernden vorbei, ohne den Weg zu kennen. Sie kam sich vor wie eine der Holzpuppen, die auf Märkten von Spielern an Strippen bewegt wurden. Wehrlos nahm sie zur Kenntnis, dass sie ins Käsemachertal hinabstieg und an den dicken Pfeiler der Brücke zum Tempel ging. ER ließ sie sich nach Verfolgern umsehen, aber da war niemand. Dann hob sie ihre Hand und drückte gegen einen Stein. Eine geheime Tür drehte sich heraus. Sie schlüpfte hinein. Am Boden lagen eine Fackel und Steinzeug. Das Licht der Flamme, die sie entzündete, fiel auf eine Treppe, hinter der ein Gang zu erkennen war. Sie verschloss den Eingang wieder und stieg hinab. Der Stollen endete nach wenigen Schritten. Leila drehte sich zur linken Felswand und drückte mit dem Fuß einen kleinen Vorsprung hinein. Es knirschte, und erneut öffnete sich eine Drehtür. Sie trat ein und stand in einer weiten Höhle. Mit großen Augen sah sie auf einen riesigen Berg von Silbermünzen in ihrer Mitte.

Ich mache das sonst kaum. Den Körper des Ringträgers zu übernehmen. Das nächste Mal wirst du den Weg selber gehen. Aber heute musste ich ihn dir in Eile zeigen.

Leila merkte, dass sie die Kontrolle über sich zurückerhielt. ER machte mit ihr, was er wollte. Sie begann, es zu hassen.

„Mir ist klar, dass ich nichts dagegen tun kann. Aber es wäre hilfreich, wenn du mich warnst, bevor du meinen Willen vom Körper trennst. Ist das der Schatz, den Joannes sucht?"

Ja. Es ist Tempelsilber, das Matthias und seine Vorgänger für mich hierher schafften. Durch einen geheimen Gang von der Schatzkammer des Heiligtums in diesen Raum. Du kannst ihn nicht gehen, da Frauen der Zutritt zum Hof der Priester verboten ist. Zum Glück ist schon alles hier, was wir brauchen.

„Warum hortest du ein solches Vermögen? Ist es im Tempel nicht mehr sicher? Wozu braucht Gott Geld?"

Hinterfrage meinen Willen nicht. Ich sehe weit in die Zukunft. Das Silber schützt die Lade.

„Hast du nicht Angst, dass ich diesen Ort anderen verrate? Oder mir selbst etwas nehme?"

Du begreifst es nicht. Aber bitte. Hole dir ein paar Schekel!

Seine Einwilligung irritierte sie. Zögernd ging sie auf den Silberberg zu. Und machte plötzlich einen Schritt zur Seite, dann zurück und wieder nach vorn. Sie hob die Arme und wiegte ihren Oberkörper im Rhythmus einer unhörbaren Melodie. Sie tanzte! Einmal um den Geldhaufen herum, bis sie erneut am Eingang der Höhle stand.

Du bist mein Körper, ich bin dein Geist. Solange du lebst.

„Und um mir das zu zeigen, lässt du mich tanzen?" Sie konnte nicht anders, sie musste lächeln.

Warum nicht? Dein Volk tanzte einst um ein Goldenes Kalb und du nun eben um einen Berg von Silber.

Es kam ihr vor, als ob ER beim nächsten Satz zögerte.

Matthias wollte diesen Ort hier verraten, um dir dein Leid zu ersparen. Ich gestattete es ihm nicht. Sie hätten dich ja doch geschändet.

Sie wurde bleich. „Du warst dabei?"
Erneut kam die Antwort zaudernd.

Ich sah es mit seinen Augen. Höre Leila. Der Joannes ist geldgierig und rachsüchtig. Aber am stärksten reizt ihn Macht. Er will König der Juden sein. Das Silber war ihm nur Vorwand. Er überfiel Matthias, um ihn Simon auszuliefern. Es war der Preis, zu dem die beiden Führer der aufständischen Zeloten ihren Zwist begruben. Sie teilten Jerusalem untereinander auf. Joannes bekam Oberstadt und Tempel, Simon die Unterstadt. Ich hörte, wie sie dies vor Matthias besiegelten. Mit ihm nahmen sie die Partei der Gemäßigten, die Frieden mit Rom sucht, aus dem Spiel. Darum allein ging es. Du warst dem Joannes nur eine willkommene Beigabe.

In Leila stieg Wut auf. Den Herrn lässt das Leid einer Frau kalt. Sie wurde geschändet, und es war ihm gleich. Er sah zu.

Aber wir sind nicht wegen des Silbers hier. Ich muss ein weiteres Mal von deinem Körper Besitz ergreifen.

Er sprach, als gäbe es ihre Wut nicht. Da begriff sie, dass der Eine nichts von ihren Gedanken ahnte. Zumindest die schienen weiterhin ihr zu gehören. Er führte sie in eine Ecke der Höhle, in der eine Truhe stand, die sie öffnete. Sie holte Öl heraus und eine Phiole, schluckte deren Inhalt und salbte sich. Die Stimme in ihrem Kopf erklärte ihr, wozu das gut war – als Schutz vor den tödlichen Waffen der Lade, der sie sich ab sofort unbesorgt nähern könne.

Neben der Truhe entdeckte sie eine Amphore mit Gerste und eine kleine voll Olivenöl.

Ein Notvorrat. Nutze ihn sparsam. Die Banditen auf der Straße foltern und töten jeden Wohlgenährten, weil sie bei ihm Geld und Vorräte vermuten. Doch du darfst nicht sterben. Denn du bist mein Körper ...

„Und du mein Geist, ich weiß." Leila begann, sich auf ihr zweites Ich einzulassen. „Aber wenn dir das so wichtig ist, warum hast du dann den Tod des Matthias zugelassen?"

Er war mir ein guter Diener, doch die Zeit der Hohen Priester ist vorbei. Sie sind nicht länger in der Lage, die Juden um den Tempel zu einen. Ich werde mein auserwähltes Volk nicht mehr führen, sondern unerkannt begleiten.

„Und dazu wählst du dir eine Frau, die so unbedeutend ist, dass ihr Schänder es nicht einmal für nötig hielt, sie zu töten."

Du hast mich gerufen, vergiss das nicht. Genug jetzt. Gehe zurück in Ephraims Haus. Verstecke den Ring erneut in dem Kleid, es ist nicht die Zeit, ihn zu zeigen. Führe dein Leben wie bisher. Du wirst mich nicht bemerken. Bis ich dich brauche.

„Warum kann ich den Ring nicht schlicht vergraben?"

Er muss bei dir sein. Verliert er die Verbindung zu deinem Körper, stirbst du. Damit er bereit ist für einen neuen Träger.

„Aber als Matthias ihn mir gab, kostete ihn das nicht das Leben. Das nahm ihm erst sein Henker."

Ich wollte es dir schlicht erklären. Es gibt eine Ausnahme: Im Notfall und wenn ich zustimme, können Ring und Träger eine Weile getrennt sein.

„Und was ist mit der Lade? Du wolltest sie mir zeigen."

Sie befindet sich nicht in Jerusalem. Doch du kannst die Stadt erst verlassen, wenn der Feind sie erobert hat.

Leila erstarrte. „Du bewahrst uns nicht vor den Römern?"

Warum sollte ich? Dein Volk hat sich von mir abgewandt.

Jerusalem

im zweiten Regierungsjahr des Kaisers Vespasian
(70 n. Chr.)
(78. Tag der Belagerung)

Josef stand neben dem Caesar auf dem Hauptturm der soeben eroberten Festung Antonia. Er trug die Rüstung eines Centurio und schaute mit Offizieren des Stabs auf die Kämpfe zu ihren Füßen. Dort versuchten die Römer, durch einen schmalen Hof das gegenüberliegende Tor der äußeren Tempelmauer zu stürmen. Die Juden hingegen setzten alles daran, sie in die Burg zurückzudrängen. Freund und Feind wogten in einer einzigen Masse vor und zurück. Sie trampelten über Tote und Verwundete. Wer strauchelte, fiel nicht – so eng standen die Kämpfer auf dem ummauerten Platz. Die ganze Nacht schon stritten sie, aber jetzt am Morgen schien der wilde Mut der Juden die Oberhand zu gewinnen. Die erschöpften Legionäre in der Kampflinie wichen zurück, ihre Verstärkung kam nicht mehr nach vorne durch. Gleich würden die Leute des Joannes den Hof geräumt haben. Als er das sah, zog Josef seinen Gladius. Er nickte Titus zu, eilte die Treppe hinunter und bahnte sich durch die Fliehenden den Weg zum Schlachtfeld. Hier stürmte er mit der Wut einer Furie gegen die Juden an. Er enthauptete den einen, erstach den anderen, schlug einen

Dritten kampfunfähig. Wie ein Rasender schmetterte er seinen Gegnern den Knauf des Schwertes auf den Kopf, wich ihren hilflosen Schlägen aus, durchschnitt Adern und Sehnen, hackte Gliedmaßen ab. Entsetzt über seine Stärke und Kühnheit floh der Feind zurück zum Tempel. Voll grimmigem Mut lief er hinterher. Doch das Schicksal war grausam. Mit seinen nagelbeschlagenen Sandalen rutschte er auf dem blutigen Marmor aus und krachte auf den Boden. Die Juden hörten das Scheppern seines Schwertes und wandten sich um. Unter triumphierendem Geheul stürzten sie sich auf den Hilflosen. Sie schlugen und stachen auf ihn ein. Griffen an seine Rüstung, rüttelten daran. „Wach auf!", hörte er sie rufen.

„Komm zu dir. Der Caesar verlangt, dich zu sehen. Sofort." Benommen öffnete Josef die Lider. Er hatte geträumt. Von Centurio Julianus, der vor seinen Augen genau so im Kampf gestorben war. Nur, dass im Traum er an dessen Stelle kämpfte. Er hätte es wissen müssen, denn die Festung Antonia war ja inzwischen geschleift. Auf Befehl des Titus, der Platz für sein Heer brauchte. Der Tempel war auf einem Berg errichtet und nur hier, im Norden, konnte man ihn ebenerdig angreifen. „Hast du gehört? Titus ruft dich!" Ein junger Tribun aus dem Stab des Caesar stand vor ihm. Jetzt war Josef hellwach. Er sprang auf, zog sich seine Tunika über und lief dem Offizier hinterher. Vor dem Zelt stießen sie auf einen weiteren Tribun, der Tiberius Alexander aus dem Schlaf geholt hatte. Zu viert eilten sie in die Mitte des Lagers zum Quartier des Caesar.

„Was ist los? Titus hat doch befohlen, dass wir uns vor dem Sturm des Tempels morgen ausruhen. Und jetzt lässt er uns wecken?" Alexander zuckte die Schultern. Wenn selbst der Oberbefehlshaber der Legionen es nicht wusste ...

Sie stürmten zum Zelt des Feldherrn, vor dem Titus sie ungeduldig erwartete. Um ihn herum standen zwei Dutzend Soldaten seiner Leibwache in voller Rüstung. Von der Seite eilte Sextus Cerealis herbei, der Führer der Fünften Legion.

„Ah, endlich." Der Caesar klatschte in die Hände. „Ihr Herren, die Juden lassen uns keine Zeit. Folgt mir. Der Tempel brennt." Die Prätorianer nahmen Titus und Josef sowie die Heerführer in ihre Mitte und eilten dann mit ihnen zu dem Platz, auf dem einst die Antonia gestanden hatte. Um das dort gelegene Tor zur Tempelanlage war in den Tagen nach dem Tod des Julianus weiter heftig gekämpft worden. Während die Römer stets frische Truppen einsetzten, erlahmte die Kraft der Verteidiger unter den ständigen Angriffen. Hinzu kam ihr Hunger. So zogen sie sich letztlich in den Tempel zurück. Zuvor setzten sie aber das lang umkämpfte Tor in Brand. Das sollte den Feind an ihrer Verfolgung hindern. Titus wies an, das Feuer zu löschen und die Trümmer beiseite zu räumen. Sobald dies erledigt war, wollte er mit der ganzen Heeresmacht den Tempel angreifen.

„Was ist geschehen?", fragte Alexander, während sie an der Ruine der Antonia vorbeiliefen. „Die syrische Legion kämpfte gegen die Flammen. Da wagten die Juden in der zweiten Nachtstunde einen Ausfall", brachte ihn Titus auf den letzten Stand. „Die XII. schlug den Angriff zurück und drang mit dem fliehenden Feind in die Vorhöfe und den Tempel selbst ein. Mir wurde berichtet, ein Legionär habe eine brennende Fackel durch ein Fenster geworfen. Obwohl ich klar und deutlich befohlen hatte, dieses herrliche Bauwerk zu schonen. Jetzt brennt es. Wir müssen den Tempel retten. Sein Verlust bringt mir kein Ansehen, aber die Juden in aller Welt gegen Rom auf."

Sie betraten die Tempelanlage. Den Anblick, der sich ihm hier bot, würde Josef nie vergessen. Das bunte Pflaster des Platzes war mit Leichen übersät. Aus dem Heiligtum drang schwarzer Rauch. Es schien, als sei eine finstere Macht dabei, das einst strahlende Gebäude durch einen dunklen Schlund in den Himmel zu ziehen. Greise, Frauen und Kinder stürzten auf der Flucht vor den Flammen durch die Tore der Vorhöfe. Sie hatten bei ihrem Gott Schutz gesucht. Doch der war nicht mehr bei ihnen. Sie liefen Römern in die Arme, die ein Blutrausch erfasst hatte. Soldaten stachen die Alten nieder, vergingen sich an Müttern und Töchtern, bevor sie sie erdrosselten, erschlugen kleine Mädchen und Jungen. Ihr irres Brüllen und Stöhnen übertönte das entsetzte Schreien ihrer Opfer.

„Wir gehen hinein!", rief der Caesar. Die Leibwache schlug den Heerführern den Weg frei. Josef lief ihnen nach. Sie betraten den Tempel durch den Hof der Frauen. Er war voller Leichen. Darunter Mütter, die über ihren Kindern lagen, geschändete Jüdinnen mit nacktem Unterkörper. Und kein toter Kämpfer – die Empörer flohen wohl in den Tempel. Der war Frauen verboten. So saßen die in der Falle.

Die Leibwache lief mit Titus durch das Große Tor. Im Hof der Priester hielt ihr Trupp an. Vor dem Opferaltar und am Tor zum Heiligtum tobten letzte Kämpfe. Verzweifelte Juden im weißen Gewand der Tempeldiener traten den Römern mit bloßen Händen entgegen. Sie wurden mühelos abgeschlachtet. Anstelle des Blutes geopferter Tiere floss heute das der Priester über die Rinnen des Altars. Aus dem Heiligtum quoll Rauch. Das trockene Gebälk des Tempels knisterte und knallte in den Flammen, der Qualm brannte in Augen und Rachen. Er trieb die letzten Verteidiger hustend aus dem Gebäude. Sie wurden an Ort und Stelle erschlagen.

Titus gab mit Geschrei und Gesten den Befehl, die Brände zu löschen. Aber die Soldaten waren wie berauscht, niemand konnte sie aufhalten. Sie hatten gesiegt, Empörer waren nirgends mehr zu sehen. Jetzt erschlugen sie Männer, die aus der Stadt herbeiliefen, um den brennenden Tempel zu retten. Andere verlegten sich aufs Plündern. Als er erkannte, dass er nichts ausrichten konnte, eilte Titus unter dem Schutz der Leibwache in das Heiligtum. Seine Begleitung folgte ihm.

Josef standen Tränen der Trauer im Gesicht, die er nicht verbergen musste, da sie ja vom Rauch stammen konnten. Er schaute nach oben zum Tor des Tempels. Wie hatte er es früher bewundert. Es war siebzig Ellen hoch und hatte keine Türen. Ein Sinnbild des weiten, offenen Himmels. Doch den bedeckte jetzt dichter schwarzer Qualm. Plötzlich schoss aus ihm ein Körper. Ohne zu überlegen stieß Josef im letzten Moment Tiberius Alexander fort, da zerschmetterte schon ein Mensch auf dem Marmor. Blut und Hirn spritzte nach allen Seiten. Ein Priester hatte sich vom Dach gestürzt. Der erschrockene Oberbefehlshaber nickte seinem Retter dankbar zu und eilte dann dem Caesar hinterher. Josef folgte ihm.

Titus war in der Vorhalle stehen geblieben. Er schaute auf den riesigen babylonischen Vorhang, der bunt bestickt den Eingang zum Heiligtum bedeckte, und auf den goldenen Rebstock darüber mit seinen mannshohen Trauben. „Kann man davon etwas retten?", fragte er den Alexander.

Der schüttelte den Kopf. „Zu hoch, zu schwer. Eine Arbeit von Tagen. Die haben wir nicht."

Titus seufzte. „Ich brauche Beutestücke, die das Volk von Rom in Staunen versetzen. Lasst uns hineingehen."

Josef wurde bleich. Alexander sah es und begriff sofort. Das Allerheiligste, die Wohnung des Herrn, durfte kein Jude je betreten. Nur dem Hohepriester war das gestattet. „Verzeih Titus", mischte er sich ein. „Das Feuer lässt uns kaum Zeit. Josephus kennt den Tempel genau. Lass ihn schnell die Nebenräume durchsuchen, ob dort Beute gelagert wird, die einem Caesar und dem Volk von Rom würdig ist."

Titus gefiel die Idee. „Nimm sechs Mann meiner Leibwache mit. Falls ihr etwas findet, werden sie es tragen." Dann eilte er durch die goldene Tür hinter dem Vorhang, die von zehn Prätorianern einen Spalt breit geöffnet worden war. Josef dankte Alexander verstohlen. Der nahm es hin und folgte dem Caesar.

Als Priester, der hier oft genug Dienst getan hatte, war ihm klar, dass er in den Seitenhallen nichts von Wert finden würde. Aber Josef nutzte die Gelegenheit, um etwas zu prüfen. Er führte die Soldaten zuerst zu dem Nebenraum rechts, der das heilige Öl und Weihrauch enthielt. Dann eilte er mit ihnen zur gegenüberliegenden Seite. Er wollte die Tür zu der Kammer öffnen, die Matthias einst Jakob und ihm gezeigt hatte. Doch sie war von innen verschlossen. „Aufbrechen", befahl er. Die Prätorianer zögerten. „Im Namen des Caesar!", setzte er drohend hinzu.

Jetzt schlugen zwei Leibwächter mit ihren Handbeilen die Tür ein. Krachend splitterte das Holz, einer der beiden Soldaten entriegelte sie von innen und stürmte hinein. „Hier sind Juden!", rief er. Josef lief hinterher. Die Prätorianer hatten ihre Schwerter gegen sechs Priester gerichtet.

Einen erkannte er. „Samuel", fragte Josef auf Hebräisch, „hatte deine Reihe diese Woche Dienst?"

Der Angesprochene blickte ihn finster an. „Verräter", las Josef in seinen Augen. „So ist es", bestätigte er dennoch leise.

„Es sind keine Kämpfer. Bindet sie und bringt sie dem Oberbefehlshaber Alexander. Mag sein, dass er sie zum Brand des Tempels befragen will. Sie waren dabei, als er ausbrach." Josef wartete, bis die Soldaten mit den Priestern abzogen. Dann drehte er sich um. Diese letzte Gelegenheit galt es zu nutzen. Er entsicherte mit dem Fuß die Geheimtür des Matthias und öffnete sie. Eine Fackel brauchte er diesmal nicht, der Schein des Feuers erleuchtete die Treppe vom Dachraum her. Er sprang in langen Schritten hinauf und fand die Truhe. Sie war leer. Im Gebälk des Daches ertönte ein gefährliches Krachen. Erschrocken rannte er nach draußen. Die Geheimtür ließ er offen. Sie hatte ihre Aufgabe verloren.

In der Vorhalle des Tempels standen Titus und seine Generäle. Sie beobachteten, wie Prätorianer drei Teile aus dem Heiligtum schleppten, die jeder Jude kannte: den Leuchter, dessen Lichter die sieben Planeten darstellten, den Tisch, auf dem zwölf Brote den Tierkreis symbolisierten, und das Rauchfass mit seinen dreizehn Sorten Räucherwerk aus dem Meer, der Wüste und den bewohnten Landen. Etwas abseits befragte Alexander die sechs Priester. Josef meldete dem Caesar, dass er keine weitere Beute gefunden habe, und trat dann zum Oberbefehlshaber, der sein Verhör auf Griechisch führte. Aber es ging nicht mehr um den Brand. „Warum starrst du die ganze Zeit auf meine Hand?", fragte er Samuel scharf.

„Es ist euer Ring", stammelte der. „Ich wundere mich, dass es den ein zweites Mal gibt." Alexander zeigte keine Regung. Josef erinnerte sich, dass er dem Präfekten in dessen Palast dasselbe gesagt hatte.

„Du kennst den Ring? Woher?" Der Heerführer war ins Hebräische gewechselt. Womit ihn die umstehenden Römer nicht mehr verstanden.

Samuel wand sich. „Er hatte andere Steine. Blaue und in der Mitte einen roten. Aber sie waren genauso angeordnet. Auf einer goldenen Platte, mit drei Kreisen, die von einem Kreuz durchbrochen wurden. Ich sah ihn bei unserem Hohepriester. Matthias ben Theophilos."

Alexander bohrte nach. „Den ließ Simon vor wenigen Tagen öffentlich hinrichten. War einer von euch dabei? Trug er da den Ring?" Samuel schaute sich verunsichert um. Was für eine seltsame Frage!

Einer seiner Gefährten meldete sich. „Ich war auf dem Platz. Sie hatten ihn gefoltert. Man erkannte deutlich seine Wunden. Ich werde den Anblick nie vergessen. Er war nackt, trug nichts am Leib. Auch keinen Ring."

Alexander forschte weiter. „Wie gelangte Matthias in die Hände seiner Henker?"

Samuel antwortete. „Es heißt, Banditen überfielen seinen Palast. Sie plünderten ihn und lieferten den Hohepriester an Simon aus. Wer es war, weiß niemand. Alle, die dort lebten, wurden umgebracht."

Leila! Ein Stich fuhr Josef in die Brust. Welch Schmerz an diesem Tag! Der Herr hatte nicht nur sein Haus verlassen und sich von seinem auserwählten Volk abgewandt. Er ließ selbst ihn, seinen treuen Diener, im Stich. Er schloss die Augen und rief sich ihr Antlitz ins Gedächtnis. Die Trauer drohte, ihn zu überwältigen. „Geht es dir gut?" Tiberius Alexander schaute ihn forschend an, Titus und seine Generäle wurden aufmerksam.

Josef durfte keine Schwäche zeigen. „Ja, Herr. Ich war mit einem seiner Leibwächter befreundet. Einem Araber namens Ibrahim. Es ist ein schmerzlicher Verlust."

Alexander drehte sich zu dem Caesar. „Was soll mit den Gefangenen geschehen?"

Titus zuckte mit den Schultern. „Jagt sie auf den Hof. Möge ihr Gott sie schützen." Gleichgültig beobachtete er, wie die Prätorianer seinen Befehl ausführten. Die Priester in ihren weißen Gewändern kamen nicht weit. Sie wurden kurz vor dem Altar erschlagen.

Inzwischen strömten immer mehr Legionäre in den Tempel. Sie entdeckten das Räucherwerk in den Nebenräumen und entzündeten es. Titus schrie, sie sollten das Feuer bekämpfen und nicht legen. Aber sie taten, als hörten sie ihn nicht. Einer schlich hinter den byzantinischen Vorhang und zündete ihn an. Der Stoff fing sofort Feuer. „Wir müssen hier raus", warnte Alexander seinen Feldherrn.

Titus schaute wütend auf die Flammen. „Ja. Aber vorher sichern wir Rom das Geld der Juden. Josephus, zeige uns, wo das Silber des Tempels liegt."

Umringt von Leibwächtern machten sie sich auf den Weg zu den Nebengebäuden im Hof der Priester. Cerealis hatte einer Einheit seiner V. Legion befohlen, die Eingänge zu sichern. Josef führte den Trupp in die äußerste nordwestliche Ecke zu einem Gebäude ohne Fenster. Seine massive Tür stand offen. Bevor Titus hineinging, blieb er stehen und blickte zurück auf den Tempel. Inzwischen schossen die Flammen aus dem Dach des Heiligtums. Sie fegten die dorthin geflüchteten Tempeldiener in Scharen von der Kante. Wie tote weiße Vögel stürzten sie hinunter. Ihr Aufschlag erinnerte an das Geräusch von Hagel im Sommer. Titus sah die Tränen in Josefs Augen. „Ich bin es nicht, der dieses herrliche Bauwerk brennen ließ", sagte er mit leerem Blick. „Es ist euer Gott."

Der Caesar drehte sich um und betrat die Schatzkammer des Tempels. Wo ihn eine riesige Enttäuschung erwartete. Die Regale an den Wänden des großen Raumes und die Tische in seiner Mitte waren wie leer gefegt, auf dem Boden lagen Schriftrollen, Schreibfedern und geöffnete Kästlein. Titus bückte sich und hob ein Geldstück auf, das übersehen worden war. Einen tyrischen Schekel. „Das ist alles?", fragte er ungläubig. „Ich weiß, dass die Syrer herausragende Plünderer sind, aber sie können unmöglich den Tempelschatz in so kurzer Zeit an sich gebracht haben." Er hielt Josef die Münze entgegen. „Wo ist der Rest?"

Der winkte ab. „In diesem Raum wurde die Steuer nur entgegengenommen. Das Silber befindet sich im Fels unter uns." Er ging in den hinteren Teil der Kammer und nahm einen Stein aus dem Mosaik des Fußbodens. Ein Metallring kam zum Vorschein. Josef zog daran und hob eine Platte an.

„Helft ihm!", befahl Titus. Zwei Prätorianer sprangen hinzu und lehnten die Steinplatte an die Mauer dahinter. In dem Loch im Boden wurde eine Treppe sichtbar, an deren Seite eine Fackel steckte. Der Centurio der

Leibwache ließ sie entzünden. Dann schickte er vier Soldaten nach unten – für den Fall, dass sich dort jüdische Kämpfer versteckten. Doch da war niemand. Titus und seine Heerführer stiegen hinab. Josef schloss sich ihnen an. Nach nur wenigen Schritten weitete sich der Gang in eine natürliche Höhle, die rechts und links erweitert worden war. Die vier Soldaten zündeten weitere Fackeln an, ihr Licht fiel auf einen kleinen Haufen Silber in der Mitte.

Der Caesar war fassungslos. „Mein Vater braucht das Geld der Juden, um Neros Schulden auszugleichen. Was soll ich Vespasian sagen? Dass der Schatz des Tempels nur ein Märchen war?" Wütend drehte er sich zu Josef um. „Wann warst du das letzte Mal hier unten?"

Der schüttelte den Kopf. „Ich war nie in diesem Raum. Der Eingang wurde immer von Tempelwächtern geschützt. Nur sie und der Hohepriester durften hinein."

Alexander räusperte sich. „Aus meiner Zeit als Prokurator von Judäa weiß ich, dass hier und in Galiläa zwei Millionen Juden lebten. Eine weitere Million zählte ich später in Ägypten. In Babylonien, Kleinasien und Syria sollen es jeweils ebenso viele sein. Jeder Mann über zwanzig schuldet dem Tempel jährlich einen halben Schekel Steuer. Ich habe es berechnen lassen. Demnach gingen pro Jahr an die 800 Talent nach Jerusalem. Gut, davon wurden Tausende Priester bezahlt, Bauarbeiter und Lieferanten. Dennoch müsste hier ein riesiger Berg Silber liegen." Er sah zu Josef. „Wer kann diesen ungeheuren Münzhaufen fortgeschafft haben?"

Der war ratlos. „Zugang hatten zuletzt der Hohepriester Matthias, nach ihm Tempelhauptmann Eleazar und der Joannes. Aber ich kann mir bei keinem der drei vorstellen, dass sie eine solche Menge aus dem Tempel schafften, ohne dass es jemandem aufgefallen wäre. Das Geld muss hier sein. Womöglich in einer anderen Kammer."

Titus schöpfte Hoffnung. „Alexander. Ich gebe dir den Befehl, mit allen Mitteln nach dem Tempelschatz zu suchen. Befrage Gefangene unter der Folter, besteche mögliche Mitwisser, begnadige die schlimmsten Verbrecher. Hauptsache, sie führen uns zu dem Silber. Es darf nicht sein, dass ich mit nichts als einem Leuchter aus dem zerstörten Tempel nach Rom zurückkehre. Mein Vater braucht das Geld der Juden, um seine Macht zu sichern. Finde es!"

Der Ägypter schlug bestätigend die Faust an die Brust. Der Caesar hatte ihm soeben unbegrenzte Vollmacht erteilt. Er würde sie nutzen. Um das Silber zu finden – und den neuen Träger des anderen Ringes. Eine innere Stimme sagte ihm, dass der nicht lange Freude an seinem Schmuck haben würde.

Jerusalem

im zweiten Regierungsjahr des Kaisers Vespasian
(70 n. Chr.)
(99. Tag der Belagerung)

Sie erwachte aus einem bangen Traum, an dessen Bilder sie sich im selben Moment nicht mehr erinnerte. Es war schon hell, aber kein Geräusch drang zu ihr herein. Totenstille da draußen. Die Luft roch nach Leichen. Jeden Tag stärker. Der Gestank quoll vor allem aus dem Haus. Dorthin hatten Rahel und sie Verhungerte von der Straße gebracht. Die aufeinandergelegten Toten sollten Plünderer abschrecken.

 Leila bewegte sich nicht. Sie lag angekleidet auf dem Stroh im Stall hinter dem Haus und versuchte aufzustehen. Aber sie schaffte es nicht. Sie müsste die Simlah waschen. Doch wozu? Die Römer bauten seit fast zwei Wochen an einer Rampe gegen die Mauer der Oberstadt. Bald, sagt Rahel, schieben sie ihre Belagerungsmaschinen an den Wall. Der wird nicht lange halten. Zusammenbrechen, wie die Welt um sie herum.

 Leila hatte von Ferne die Wohnung des Herrn brennen sehen. Seinen herrlichen Tempel. Doch Gott blieb stumm. Kurz darauf stiegen in der Unterstadt neue Rauchsäulen auf. Die aus dem Heiligtum geflüchteten Kämpfer des

Joannes plünderten die Häuser und setzten sie in Brand. Vom Rathaus bis zum Palast der Helena stand alles in Flammen. Wie Rahel berichtete, brachten sie die Bewohner kurzerhand um. Alte, Frauen, Kinder, es machte keinen Unterschied. Später zogen sie sich mit ihrer Beute in die Oberstadt zurück. Hinter die letzte Mauer, die sie vor der Wut der Römer schützte.

Einen Tag, nachdem Jerusalem das Herz herausgerissen wurde, hatte sie sich mit Rahel nach draußen gewagt. War tief verhüllt auf den Xystos geeilt. An der Brücke über das Käsemachertal, im Niemandsland zwischen den Römern im Tempel und den Empörern in der Oberstadt, wollte sich der Caesar auf Bitte des Joannes zu einem Gespräch einfinden. Womöglich, um den Krieg zu beenden. Wie erhofft, konnte sie einen letzten Blick auf Josef erhaschen. Er stand neben Titus. Vor Hunderten von Legionären, die mit Schwert und Bogen den Feldherrn schützten. Ihr alter Freund schien wohlgenährt, aber sein Gesicht war voller Schmerz und Trauer. Sie hätte gern seinen Blick auf sich gelenkt. Doch sie wagte es nicht, ihm zuzuwinken. Er schaute ohnehin nicht auf die dunkle Masse der Juden, die sich in der Hoffnung auf ein Ende der Kämpfe hinter Joannes versammelt hatten. Josefs Aufmerksamkeit gehörte Titus. Er übersetzte seine Worte ins Hebräische.

Der Caesar machte sofort klar, wer jetzt in Jerusalem das Sagen hatte: Er sprach zuerst. Laut erhob er bittere Vorwürfe gegen die Aufrührer. Ihre eigene Schwäche und die Stärke Roms missachtend, hätten sie das Volk, die Stadt und das Heiligtum zugrunde gerichtet. Er erinnerte daran, dass er sie während der Belagerung durch den Mund des Josephus immer wieder aufgefordert habe, zur

Besinnung zu kommen. Sie aber hätten sich nicht darum gekehrt. Jetzt seien Nation und Tempel dahin, die Stadt in seiner Hand. Wenn sie ihre Waffen ablegten und sich ergäben, würde er sich gnädig zeigen und sie am Leben lassen. Wer sich weigere, werde sterben.

Sollte irgendein Jude nach diesen Worten Hoffnung gehegt haben, Joannes zerschlug sie sofort. Niemals, rief er, würde er um Gnade betteln. Aber er biete an, die Stadt zu verlassen und mit seinen Leuten in die Wüste zu ziehen, wenn ihnen der Caesar den freien Abzug mit Frauen und Kindern verspreche. Titus versetzte diese Idee in Wut. Wie konnten die Besiegten es wagen, ihm Bedingungen zu stellen? Ab sofort, rief er, sei es mit der Milde vorbei. Kein Jude dürfe mehr mit seiner Gnade rechnen. Dann drehte er sich brüsk um und ging fort. Am selben Tag begannen die Römer, eine Rampe zur Mauer der Oberstadt zu bauen. Der letzten Zuflucht der Empörer.

Unvermittelt dröhnte ein dumpfer Schlag in die Stille des Morgens. Leila lauschte ihm nach. Jetzt folgte ein ferner Jubel aus unzähligen Kehlen, so, wie sie ihn früher aus dem Hippodrom gehört hatte. Sie setzte sich auf. Der Rammbock hatte auf der Rampe seine Arbeit begonnen. Schon bald würde die Mauer fallen. Sie erwog, auf die Gasse zu gehen. Dem Unheil zu entfliehen. Sollte sie etwa abwarten, bis man sie erneut schändete und dann versklavte? Oder umbrachte? Der Herr würde ihr kaum helfen. Er hatte sich von seinem Volk abgewandt. Und von ihr. In all den Tagen seit dem Brand des Tempels hatte er nicht mehr gesprochen.

Die Bretter des Verschlages bewegten sich. Rahel war herübergekommen. Sie wirkte gehetzt. „Hörst du? Sie reißen die Mauer ein. Wir müssen fliehen!" Die beiden Frauen umarmten sich verzweifelt.

„Wohin denn?", flüsterte Leila. „Das Schicksal lässt uns keinen Ausweg!"

Das Mädchen schob sie von sich und sah ihr in die Augen. „Doch", sagte sie. „Joannes hat einen Unterschlupf in einer geheimen Höhle unter der Stadt. Seine Leute bringen uns dorthin. Aber wir müssen sofort los." Sie konnte das Entsetzen in Leilas Gesicht sehen. „Ja, er hat dir Furchtbares angetan", drängte sie. „Doch wenn wir überleben wollen, bleibt uns keine andere Wahl. Seine Leute sind die Einzigen, die Schutz vor den Römern bieten. Die werden uns in ihrer Wut auf die Juden schänden und danach töten. Oder in ihre Bordelle verkaufen. In der Höhle sind letzte Vorräte. Wir warten unten ab und schleichen uns später aus der Stadt."

Leila schaute Jakobs Freundin traurig an. Dann schüttelte sie den Kopf. „Es geht nicht. Joannes betrachtet mich als sein Eigentum. Ich würde seine Hure sein. Und die seiner Männer. Sie haben zugeschaut, als er mir Gewalt antat. Selbst wenn sie nichts sagen – ich würde die Verachtung in ihren Augen lesen." Von Weitem waren neue Schläge des Rammbocks gegen die Mauer zu vernehmen. Dazu die Anfeuerungsrufe der Legionäre, die darauf warteten, durch die Bresche in die Gassen der Oberstadt zu strömen.

Rahel sah gehetzt auf das Loch im Bretterverschlag. Die Zeit drängte. „Aber wo willst du denn hin?", fragte sie die Freundin.

Fürchte dich nicht. Ich zeige dir den Weg.

Leila zog die Simlah über ihr Haar. „Mach dir keine Sorgen. Der Herr leitet mich."

ER hatte wieder ihren Körper übernommen, ohne sie auszuschließen. Und so beobachtete sie sich selbst: Wie sie den Ring aus dem Flicken holte und ihn sich ansteckte. Aus dem Verschlag trat, durch die Gasse nach vorn zur Straße und dann zum Aquädukt des Pilatus schlich. In seinem Schatten den Xystos erreichte. Er war wie leergefegt. Nur in einer Seitengasse sah sie ein paar Männer des Joannes, die ihre Waffen wegwarfen und sich versteckten. Plötzlich ertönte jenseits der Mauer, die die Oberstadt schützte, ein ohrenbetäubender Jubel. Die Römer hatten eine Bresche in das Bollwerk geschlagen. Gleich würde sich ihre Flut in die Gassen ergießen und alles mit sich reißen, was sich ihr in den Weg stellte. Leila rannte über den Xystos und an der Brücke vorbei, die zum Tempel führte. Dort tauchten Schwerter schwingende Legionäre auf, die bemerkt hatten, dass die Empörer panisch von der Mauer und ihren Toren flohen. Sie erschreckten nicht nur Leila, sondern genauso ein junges Mädchen mit roter Simlah, das ihr durch die Oberstadt gefolgt war. Rahel rannte zur Brüstung der Brücke und schaute nach unten. Dort rutschte und stürzte Leila den steilen Abhang hinunter. Die Freundin hastete zum Pfeiler und legte eben die Hand an das Bauwerk, da schallte es: „Bleib stehen!" Von der Unterstadt her stürmte ein Trupp Soldaten auf sie zu.

Rahel hatte keine Zeit mehr, das weitere Geschehen zu beobachten. Die siegestrunkenen Römer, die aus dem Tempel strömten, waren schon gefährlich nahe. Sie stürzte davon, hinein in das Gewirr der Gassen der Oberstadt.

Ohne sich umzusehen, rannte sie durch die schmalen Straßen. Rahel schob die Tür zu einem verlassenen Haus auf und eilte in den Garten. Hinter einem Strauch fand sie die Treppe zu dessen Zisterne. Und damit den geheimen Gang zur Höhle, in der Joannes und seine Getreuen auf sie warteten.

Unten im Tal hatten die Römer inzwischen Leila erreicht. Ihr Anführer hob das Schwert zum Zeichen, dass sie anhalten sollten. „Na, wen haben wir denn da?", fragte er schleimig auf Griechisch. Dann drehte er sich zu seinen Leuten um. „Zum Plündern kommen wir zu spät. Die Legionäre lassen uns Hilfstruppen da oben ohnehin nichts übrig. Wie wär es, wenn wir uns hier ein wenig vergnügen. Einer nach dem anderen. Entsprechend der Dienstzeit." Er drehte sich wieder zu Leila. „Zuerst befreien wir dich mal von deinen jüdischen Fetzen." Sein Trupp sah griendend zu. ER gestattete ihr kein Widerwort. Und sie konnte sich nicht rühren. Voller Entsetzen starrte sie hilflos den Anführer an, der ihr mit der Spitze seines Schwertes die Simlah vom Kopf schob. Mit der Linken fasste er ihr in das schwarze Haar. „Eine Schönheit", rief er seinen Kumpanen zu. „Das wird ein Spaß!" Schon griff er nach ihrem Unterkleid.

Leila bemerkte, dass sie mit dem Zeigefinger nacheinander drei blaue Diamanten ihres Ringes drückte. Dann hob sie die beiden Hände übereinandergelegt bis in die Höhe der Brust. Der Anführer stutzte und hielt inne. Jetzt tippte sie auf den Rubin. Im selben Augenblick schoss ein Blitz aus dem Ring und streckte den Soldaten nieder. Seine Kameraden schauten fassungslos auf den zuckenden Körper am Boden. Leila richtete das Schmuckstück gegen sie. Leicht tanzte ihr Finger auf dem roten Stein in der Mitte. Und jedes Mal fuhr ein Blitz aus dem Ring, der weitere Soldaten tötete. Einige Herzschläge später lagen vor ihr ein Dutzend Leichen. ER hob ihre Hand und drückte sie gegen den beweglichen Stein im Pfeiler. Sie schlüpfte durch die verborgene Tür, verschloss sie von innen und entzündete die Fackel am Eingang. Dann stieg sie die Treppe zur Höhle mit dem Silber hinunter. Hier öffnete sie die zweite Geheimtür und trat ein. Endlich gab ER ihr die Kontrolle über den Körper wieder. Und die Sprache.

„Was war das denn? Wie kann der Ring Männer töten?"

Es ist eine Waffe der Götter. Wir nennen sie Elektrokution. Ihre Kraft rührt aus den blauen Steinen. Der rote setzt sie frei.

Leila stutzte. „Du sagtest ‚der Götter'. Dann bist du gar nicht der Einzige, wie uns die Priester lehren?"

Du bist schlau. Für euer Volk gibt es nur einen Gott. Mich. Aber ich habe zwei Seelen. Sie sind schon ewig im Streit. Meine dunkle Seite löste sich von mir. Sie will den Ring und seine Macht. Gegen sie brauche ich die Hilfe der Menschen.

„Aber wenn du solche Kräfte hast, warum setzt du sie nicht zum Schutz deiner Helfer ein? Du hättest Matthias retten können. Und mich vor der Schändung bewahren."

Die Macht des Ringes ist nicht unbegrenzt. Seine göttliche Kraft verbraucht sich. Zurückgewinnen kann er sie nur durch die heiligen Steine in der Lade. Doch das war nicht der einzige Grund. Du musst wissen, ein Gott bedenkt das Ganze. Das Gute existiert nicht ohne das Böse. Sie bedingen einander.

„Und doch hast du diese Soldaten getötet, um mich zu retten. Warum? Sie hätten mir sicher den Ring geraubt und ihn sich angesteckt. Dann wäre eben einer von denen dein Helfer geworden. Wieso bleibst du bei mir?"

Weil du etwas Besonderes bist. Die erste Frau, die mich rief. Ich möchte dich verstehen lernen. Und dank dir werden mir zudem meine anderen Helfer grenzenlos vertrauen.

„Es gibt mehrere von uns? Wer sind sie? Sind sie dir ebenfalls Körper und Stimme?"

Nein. Dieses Vorrecht genießt du allein. Wer sie sind, erfährst du früh genug. Iss etwas und ruh dich aus. Wir warten, bis sich die Römer ausgetobt haben. Und dann ergeben wir uns ihnen. Es ist Zeit, sich auf die Seite der Sieger zu stellen.

Jerusalem

im zweiten Regierungsjahr des Kaisers Vespasian
(70 n. Chr.)
(3. Tag nach dem Fall der Stadt)

Der Krieg war gewonnen, aber im Lager des Titus kehrte keine Ruhe ein. Berittene Boten jagten aus den Toren, um die Kunde vom Sieg in alle Enden des Reiches zu tragen. Sie preschten an Centurien vorbei, die für die Siegesfeier probten. In deren Gesang mischten sich die Schreie der Verwundeten im Lazarett und die Hämmer der Schmiede, die Waffen richteten. Ab und zu hörte man Rufe von Händlern, die Kriegsbeute ankauften.

Josef ließ sich von all dem Lärm vor dem Zelt nicht beirren. Er saß in einem Stuhl mit einer Lehne aus Leder vor seinem schmalen Schreibtisch und lehnte sich zurück. Beide Möbel stammten aus dem Palast des Herodes. Titus hatte sie bringen lassen, als er hörte, dass Josef seine Erinnerungen an den Feldzug notieren wollte, solange sie frisch waren. Er hatte ihm das Zelt beim Hauptquartier zugewiesen und dafür gesorgt, dass er es sich mit dem Tribun Nicanor teilte. Der würde mit seiner Kohorte zwar bald abziehen. Doch zuvor sollte der Sohn eines Kaufmanns im Stab helfen. Es galt, Essen für die Armee und die gewaltige Zahl an Gefangenen zu beschaffen sowie die Legionen neu auszurüsten. Nicanor hatte sich als Tribun einer Hilfstruppe von tausend Mann aus Syria den Ruf eines fähigen Anführers erworben. Seinen wichtigsten Kampf aber schlug er jetzt, nach dem Sieg. Und Titus sah ihm dabei zu.

Vor dem Zelt entstand Unruhe. Durch den Eingang trat ein Offizier der Prätorianer, begleitet von zwei Soldaten, die sich rechts und links postierten. Er warf einen kurzen Blick auf Josef und schaute sich aufmerksam um. Dann schlug er die Bahn des Eingangs zurück: „Es ist sicher, Herr!"

An ihm vorbei trat Titus in das Zelt. Er trug seine Uniform mit dem purpurnen Umhang, den Helm hielt er in der linken Hand. „Wie vermutet, Centurio", sagte er und grinste dabei Josef an. Dann drehte er sich zu den Prätorianern. „Lasst uns allein."

Der Offizier wagte einen Einwand: „Aber Herr. Er ist Jude."

Titus' Lächeln gefror. Er trat an den Mann heran und schaute ihm in die Augen. „Ich unterstelle mal, dass du dem Befehl deines Caesar nicht sofort folgst, weil du glaubst, ihn beschützen zu müssen, Marcus Quintus. Aber denkst du ernsthaft, ein unbewaffneter Jude könnte einem römischen Feldherrn in voller Rüstung gefährlich werden? Wenn du ein zweites Mal eine Weisung von mir in Frage stellst, schicke ich dich für den Rest deines Lebens nach Britannia."

Der Mann salutierte erschrocken. „Nein, Herr. Ich meine, ja. Verzeih." Er drehte sich um, beorderte seine starr geradeaus blickenden Soldaten hinaus und folgte ihnen.

Josef hatte sich derweil erhoben. Der Besuch des Caesars beunruhigte ihn. Die Belagerung war beendet, er hatte keinen Nutzen mehr für Titus. Kam der, um ihn zu entlassen? Er überspielte seine Unsicherheit: „Das mit dem unbewaffneten

Juden stimmt nicht, Herr." Er hielt das gespitzte Schreibrohr hoch. „Solch ein Calamus vermag mehr Schaden anzurichten, als ein scharfes Schwert." Ein unkluger Spruch.

Aber Titus war bester Laune und fasste ihn nicht als Drohung auf. „Wie wahr, mein Freund. Doch nicht die Waffe lehrt den Feind das Fürchten, sondern der, der sie führt. Du bist dabei, deine Erinnerungen an den Feldzug aufzuschreiben? Dann lass mal sehen." Er trat zum Schreibtisch, legte seinen Helm ab und nahm sich die dort liegende Schriftrolle. Laut las er den letzten Absatz des in Griechisch verfassten Textes vor:

> *Mit gezücktem Schwert strömten sie in die Gassen, stießen jeden nieder, der ihnen in den Weg kam, und verbrannten die Häuser, in welche sich Juden geflüchtet hatten, samt allem, was darin war. Sie plünderten viel; oft aber, wenn sie der Beute wegen in ein Haus eingedrungen waren, fanden sie ganze Familien tot und die Dächer mit Leichen von Verhungerten gefüllt. Ein Anblick, über den sie sich derart entsetzten, dass sie mit leeren Händen wieder herauskamen.*
>
> *So tiefes Mitleid sie mit den Umgekommenen empfanden, so erstreckte sich dasselbe doch nicht auf die Lebenden. Niederstoßend, was ihnen in den Weg kam, versperrten sie die Stadt mit Strömen von Blut.*[1]

---

[1] *Flavius Josephus: Der jüdische Krieg. VIII, 5.* marixverlag GmbH, Wiesbaden 2012.

Titus ließ die Schriftrolle sinken. Nachdenklich rollte er sie wieder zusammen und legte sie zurück. Josef wagte nicht, etwas zu sagen. Endlich räusperte sich der Caesar. „Der Sturm der Oberstadt, nicht wahr? Du warst doch gar nicht dabei. Wie kannst du ihn so genau schildern?"

„Tribun Nicanor beschrieb mir, wie er seine Syrer erlebte. Sie waren durch nichts aufzuhalten."

Der Caesar nickte. „Ja, ihr Judenhass ist legendär. Deshalb standen sie bei diesem letzten Angriff des Krieges weit vorn. Ich hoffe nur, dass du die Verbrechen der jüdischen Empörer genauso anschaulich schilderst. Und berichtest, dass ich die Zerstörung von Stadt und Tempel immer verhindern wollte."

„Wer wüsste das besser, als wir beide, Herr. Trug ich nicht Tag und Nacht deine Botschaft vor die Mauern Jerusalems?" Josef zögerte. Dann fasste er Mut. „Ich denke darüber nach, meine Erlebnisse zu veröffentlichen. Die Grausamkeit der Schlacht am Schicksal Einzelner aufzuzeigen und dem Leser zugleich zu erklären, wie es so weit kommen konnte."

Titus fand das eine gute Idee. „Wer, wenn nicht du, sollte ein solches Werk verfassen? Du kennst beide Seiten, hast Kunde aus erster Hand. Du warst dabei, als jüdische Aufrührer sich gegen den Kaiser erhoben, kannst bezeugen, dass Rom diesen Krieg nicht wollte – und welchen Zwängen ich als Feldherr gehorchte. Lebendige Worte hierfür zu finden, scheint dir keine Mühe zu bereiten. So sei es denn. Meine Schreiber werden dich mit Zahlen und Berichten versorgen." Titus fasste Josef an den Oberarm, um den folgenden Worten Nachdruck zu verleihen. „Ich wünsche, dein erster Leser zu sein. Wie du schon sagtest:

der Calamus richtet zuweilen mehr Schaden an, als ein scharfes Schwert."

Der hatte verstanden: „Es ist mir eine Ehre, dein Urteil zu hören", verbeugte er sich.

Titus zog den Stuhl mit der Lederlehne vom Schreibtisch heran und ließ sich hineinfallen. „Aber deshalb bin ich ja gar nicht hier." Er bedeutete Josef, sich auf das Feldbett gegenüber zu setzen. Der nahm auf der Kante Platz. Titus schaute zum Zelteingang, senkte die Stimme wie bei einem Treffen von Verschwörern und raunte: „Ich bringe Nachricht von unseren Frauen. Sie sind auf dem Weg hierher."

Josef brauchte einen Augenblick, um zu begreifen. „Königin Berenike kommt? Und Sadah begleitet sie?"

Der Caesar grinste wie ein Straßenjunge, dem es gelungen ist, Honigkuchen zu stibitzen. „Genau. Und es ist ihre Idee. Für Außenstehende wird sie versuchen, die Freilassung jüdischer Gefangener zu erreichen. Das ist kein Problem, wir haben ohnehin zu viele von ihnen. In Wahrheit kann sie es nicht erwarten, mir zu meinem Sieg zu gratulieren." Josef hatte da so seine Zweifel. Titus hielt das Land der Juden in seiner Hand. Möglich, dass Berenike sich nach ihm sehnte, aber gewiss eilte sie zugleich so schnell herbei, um ihrem Bruder, Herodes Agrippa II., sein wankendes Reich zu sichern. Er war König der Juden von Roms Gnaden – warum sollte der neue Kaiser den niedergeworfenen Aufstand nicht nutzen, um das Land gleich selbst zu regieren? Doch diesen Gedanken behielt er lieber für sich.

Erneut schaute sich Titus um, als sei er auf der Suche nach einem versteckten Lauscher. „Es gibt da nur ein Problem.

Berenike ist die Schwester des Königs von Judäa. Sie kann nicht mit mir vor aller Augen den Fall des Tempels feiern oder die Zerstörung ihrer glanzvollsten Stadt. Das würde ihrem Ansehen bei euch schaden und meinem in Rom. Es gibt ohnehin schon Gerede. Aber ich habe die Lösung gefunden: Du lädst uns beide ein." Josef machte wohl ein Gesicht, als ob es in der Wüste schneit, denn der Caesar lachte laut auf bei seinem Anblick. „Ich habe mir alles genau überlegt", erläuterte er. „Du gibst ein privates Fest zu Ehren des Wiedersehens mit deiner Frau. Dazu lädst du eure beiden Gönner, Berenike und mich. Und, damit das Ganze keinen Argwohn erregt, Tiberius Alexander als den, der eure Ehe geschlossen hat. Er kann sich ja unter den Gefangenen eine schöne Jüdin suchen, die ihm den Abend angenehm macht. Sie wird nicht dazu kommen, über das Erlebte zu reden." Das Gesicht des Caesar verhärtete sich kurz.

Josef begriff, dass sein Fest das Letzte sein würde, das diese Jüdin erleben sollte. Er versuchte, Zeit zu gewinnen. „Eine prächtige Idee, Titus. Damit wären alle zusammen, die damals in Alexandria dabei waren. Ich nehme an, wir ziehen uns später zurück und lassen dich mit Berenike allein?" Sein Gegenüber bestätigte das vergnügt.

„So unbändig ich mich auf solch ein Wiedersehen freue, fürchte ich doch, als Gastgeber überfordert zu sein. Mir fehlen das Haus, in das ich so hohe Gäste einladen kann, die Sklaven oder Diener, die ihnen ihre Wünsche von den Augen ablesen, und vor allem das Geld, solch ein Fest zu bestreiten." Der Caesar winkte ab. „Spiel nicht den Einfältigen, Josephus. Darum kümmere ich mich. Meine Schreiber haben den Auftrag bekommen, ein geeignetes Haus für dich und deine Frau zu finden und schnell wieder herrichten zu lassen. Die Vorratskammer wird aus meinen Beständen gefüllt. Und was die Sklaven und Diener angeht – da habe ich eine weitere Idee." Titus erhob sich und nahm seinen Helm vom Schreibtisch. „Marcus Quintus!", rief er laut. Der Centurio der Prätorianer trat ein, schlug die Faust auf die Brust und schaute, einen Befehl erwartend, den Caesar an.

„Dieser Jude hier war mir bei der Belagerung ein treuer Diener. Ich bin entschlossen, ihn dafür zu belohnen. Wir gehen jetzt zum Tempel. Da dort Tausende Gefangene lagern, ist das nicht ungefährlich. Du wirst weitere Männer zu unserem Schutz brauchen. Ach, und sende einen Boten an Tiberius Alexander. Er soll uns auf der Brücke am Xystos erwarten. Wir gehen los, sobald deine Männer bereit sind." Der Centurio schlug seine Faust an die Brust und verließ das Zelt.

Josef hatte sich mit dem Caesar erhoben. Ihm war das Ganze unangenehm. Nicht nur, weil ihn die Freizügigkeit des Titus irritierte. Der ließ ihm ein Haus einrichten, während seine Offiziere in Zelten schliefen! Weitaus mehr schreckte ihn der Gedanke an die gefangenen Juden, die am Tempel auf Tod und Sklaverei warteten. Sie würden ihre vom Hunger gezeichneten Körper zu ihm drehen und ihn aus stumpfen Augen anstarren. Und er wird ihre stumme Anklage hören: „Da läuft er, der Verräter. An der Seite des Mannes, der den Tempel zerstörte."

Sein Blick fiel auf das gegenüberliegende Feldbett. „Verzeih Titus, aber so raffiniert dein Plan ist, es liegt ihm ein riesiger Stein im Weg: Was ist mit Tribun Nicanor? Er ist der Bruder meiner Frau, ich müsste auf jeden Fall auch ihn einladen. Und damit wäre der Vorteil der Diskretion dahin."

Der Caesar winkte ab. „Ist geklärt. Ich schicke ihn und seine Reiter zurück nach Syrien. Sie bewachen fünftausend gefangene Juden. Sobald er die auf dem Sklavenmarkt in Damaskus übergeben hat, ist sein Dienst als Tribun beendet."

Titus blickte ungeduldig zum Eingang des Zeltes, aber von Marcus Quintus Leuten war nichts zu hören. Er räusperte sich. „Willst du gar nicht wissen, was ich dir als Lohn für deine Dienste zugedacht habe?" Es war eine rhetorische Frage, denn er beantwortete sie sich gleich selbst. „Ich bot dir mehrfach an, aus den Trümmern Jerusalems zu nehmen, was dir beliebt. Und du hast jedes Mal geantwortet, nichts gäbe dir im Unglück der Stadt süßeren Trost, als die persönliche Freiheit deiner Mitbürger. Du wirst einsehen, dass ich die nicht alle gehen lassen kann, aber ich werde dir einige von ihnen heute zum Geschenk machen. Wähle sie aus und verfüge über sie. Verkaufe sie, behalte sie als Diener oder Sklave, entlasse sie in die Freiheit. Deine Sache. Du sollst wissen, wie teuer du mir bist, und jeder wird sehen, dass es sich lohnt, seinem Feldherrn in Treue und Loyalität zu folgen."

Josef konnte nicht fassen, was ihm Titus da anbot. „Das ist ... äußerst großherzig", stammelte er. „Mögen es dir Roms Götter lohnen."

Der Caesar schlug ihm mit der flachen Hand auf die Schulter. „Ach komm. Du hast Berenikes Verbindung mit mir den Segen deines Herrn gegeben. Da werde ich mich ein wenig dankbar zeigen dürfen."

Josef schloss kurz die Augen, dann stellte er mutig die sich aufdrängende Frage: „Wie viele Juden sind ein wenig?"

Titus blieb ihm die Antwort schuldig. Er eilte nach draußen, als er von dort Marschgeräusche vernahm. Marcus Quintus ließ seine Erste Centurie vor dem Zelt halten. Achtzig Prätorianer, die jeden Aufruhr im Keim ersticken würden. Sie nahmen den Caesar und seinen Begleiter in ihre Mitte und marschierten durch das Osttor des Lagers zum Tempel. Titus hüllte sich den Weg über in Schweigen, und so gab sich Josef ganz dem Schmerz um die zerstörte Oberstadt hin. Die meisten Häuser waren in Brand gesetzt worden, Asche bedeckte den Marmor der Gassen. Die Tore zu den Palästen der Reichen standen offen. Nach den Plünderungen gab es nichts mehr, was sie hätten schützen können. Ein von den Bergen fallender Wind trieb zwar den Leichengeruch aus den Straßen, brachte aber Wolken von Staub mit sich. Er entstand beim Aufprall der Steine, die Gefangene aus der Stadtmauer brachen. Josef schaute im Laufen nach links und rechts. Er wollte den Anblick der Villen, Plätze und öffentlichen Gebäude fest in seinem Gedächtnis bewahren. Denn schon bald würde ihn nichts mehr an die Stätten seiner Kindheit erinnern: Der Caesar hatte angeordnet, die Stadt zu schleifen. Samt des Tempels. Nur die drei gewaltigen Türme am Palast des Herodes würden stehen bleiben – zur Mahnung, dass Rom selbst stärkste Mauern bezwingt.

Sie erreichten den Xystos. Ihre Kolonne überquerte die Brücke und machte dem Caesar den Weg zum Tempelareal frei. Alexander erwartete sie am Tor. Hier weihte Titus seinen Vertrauten in den Plan für die kleine Feier ein. Der schaute kurz verdrießlich drein – aber die Aussicht, sich gleich eine schöne Jüdin aussuchen zu können, die ihm für den Abend und die Nacht des Festes gehören würde, machte ihm die Sache dann doch angenehm. Zu dritt gingen sie zum Tempel. Im Hof der Priester saßen Tausende Juden rund um den Opferaltar, auf dem hoch oben die Feldzeichen der Legionen den Sieg Roms verkündeten. Aber Josef hatte keinen Blick für sie. Er schaute entsetzt auf das Heiligtum. Die Platten aus Gold, die einst jeden im Licht der Sonne blendeten, waren fort. Ruß lag auf dem weißen Marmor, Lachen getrockneten Bluts bedeckten den Mosaikfußboden davor. Kein Vorhang schützte mehr das Allerheiligste, gaffende Römer gingen darin ein und aus. Die Wohnung des Herrn war geschändet.

Der Lagerpräfekt der V. Legion kam auf den Feldherrn zu. Er fragte, wie mit den Gefangenen zu verfahren sei, die man seit dem Sturm auf die Oberstadt gemacht habe. Titus forderte ihn auf, die ansehnlichsten für den Triumph in Rom auszuwählen. Ansonsten solle er alle, die älter als siebzehn sind, in die Bergwerke Ägyptens senden. Wer dafür ungeeignet sei, werde in die Provinzen verschenkt. Die bräuchten bei den Spielen zu Ehren seines Sieges Juden, um sie durch wilde Tiere oder das Schwert sterben zu lassen. Knaben von weniger als siebzehn und Mädchen unter zwölf Jahren kämen auf den Markt. Er solle sie der Kolonne zuteilen, die schon bald nach Damaskus geht. Der Caesar ließ seinen Blick über die Gefangenen schweifen. Dann teilte er dem Präfekten mit, dass Josephus in seinem Auftrag an die fünfzig Juden und bis zu zweihundert Frauen und Kinder aussuche. Die sollte er abseits sammeln. Der Offizier salutierte. Titus drehte sich zu Alexander. „Du hilfst ihm?"

Der grinste ihn an. „Die Männer kennt er besser als wir. Aber ich schaue mich schon einmal bei den Frauen um."

Der Lagerpräfekt war ein meisterhafter Organisator. Der Hof der Priester hatte drei Tore an jeder Seite. Zu den beiden näher liegenden ließ er seine Soldaten je ein Spalier bilden. Ihre Gassen endeten seitlich der Treppe zum Heiligtum, auf die er sich mit Josef stellte. Dann trieben Aufseher die Juden in langer Reihe auf sie zu. Der Präfekt schickte die meisten der Unglücklichen nach rechts: in die Sklaverei. Hielt er sie für jünger als siebzehn, beorderte er sie in die Gasse daneben. Die Makellosen für den Triumph und die Geschenke an die Provinzen sandte er zu den beiden Toren links von ihm. Diese Prozedur war effektiv – und eine Pein für Josef. Er musste jedem Einzelnen seiner Mitbürger ins Gesicht schauen und in der Dauer eines Lidschlags entscheiden, ob er ihn rettete oder der Sklaverei überließ. Schmerzlicher als dieser Druck war der Hass, der ihm aus ihren Augen entgegenschlug. Die meisten kannten ihn. Als Priester der ersten Reihe. Als Statthalter und Heerführer von Galiläa. Als Verräter. Und er musste die giftigen Blicke erwidern. Die Menschen anschauen, um ihr Schicksal zu bestimmen. Er sprach dabei kein Wort. Erkannte er Freunde seiner Familie, einen Priester, der überlebt hatte, oder einen alten Kameraden, legte er seine Hand auf die Schulter des Präfekten, und der schickte die Leute an die Rampe zum Opferaltar. Nur ein einziges Mal stellte er einem Gefangenen eine Frage. Das war sein Bruder Matthias, den er gleich zu Beginn entdeckte. „Ist Vater bei dir?", fragte er.

Der schüttelte den Kopf: „Er starb. Aus Kummer über dich."

Josef war überrascht, wie schnell sich der Hof leerte. Zum Schluss standen allein seine fünfzig Gefangenen vor dem Opferaltar, bewacht von zwei Dutzend Legionären. Zügig ging der Präfekt dann mit ihm zum Großen Tor. Im Hof dahinter entdeckten sie Alexander. Vier Soldaten bahnten ihm den Weg durch die dichte Menge der hier festgehaltenen Frauen und Mädchen. Er forderte einige auf, ihre Simlah vom Haar zu streifen, mit anderen sprach er kurz. Als er Josef an der Treppe stehen sah, kehrte er zu ihm um. „Enttäuschend", fasste er seine Suche zusammen. „Die meisten sehen aus, als hätten sie sich vom Totenlager erhoben. Dürr, mit eingefallenem Gesicht und stumpfem Blick. Zittern, wenn ein Römer sie nur berührt. Titus meint es gut, aber ich komme besser ohne Begleitung."

Der Präfekt wiederholte inzwischen die Prozedur der Männer. Seine Soldaten bildeten Gassen von den vier Toren des Hofes bis vor die Treppe, auf der er stand. Aber er entschied nicht mehr für jede einzeln, wohin sie gehen sollte. Die Frauen wurden in Viererreihen langsam an ihm vorbei zum Südtor geführt. Wer es erreichte, ging in die Sklaverei. Kleine Mädchen mit flacher Brust und Gefangene, die das Mitleid der Zuschauer in den Arenen erregen sollten, sortierte er aus, indem er mit dem Stab auf sie zeigte. Soldaten zwangen sie durch eines der anderen Tore. Die von Josef Ausgewählten schickte er über die Treppe in den Hof der Priester, den sie zuvor nie betreten durften. Das Ganze lief längst nicht so geordnet ab wie bei den Männern. Viele Frauen schrien, wenn man sie von ihren heulenden Mädchen trennte. Um Gnade bettelnd drängten andere zu Josef, nachdem sie sahen, dass er Mütter und Töchter gemeinsam in den Hof der Priester schickte. Das waren die Frauen der fünfzig Männer, die dort warteten, oder Witwen und Waisen von Freunden

Roms, die Opfer der Empörer wurden. Soldaten stießen die Verzweifelten zurück. Langsam leerte sich der Hof.

Auf einmal stockte Josef der Atem, sein Herz raste. Er traute seinen Augen nicht: In der Reihe vor ihm stand Leila. Und neben ihr Jakobs Freundin Rahel. „Halt!", rief er dem Präfekten zu und schlug ihm ein wenig zu fest auf die Schulter. Der gab seinen Soldaten das Zeichen, den Marsch der Frauen zu stoppen. Rahel war sichtlich erleichtert, dass er sie entdeckt hatte, aber Leila blickte wie abwesend vor sich hin. „Die beiden da in der Mitte, mit der blauen und der roten Simlah. Schickt sie in den Hof der Priester!", fuhr er die Soldaten an.

Die schauten auf ihren Präfekten. Der hob zustimmend den Kopf. „Können wir dann weitermachen?", fragte er genervt. Josef bestätigte es ihm glücklich. Sie lebt. Danke, Herr.

„Wer sind die beiden?", erkundigte sich Alexander.

„Oh, die mit der roten Simlah ist Rahel. Gefährtin des Bruders der anderen. Leila wiederum kenne ich seit der Kindheit."

Der Stellvertreter des Titus sah ihnen nach. „Sie scheinen längst nicht so dürr wie die übrigen. Eher wohlgenährt."

Josef zuckte mit den Achseln. „Mag sein, sie verfügten über geheime Vorräte. Rahel führte eine Taberna. Und Leila lebte zum Schluss im Palast des Hohepriesters Matthias."

Alexander sah ihn überrascht an. „Hieß es nicht, beim Überfall auf sein Haus seien alle Bewohner getötet worden?"

Josef stimmte zu. „So sagten es die Priester, die wir im Tempel befragten. Ich war sicher, Leila nie wiederzusehen. Und dann steht sie hier."

Alexander schien nachdenklich. „In der Tat: Das ist seltsam."

Sie könnte wissen, wo der Ring abblieb!

Endlich waren alle Frauen aus dem Hof. Der Präfekt ließ Titus informieren, dass die Gefangenen aufgeteilt wurden, und verabschiedete sich. Er müsse ihren Abmarsch überwachen. Josef war das recht. Er konnte es kaum erwarten, Leila zu sprechen. Gemeinsam mit Alexander ging er zurück zum Hof der Priester. Im selben Moment kam der Caesar aus dem Tempel. Er blieb auf der Treppe zum Heiligtum stehen und schaute auf die im Hof wartenden Juden. Seine Leibwache sorgte dafür, dass sie dem Feldherrn nicht zu nahe kamen. Josef und Alexander eilten zu ihm. Titus schien bester Laune. „Na, war deine Suche nach Gesellschaft erfolgreich?", begrüßte er den Oberbefehlshaber.

Der grinste. „Eine schwierige Mission, die du mir da zugemutet hast, Herr. Die Frauen kamen zuletzt nicht so recht dazu, ihr Äußeres zu pflegen. Aber ich erkenne Perlen, selbst wenn sie verhüllt sind."

Der Caesar zwinkerte ihm zu. „Das bereden wir später. Jetzt will ich die Juden erst einmal vom Hof bekommen. Josephus, du übersetzt." Titus trat nach vorn, an den Rand des Treppenabsatzes. Er hob die Arme, um sich Aufmerksamkeit zu verschaffen. Dann wandte er sich an die Gefangenen. „Ich stehe hier als der Feldherr, der den frechen Aufstand von euch Juden gegen Rom niederwarf. Jetzt liegen das Heiligtum und die Stadt in Schutt und Asche. Doch daran bin nicht ich schuld. Es waren eure Empörer, die ihre Mitbürger mordeten, Paläste und

Hütten plünderten und den Tempel schändeten. Die dafür sorgten, dass sich euer Herr von seinem Volke abwendete und es mir zur Züchtigung überließ. Ich habe euch immer vor den furchtbaren Folgen des Aufruhrs gewarnt. Durch den Mund des Mannes, der in diesem Moment ebenfalls für mich spricht. Auf sein Flehen hin versuchte ich, die Bürger, die Stadt, den Tempel zu schonen. Aber ihr wart nicht in der Lage, die Raubgier der Zeloten zu zügeln. Erst die Faust Roms gebot ihrem schändlichen Tun Einhalt. Doch selbst zum Schluss, als der Tempel schon gefallen war und die Unterstadt in Flammen stand, fanden die Räuber eine Zuflucht in eurer Oberstadt. Da war es aus mit meiner Geduld und ich schwor mir, keinen Aufständischen mehr zu schonen. Und alle, die sich nicht dazu aufrafften, gegen ihre Peiniger aufzustehen, in die Sklaverei zu senden. Aber Josephus, der ehemalige Priester der ersten Reihe, bat mich, wenigstens an einigen von euch Milde zu üben. Und weil er seinem Herrn und mir treu zur Seite stand, mache ich ihm dieses Geschenk: Zweihundertfünfzig der Gefangenen eures Volkes. Ob er euch verkauft, wie es jeder Römer täte, als Sklaven behält oder gar in die Freiheit entlässt, ist allein seine Entscheidung. Er wird sie jetzt treffen."

Titus stellte sich neben Alexander und bat Josef nach vorn. Der schaute in die Gesichter der Männer und Frauen am Opferaltar. Er sah Ablehnung, Hass, Trauer – und nur wenig Hoffnung. Verstanden sie nicht, dass er einer der ihren war? „Viele von euch kennen mich, aber ich sehe, dass sie sich fragen, wer ich bin. Ein Jude, ein Römer? Ein Verräter, der zum Feind übergelaufen ist? Der Feigling, der sich in Jotapata nicht das Leben nahm? Oder doch der

Bruder, der Mitbürger, der Freund aus Kindertagen?" Er suchte den Blick von Leila, fand sie aber nicht. „Vor einem Menschenleben lehrte ein jüdischer Prediger vor unserem Tempel: Gebt dem Kaiser, was des Kaisers ist, und Gott, was Gottes ist. Das bin ich. Einer, der die irdische Herrschaft Roms erkennt und die himmlische Macht des Einzigen. Er allein darf über mich richten. Und sein Urteil ist es, das ich fürchten muss, nicht das eure. Wie könnte einer, der nach den zehn Geboten lebt, den Bruder, den Freund, den Nachbarn, ihre Frauen und Töchter in die Sklaverei schicken? Ihr seid frei, könnt gehen, wohin es euch beliebt. Nur bleiben dürft ihr nicht. Da der Eine sich vom Tempel, der Stadt, seinem Volk abgewandt hat, sieht der Caesar keinen Grund, Jerusalem zu schonen. Er wird die Tochter Zions dem Erdboden gleich machen, damit sie sich nie wieder gegen Rom erhebe. Wer von euch mir dienen mag, der bleibe stehen. Doch alle anderen müssen die Stadt jetzt verlassen."

Die zweihundertfünfzig sahen sich ungläubig an. Nicht einer rührte sich. Bis der Bruder des Josef sich umdrehte und auf die Postenkette zuging. Die Soldaten, die kein Hebräisch verstanden, schauten zu Titus. Der wedelte leicht mit der Hand. Darauf traten sie zur Seite. Matthias ging aus dem Hof der Priester, ohne sich umzusehen. Zögernd folgten ihm weitere Männer, dann die Frauen und Töchter. Bei manchen sah Josef Dankbarkeit im Blick, einige Mütter legten die Hand auf ihr Herz, wenn er sie ansah, aber niemand kam zu ihm. Titus verfolgte den stummen Auszug der Juden mit einem leichten Stirnrunzeln. Letztlich blieben nur drei Männer, eine Mutter mit ihren beiden Töchtern und zwei weitere

Frauen auf dem Platz. Eine mit roter und eine mit blauer Simlah über dem Haar.

„Bei Venus", rief Titus plötzlich aufgeregt, „jetzt haben wir doch Alexanders Begleitung für das Fest vergessen! Sag mir, wer es ist, ich werde sie zurückholen lassen!"

Der winkte ab. „Das ist nicht notwendig. Sie steht ja vor uns."

Überrascht sah Josef ihn an. „Wen meinst du?"

Der Ägypter grinste verschlagen. „Deine Freundin Leila. Ich freue mich auf ihre Erzählungen vom Leben im Haus des Matthias. Zumal unser kleines Fest eben dort stattfindet. Da es schon geplündert war, ist es eines der wenigen, die beim Sturm der Oberstadt heil blieben. Der Caesar stimmt sicher zu, es für die Dauer unseres Aufenthaltes dir und deiner reizenden Frau Sadah zur Verfügung zu stellen." Alexander schaute auf Titus, der war einverstanden. „Da das geklärt ist, solltest du dich um Diener kümmern. Die stehen womöglich da unten."

Josef wusste bei dem Mann nicht, woran er war. Die Wahl von Leila, das stand fest, war eine kleinliche Rache für seine List in Alexandria, als er Sadah aus dem Schlafzimmer des Präfekten weggeheiratet hatte. Aber was sollte das jetzt mit dem Palast des Matthias? Wollte er ihnen etwa einen Gefallen tun? Weil er wusste, dass Leila, Sadah und er dort einmal glücklich waren? Er ging mit Alexander zu den Männern, die im Hof geblieben waren. Zwei Freunde von früher und Levi, ein Priester der ersten Reihe. Den würde er als Schreiber beschäftigen. Die beiden anderen stimmten zu, sich um Garten und Hof zu kümmern. Die drei Frauen waren Esther, die Witwe des Ratsschreibers, und ihre jungen

Töchter Maria und Magda. Sie hatten einst selbst Diener, wollten jetzt aber in Haus und Küche ihr Bestes geben. Da ihnen niemand mehr beistand, war das ihre einzige Chance zu überleben.

Josef sandte die sechs zum Palast des Hohepriesters, seine Ankunft vorzubereiten. Er bedankte sich bei Titus, der sich zufrieden verabschiedete, dann ging er zu Rahel und Leila. Er hatte gehofft, Alexander würde den Caesar begleiten, aber der stellte sich mit vor der Brust verschränkten Armen an seine Seite. Das störte ihn. Doch der Mann stand im Rang weit über ihm, er konnte ihn schwerlich wegschicken. Da sah er, dass Rahel ihm mit den Augen fast unmerklich Zeichen gab. Sie schaute erst zu Leila und deutete dann zum Opferaltar. Beim zweiten Mal verstand er endlich: „Alexander, darf ich dich einen Augenblick mit der entzückenden Rahel allein lassen? Ich müsste die Umstände einer Einladung erklären …"

Dem Oberbefehlshaber war es recht, zumal ihn die junge Wirtin mit einem verschämten Lächeln belohnte. Josef nahm Leila an den Arm und ging mit ihr auf die andere Seite des Opfersteins. Er spürte, dass ihr etwas auf dem Herzen lag, aber sie sagte keinen Ton, wirkte seltsam abwesend. Er suchte ihre Hand, und sie ließ sie ihm. Da war sie wieder, diese Vertrautheit, die er so lange vermisst hatte. Sie blieben hinter der Rampe stehen. „Ich habe dich für tot gehalten", begann er.

„Und du warst es für mich", antwortete sie traurig und zog ihre Hand wieder fort.

Er schluckte. „Was meinst du damit? Ich stand doch täglich vor den Mauern Jerusalems. Hat dir das niemand berichtet?"

Sie blickte an ihm vorbei. „Schon. Aber als Jotapata fiel, hieß es, sämtliche Verteidiger seien in den Tod gegangen. Ich trauerte Tage um dich. Dann kamen Gerüchte auf, dass du unser Volk verraten hast und zu den Römern übergegangen bist. Ich wollte es nicht wahrhaben. Aber plötzlich erschienst du an der Seite des Titus vor den Toren der Stadt. In Tunika, als einer der ihren. Da habe ich dich gehasst." Ihre Augen wurden feucht. „Ich habe dein Handeln erst vorhin verstanden. Als du davon sprachst, dass die himmlische und die irdische Macht zwei Seiten einer einzigen Münze sind. Aber ich billige es nicht."

Josef schluckte betroffen. „Und doch bist du nicht fortgegangen", flüsterte er. „Warum?"

Sie blickte ihn aus ihren feucht schimmernden, braunen Augen an. „Weil es mir der Herr so befahl."

Die Antwort verstörte ihn. Doch sie lieferte ihm in seiner aufkommenden Verzweiflung einen gewichtigen Einwand. „Demnach möchte er, dass du mich nicht aufgibst. Habe Vertrauen und du wirst sehen, dass ich mit all meinen Taten nur seinem Willen folge." Zu seiner Erleichterung lächelte sie. „Sicher nicht so, wie ich. Was ist das für eine Einladung, deren Umstände du mir erklären wolltest?" Der Wechsel des Themas verwirrte ihn.

„Ja. Weißt du, ich bin dem Titus einen Gefallen schuldig", stammelte er. „Ihm und der Königin Berenike. Er möchte, dass ich eine kleine private Feier für die beiden gebe, zu der außerdem Alexander gebeten wird. Für den fehlte eine Begleitung – er sollte sie sich heute unter den Gefangenen auswählen." Leila sah ihn verständnislos an. „Er entschied sich für dich."

Ihre Gesichtszüge verhärteten sich. „Ich soll mit einem Heerführer des Feindes seinen Sieg feiern? Niemals!"

Josef verzweifelte innerlich. „Versteh doch Leila. Er ist der Stellvertreter des Caesar. Einer der mächtigsten Männer Roms. Und er besteht darauf, mit dir auf dem Speisesofa zu liegen. Keine Ahnung, warum. Ich lasse mir etwas einfallen, um dich vor ihm zu schützen!" Er schaute ihr flehend ins Gesicht.

Sie bekam erneut diesen abwesenden Blick. „Ich werde seinen Wunsch erfüllen", sagte sie emotionslos. Dann, als sei sie froh, etwas Unangenehmes hinter sich gelassen zu haben, nahm ihr Antlitz wieder die bekannten weichen Züge an. „Das heißt, du bist ebenfalls dabei. Wer liegt dir denn zur Seite?"

Es war die Frage, vor der er sich die ganze Zeit gefürchtet hatte. „Nicanors Schwester Sadah. Meine Frau."

Kaum waren Josef und Leila fort, bot Rahel Alexander einen Einblick in ihre Kunst der Verführung. Anmutig streifte sie die rote Simlah herunter, sodass ihr schwarzes Haar offen auf die schmalen Schultern fiel. Sie schlug die Augen sittsam nieder und strich sich in kindlicher Unschuld mit der Hand über die Brust, als sei da eine Falte im Kleid, die sie glätten müsste. Sie kannte ihre Wirkung auf ältere Männer. Und dieser hier lohnte den Aufwand: Er war mächtig, ein Freund des Caesar und sicher wohlhabend.

Alexander wiederum wusste, was Frauen wollen, die sich ihm auf diese Art nähern. „Du starrst ständig auf meinen Ring", sagte er. „Gefällt er dir?"

Rahel sah den Römer voller kindlicher Unschuld an. „Seit ich ihn das erste Mal sah."

Die Antwort überraschte ihn. „Das erste Mal? Wir sind uns doch nie begegnet."

Das Mädchen stellte sich dicht vor ihn und strich behutsam mit einem Finger über das Schmuckstück. „Wir nicht. Der Ring und ich schon. Obwohl er da blaue statt gelber Steine trug."

Alexander lachte. „Du sahst ihn bei eurem Hohepriester Matthias. Man erzählte mir bereits, dass er eine ähnliche Kostbarkeit besaß."

Rahel setzte ein Lächeln auf und öffnete dazu leicht ihre Lippen. „Aber nein", widersprach sie. „Das war ja erst nach seinem Tod. Ich sah den Ring bei meiner Freundin Leila."

Jerusalem

im zweiten Regierungsjahr des Kaisers Vespasian (70 n. Chr.)

Marcus Quintus sehnte sich nach Rom. Dort war seine Aufgabe klar und überschaubar. Die Leute hatten Respekt vor ihm und seiner Uniform. Sie wichen von Weitem aus, wenn sie einen Trupp Prätorianer über den Platz kommen sahen. Indes lauerte hier in der gefallenen Stadt der Juden überall Gefahr. Fünf Tage war der Sieg Roms schon alt, aber die Suchtrupps holten nach wie vor Feinde aus ihren Verstecken in den Höhlen unter der Oberstadt und dem Tempel. Und dem Caesar gefiel es, ausgerechnet hier die Feier eines Juden zu besuchen. Unsichtbar verteilen solle er seine Leute. In diesen engen Gassen! Er hatte sein Bestes gegeben. Kleine Trupps in die Ruinen der Nachbarhäuser befohlen. Bogenschützen auf die Dächer geschickt. Die Eingänge zum Viertel mit Posten von je zehn Mann besetzt. Jeden Lieferanten und seine Waren aufs Strengste durchsucht. Aber in die Villa selbst durfte er nicht. Obwohl da jüdische Diener umherliefen. Und man ihm nicht einmal sagte, wer denn alles als Gast erwartet wurde. Ein Albtraum für den Führer der Leibwache.

Es näherte sich eine geschlossene Sänfte, getragen von acht Sklaven. Vor ihr her schritt ein Mann in rotem

Umhang, gefolgt von vier Soldaten. Marcus Quintus trat auf die Gasse, um den Aufzug zu stoppen. Und stellte sich schleunigst wieder an die Seite. Der Offizier war Tiberius Alexander. Er schlug den Arm an die Brust und nahm Haltung an. Der Oberbefehlshaber beachtete ihn gar nicht. Die vier Soldaten, alles Ägypter, bezogen Posten am Tor der Villa. Neben den Prätorianern, die er dort zur Vorsicht lagern ließ. Er sah der Sänfte nach, die samt Alexander zwischen den Sträuchern verschwand. Wen sie wohl verbarg? Oder was? Aber Gäste zu überprüfen war ihm vom Caesar streng verboten worden. Und er hatte keine Lust auf Dienst in Britannien. Nur Sehnsucht nach Rom.

Die Sklaven setzten ihre Sänfte vor dem Eingang zur Villa ab. Zwei verhüllte Frauen stiegen aus. Alexander schickte die Träger zurück in die Gasse, dann gingen die drei zum Palast des Hohepriesters, der für heute das Haus des Josephus war. Leila hatte sich mit Esther und ihren Töchtern hinter dem Gastgeber des heutigen Abends aufgestellt. Es störte sie nicht, bei den Dienern eingereiht zu sein. Der Platz neben Josef da vorn auf dem Treppenabsatz der Villa stand dessen Frau zu. War allein Sadah vorbehalten. Er hatte ihr von der spontanen Heirat in Alexandria berichtet, von der Notlage, in der sich ihre Freundin damals befand. Seitdem, so versicherte er ihr, hätten sie sich nicht wieder gesehen, da Sadah von jenem Tage an zum Hof der Berenike gehörte. Sie hatte sich einzureden versucht, ihr sei das alles egal. War es aber nicht. Sie fürchtete sich vor dem Wiedersehen der drei und fragte sich, warum. Hatte sie Angst, dass da mehr war zwischen den beiden, als Josef ihr erzählt hatte?

Am Fuße der Treppe hoben die Frauen ihren Schleier auf. Leila kannte Berenike vom Sehen aus den Zeiten, als sie sich mit ihrem Bruder, König Herodes Agrippa II., dem Volk zeigte. Eine edle Frau, deren Adel aus jeder Pore drang. Sadah jedoch hätte sie nicht wiedererkannt. Die Freundin war eine Schönheit geworden. Das früher pausbäckige Gesicht hatte feine Züge angenommen und wurde von kaum zu bändigendem schwarzen Haar eingerahmt, das in Locken bis auf die Schultern fiel. Dunkle gezupfte Augenbrauen lenkten den Blick auf große braune Augen über einer geraden Nase. Langsam schritt Sadah hinter der Prinzessin und Alexander die Treppe zum Eingang empor. Ihre rote Stola ließ eine grazile Figur erahnen. Wie oft waren sie als Kinder über diese Stufen gestürmt, hinaus in die Stadt, die voller Wunder war. Paläste, das Theater, die Straßen aus Marmor. Und der Tempel. Vorbei. Sie beobachtete, wie Josef Berenike als Erste willkommen hieß. Er neigte den Kopf vor der Königin, die sich bei ihm für die Einladung bedankte. Alexander begrüßte er auf römische Art, indem er mit der Hand seinen Unterarm umfasste. Jetzt war Sadah an der Reihe. Josef wirkte verlegen. Wie empfängt ein Hausherr die eigene Frau, wenn er sie bei ihrer Hochzeit das letzte Mal sah? Sie half ihm. Ohne Scheu trat sie heran, umarmte und küsste ihn. Und als sie sich wieder von ihm löste, erkannte sie Leila.

Die stand still im Flur in ihrem schlichten roten Kleid. Das lange schwarze Haar hatte sie nach hinten gekämmt und auf römische Art im Nacken zu einem Knoten gebunden. Josef hatte ihr dazu geraten. Sie blickte schnell auf den Boden, ihr war das alles unangenehm. Sadah ließ die anderen stehen, flog auf Leila zu und schlang ihre Arme um sie. „Du lebst, kleine Dienerin", flüsterte sie. Und schloss die Augen, als ihre Umarmung zögernd und bald innig erwidert wurde. Zwanzig Jahre waren vergangen, doch es herrschte sofort eine Vertrautheit zwischen ihnen, als hätten sie sich erst gestern getrennt. Im Raum entstand ein mitfühlendes Schweigen, als die beiden Frauen fest ineinander verschlungen dastanden.

Josef war der Einzige, der sich erlauben konnte, es zu brechen. Er fasste Sadah behutsam an der Schulter und sagte, dass er in wenigen Augenblicken Titus erwarte. Daher müsse sie jetzt ihre Rolle als Gastgeberin des Abends übernehmen. Wie zur Bestätigung entstand auf der Gasse Unruhe. Der Lärm genagelter Sohlen prallte von den Wänden der Häuser zurück, bis ein kurzes Kommando ertönte. Titus trat durch das Tor. Allein. Seine Leibwache blieb draußen. Josef schritt ihm entgegen. „Sei gegrüßt, Caesar. Ich heiße dich nicht als Hausherr willkommen, denn das bist du ja im Grunde selbst. Dafür als dein Diener, der sich auf einen entspannten Abend unter Gleichgesinnten freut."

Titus grinste. Er war in eine schlichte Toga gekleidet, nichts deutete auf seinen Rang. „Du bist und bleibst ein Wortspieler, Josephus. Zum Glück ist mir klar, dass du es ernst meinst." Der Caesar zwinkerte ihn an. „Ich habe dir ein Gastgeschenk mitgebracht." Er hatte bisher die Arme hinter seinem Rücken gehalten, jetzt holte er eine lederne Rolle hervor, die er dort verborgen hatte.

Josef öffnete sie und wurde blass. „Die Heiligen Schriften! Ich bin sprachlos …"

Titus winkte ab. „Dann schweig. Wir fanden sie im Tempel, man wird dir morgen den Rest bringen. Die Sitten deines Volkes sind dir wichtig, so bewahre sie. Aber jetzt lass mich zu meiner Königin eilen."

Die übrigen Gäste hatten die Szene vom Treppenabsatz am Eingang der Villa aus verfolgt. Leila sah, dass Berenikes Lippen bebten und ihr Farbe ins Gesicht schoss, als Titus auf sie zustürmte. Die Frau liebte den Mann. Womöglich versuchte sie, seine Macht für ihre Ziele zu nutzen. Aber es war Liebe. Sadah als ihre engste Vertraute wusste das sicher. Denn sie beschloss, den beiden einen innigen Moment zu geben: „Wem steht es mehr zu, einen Caesar zu empfangen, als einer Königin? Ich denke, wir Übrigen begrüßen ihn drinnen." Niemand widersprach.

Das Wiedersehen mit Sadah konnte Leila kaum aus ihrer Schwermut reißen. Alles an diesem Fest war falsch. Wie sollte sie an dem Ort feiern, an dem sie geschändet wurde? An der Seite des Alexander, der Zehntausende Juden töten ließ? Mit Titus, der den Tempel zerstörte, und seiner Geliebten, deren Volk er versklavte? Und dazu würde der Mann, den sie heimlich liebte, bei der Frau liegen, die ihr früher die beste Freundin war. Wie sollte sie dieses Mahl überstehen? Zu allem Überfluss hatte sie keine Ahnung von römischen Tischsitten. Das Wort triclinum hörte sie gestern das erste Mal. Da hatte Josef ihr das aus drei Liegen bestehende Speisesofa gezeigt und erklärt, wie man sich darauf legt. Den linken Arm auf das Kissen, damit die rechte Hand frei ist, um die Speisen auf der Tafel zu greifen. Wie umständlich. Wenigstens blamierte sie sich nicht, als sie sich auf römische Art zu Tisch legte. Mit Alexander im Rücken.

Ihr grauste vor diesem Abend, und dennoch war sie hier. Weil Josef sie dringend darum bat und der Herr es so wollte. Es war ihm wahnsinnig wichtig. Er drohte sogar, sie willenlos zu machen und die Feier allein zu bestehen. Sie hatte ihn gefragt, ob das mit dem Ring zu tun habe, den Alexander trug. Das Gegenstück zu dem, den sie unter ihrem Kleid verbarg. Und ob der Römer etwa von der dunklen Kraft beherrscht sei, von der er in der Höhle sprach. Er hatte es ihr bestätigt. Leila atmete tief durch. Sie war zäh. Sie würde diesen Abend überstehen.

Josef hatte die Liegen so aufstellen lassen, dass die offene Seite des Vierecks zur Terrasse zeigte. Über deren schmale Brüstung hinweg weitete sich der Blick auf den Tempelberg. Deshalb gehörte die Liege in der Mitte dem Caesar und der Königin. Den Ehrengästen. Er als Hausherr lag mit Sadah, seiner Frau, zu ihrer rechten Seite, Alexander mit Leila links. Nur der Tisch mit den Speisen stand zwischen ihr und ihm. Josef konnte sich nicht erklären, warum der Präfekt sich unter allen Jüdinnen ausgerechnet sie für dieses Fest auswählte. Er zerbrach sich den Kopf darüber, wie er Leila vor ihm schützen könne. Aber er hatte keine Idee.

Rahel betrat den Raum. Sie brachte einen Krug Mulsum – Wein mit Honig, den man in Rom zu Vorspeisen trank. Jakobs Geliebte würde heute die Gäste bedienen. Der Vorschlag kam von ihr selbst. Da sie aus dem „Halben Schekel" die nötige Erfahrung mitbrachte, hatte Josef freudig zugestimmt. Während Rahel die Becher auffüllte, stellten Esther und ihre Töchter die Vorspeisen auf den Tisch: Eier, Oliven, Früchte. Dazu sauer eingelegte Pilze sowie Muscheln und Linsen, zubereitet vom Koch des Caesar. Ihm fiel auf, dass Leila nur von diesem und jenem kostete. Womöglich waren ihre Gedanken bei all den Juden, die draußen hungerten.

Titus hatte Mühe, seine Rolle als Ehrengast zu spielen. Direkt vor ihm lag Berenike, und er hatte nur Augen für sie. Ihre hochgesteckte Frisur, die zerwühlt werden wollte, der lange Hals, der sich seinem Mund zum Kusse bot, ihre Hüfte, die nach seiner Hand rief. Aber ein Römer hatte die Würde zu wahren, erst recht, wenn er Sohn des Kaisers ist. So suchte er sich abzulenken. Er hob den Becher, um sich nachschenken zu lassen, und wandte sich an Leila. „So froh ich für den Josephus bin, dass er dich und deine Freundin gesund und wohlbehalten wiederfand – wie gelang es euch, der Wut meiner Syrer bei ihrem Angriff auf die Oberstadt zu entgehen?"

Leila ärgerte sich über die Frage. Und wenn sie geschändet worden wäre? Was sollte sie ihm dann antworten? Aber sie riss sich zusammen. „Ihr Jubel, Caesar, war nicht zu überhören, als der Rammbock seine Bresche in die Mauer schlug. Ich rannte im selben Augenblick los und versteckte mich in einer Höhle. Dort blieb ich, bis sich die Soldaten ausgetobt hatten. Am nächsten Morgen verließ ich den Unterschlupf wieder und legte mein Schicksal in die Hände eines Suchtrupps. Bei Rahel war es ähnlich – wir trafen uns erst als Gefangene im Hof der Frauen."

Titus genoss eine Muschel. „Ja, der Fels dieser Stadt scheint völlig durchlöchert. Überall Gänge, Brunnen und Höhlen. Wo genau hast du dich versteckt? Kennen meine Leute den Ort?"

Vorsicht! Alexander darf nicht wissen, wo das Silber liegt.

„Nein, aber da war niemand weiter. Es ist ein kleiner Stollen an den Hängen des Käsemachertals. Matthias ben Theophilos hatte ihn mir gezeigt. Falls ich mal in Not gerate."

Warum erwähnst du ihn? Sei vorsichtig, was du sagst!

Titus wurde hellhörig. „Ist das nicht der Hohepriester, der womöglich das Tempelsilber verschwinden ließ?" Er stellte seine Frage an Alexander, der dem Gespräch gespannt folgte.

„So ist es, mein Caesar", bestätigte der.

„Du hast nicht zufällig etwas davon mitbekommen?", bohrte Titus bei Leila nach. „Man sagte mir, du lebtest bis zum Schluss in seinem Haushalt."

Sie gab sich unwissend. „Jemand brachte das Tempelsilber fort? Kein Jude würde das wagen. Es gehört dem Herrn allein!"

Lass deine Scherze. Konzentrier dich.

„Es stimmt, ich war für Matthias eine Art Schreiber. Aber nur in seinen privaten Angelegenheiten. Ich verfasste Briefe, auf Griechisch oder Aramäisch, machte Botengänge. Doch ich war nicht seine Vertraute in Fragen des Tempels. Ich bin eine Frau."

Dagegen ließ sich schwerlich etwas sagen. Der Caesar bohrte nicht weiter. „Mein Sieg ist leider nur ein halber", erklärte er Berenike. „Zunächst ging es darum, die Empörer unter den Juden zu züchtigen. Das gelang eindrucksvoll. Es gibt keinen Aufstand mehr. Darüber hinaus hoffte ich, die Kosten des Krieges und Neros Schulden aus der Beute zu begleichen. Doch der Tempelschatz ist verschwunden. Niemand weiß, wie. Eine solche Menge Silber lässt sich nicht ohne Zeugen fortschaffen. Mein Vater wird unseren Sieg feiern, mit mir im Triumphwagen durch Rom fahren. Aber er muss dabei seine Enttäuschung verbergen. Ich wollte ihm den Schatz des Tempels überbringen. Als Grundstock einer langen und erfolgreichen Regentschaft. Doch ich habe versagt."

Im Raum war es still geworden. Berenike streichelte mit der Rechten den Arm des Titus, die anderen sahen betreten weg. Der Caesar zuckte mit den Schultern und hob seinen Becher. „Was soll's. Heute wollen wir feiern und nicht den verpassten Gelegenheiten nachtrauern. Ich bin schon gespannt auf den Hauptgang. Ein Trojanisches Schwein. Das wäre was!"

Leila wünschte sich für Josef, dass der Abend Titus in bester Erinnerung bleibt. Daher versuchte sie, den Caesar abzulenken: „Verzeih meine Dummheit, Herr. Aber davon höre ich zum ersten Mal. Was ist denn ein Trojanisches Schwein?"

Titus nahm den Themenwechsel dankbar auf. Während Rahel nachschenkte, schwärmte er von der Spezialität, die er von einem Gelage unter Nero kannte: „Wer sich das ausdachte, ist ein Genie. Man höhlt ein Schwein aus und füllt es mit Würsten und Obst. Dann näht man es wieder zu und dreht es über dem Feuer. In einem Stück. Das knusprige Tier wird aufrecht vor die Gäste gestellt. Ein Meister der Kunst schneidet es auf – und die Würste quellen aus seinem Innern wie einst die Griechen aus ihrem Holzpferd in Troja. Göttlich!"

Der Wunsch des Caesar erfüllte sich nicht. Sein Koch musste für das Hauptmahl mit dem vorlieb nehmen, was sich in Judäa auftreiben ließ: mit Garum verfeinertes Geflügel und Fisch. Es war schon dunkel, als Rahel und ihre Helferinnen den Tisch abräumten und als Nachspeise Trauben, Feigen und Datteln abstellten. Wie verabredet, schickte Josef danach Esther und ihre Töchter fort. Ab jetzt würde einzig Rahel sie bedienen, und selbst das nur, wenn man nach ihr rief. Titus wollte nicht belauscht oder beobachtet werden.

Der Caesar gefiel sich darin, die anderen mit Anekdoten des Feldzuges zu unterhalten. So erzählte er von einem Knaben, der beim Brand des Tempels mit den Priestern auf das Dach geflüchtet war. Er sei nach zwei Tagen zu den römischen Posten hinuntergestiegen und habe um Gnade gebeten. Er sei so durstig. Den Männern tat der Kleine leid und sie erlaubten ihm, Wasser zu holen. Das ließ der sich nicht zweimal sagen. Er hatte einen Schlauch unter dem Hemd verborgen, den er füllte und eiligst zu den Seinen brachte. Die Wachen, die ihn nicht mehr erwischen konnten, riefen ihm Flüche nach, aber der Knabe drehte sich um und sagte, er habe um die Gnade gebeten, herabsteigen zu dürfen und Wasser zu holen. Und nichts anderes habe er getan. „Was für ein schlauer Kerl", lachte der Caesar.

„Was wurde aus ihm?", erkundigte sich Berenike.

„Ich weiß nicht", meinte Titus. „Die Priester kamen Tage später vom Dach herunter, besiegt durch Hunger und Durst. Da der Tempel dahin war, hatte ihr Wandeln auf Erden keinen Sinn mehr. Sie gingen mit ihm unter."

Leila blickte zu Josef. Er sah bleich aus, sagte aber nichts. Wie konnte er nur so still daliegen, während er vom Tod seiner einstigen Gefährten hörte? Sie hielt es nicht mehr aus. Doch in dem Moment, in dem sie sich entnervt erheben wollte, lächelte sie gegen ihren Willen Alexander an und entschuldigte sich, sie müsse kurz hinaus. Eine Muschel sei ihr nicht bekommen. Der sah zu Titus, der mit einem lahmen Handwedeln zustimmte.

Leila erhob sich und ging nach unten in den Garten zu der Bank, auf der sie so oft mit Matthias gesessen hatte. Als sie auf ihr Platz nahm, erhielt sie die Kontrolle über sich zurück. „Danke, dass du uns dort rausgebracht hast. Ich halte das nicht aus. Nutze meinen Körper, wenn dir das so wichtig ist, doch lass mich davon nichts mitbekommen. Bitte."

Das geht nicht. Dank seines Ringes wissen wir, wessen Geist in Alexander wohnt. Aber er hat sicher keine Ahnung, dass du mein Leib bist. Rede und handle ich jetzt an deiner Stelle, würde es ihm klar sein. Dann wäre unser Vorteil dahin. Ich muss wissen, was er vorhat.

„Bitte. Irgendetwas stimmt mit meinem Körper nicht. Er wehrt sich. Mir stößt alles übel auf. Alexander, der erwartet, dass ich nicht nur das Speisesofa mit ihm teile. Josef, der mit dem Recht des Gatten meine Freundin küsst. Und Titus, der vor Juden damit prahlt, dass er ihre Priester hinrichten ließ. Du musst …" Sie konnte nicht mehr weiterreden. ER hatte sie zum Schweigen gebracht. Und sie sah sofort, warum: Durch das Arbeitszimmer trat Alexander in den Garten. Er kam direkt auf sie zu und baute sich vor ihr auf. Sein Blick war abwesend, als sei er in einem wachen Traum. Er sprach – aber nicht zu ihr:

Ich weiß nicht, wie lange Titus nur Augen und Ohren für Berenike hat. Es bleibt uns daher wenig Zeit. Du ahnst gar nicht, wie erfreut ich bin, dich wiederzusehen, Ejhaw.

Meine Freude ist nicht so groß wie deine, Insheta.

Der Herr antwortete durch sie. Doch während Alexander wie umnächtigt vor sich hin stierte, nahm ER ihr nicht die Sinne! Gebannt folgte sie dem Wortwechsel.

Ich hatte gehofft, die Begegnung mit dir als Pharao sei unsere letzte gewesen. Oder denkst du inzwischen anders über die Rolle, die wir in dieser Welt spielen?

Warum sollte ich meine Meinung geändert haben? Du willst nur Beobachter sein, Ejhaw? Dann sei es. Doch dieser Ort bietet so viel mehr. Wir sind Götter! Den beschränkten Menschen hier weit überlegen, mit einer für sie unbegreiflichen Macht in den Händen. Das gebe ich nicht mehr her. Wir sind in dieser Welt unsterbliche Könige. Warum sollten wir da zu unserer zurückkehren?

Weil wir dort hingehören. Der Rat sandte uns hierher, um Antworten zu finden. Wie er es wollte, hoben wir einen Stamm von Barbaren auf eine neue Stufe. Schufen auf ihrer Insel einen modernen Staat, in dem sie sich frei entfalten konnten. Und sahen, dass die Menschen trotz begrenztem Raum und geringer Zeit in der Lage sind, sich in eine neue Dimension zu entwickeln. Wenn sie behutsam geführt werden. Dieses Fazit muss den Rat erreichen: Wir können sie zu uns emporheben.

Das Experiment scheiterte.

Das lag nicht an ihnen. Deine Gier nach Macht zerstörte die Utopie. Du hast nicht nur ihre Insel zertrümmert, sondern das Tor zur Rückkehr in unsere Sphäre gleich mit. Und das nur, weil du dich auf einen Schlag zum Herrscher dieser Welt krönen wolltest. Der Energiestoß der überhitzten Bledamanten ließ die Erde bersten und glühende Steine aus ihr schießen. Die Aschewolke der brennenden Insel sah ich selbst in Libya. Du bist schuld am Tod all ihrer Bewohner. Ich frag mich nur, wie du diesem Inferno entkommen konntest.

Der Ring grub sich an die Oberfläche. Ein Fischer fand ihn Jahrzehnte später. Und als ich es nach vielen Leben endlich schaffte, Gott und König des mächtigsten Reiches der Erde zu sein, da kamst du mit deinen zehn Plagen, die Hunger, Krankheit und den Tod brachten.

Ich wollte dich zur Umkehr bewegen, dir zeigen, dass du nicht allmächtig bist. Deshalb befreite ich die zwölf Stämme.

Du zeigtest mir vor allem, dass du ein Labor und einen Bledamanten bei dir hattest, als du von der Insel gingst, um in Libya Energiesteine zu finden. Wie sonst konntest du die Plagen rufen? Seitdem mir das klar ist, suche ich dich. Denn das Teilen des Meeres, als ich euch mit meinem Heer verfolgte, überforderte die Kraft des Ringes. Seine Steine sind seit damals gelb vor Erschöpfung.

Darum stellst du mir nach! Du bist dank des roten Damanten zwar weiter unsterblich, verlorst aber die Macht der blauen.

Lade mit dem Bledamanten meinen Ring wieder auf, und ich baue dir mit dem Nanocol ein neues Portal für die Rückkehr. Danach wartest du ab, bis diese Welt hier in der Lage ist, Energiesteine künstlich zu erschaffen. Ich schätze, das dauert keine zehntausend Jahre mehr. So lange kannst du ja mit mir über sie herrschen. Und all die Flachwandler nach Bledamanten suchen lassen.

In deiner Selbstherrlichkeit willst du die Menschen nicht auf eine neue Stufe heben, sondern sie dir unterwerfen, um als Gott zu regieren. Ich werde dir dabei nicht helfen.

Dann hole ich mir Stein und Labor mit Gewalt. Schau, die Ringe verhindern, dass einer von uns den anderen vernichtet. Andererseits brauchen wir die Menschen. Das ist unser wunder Punkt. Irgendjemand trägt immer den Ring, bedient das Labor. Bei dir ist es im Augenblick diese Frau hier. Seltsame Wahl, nebenbei gesagt. Da es mein Ringträger nicht kann, wird sie eben einer seiner Helfer töten. Der nimmt ihr deinen Ring ab und lässt ihn so verschwinden, dass er Jahrhunderte nicht gefunden wird. Und ich kümmere mich derweil um ihre Familie, Freunde, Nachbarn. Einer war sicher ihr Gehilfe und wird reden. Ob unter Folter, aus Gier oder Angst – egal. Einer wird mir das Versteck von Bledamant und Labor verraten.

Beides wirst du nie finden. Ich gab den Menschen wirksame Waffen, die sie schützen: Glaube, Liebe, Hoffnung.

Ich setze ja eher auf Neid, Hass, Gier. Wir werden sehen, welche Seite von uns sich durchsetzt. Ich denke, damit ist alles gesagt. Pass auf deinen Körper auf. Womöglich war es ja ein Fehler, sich eine Frau zu wählen, die sich nicht wehren kann, wenn vor ihr ein Dolch aufblitzt.

Leila sah, wie der Glanz in Alexanders Augen zurückkehrte. Er war wieder er selbst. Der Präfekt sagte, dass er sich Sorgen um sie mache und ob sie nicht zurück in das Speisezimmer kommen wolle. Der Caesar habe schon nach ihr gefragt. Offenbar hatte er vom Gespräch der beiden Götter nichts mitbekommen. Sie aber war völlig verwirrt, hatte viele Fragen, die sie Ejhaw stellen musste. Dieser Insheta wollte sie töten lassen. Und sich dann um ihre Freunde kümmern. Josef, Sadah, Nicanor, sie alle waren in Gefahr. Das durfte sie auf keinen Fall zulassen. Sie musste Zeit gewinnen.

„Mich ehrt deine Sorge, Herr", antwortete sie dem Präfekten leise, „doch gib mir einen Augenblick der Ruhe. Geh bitte vor, ich folge dir bald."

Er sah sie misstrauisch an, dann kam ihm ein Verdacht: „Bist du etwa unrein?" Sie war es nicht. Aber er konnte es gern vermuten. So ließ er womöglich die Hände von ihr.

„Bitte, ich möchte nicht darüber reden. Kannst du Rahel in den Garten schicken? Sie wird mir helfen." Alexander schaute missmutig auf ihren Schoß, als erwarte er, dort Spuren zu entdecken, die seine Vermutung bestätigen. Er nickte und ging ins Haus.

Du willst deine neue Freundin um Hilfe bitten? Sei vorsichtig. Woher wusste Insheta, dass du die Ringträgerin bist? Er kann es nur von ihr erfahren haben. Sie ist die Einzige, die dich nach dem Überfall auf den Hohepriester sah. Womöglich hat sie den Ring entdeckt. Pass auf, was du ihr sagst. Alexander ist es nicht möglich, doch sie könnte den Schmuck an sich nehmen.

Rahel stand vor dem Speisezimmer im oberen Stockwerk und wartete, ob man sie rief. Sie hatte je zwei Krüge mit Wein und Wasser bereitgestellt, dazu Teller mit Naschereien: Datteln, Trauben sowie in Honig getränkten Kuchen, den ihr der Koch des Titus übergeben hatte, bevor er ging. Sie verstand Leila nicht. Die durfte mit den mächtigsten Männern Roms speisen, aber hatte nur Augen für Josef. Alexander fand kaum Freude an ihr. Hätte er stattdessen sie für diesen Abend ausgewählt, wäre er auf jeden Fall zufriedener. Womöglich bekam er ja jetzt im Garten, wonach er suchte. Am liebsten würde sie lauschen, aber Titus konnte jederzeit nach ihr rufen. Wenn sie doch nur eine Gelegenheit fände, mit Alexander zu sprechen! Sie hatte gesehen, wie lustvoll der sie im Hof der Priester musterte, sie kannte diesen Blick der Männer. Doch merkwürdigerweise entschied er sich für Leila. Der das gar nicht recht war. Kein Wunder, die hatte ja mit Josef schon jemanden an des Caesars Seite. Sie aber brauchte dringend einen Gönner bei den neuen Herren. Der „Halbe Schekel" war abgebrannt, Ephraims Haus ebenso. Sie besaß nichts als ihren Körper – und den konnte sie nirgendwo besser feilbieten, als hier an diesem Abend.

Die Nägel von Soldatenschuhen schlugen auf den Marmor der Treppe. Alexander kam zurück aus dem Garten. Er schaute missmutig drein. Offenbar hatte Leila ihn abblitzen lassen. Jetzt galt es. Zu ihrer Überraschung sah er ihr direkt in die Augen, als er die letzten Stufen der Treppe nahm. Sie lächelte ihn an, legte scheinbar verlegen eine Locke hinters Ohr. Er durfte nicht an ihr vorbei hineingehen. „Kann ich dir zu Diensten sein, Herr?", sprach sie ihn auf Hebräisch an. Sie wusste von Josef, dass er das verstand. Der doppelte Sinn der Worte erreichte sein Ziel.

Er blieb stehen. „Womit?", fragte er.

„Mit allem, was du willst. Wein, Datteln, einer weniger spröden Gesellschaft." Sie blickte wissend in Richtung Garten. „Oder Auskünften." Jetzt hatte sie ihn.

Verwundert fragte er: „Auskünfte? Welcher Art?"

Sie schaute sich um, als vermute sie Lauscher, dann legte sie ihren Finger auf den leicht geöffneten Mund. „Nicht hier. Komm nach dem Fest in mein Zimmer unten rechts neben der Treppe. Ich werde auf dich warten. Dort bekommst du alles, was ich dir anbot."

Sie sah an seinem lüsternen Blick, dass er verstanden hatte. „Du weckst meine Neugier, kleine Jüdin. Enttäusche mich nicht." Er strich ihr mit der Rückseite der Hand über die Wange. „Vorher schau aber nach deiner Freundin im Garten. Die braucht scheinbar Hilfe."

Als sie Leila auf der Bank entdeckte, setzte sie sich zu ihr und hielt ihre Hand. Jakobs Schwester war völlig aufgelöst. Sie halte das nicht mehr aus. Ihr Körper rebelliere, womöglich sei ihm das Festmahl zu ungewohnt, nach all den Wochen des Hungers. Und dann Alexanders begierige

Blicke. Sie würde sich ja unter irgendeinem Vorwand entschuldigen und zurückziehen. Aber sie habe Angst, dass ihr Titus' Stellvertreter in das Zimmer folge. Ob sie nicht Rat wisse. Rahel konnte ihr Glück gar nicht fassen. Behutsam strich sie Leila über den Kopf und erklärte ihr, dass sie sich um alles kümmere. Sie werde die Lust des Alexander auf sich lenken. Im „Halben Schekel" wäre sie mit so manchem Kerl fertig geworden. Notfalls schenke sie ihm Wein ein, bis er reglos auf sein Lager falle. Als Leila ihr dankbar die Hand drückte, nutzte sie den Augenblick der Vertrautheit für eine Frage, die sie umtrieb. „Warum hast du vorhin gelogen? Als Titus wissen wollte, wie wir seinen Leuten entkamen?"

Leila schaute sie verständnislos an. „Ich sah dich an jenem Morgen", erläuterte Rahel. „Von der Brücke aus. Du gingst zu ihrem Pfeiler. Warum?"

Jakobs Schwester zuckte mit den Schultern. „Er weist den Eingang zu einer Höhle, die mir Matthias zeigte. In ihr fand ich Mütter mit Kindern. Das braucht niemand zu wissen. Vielleicht sind sie noch immer dort."

Gut geantwortet. Doch sie hat womöglich mehr gesehen, als sie zugibt. Ruh dich jetzt aus. Ich überlege, was zu tun ist.

Sadah war von einer tiefen Unruhe erfüllt. Sie machte sich Sorgen. Nicht um Titus und die Königin. Nach dem Ende des Mahls waren die beiden vollends miteinander beschäftigt. Sie bemerkten nichts von dem Unbehagen im Raum. Weder sahen sie Josefs Qual, der immer wieder eifersüchtig auf das Speisesofa von Leila und Alexander starrte, noch spürten sie die Spannung zwischen diesen beiden. Während der Präfekt seine Hand über Beine, Hüften oder Schultern der Freundin wandern ließ, wies die sie jedes Mal zurück. Bis sie das Mahl verließ. Eine Beleidigung des Caesar, der die Tafel längst noch nicht aufgehoben hatte. Zum Glück merkte der das gar nicht. Berenike sei Dank. Aber dann folgte ihr Alexander, der sich das in seinem Rang erlauben konnte. Das Fest, das dem Caesar so wichtig war, drohte zu platzen. Aus Angst, Josef würde dem Präfekten kopflos nacheilen, um Leila zu schützen, schlug sie deshalb ihrem Mann flüsternd vor, sich scheiden zu lassen. Die List gelang. Das lenkte ihn ab. Sie hätten es doch ohnehin geplant, wisperte sie in sein Ohr. Nach jüdischem Recht seien sie gar nicht verheiratet, und sie gönne es ihm von Herzen, dass er sich mit einer anständigen Jüdin verbinde, die er liebe. Zumal sie den Eindruck habe, er hätte sie schon gefunden. Er wolle doch Leila heiraten, oder? Er bestätigte es dankbar und küsste sie scheu auf die Wange. Sie aber zog seinen Kopf heran und führte ihre Lippen zum innigen Abschied auf seinen Mund. Nach kurzem Zögern ließ er sich darauf ein. Ihr Kuss besiegelte ihre Freundschaft.

Alexander war allein, als er aus dem Garten zu den anderen zurückkehrte. Missmutig warf er sich auf das Speisesofa und nahm einen tiefen Schluck aus seinem Becher. Ungeduldig hob er ihn in die Höhe, um sich Wein nachschenken zu lassen, ehe er bemerkte, dass keine Dienerin im Raum war. Sadah erhob sich schnell, holte einen der beiden Krüge, die auf dem Tisch an der Wand standen, und setzte sich zum Präfekten. „Was ist mit Leila?", fragte sie, während sie seinen Becher füllte.

Titus und Berenike ließen kurz voneinander, um die Antwort zu hören. „Keine Ahnung. So, wie sie gelaunt ist, scheint sie mir unrein zu sein. Ich nehme an, sie zieht sich auf ihr

Zimmer zurück. Ich habe diese junge Jüdin zu ihr gesandt, die uns bedient. Hätte ich mich bloß für die entschieden." Er nahm einen Schluck von dem unverdünnten Wein.

Titus prostete ihm lächelnd zu: „Aber wer hindert dich daran, den Abend mit ihr zu beenden. Sie steht ja gleich wieder vor der Tür. Hole sie herein!"

Das ging Sadah zu weit. Bemerkte der Caesar nicht, dass er Berenike kränkte? „Verzeiht Herr, doch mir scheint es unter der Würde der Königin, das Triclinium mit einer Dienerin aus ihrem Volk zu teilen. Auf der anderen Seite möchte ich den Präfekten nicht um sein Vergnügen bringen. Darf ich vorschlagen, dass du das Mahl aufhebst und wir drei uns zurückziehen? Ich bin sicher, Rahel wird dem Alexander gern noch zu Diensten sein."

Titus gab Berenike einen Kuss: „Die Idee gefällt mir. So hat jeder seinen Spaß!"

Draußen auf dem Flur schickte Sadah die wartende Rahel auf ihr Zimmer. Aufräumen könne sie am nächsten Morgen, der Caesar wünsche, nicht gestört zu werden. Der Präfekt schaute der jungen Dienerin ungeduldig hinterher, aber die Höflichkeit gebot es, sich von den Gastgebern zu verabschieden. Josef nahm die Rolle des Hausherrn ernst: „Es ist spät, du musst nicht durch die halbe Stadt in das Heerlager zurück. Ich habe für Titus, Berenike und dich Räume vorbereiten lassen. Du kannst die Nacht gern hier verbringen."

Alexander grinste spöttisch. „Das war umsichtig von dir. Aber sorgt euch nicht um mich. Ich warte auf den Caesar. Sollten in mir doch plötzliche Wünsche aufsteigen, so wird Rahel diese sicher erfüllen. Dazu ist sie ja da, oder? Zeigst du mir, wo ich ihre Kammer finde?"

Josef geleitete Alexander die Treppe hinunter – und nutzte die Gelegenheit. „Bevor du zu ihr gehst, möchte ich dich um etwas bitten."

Der Präfekt zog eine Augenbraue hoch. „Du scheinst mir den Spruch vom teuren Freund recht wörtlich zu nehmen. Worum geht es?"

Josef sah zu seiner Frau, die noch oben am Treppenabsatz stand, dann senkte er die Stimme: „Ich möchte mich von Sadah scheiden lassen. Als Ratgeberin der Berenike vernachlässigt sie ihre Pflichten mir gegenüber. Du weißt, was ich meine."

Der Präfekt grinste. „Sie lässt dich nicht ran, oder? Hätte ich dir schon in Alexandria sagen können. Glaub mir, sie macht es lieber wie die Frauen auf Lesbos. Deine Bitte sei dir gewährt. Ich lasse dir den Papyrus zukommen. Doch vergiss nicht: Damit stehst du in meiner Schuld. Und jetzt bring mich endlich zu der Kleinen. Glaub mir, die wartet schon."

Rahel saß auf ihrem Bett. Sie hatte den Docht einer Schale mit Talg entzündet, mehr Licht würde es heute nicht brauchen. Angespannt horchte sie nach dem Mann, bei dem sie in diesen gefährlichen Zeiten Schutz suchen wollte. Denn ob Jakob am Leben war, wusste sie nicht, und Joannes' Tage waren gezählt.

Sie hatte nachgedacht. Und war zu einer erstaunlichen Erkenntnis gekommen: Sie musste ihren Körper gar nicht an Alexander verkaufen. Mindestens ebenso begehrte er die Auskünfte, die sie versprach. Sie sah es in seinen Augen. Ihm war klar, dass sie über Leila reden würde, und an der hatte er ein heftiges Interesse. Das war ihr schon im Hof der Priester aufgefallen, als sie beide vor ihm standen und er nicht das verführerisch lächelnde Mädchen wählte, sondern die reife Frau. Sicher, es gab Männer, die zogen der Jugend die Erfahrung vor. Aber Leila besaß die Aura der freudlosen Witwe, hatte nichts, womit sich ein Herr seines Ranges den Abend versüßte. Das Rätsel löste sich, als sie heute die Gäste des Festmahls beobachtete, die eifersüchtigen Blicke des Josef sah und den kaum verhüllten Zorn seiner Frau Sadah über das Benehmen Alexanders, der seine Hände nicht von ihrer Freundin lassen konnte. Er benutzte Leila, um sich an der Qual der beiden auf dem Sofa gegenüber zu freuen. Doch dann kam er wütend aus dem Garten zurück. Es sah so aus, als hätte sie ihn abgewiesen. Und sein zornrotes Gesicht zeigte, dass er nichts dagegen tun konnte. Wieso? Die beiden verband etwas. Sie würde herausfinden, was.

Auf dem Flur knirschten die Nägel von Militärsandalen. Endlich. Sie erhob sich. Alexander trat ein. Rahel ging zwei Schritte auf ihn zu. Er fasste sie um die Hüfte und streichelte ihre Wange. Und sie gab ihm, was er wollte: „Leila hat gelogen. Sie überlebte nicht in einer Höhle unter der Oberstadt. Sondern lief zum Pfeiler der Brücke am Xystos. Obwohl ihr ein Trupp Römer direkt entgegenkam. Dort muss sich der geheime Unterschlupf des Hohepriesters befinden."

Alexander wirkte auf einmal wach. Er ließ sie sogar los. „Ich erinnere mich, dass man an jenem Tag unter der Brücke ein Dutzend Hilfssoldaten fand. Ihre Leichen waren voller Brandmale. Seltsamer Zufall."

Das war das Werk ihres Herrn. Diese Leila ist die neue Trägerin seines Ringes. Du musst mehr über sie erfahren!

„Was geschah dort genau?", verlangte er zu wissen. Sie schaute ihm unschuldig in die Augen. „Ich bin ihr gefolgt, Herr, und beobachtete sie von der Brüstung des Viadukts aus. Aber dann strömten Legionäre vom Tempel her auf die Brücke, und ich musste fliehen. Was mit den Soldaten unten geschah, sah ich nicht."

Er lief durchs Zimmer und überlegte. „Woher weißt du, dass sie log?"

Sie spielte ihre Karte aus. „Ich bin ihre beste Freundin und stellte sie zur Rede. Sie behauptete, dass sie Frauen und Kinder schützen wollte, die sich dort verbergen. Doch glaube mir, sie war allein. Ich merke, wenn man mich belügt."

Alexander stand stumm, als hielte er Zwiesprache mit sich selbst. Dann straffte er sich. „Ich denke, das Versteck des Hohepriesters diente Leila nicht nur als Unterschlupf. Es birgt Geheimnisse, daher versucht sie, davon abzulenken. Ich werde diese Höhle suchen. Und du wirst mir mehr über deine Freundin erzählen. Aber sie darf es auf keinen Fall erfahren."

Rahel jubelte innerlich. Sie hatte ihn. Jetzt musste sie nicht bei ihm liegen. „Wie du wünschst, Herr. Doch ich hätte gern etwas dafür."

Diese Sprache verstand er. „Wie viel?", fragte er nur.

„Ich freue mich über jede Münze. Aber wichtiger ist mir dein Schutz. Siegle eine Tafel, die ihn mir garantiert."

Er zögerte. „Ein hoher Preis. Solch ein Schreiben verschaffte dir überall Zugang. Nein, dafür müsstest du mir schon einiges mehr bieten. Belassen wir es beim Silber."

Aber so leicht ließ sie sich nicht abspeisen. Sie verschränkte die Arme unter den Brüsten. „Und wenn ich dir verrate, wo sich Joannes verbirgt? Der Anführer der Empörer?"

Leila fühlte sich nach dem sonderbaren Fest müde, kaputt und zerschlagen. Sie war gar nicht mehr zurückgegangen, hatte Rahel gebeten, sie notfalls zu entschuldigen. Nun starrte sie in die Dunkelheit, schloss die Augen, um endlich Schlaf zu finden, und öffnete sie dann doch wieder, beunruhigt von all den Bildern, die sie traumlos sah. Josef, wie er ihre Hand drückt. Ihren Arm streichelt. Ihr zärtlich über die Wange fährt. Sie beide als Kinder auf dem Ölberg, die das Verschwinden der Sonne hinter dem Tempel bewundern. Seine Freude, als er sie unter den Gefangenen entdeckte. Doch dazwischen die Wut der Leute über seinen Verrat in Jotapata. Das Geifern der Priester gegen ihn. Der gesichtslose Gott, der ihm zürnt.

„Herr, bist du da? Darf ich etwas fragen?"

Ich bin bei dir. Was beunruhigt dich?

„Bist du wütend auf Josef, weil er dein Volk verriet und zu den Römern ging?"

Nein. Denn ich selbst gab ihm den Auftrag dazu.

Leila war mit einem Schlag hellwach. Sie setzte sich auf. „Er handelte auf deinen Befehl? Bist du auch in seinem Kopf?"

Nein. Ich habe nur einen Stellvertreter bei den Menschen. Vor dir war es der Hohepriester Matthias. Durch ihn sagte ich zu Josef und seinem anderen Vertrauten: ‚Kommt es zum Kampf und ihr seht, dass Rom die Juden und den Tempel in den Staub wirft, ist eure oberste Aufgabe, die Lade zu retten. Dafür müsst ihr alles tun. Und wenn ihr sie unter Neros Thron versteckt.' Diesen Befehl hat Josef strikt befolgt. Kein Jude ist heute dem Kaiser näher als er.

„Aber dann war ich ungerecht zu ihm … Du sprachst von einem zweiten Vertrauten des Hohepriesters. Wen meinst du?"

Matthias salbte Josef, damit er sich ungefährdet der Lade nähern kann. So wurde er zugleich zum lebenslangen Diener dessen, der den Ring trägt. Genauso wie Jakob. Dein Bruder.

Leila wurde schwindlig. Das war alles zu viel. Das Festmahl mit dem Caesar, Alexanders innerer Dämon, die Enthüllung, dass Josef und Jakob in einem geheimen Bund mit dem Herrn standen – hätte sie nur den Ring nie aufgesetzt! Erneut schloss sie die Augen. Und Ejhaw sorgte dafür, dass sie Ruhe fand. Er machte ihr die Lider schwer und das Blut kühl. Um sie bei den ersten Strahlen der aufgehenden Herbstsonne zu wecken.

Tut mir leid, Leila. Aber ich brauche dich.

Er übernahm erneut ihren Körper. Sie hasste das. Vor allem, als sie erkannte, wohin er sie führte: ins Arbeitszimmer des Hohepriesters. Sie sah die Stelle, an der Joannes sie geschändet hatte, und ihre Augen füllten sich mit Tränen.

Es geht nicht anders. Wir müssen hierher. Ich habe eine Möglichkeit gefunden, dem Josef die echte Freundschaft der

Caesaren zu erwerben und so die Lade unter den Schutz der beiden mächtigsten Männer auf Erden zu stellen.

Er setzte sie an den Schreibtisch. Sie nahm ein Papyrus und eine Schreibfeder aus Schilfrohr. Dann sah sie, warum Ejhaw von ihr Besitz ergriff. Sie tauchte die Feder in Tinte und begann einen Brief zu schreiben. In der Handschrift des Matthias:

> *Ich grüße dich, Josef ben Mattitja, Priester der ersten Reihe und treuer Freund, aus der Stadt des Herrn, die von diesem verlassen scheint. Die Empörer gegen Rom freveln ihn und seinen Tempel durch immer neue Gräuel, und ich bin meines Lebens nicht mehr sicher. Sollte ich sterben, dann erfülle bitte diesen Wunsch. Begleite Jakobs Schwester. Geht zu dem geheimen Ort, den ich ihr zeigte, damit sie dort Schutz findet. Suche die Tür, die derjenigen in Seiner Wohnung ähnelt, und öffne sie. Rette, was du findest. Es kommt dem zu, dem der Tempel gehört.*

„Du führst Josef in Rätseln zu dem Tempelsilber? Das kann ich ihm doch zeigen!"

Dann würde er mich in dir erkennen. Dafür ist es zu früh. Gehe zu ihm und übergib diesen Brief. Sage, du fandest ihn unter der Korrespondenz, die der Hohepriester am Abend des Überfalls für dich bereitlegte. Womöglich hätte er ihn dort in Eile versteckt. Josef versteht die Andeutungen. Er wird handeln, und Titus und Vespasian werden es ihm ihr Leben lang danken.

Die an Kraft gewinnende Herbstsonne holte die geschundene Stadt schonungslos ans Licht. Sie tauchte die Ruinen der Häuser zunächst in glühendes Rot, kurz in täuschendes Gold und danach in ein alle Wunden freilegendes Weiß. Sie zerrte verkohlte Balken in den Morgen, kahle Mauerreste und tote Türen. Und ließ die Simlah aufleuchten, die sich das Mädchen tief ins Gesicht gezogen hatte, um nicht aufzufallen. Doch junge Frauen sah man sonst nicht mehr in diesen Gassen. Und so hielten Soldaten und Gefangene kurz inne bei ihrem Werk der Zerstörung. Dem Einreißen von Mauern, dem Schleifen der Häuser und dem Zerbrechen des Marmors auf den Straßen. Wo das Mädchen ging, verstummte der Lärm. Und die Blicke der Arbeiter folgten ihm voller Sehnsucht auf seinem Weg zum Lager der Römer.

Rahel bemerkte die Aufmerksamkeit, die sie hervorrief, und sie gefiel ihr nicht. Jederzeit konnte ein Offizier sie anhalten. Und sie hatte keinen Beleg dafür, dass sie eine Freigelassene des Flavius Josephus war. Deshalb huschte sie durch die Gassen, den Blick nach unten. Nur nicht auffallen. So erreichte sie das Lagertor ohne Zwischenfall. Scheinbar scheu teilte sie dem Optio der Wache mit, General Tiberius Alexander hätte sie zu sich befohlen. Der Mann stellte sie hinter das Tor und tastete sie auf verborgene Dolche ab. Selbst unter der Simlah sah er nach. Dann befahl er einem seiner Leute, sie zum Zelt des Präfekten zu bringen. Dort wurde sie schon erwartet. Alexander trat in Rüstung heraus, doch ohne Helm und Umhang, die seinen hohen Rang verraten würden. Er hielt ein Papyrus in der Hand – das Dokument, das ihr freies Geleit in allen Provinzen Roms zusicherte. Sie atmete durch. Er hatte seinen Teil der Abmachung erfüllt. Jetzt war sie an der Reihe.

Alexander besaß eine eigene Leibwache. Ägypter, die ihre Befehle in der Sprache der Pharaonen erhielten. Ihm treu ergeben, wie er behauptete. Zwei Zehnerschaften nahmen sie in die Mitte und marschierten mit ihnen aus dem Lager in Richtung Käsemachertal. Am Xystos ließ Alexander den Trupp halten. In Begleitung von sechs Wächtern kletterte der Präfekt hinunter zum Pfeiler der Brücke. Nach einer Weile kehrte er allein zurück, und sein Gesicht strahlte tiefe Zufriedenheit aus. „Du bist eine aufmerksame Beobachterin", lobte er und übergab ihr den Papyrus. „Ich habe in der Tat einen geheimen Eingang entdeckt. Meine Leute bewachen ihn. Aber zunächst kümmere ich mich um Joannes."

Sie führte ihn zu einem Steilhang hinter dem Palast der Hasmonäer, des letzten Herrschergeschlechts, bevor die Römer kamen. Alexander ließ seinen Trupp halten. „Hier ist es?" Rahel zeigte stumm nach oben, wo auf einem Vorsprung Büsche wuchsen. „Fein. Ich will mit ihm reden. Mehr nicht. Ich erwarte ihn draußen, seitlich der Kante. Ohne meine Leibwache, aber in Reichweite ihrer Speere." Sie kletterte nach oben. Unterwegs versteckte sie unauffällig Alexanders Papyrus unter einem Stein. Fehlte noch, dass Joannes es entdeckt. Dann betrat sie sein Versteck.

Er litt, das sah sie sofort. Sein Gesicht war eingefallen, die Augen glänzten fiebrig. Die etwa zwanzig Getreuen, in deren Mitte er saß, boten den gleichen elenden Anblick. Mühsam erhob er sich. „Rahel", flüsterte er kraftlos. „Man sagte mir, du seiest Gefangene der Römer. Ich wähnte dich längst als Sklavin in einem Bordell. Und jetzt spazierst du eben mal so in unser Hungerlager. Oder bist du nur ein Todesengel mit ihrem Gesicht?" Er versuchte ein Lächeln, seine Kameraden brachten nicht einmal das zustande.

Sie schüttelte den Kopf. „Nein, ich hatte Glück. Titus schenkte mich mit zweihundertfünfzig Juden dem Flavius Josephus, und der gab mir die Freiheit." Bei der Erwähnung seines alten Feindes verzog Joannes das Gesicht. Sie sprach unbeirrt weiter. „Ich kehre nicht aus Sehnsucht zu dir zurück. Ein Römer will dich sprechen. Er steht draußen. Ohne seine Leibwache, doch die hält sich bereit. Du sollst allein herauskommen."

Joannes blickte an ihr vorbei, sah aber niemanden am Höhleneingang. „Behütet von Prätorianern. Sprichst du etwa von Titus?" Die Männer um ihn herum erwachten aus ihrem Stumpfsinn. Gespannt auf die Antwort, starrten sie auf Rahel.

„Nein. Er wird von Ägyptern geschützt. Es ist Tiberius Alexander, ihr ehemaliger Präfekt und der Stellvertreter des Titus. Was er will, weiß ich nicht. Aber er ist nicht gekommen, um euch festzunehmen. Ich denke, du solltest dir anhören, was er zu sagen hat."

Kurze Zeit später, sie hatte das Dokument wieder an sich genommen, beobachtete sie vom Weg aus das Gespräch der beiden oben auf der Felskante. Sie standen da wie Statuen. Kein Gestikulieren, Schulterzucken oder Schreien. Gefasst hörte Joannes zu, was Alexander zu sagen hatte. Endlich gab er dem Römer die Hand. Sie waren sich einig. Der Präfekt kam herunter und winkte Rahel zu sich. „Du weißt, dass du tot bist, wenn du nur ein Wort über das hier verlierst?" Seine Drohung verursachte ihr Übelkeit. „Was frage ich. Selbstverständlich ist dir das klar. Ich höre, du warst dem Joannes nicht nur freundschaftlich verbunden. Das erleichtert die Sache. Er und seine Männer werden mir helfen, einen ungewöhnlichen Schatz des Matthias zu finden. Es ist ein riesiger blauer Diamant, der aussieht, als wäre er nicht von dieser Welt. Mag sein, dass er in der Höhle versteckt ist, in der sich Leila verbarg. Wenn nicht, musst du deine Freundin aushorchen. Der Hohepriester hat ihr vertraut, sie ist die Einzige, die etwas über den Stein wissen kann. Ich werde dem Joannes Nahrung und Wasser zukommen lassen und dafür sorgen, dass in der Gegend hier niemand nach Flüchtigen sucht. Sobald du einen Hinweis hast, gibst du ihm den weiter. Seine Männer werden ihn prüfen. Und jetzt schauen wir mal, welches Geheimnis Leilas Höhle birgt."

Unten auf dem Weg nahm die Leibwache beide wieder in die Mitte. Bis zur Brücke war es nicht weit. Doch beim Knick der Stadtmauer in das Tal blieben die Ägypter ohne Befehl stehen: Die Schlucht wimmelte vor Reitern in Waffen. Sie hatten die am Pfeiler zurückgelassenen Leibwächter des Präfekten umzingelt. Die legten ihre Speere soeben vor einem Offizier nieder. Alexander stieg die Zornesröte ins Gesicht. Er hatte den Mann erkannt. Es war Nicanor, der Freund des Flavius Josephus.

Leila hatte am Morgen keinen Augenblick gezögert. Sie stürmte, den Brief in der Hand, aus dem Arbeitszimmer des Hohepriesters und rannte dabei fast Magda und Maria um. Die zeigten auf die Frage, wo ihr Herr sei, nach oben: „Der schläft!" Das war ihr egal. Sie hastete die

Treppe hoch, klopfte kurz an die Tür und riss sie auf. Zu spät fiel ihr ein, dass ja Sadah bei ihm sein könnte. Josef fuhr erschrocken von seinem Lager auf. Sie ließ ihn gar nicht erst zur Besinnung kommen, sondern gab ihm den Brief. Verbunden mit der Erklärung, sie habe ihn unter den Papieren des Hohepriesters entdeckt. Er sei wichtig. Josef las ihn, erhob sich eilig und fragte, ob sie wisse, von welchem geheimen Ort Matthias sprach. „Der Eingang zu einer Höhle. Im Pfeiler der Brücke über das Käsemachertal."

Und Ejhaw ergänzte mit ihrer Stimme: „Rahel kennt den Ort ebenfalls. Sie fragte mich gestern danach. Es könnte sein, dass sie Alexander davon erzählte. Was immer dort ist, er darf es nicht vor dir finden. Matthias wollte, dass du es rettest."

Josef schaute auf den Brief. Der Hohepriester wird doch nicht mit Jakob die Lade dorthin gebracht haben? Zu der Zeit, als er selbst bei den Römern in Ketten lag? Er beruhigte Leila: „Alexander kennt nicht das Geheimnis der verborgenen Tür. Doch er könnte es herausfinden, wenn er die Höhle sorgfältig untersucht. Wir müssen ihn davon abhalten und vorher selber nachsehen." Ehe sie antworten konnte, kam ihm eine Idee: „Ich weiß, wer uns hilft."

Er schickte Leila zur Brücke, wo sie warten sollte. Dann lief er, so schnell er konnte, in das Lager der syrischen Hilfstruppen und verlangte, Tribun Nicanor zu sprechen. Offen forderte er vom Freund einen Gefallen ein. Der war wenig begeistert. „Ich soll mit einer großen Abteilung Reiter eine Höhle sichern – vor meinem Oberbefehlshaber? Bist du verrückt geworden?"

Josef war die Sache zu wichtig, um Rücksicht zu nehmen. „Ich habe Unmögliches vollbracht, um deine Schwester vor ihm zu retten. Du stehst in meiner Schuld. Außerdem fällt die Gunst des Titus auf dich, wenn wir dort etwas Wertvolles für den Triumph der Caesaren entdecken und du es ihm sicherst."

Nicanor gab nach. „Ich könnte die Kampfbereitschaft meiner Leute prüfen. Eine Centurie Reiter dürfte genügen."

Er ließ Alarm blasen und preschte kurze Zeit später mit seinen Soldaten und Josef zum Käsemachertal. Hier fanden sie sechs Ägypter von Alexanders Leibwache, die Nicanor entwaffnen ließ. Leila hatte die Ankunft der Syrer von der Brücke aus beobachtet und eilte zu ihnen. Womöglich zu schnell, denn ihr wurde schwindlig vor Aufregung. Nachdem sie kurz verschnauft hatte, öffnete sie den geheimen Gang in dem Pfeiler, der hinunter in den verborgenen Stollen führte, und ging mit Josef hinein. Drin entzündete sie die Fackel, die am Boden lag. Nicanor gab unterdessen Befehl, keinen durchzulassen, bis er wiederkäme. Gemeinsam mit zwei Soldaten betrat er ebenfalls den Tunnel. Das Licht der Fackel fiel auf die Treppe und den Gang dahinter. Sie stiegen hinab.

Am Ende des kurzen Stollens drehte sich Leila zu Josef. „Hier habe ich mich verborgen gehalten. Die Tür musst du finden." Der Freund nahm ihr die Fackel aus der Hand und leuchtete aufmerksam die Wände ab. Bei einem Stein, der links ein wenig herausragte, stutzte er. Josef stellte sich davor und drückte ihn mit dem Fuß in den Fels zurück. Es knirschte. Suchend presste er in Brusthöhe die Hand gegen das Gestein. Zur großen Überraschung Nicanors öffnete er eine Drehtür.

„Genau wie in den Wänden des Tempels. Das meinte Matthias mit seinem Hinweis auf die Wohnung des Herrn." Er schritt in die Höhle dahinter, gefolgt vom Tribun und seinen Männern. Leila betrat den Raum als Letzte. Und genoss das ehrfürchtige Schweigen ihrer Begleiter. Sie starrten auf einen brusthohen Berg von Silbermünzen, der im Fackelschein glänzte.

Nicanor hob eines der Geldstücke auf. „Ein tyrischer Halbschekel. Geprägt hier in Jerusalem. Das ist die Tempelsteuer!" Er maß die Seiten des Bergs ab. Neun mal sieben Schritte. „Das sind Tausende Talent Silber!" Doch der Glanz in den Augen des Kaufmanns verschwand schnell hinter der militärischen Disziplin des Tribuns. „Ihr bewacht den Eingang", wies er seine Soldaten an. „Und lasst niemanden hier durch, gleich welchen Ranges. Bis der Caesar eintrifft. Und seid gewiss, dass man euch gründlich durchsucht, wenn ihr wieder herauskommt." Er winkte Leila und Josef, der weitere Fackeln an der Wand entzündete, ihm ins Freie zu folgen. „Ich schicke sofort einen Melder zu Titus. Wir warten oben auf ihn."

Draußen stürzte sich der empörte Alexander auf den Tribun. „Was fällt dir ein, deinem Oberbefehlshaber den Zutritt zu verweigern? Und meine Leibwache zu entwaffnen? Das werde ich …" Der Präfekt kam nicht dazu, seine Drohung zu beenden. Offenen Mundes starrte er auf Josef und Leila, die hinter Nicanor aus dem Pfeiler traten. „Was machen die beiden hier?", rang er um Fassung.

„Sie haben mir etwas gezeigt, das jetzt alleinige Angelegenheit des Caesars ist. Entschuldige mich, Herr, ich bin sicher, er kommt sofort." Der Tribun flüsterte mit dem Centurio neben ihm, der sich auf sein Pferd schwang und in wildem Galopp Richtung Feldlager davonstob.

Alexander merkte, dass er zu spät gekommen war und zwang sich zur Ruhe. „Was habt ihr gefunden?", fragte er. Niemand antwortete.

Es dauerte nicht lange und eine Gruppe von Offizieren preschte auf ihren Pferden durch die Reihen der Syrer. Es waren Titus, seine Heerführer Cerealis und Phrygius sowie drei Tribune des Stabes. In der Ferne folgte im Laufschritt eine Einheit Prätorianer. Der Caesar hielt vor Nicanor und dem Präfekten. Er saß ab, die Offiziere sammelten sich hinter ihm. „Alexander, wo kommst du denn so schnell her?", wunderte er sich. Eine Antwort wartete er nicht ab.

„Tribun! Ist das wahr, was der Centurio berichtete? Wie kam es zu deinem Fund?"

Nicanor schlug mit der Faust gegen seine Brust. „Die Ehre gebührt nicht mir, Feldherr, sondern dem Flavius Josephus. Er hat in dem Haus des Hohepriesters einen Brief entdeckt. In dem beschreibt Matthias seiner Dienerin Leila und ihm den Zugang zu einer geheimen Höhle, die etwas birgt, das er retten sollte. Um dies zu prüfen, erbat der Josephus die Hilfe und den Schutz meiner Reiter. Was wir dann fanden, war so ungeheuerlich, dass ich Befehl gab, niemanden einzulassen, bevor du, Titus, es gesehen hast. Das verärgerte den Oberbefehlshaber, mit dessen Erscheinen ich nicht gerechnet hatte. Dafür bitte ich um Vergebung."

Alexander runzelte die Stirn. Er mochte es nicht, ausgetrickst zu werden. Dem Caesar war das gleichgültig. „Damit ist die Sache dann ja aus der Welt. Kommt, ich will es endlich sehen. Die Legaten Cerealis, Phrygius und Alexander begleiten mich, du Tribun, Josephus und Leila ebenfalls. Marcus Quintus, stell um den Eingang eine Doppelreihe. Niemand außer uns darf hinein. Gehen wir!"

Die drei Freunde betraten die Höhle nach den Heeresführern und stellten sich respektvoll an die Seite. Die Augen des Caesars glänzten, seine Generäle schauten gebannt auf den riesigen Berg Silber, der im Schein der Fackeln leuchtete. Nur Alexander blickte sich in der Höhle um, ob sie womöglich mehr enthielt. „Beim Mars, dieser Feldzug hat sich gelohnt", flüsterte Titus. Er trat nach vorn und nahm sich eine Handvoll Münzen. „Nicanor, du bist Kaufmann. Was schätzt du, wie viel Silber liegt hier?"

Der Tribun wiegte den Kopf. „Ich kann das nur grob überschlagen. Nach meiner Erfahrung dürfte es sich um weit mehr als viertausend Talent handeln. Womöglich sogar fünftausend."

Der Caesar ließ die Münzen durch seine Finger gleiten. „Wie der Hohepriester die wohl hier herunter geschafft hat?"

Alexander konnte es sich nicht verkneifen: „Vermutlich hatte er Helfer." Er schaute dabei Leila an, die ihn aber nur unschuldig anlächelte.

„Das mag sein", spann Titus den Gedanken weiter. „Doch wieso ist das niemandem aufgefallen?" Er drehte sich zu Josef um. „Wie habt ihr das Silber entdeckt?"

Der berichtete dem Caesar, wie sie gemeinsam den im Brief des Hohepriesters versteckten Hinweisen auf einen geheimen Raum gefolgt seien. „Matthias wollte, dass ich im Fall seines Todes den Schatz nach dem Krieg dem übergebe, dem dann der Tempel gehört. Das bist du. Er gebührt Rom."

Titus klopfte ihm anerkennend auf die Schulter. „Und wir sollten überlegen, wie er dorthin kommt. Tribun, wenn ich den Auftrag zum Abtransport deinem Vater gäbe, was hieltest du für nötig?"

Nicanor zögerte nicht mit der Antwort. „Gehen wir von 5000 Talent Silbermünzen aus. Dazu würde ich 120 Kamele pfänden, mehr sind in dieser Gegend nicht zu finden." Er rechnete kurz nach. „Das wären dann sechs bis sieben Transporte, die hin und zurück jeweils zehn Tage brauchen."

Titus stöhnte: „Zwei Monde. Das dauert zu lange!"

Nicanor war in seinem Element. „Fragtest du dagegen nicht einen Händler, sondern deinen Tribun, dann erinnerte ich dich an die Hilfstruppen. Ein gesundes Pferd trägt bis zu drei Talent, wenn sein Reiter es führt. Du kannst demnach mit zweitausend Tieren, sprich vier Kohorten Kavallerie, das gesamte Silber auf einmal wegbringen. Sorge für ihre strenge Bewachung und dieser Berg liegt in fünf Tagen in der Festung von Caesarea Maritima. Lass die Münzen dort zu Barren einschmelzen, und drei große Schiffe genügen, um sie nach Rom zu bringen, sobald sich die Winterstürme gelegt haben."

Titus schlug dem Tribun anerkennend auf die Schulter. „Es ist bedauerlich, dich bald als Offizier zu verlieren. Umso mehr freue ich mich, einen fähigen Heereslieferanten zu gewinnen." Er schaute auf das Silber, dann fasste er einen Entschluss. „Cerealis!" Der Legat der V. Legion straffte sich. „In der Tat ist die Versuchung sicher groß. Für Banditen, aber ebenso für die Hilfstruppen, die ja nicht aus römischen Bürgern bestehen. Wir nehmen das Silber mit, wenn die V. und die XV. nach Caesarea abziehen. Du wirst den Weg sichern. Richte vier Kastelle auf der Strecke ein, damit wir bei Bedarf schnell handeln können. Besetze sie mit deiner Reiterei, zur Abschreckung und als Wache."

Cerealis schlug mit der Faust an seine Brust. Titus wandte sich an die Übrigen. „Alexander und Nicanor, die Reiter aus Ägypten und Syria werden das Silber nach Caesarea bringen. Phrygius, die XV. nimmt die vier Kohorten in die Mitte. Tut mir leid, Tribun, dass sich dadurch der Abschied von der Armee verzögert. Statt deiner Syrer wird die XII. die gefangenen Juden auf den Sklavenmarkt von Damaskus bringen. Die kommt dort ohnehin vorbei, wenn sie ihr neues Quartier am Euphrat bezieht."

Der Caesar rieb sich die Hände, als die drei den Befehl bestätigten, und schaute in die Runde. „Ihr Herren. Es gibt nichts mehr, was uns hier hält. Die X. Legion wird in Jerusalem bleiben, bis die Stadt vom Erdboden getilgt ist. Aber ihr bereitet ab sofort den Abmarsch vor. Veranlasst jetzt das Nötige. Ich komme gleich nach. Josephus und Leila, auf ein Wort."

Er wartete, bis alle anderen die Höhle verlassen hatten. Dann stellte sich Titus zwischen die beiden, legte seine Arme über ihre Schultern und drehte sich mit ihnen zu dem Berg von Silber. „Ihr habt den Flaviern heute ein göttliches Geschenk bereitet. Macht mir die Freude, mich nach Rom zu begleiten, damit mein Vater, der Kaiser, euch persönlich danken und belohnen kann."

Die Lade hat Vorrang vor allem anderen. Lehne es ab.

Josef kam Leila mit seiner Antwort zuvor. „Du beschämst uns, Caesar. Welche Ehre! Doch es muss erst einiges geklärt werden."

Titus runzelte die Stirn. „Und was wäre so wichtig?"

Josef schaute kurz zu Leila, aber die sah wie entrückt auf das Silber. „Eine halbe Tagesreise von hier, in Kirjat-Jearim, wohnt mein Freund Jakob. Leilas Bruder. Ich muss dringend mit ihm reden, bevor wir uns auf den weiten Weg nach Rom machen."

Das ist eine ausgezeichnete Idee.

Der Caesar grinste. „Wenn nur alle Probleme so leicht lösbar wären. Ihr bekommt meine Genehmigung schriftlich. Ist er ein Bauer?"

Josef schüttelte den Kopf. „Er war Pächter eines Hauses, das dem Hohepriester Matthias gehörte, und kümmerte sich um dessen Besitz vor Ort."

Titus Lächeln wurde zum breiten Grinsen. „Dann hat er keinen Herrn mehr. Das lässt sich ändern. Ich schenke dir die Ländereien. Ach was, das ganze Dorf. Meine Schreiber werden die Urkunde aufsetzen."

Josef konnte sein Glück nicht fassen. Er verbeugte sich tief. „Ich danke dir für deine Großzügigkeit. Darf ich eine weitere Bitte äußern?"

Titus drohte belustigt mit dem Finger. „Du nutzt die Gunst der Stunde recht hartnäckig. Worum geht es?"

Josef nahm Leilas Hand. Die schaute ihn irritiert an. „Wenn wir in Rom vor den Kaiser treten, sollen es zwei Flavier sein, die er für ihre Treue belohnt. Ich möchte, so schnell es geht, Leila zur Frau nehmen. Sadah erkannte meine Liebe zu ihr und schlug die Scheidung selbst vor. Sie wird bei Berenike bleiben."

Leila konnte nicht glauben, was sie da hörte. Sicher, sie liebte Josef. Aber er hatte das ohne sie entschieden! Sie wollte sagen, dass ihr das alles zu schnell gehe. Doch ER ließ sie nicht. So blieb sie stumm, selbst, als Titus ihnen gratulierte.

Vergiss deine Zweifel und nimm den Josef zum Mann. Es ist das Beste. Merkst du es denn nicht? Du bekommst ein Kind.

Kirjat-Jearim

im zweiten Regierungsjahr des Kaisers Vespasian
(Spätsommer 70 n. Chr.)

Wann, wenn nicht jetzt? Leila schaute auf Josef, der aufrecht vor ihr ging. Er trug einen Weinschlauch über dem Rücken. Ein Geschenk von Nicanor an Jakob. Dessen Haus würden sie bald erreicht haben. Kirjat-Jearim lag nicht einmal eine Wegstunde von Emmaus entfernt, wo sie sich von dem Heerführer Cerealis und seinen fünfhundert Reitern getrennt hatten. Der würde dort das erste von vier Kastellen an der Straße nach Caesarea errichten. Finger der römischen Faust, die sich eisern um den Hals Judäas legten. Bis dahin war Josef mit den Tribunen des Stabes geritten, sie selbst folgte im Tross der Hilfstruppen, die das neue Lager bauen sollten. Da ergab sich keine Gelegenheit zum Gespräch.

Jetzt schritt er weit aus, voller Vorfreude auf das Treffen mit Jakob. Sie aber musste unbedingt vorher mit ihm reden. Am besten hier. Doch sie hatte Angst. Sie bekommt ein Kind. Von ihrem Peiniger. Seinem ärgsten Feind. Selbst wenn er erfährt, dass der sie gewaltsam nahm: Er kann die Frucht dieser verfluchten Nacht nur hassen. Ihr geht es ja ebenso. Sie hatte einmal davon geträumt, Josef ein Kind zu schenken. Aber jetzt schämt sie sich, ihn nur anzusehen. Eine Heirat wäre Betrug an seiner Liebe. Sie muss es ihm sagen. Sofort.

Sie kamen durch einen Hain mit Ölbäumen, an dessen Rand ein Baum voller Sommerfeigen trotzig Wurzeln schlug. Oh, wie hatte sie Lust auf etwas Süßes! Josef lächelte, als sie ihn bat, einige Früchte für sie zu pflücken. Er legte den Weinschlauch ab, sprang nach den grünen Kugeln, setzte sich zu ihr und lehnte seinen Rücken wie sie an den Baumstamm. Dann gab er ihr die Feigen in den Schoß. Leila schloss die Augen und genoss den süßlichen Duft. Sie würde es ihm sagen. Jetzt.

Stattdessen begann er zu reden. Sprach davon, dass er Esther und ihren Töchtern vorgeschlagen habe, sie nach Rom zu begleiten. Denn der Schreiber des Titus hatte ihm in dessen Auftrag neben der Urkunde für Kirjat-Jearim einen Beutel Denare übergeben. Davon wollte er in Rom ein Haus kaufen. Und er malte sich aus, wie sie das Anwesen einrichten und endlich ein Leben in Frieden führen würden. Doch jetzt müssten sie weiter. Der Caesar komme morgen in Emmaus an. Als Ehrengeleit für Berenike, die nach Galiläa zurückkehrt. Und zu deren Abreise sollten sie wieder zurück sein. Denn wenn Titus sich von seiner Königin trennt, sei das zugleich ihrer beider Abschied von Sadah.

„Du kannst mich nicht heiraten", unterbrach sie ihn. Verblüfft sah er sie an. Wollte wissen, warum. Und sie blieb stumm. Dafür füllten sich ihre Augen mit Tränen. All die Wut, ihre Scham, der Hass, dieses Gefühl von Schuld, brachen sich Bahn in einem wilden Schütteln ihres Körpers. Er nahm sie beruhigend in die Arme. Da erst begann sie zu erzählen. Stockend, ohne ihn anzusehen. Berichtete ihm von der letzten Nacht des Matthias und wie Eleazar den Hohepriester zwang, bei ihrer Schändung durch Joannes zuzusehen. Dann befreite sie sich aus seinen Armen und sah ihn durch einen Tränenschleier an. „Du kannst mich nicht heiraten", wiederholte sie. Und als er erneut widersprechen wollte, kam sie ihm zuvor. „Dieser Traum starb in jener Nacht. Ich bekomme ein Kind."

Den Rest der Strecke legten sie schweigend zurück. Immer wieder verschwamm der Weg vor Leilas Augen, aber sie schaffte es, nicht zu weinen. Etwas war zerbrochen an diesem herrlichen Spätsommertag. Sie hatte es zerstört. Wie sollte Josef die Mutter eines Kindes lieben, das nicht seines war? Er versuchte, mit ihr zu reden. Brachte vernünftige Einwände. Die Freundschaft der Caesaren mache ihn wohlhabend, er könne für sie und das Kind sorgen. Niemand brauche zu wissen, wer der wahre Vater sei. Es wüchse nicht als Bastard auf, sondern in einer jüdischen Familie, die es nach den Geboten des Herrn erzöge. Und sie selbst entgehe so dem Getuschel über die Schande eines vaterlosen Kindes. Stimmte alles. Doch sie hörte auch, wovon er nicht sprach: von Liebe.

Ihr Streit verblasste kurz, als sie Jakob wiedersahen. Der weinte vor Freude, sie lebend in die Arme schließen zu können. Und wie verblüfft er dreinschaute, als sie ihm erklärten, dass er nicht mehr im Haus des Abinadab wohne, sondern in dem des Flavius Josephus! Der Zank mit Josef schien vergessen, als sie berichteten, wie Leila und Rahel vom Hof der Priester direkt auf ein Fest des Caesar gelangten. Und sie lachten sogar beide über Jakobs ungläubiges Gesicht beim Bericht von geheimen Gängen und dem Silber, das sie unter dem Tempel gefunden hatten.

Doch dann hatte Leila ihrem Bruder erzählt, dass sie ein Kind erwarte. Und als der dem Josef gratulieren wollte, schnell hinzugefügt, dass es von Joannes sei. Zum zweiten Mal an diesem Tag berichtete sie von ihrer Schändung. Nicht mehr so aufgewühlt wie zuvor bei Josef, doch wieder voller Qual. Sie sah, wie ihr Bruder bleich vor Wut wurde, weil er sie wegen der Blockade Jerusalems durch die Römer nicht hatte schützen können. Und wie die Wut in Hass umschlug, als sie stockend berichtete, dass ihr alter Mitschüler Eleazar auf Befehl des Joannes den Hohepriester zum Zusehen zwang. Am Ende ihres Berichts meinte Josef, er wolle sie trotzdem heiraten und bitte Jakob dafür um seinen Segen. Da schrie sie den Freund an: Sie brauche sein Mitleid nicht. Und das Kind keinen Vater, der es ebenso hasse wie die Mutter. Seitdem war kein Wort mehr gefallen. Jakob und Josef saßen stumm vor ihren Bechern mit Nicanors Wein, Leila blickte leer aus dem Fenster auf die Hügel auf der anderen Seite von Kirjat-Jearim.

Sie hielt es nicht mehr aus mit den beiden düster blickenden Männern und stand auf. „Jetzt habe ich euer Wiedersehen verdorben. Womöglich hilft euch der Falerner, auf andere Gedanken zu kommen. Ich schaue mich ein wenig draußen um. Und wenn ich wiederkomme, lasst uns gemeinsam feiern. Wir haben überlebt. Das allein zählt." Sie warf sich die Simlah über und ging hinaus. Vor der Tür rief sie leise nach Ejhaw.

Willst du meinen Rat hören?

„Nein. Deine Meinung kenne ich. Zeig mir endlich die Lade."

Er führte sie zu den Grundmauern des alten Tempels und dem Gang mit der Höhle. Zeigte ihr die Truhe mit dem Silber und dem Gewand eines Hohepriesters und erklärte, wie man sie öffnete und schloss. Danach brachte er sie zurück in den Stollen. Hinter dem Knick ließ er sie einen Stein aus der Wand ziehen und entriegelte so eine geheime Tür. Sie trat ein. Ejhaw wies Leila auf das Kästlein mit den Ölen und Phiolen hin und forderte sie auf, den Hirtenstab zu nehmen, der am Fels lehnte.

Was du jetzt siehst, habe ich nie einem Sterblichen gezeigt.

Der Herr ging mit ihr zur Wand neben dem Schutthaufen. Dort richtete er ihren Blick auf eine münzgroße Vertiefung.

Setz den Ring auf deinen Finger.

Leila griff in ihre Achsel und holte den Flicken mit dem Schmuckstück hervor. Sie betrachtete kurz den Rubin und die blauen Diamanten, die von innen stärker als sonst zu leuchten schienen. Dann schob sie den Ring über den vorletzten Finger der rechten Hand. Er ergriff sofort von ihr Besitz. Aber das beunruhigte sie nicht mehr. ER führte das Siegel in die Kerbe im Fels und drehte den Ring. Ein leichtes Vibrieren, dann entstand vor ihren Augen ein mannshohes Loch im Gestein. Jetzt legte ER ihr den Hirtenstab schräg vor die Brust und drückte den Ring zweimal kurz in eine ähnliche Vertiefung an dessen Spitze. Die sandte daraufhin ein strahlendes Licht aus, das den Raum taghell machte.

Gehe durch die Pforte. Der Stab enthüllt das Verborgene.

Sie trat ein. Es war nur eine kleine Kammer. Nicht allzu tief und kaum höher als sie selbst. Und da stand sie: die Bundeslade. So wie ihr Lehrer Ananias sie ihnen einst beschrieben hatte: eine Kiste aus Akazienholz, mit Gold überzogen, das im Licht ihres Hirtenstabes glühte. Die Lade reichte ihr knapp bis zur Hüfte und war nicht breiter als ein schlichter Tisch. Was sie von jeder anderen Truhe unterschied, waren die zwei Cherubim, die ihre Flügel schützend über die Deckplatte hielten. Und die Ringe am Boden, mit den Stäben darin.

„Enthält sie wirklich die Felsplatten mit deinen Geboten?"

In ihr liegt ein Stein mit göttlicher Macht. Den Insheta dringend begehrt. Denn er ist aus einem einmaligen Material, das enorme Kräfte in sich birgt. Nur das ist ihm wichtig. Nicht der Bund zwischen deinem Volk und mir.

„Du hast diese Lade entworfen?"

Ja.

„Und besitzt du ihre Pläne?"

Du hältst sie in der Hand.

Sie schaute auf den Stab. „Hier drin?"

Ja.

„Und wer hat die Arbeit ausgeführt?"

Bezalel, der Sohn des Urus vom Stamm Juda. Hat euch das Ananias nicht gelehrt?

„Verspottest du mich etwa? Oft erzählte er nur Legenden."

Verzeih. Du hast recht. In Wahrheit schuf ich sie selbst. Alles, was es dafür braucht, hältst du in der Hand.

„Dann, Herr, habe ich eine Idee, wie wir sie schützen."

Josef war ratlos. Wie hatte er sich auf das Wiedersehen mit Jakob gefreut, die ausgelassene Runde, in der sie ihr Überleben feiern würden. Aber jetzt saß er hier mit seinem alten Freund, und sie schwiegen sich an. Nachdem Leila hinausgegangen war, hatte er Jakob von ihren Zweifeln berichtet. Ihrer Furcht, dass er das fremde Kind hassen würde. Dem Vorwurf, er habe sein Volk und damit sie verraten, als er zu den Römern überging. Heute Morgen erst sei er sicher gewesen, sein künftiges Leben mit der Frau zu verbringen, die ihn liebt. Doch die gab es nicht mehr.

Er hatte auf einen Rat des Freundes gehofft. Aber der stellte nur eine Vermutung an. Womöglich empfinde Leila die Schändung als eine Strafe des Herrn. Der sie für die Kinderlosigkeit ihrer Ehe jetzt mit einem anschwellenden Bauch quäle. Angenommen, sie hätte damit Recht, dann besänftige es den Einen doch sicher, wenn sie mit Josef endliche eine glückliche Familie gründe. Womöglich sei ja genau das der Plan, den Gott mit ihnen beiden verfolge?

Das danach eingetretene Schweigen bedrückte Josef. Sie hatten einen Krieg überlebt und trauerten hier um die Zukunft. Schluss damit! Er bat Jakob, zu berichten, wie es ihm seit ihrem letzten Treffen ergangen sei. Der nahm den Wechsel des Themas dankbar auf. Er erzählte, dass er unten im Dorf eine kleine Kampfschule aufgebaut habe. Schüler gab es zwar im Augenblick nicht, aber Herkules und fünf weitere Kämpfer seiner früheren Bruderschaft lebten dort und hielten sich mit täglichen Übungen in Form. „Ist schon seltsam, wie alles zusammenhängt", sinnierte Jakob. „Der Grieche hat dich in Jotapata beschützt, und zum Dank dafür sandte der Herr den Nicanor, der ihm die Flucht hierher zu uns ermöglichte. Dabei fällt mir auf: Du hast noch gar nicht berichtet, wie du aus dem römischen Kerker direkt an den Tisch der Caesaren kamst!"

Josef schilderte daraufhin in dürren Worten, wie er dem Vespasian in seiner Verzweiflung vorhergesagt habe, einmal Kaiser in Rom zu werden. Und dass Titus ihn seit dem Eintreten der Prophezeiung als seinen persönlichen Glücksbringer betrachtete. Doch dann verging ihm die Lust am Reden, und sie tranken schweigend vom verdünnten Wein. Draußen färbte sich der Himmel rot. Bald würde die Nacht hereinbrechen. Josef sah Jakob an, und der verstand ihn ohne Worte: Lass uns Leila suchen gehen. Sie leerten ihre Becher und erhoben sich. Im selben Moment ging die Tür auf. Da stand sie. Mit einem eigenartigen Lächeln. Sie streifte die Simlah vom Kopf und sah ihn wie entrückt an: „Ich werde dich heiraten, Josef ben

Mattitja." Er starrte sie an, unfähig zu einer Antwort. Die brauchte sie nicht. Sie trat an ihn heran, stellte sich auf die Zehenspitzen und küsste ihn auf den Mund.

Er versuchte, es zu genießen, aber sie kam ihm seltsam theatralisch vor. Er schob sie ein wenig von sich fort: „Woher der Sinneswandel?"

Sie musste nicht lange überlegen. „Es ist der Wille des Herrn."

Jakob hatte die Szene mit Verwunderung beobachtet. Das war die sonderbarste Liebeserklärung, die er je gehört hatte. „Hoschia'na, sein Wille geschehe", rief er. „Jedem war klar, dass ihr zusammengehört. Selbst ER weiß das. So eine Freude. Lasst uns feiern!"

Leilas Blick wurde weich, sie lächelte ihn an. „Das hatte ich euch versprochen. Doch gebt mir einen Moment. Ich gehe kurz nach oben. Um dem Herrn zu danken."

„Was fällt dir ein?", zischte sie leise. Keine Antwort. „Ejhaw. Sprich mit mir! Wieso hast du das getan?"

Sei ehrlich zu dir. Ich habe dich nur sagen lassen, was du dir doch über alles andere wünschst. Außerdem lässt sich dein Plan so leichter umsetzen.

Sie seufzte. Womöglich hatte ER ja sogar recht. Sie fingerte den Ring aus dem Flicken an der Achselhöhle.

Was hast du vor?

„Du sagtest, ein jeder Ringträger suchte sich Getreue, die ihm halfen. Matthias bildete mit den beiden Männern da unten einen Bund zum Schutz der Lade. Ich werde ihn erneuern."

„Nein!" Ungläubig starrte Josef auf den Ring, den Leila an ihrem Finger trug. Es war unverkennbar der des Matthias. Verwirrt schaute er auf die Frau, mit der er sein weiteres Leben teilen wollte. „Zu dir spricht der Herr?"

Leila lächelte. „Öfter als mir lieb ist. Wie er gern sagt: Ich bin sein Körper, er ist mein Geist."

Jakob, der inzwischen seinen Becher nachgefüllt hatte, nahm einen kräftigen Schluck vom Falerner. „Es ist der Ring des Matthias", bestätigte er. „Aber wer sagt mir, dass du ihn nicht gestohlen hast?" Er wagte nicht, Leila anzusehen.

Deren Blick wurde seltsam glanzlos. „Erinnert euch, was der Hohepriester im Tempel sagte: Es ist egal, wie jemand an den Ring gelangte. Er ist der Herr dessen, der ihn trägt und niemals umgekehrt."

Josef schaute den Freund an: „Hast du ihr die Geschichte erzählt?"

Der prustete empört. „Wie denn? Wir hatten im Namen des Einen geschworen, zu niemandem davon zu sprechen!" Er stutzte kurz. „Aber womöglich hat Matthias das selbst getan?"

Josef schüttelte den Kopf. „Dann hätte er ihr im gleichen Atemzug von unserem Bund erzählen müssen. Was mich viel mehr wundert, ist, dass sich der Herr eine Frau ausgesucht hat."

Auf Leilas Stirn erschien eine senkrechte Falte. Wie immer, wenn sie sich ärgerte. „Ihr müsstet euch mal hören. Euer Glaube löst sich in Nichts auf, sobald er geprüft wird. Warum soll der Herr kein Weib zur Verkünderin seiner

Wahrheit machen? Die Orakel der Griechen waren oft Frauen. Iris ist Botin ihrer Götter. Dass ER ausgerechnet durch mich spricht, ist ein Zufall. Matthias gab mir den Ring zur Aufbewahrung, als er um sein Leben fürchtete. Nachdem er ermordet war, steckte ich ihn mir voller Trauer an, und in diesem Augenblick ergriff der Herr von mir Besitz. Es war seine Entscheidung, nicht meine. Und ich versichere euch, es ist zugleich eine große Bürde. Er verkündet ja nicht nur seinen Willen durch mich. Er gebietet mir zudem zu schweigen, wenn es ihm beliebt, ja, er übernimmt sogar meinen Körper, so ihm das nützlich erscheint. Und ich bekomme davon häufig nicht einmal etwas mit."

Das reicht jetzt als Erklärung. Sie haben es verstanden.

Josef und Jakob starrten sie unangenehm berührt an. Sie wechselten einen schnellen Blick, dann räusperte sich ihr Bruder. „Hör zu, Leila. Das kommt für uns so plötzlich, so unvermutet. Wie sollen wir da nicht unsere Zweifel haben? Aber ich glaube dir. Für mich bist du zuerst meine Schwester. Ich stehe an deiner Seite, egal, ob es dich oder den Willen des Herrn zu verteidigen gilt. Du hast in mir einen treuen Bruder und Bundesgenossen, so wie du in Josef einen braven Mann und Diener Gottes haben wirst. Ist doch so, oder?"

Er schaute auf den Freund, der bei seiner Antwort jedoch nicht ihn, sondern Leila ansah: „So ist es."

In ihrem Hals bildete sich ein Kloß. Sie trat auf die beiden wichtigsten Männer in ihrem Leben zu und umarmte sie. „Danke. Das vergesse ich euch nie."

Jakob überspielte seine Verlegenheit. „Dann lasst uns endlich das Wiedersehen feiern. Dagegen wird der Herr nichts haben."

Jerusalem

im zweiten Regierungsjahr des Kaisers Vespasian
(70 n. Chr.)
(Am Abend desselben Tages)

Rahel war allein in der riesigen Villa des Hohepriesters. Wenn man von den vier Leibwächtern des Alexander absah, die abwechselnd vor dem Eingang Wache standen. Was die schützen sollten, das Haus oder sie, blieb offen. Levi und die beiden anderen Diener des Josef waren gegangen, nachdem sie Weggeld erhalten hatten. Esther und ihre Töchter hatten ebenfalls ihre Sachen gepackt und sich soeben verabschiedet. Sie gingen im Tross der Berenike nach Caesarea. Jetzt gehörte der Palast allein ihr. Sie stolzierte durch das Atrium und stellte sich vor, sie wäre die Herrin des Hauses. Leise, um die Ägypter nicht aufzuschrecken, klatschte sie in die Hände. Befahl unsichtbaren Sklavinnen, ihr Wein zu bringen. Sie ging in die Vorratskammer, nahm sich die Schüssel mit Datteln, die bei der Feier niemand angerührt hatte, und einen Krug Falerner und schritt dann würdevoll die Treppe empor. Im Speisezimmer legte sie sich auf das Sofa für die Ehrengäste, dorthin, wo die Königin gespeist hatte. Sie goss Wein in einen der beiden Becher, die auf dem niedrigen Tisch standen, und erhob ihn für einen Trinkspruch. Er wäre ihr fast wieder aus der Hand gefallen. Denn von der Tür her ertönte ein lautes „Auf Bacchus!"

Alexander trat ein. Er trug eine weiße Tunika mit den schmalen Purpurstreifen des römischen Ritters. Erschrocken wollte sie aufspringen, doch er befahl ihr zu bleiben. Und legte sich neben sie. „Schenk mir Wein ein. Unverdünnt." Der Präfekt holte sie zurück in die Wirklichkeit. Machte aus der Königin wieder die Dienerin. Und sie fügte sich, füllte seinen Becher. Er erhob ihn, so wie Rahel vorhin ihren und prostete ihr zu: „Möge dieser Abend Freude bringen." Sie forschte in seinem Gesicht, ob er seinen Trinkspruch bewusst zweideutig meinte, aber er trank, ohne sie zu beachten. „Das ganze Haus ist leer?", vergewisserte er sich.

Sie bestätigte es. „Die Diener sind ausbezahlt und Josef und Leila besuchen ihren Bruder Jakob in Kirjat-Jearim." Er stellte seinen Becher ab, wischte sich mit der Rechten über den Mund und ließ seinen Blick an ihr herunter gleiten. Dann riss er sich los. „Der Caesar hat Josef das ganze Dorf geschenkt, samt Feldern und Bergen drumherum. Ich sah die Urkunde bei meinen Schreibern. Wusstest du, dass das Haus von Leilas Bruder dem Hohepriester Matthias gehörte? Manche Zufälle sind doch seltsam."

Für Rahel war das nichts Neues. Sie erzählte, dass sie einst bei Jakob nach dem Rechten gesehen hatte. Gelegentlich. Alexander blickte sie forschend an, aber sie ging nicht auf seine stumme Frage ein. Bei der Gelegenheit, plauderte sie weiter, hätte sie einmal beobachtet, wie sich der Hohepriester, Jakob und Josef in das Gebüsch unterhalb des Hauses schlugen. Sie wäre ihnen gefolgt, weil sie sich darüber wunderte. Und da seien die drei in eine verborgene Höhle hinter einem uralten Tempel gegangen.

Rahel hatte das nur erzählt, um Alexanders Gedanken von ihrem Körper wegzulenken, doch er richtete sich jäh auf. Er sah ihr starr in die Augen und zugleich wie durch sie hindurch. „Was für eine Höhle?"

Er war ihr in diesem Augenblick nicht geheuer, sie sah aber keinen Grund, ihn anzulügen. „Sie lag versteckt, hinter einem Felsen. Erst zu sehen, wenn man unmittelbar vor ihr steht." Er wartete darauf, dass sie weiterspricht. Rahel zuckte mit den Schultern. „Ich habe sie mir angesehen, als sie wieder weg waren. Es war nichts Besonderes an ihr." Sie setzte eine wirkungsvolle Pause. „Bis auf die große Steintruhe in einer Nische. Die war uralt. Und sah aus wie ein Sarg." Rahel verstummte. Ablenkung geglückt.

Er fasste sie schmerzhaft an den Oberarm. „Rede weiter. Was war in der Truhe?"

Sie entwand sich seinem Griff und schaute ihn vorwurfsvoll an. „Keine Ahnung. Ich habe sie nicht aufbekommen." Endlich wandte er seinen seltsamen Blick von ihr. Er sah nach draußen, über die Terrasse hin zum Tempelberg. Es war, als horche er in sich hinein.

Dann straffte er sich und stand auf. „Ich will, dass du zu Joannes und seinen Leuten gehst."

Sie hatte sich ebenfalls erhoben, sah ihn trotzig an und schüttelte heftig den Kopf. „Nein, auf keinen Fall. Das Essen, das ich ihnen brachte, ließ sie wieder Kraft schöpfen. Aber jetzt wissen sie nicht, wohin damit. Ich kenne diese Blicke. Sie ziehen mich mit ihren Augen aus, und bald werden sie es mit ihren Händen tun. Schick einen von deinen Ägyptern."

Der harte Schlag in ihr Gesicht traf sie völlig unvermittelt. Sie stürzte rückwärts auf das Sofa und blieb benommen liegen. Er ließ ihr keine Zeit, dem Schmerz nachzuspüren, der sich rasend schnell über ihre Wange ausbreitete. Mit einem Satz setzte er sich auf sie, griff nach ihren Handgelenken und presste sie neben ihrem Kopf auf die Liege. Sein Gesicht war rot vor Wut. „Du wagst es, einem Präfekten Roms Befehle zu geben? Ich werde dir zeigen, was du bist: Eine kleine jüdische Hure. Nichts weiter!" Er erhob sich auf seinen Knien und drehte sie mit einem schmerzhaften Reißen an den Schultern unter sich auf den Bauch. Als sie sich zu wehren begann, legte er seine Hände um ihren Hals und würgte sie, bis sie ohnmächtig wurde. Der Schmerz, als er sie von hinten nahm, holte sie wieder zurück. Ihre Schreie kümmerten ihn nicht. Seine Stöße waren brutal und voller Wut. Sie wurde von ihm nicht geschändet, sondern gedemütigt. Als sie das begriff, gab sie jeden Widerstand auf und erduldete die Qual mit leisem Wimmern. Nach einer Weile verharrte er endlich und stieg von ihr herunter. Der Schmerz in ihrem Unterleib blieb, sie konnte einen Schluchzer nicht verhindern. Sie hörte seine kalte Stimme. „Wenn ich das nächste Mal einen Dienst von dir verlange, erweist du mir den freiwillig. Ist das klar?" Er riss ihren Kopf an den Haaren hoch. „Schau mich an. Hast du das verstanden?" Sie sah hinter einem Schleier von Tränen die Verachtung in seinem Gesicht und nickte stumm. Alexander gab sie frei und richtete sich auf. „Fein. Hör zu. Du überbringst dem Joannes sofort diesen Befehl."

Kirjat-Jearim

im zweiten Regierungsjahr des Kaisers Vespasian
(Am Morgen des folgenden Tages)

Leila konnte nicht schlafen. Sie hätte müde sein müssen und kaputt. Die anstrengende Reise nach Emmaus, der lange Fußweg zu Jakob, der unerfreuliche Streit mit Josef, all das zehrte an ihren Kräften. Der Körper brauchte Ruhe, aber ihr Geist war zu beschäftigt. Ejhaw hatte sie ohne Rückfrage der Heirat zustimmen lassen. Damit mutete er Josef ein Leben mit einer Frau zu, deren Kind nicht seins sein würde. Und dazu die Enthüllung, dass der Herr durch sie spricht. Nie würde sie den beiden Gefährten die Wahrheit über diesen Gott mitteilen können. Dass er nicht der Einzige ist, sondern sich in einem immerwährenden Kampf mit einem dunklen Widerpart befindet, der die Menschheit versklaven will. Sie lag auf dem flachen Dach des Hauses, geschützt von einem Zelt aus Stoffbahnen, und lauschte nach unten. Es war still. Josef und Jakob flüsterten sicher, um sie nicht zu stören. Die beiden gaben ihr die Zuversicht, dass alles gut werden könnte. Sie wälzte sich zur anderen Seite. Da hörte sie es klopfen. Unten an der Tür. Kein energisches, herrisches Begehren nach Einlass, sondern ein zaghaftes Pochen. Doch niemand reagierte. Sie erhob sich und stieg die Leiter hinab. Josef und Jakob lagen mit den Köpfen auf dem Tisch, ihre Becher vor sich. Sie hatten, nachdem sie gegangen war, lange miteinander geredet. Und es wohl nicht mehr aufs Strohlager geschafft. Sie rüttelte zuerst Jakob an der Schulter, dann Josef. Ihr Bruder sah sie fragend an, da klopfte es erneut. Diesmal stärker. Er erhob sich murrend, nahm die brennende Öllampe vom Tisch und öffnete die Tür. Jakob hob die Lampe, um den Gast besser zu sehen, und schon ertönte sein Ausruf der Überraschung: „Rahel!"

Er hätte sie nie erwartet, weder zu dieser Zeit noch an diesem Ort. Und schon gar nicht nach dem, was Leila vom Schicksal seiner einstigen Geliebten erzählte, die sich offenbar mit den Leuten des Joannes eingelassen hatte. Doch er freute sich ehrlich, sie zu sehen. Jakob trat zur Seite und ließ sie ein. Es war wie früher: Sie huschte ins Haus, streifte sich die rote Simlah vom Kopf und fiel ihm um den Hals. Doch fehlten ihr diesmal die Worte, sie hielt ihn nur fest umarmt und schluchzte. „Na, na", brummte er verlegen. Sanft löste er ihre Arme von seinem Nacken und schob sie ein Stück von sich, um sie anzusehen. Sie war aufgeblüht, trotz aller Entbehrungen in der belagerten Stadt. Er strich ihr über das dunkle, schwarze Haar und tätschelte zögernd ihre Wange.

Sie bemerkte wohl seine Unsicherheit, denn auf einmal nahm sie sein Gesicht in beide Hände, zog es zu sich herunter und küsste ihn auf den Mund. „Wie oft habe ich davon geträumt. Wieder von dir umarmt zu werden, mich behütet zu wissen." Sie lachte unter Tränen. „Kindisch, oder?"

Er schüttelte den Kopf. Schlang seine Arme um ihren Mädchenkörper und presste sie eng an sich. „Du hast mir genauso gefehlt." Sie hatten sich endlich wieder.

Hinter ihnen räusperte sich Josef. Rahel löste sich von Jakob, wischte sich eine Träne aus dem Gesicht und sah Leila und ihn an: „Ihr seid alle drei in großer Gefahr. Joannes und seine Bande sind auf dem Weg hierher. Um euch zu töten."

Jakob sah, wie Leila sich versteifte. Durchdringend blickte sie Rahel an. „Wie kommst du darauf?"

Die schaute panisch von einem auf den anderen. „Ich habe ihnen den Befehl dazu überbracht. Vom Präfekten Alexander. Er will an die steinerne Truhe in der Höhle hinter dem alten Tempel."

Jakob war baff. „Er weiß davon? Woher?"

Rahel sah ihn traurig an: „Von mir."

Und dann erzählte sie, wie sie ihm vor Jahren heimlich nach Kirjat-Jearim gefolgt war, um in seiner Nähe zu sein. Dass sie dabei beobachtet hatte, wie er mit Josef und dem Hohepriester in die Höhle gegangen war. Die Truhe habe sie entdeckt, als sie nachschaute, was sich dort befindet. Schluchzend berichtete sie, wie sie von Alexander im Gegenzug zu ihren Informationen Schutz verlangt hatte. Durch einen Schleier von Tränen blickte sie auf Jakob. „Ich war so einfältig. So dumm. Wie konnte ich erwarten, ein römischer Präfekt würde mich anständig behandeln? Als er mir den Befehl gab, Joannes in seinem Namen nach Kirjat-Jearim zu senden, verweigerte ich das. Da tat er mir Gewalt an. Nur um zu zeigen, dass ich für ihn nichts als eine jüdische Hure bin, die er bei Bedarf nehmen oder aber in die Wüste schicken konnte. Ich hatte solche Angst um mein Leben. Also schlich ich zu Joannes und wies ihn in Alexanders Namen an, nach Kirjat-Jearim zu gehen. Er sollte die Höhle sichern und auf den Präfekten und seine

Leibwache warten. Dann bin ich durch die Nacht hierher geeilt, um euch zu warnen."

„Ich habe viele Fragen, Rahel." Jakob sah das Mädchen finster an. „Vor allem nach deinem Verhältnis zu Alexander und Joannes und warum du sie plötzlich verrätst. Aber das muss warten. Vorher ist anderes wichtiger. Weißt du, wie viele Männer die beiden befehlen?"

Rahel war rot vor Scham. Sie würde ihm so einiges gestehen müssen. Aber er hatte recht. Jetzt galt es, sich vorzubereiten. „Bei Joannes sind an die zwanzig seiner Getreuen. Sie haben nur Messer und Schleudern. Zu Alexander kann ich nichts sagen."

Josef meldete sich. „Soweit ich weiß, bildet seine Leibwache eine Centurie bei den Hilfstruppen. Aber die werden ihn kaum alle begleiten. Ich nehme an, er ist Teil von Titus' Ehrengeleit für Berenike, die heute nach Caesarea zurückkehrt. Da er nicht glanzvoller als der Caesar auftreten darf, führt er höchstens zwei oder drei Contubernia mit." Die Frauen sahen ihn verständnislos an, deshalb schob er schnell eine Erklärung nach: „Das sind bei den Römern acht Mann, die sich im Krieg ein Zelt teilen und gemeinsam kämpfen."

Jakob blickte düster drein: „Demnach rücken sie mit fast fünfzig Streitern an. Wenn Herkules und seine Freunde uns helfen, sind wir acht Leute. Bestens ausgebildet zwar, aber hoffnungslos in der Unterzahl." Er überlegte kurz. Dann hellte sich sein Gesicht auf. „Wie sagen die Griechen immer? Trenne und herrsche! Rahel, du musst Joannes dazu bringen, uns so schnell wie möglich anzugreifen. Mit zwanzig ausgehungerten und unerfahrenen Eiferern werden wir fertig. Bei den Ägyptern muss uns dann der

Herr helfen." Er schaute unbeabsichtigt auf Leila. Die guckte unschuldig zurück, was ihn irritierte. Jakob sammelte sich. „Je früher Joannes losschlägt, umso besser. Rahel sollte ihm entgegengehen. Und zwar sofort. Bist du einverstanden?"

Sie bejahte es. „Begleitest du mich nach draußen?"

Jakob wartete vor dem Haus auf Rahel, die sich von Leila und Josef verabschiedete. Es würden Tränen fließen, da musste er nicht dabei sein. Hinter den Bergen ging die Sonne auf. Jetzt, in diesem Augenblick der Stille, wurde ihm erst klar, wie heftig Rahels Besuch ihn aufwühlte. Er wollte es sich zunächst nicht eingestehen, aber er empfand nach wie vor eine tiefe Zuneigung für das Mädchen. Das verwirrte ihn.

Jakob hörte, wie die Tür geöffnet wurde, und drehte sich um. Rahel kam heraus und streifte sich die rote Simlah über den Kopf. Sie trat auf ihn zu, nahm seine Hände. Ihre Augen waren feucht, und er sah in ihnen Angst. „Jakob", begann sie leise. „Ich ... habe dich gebraucht. War allein unter all den Männern, die monatelang sich und die Einwohner der Stadt bekämpften. Hatte nur den Halben Schekel, wo sie jeden Tag nach mir griffen. Mein einziger Schutz war der Neid ihrer Kumpane. Denn du kamst ja nicht zurück. Joannes versprach mir das Ende aller Nachstellungen. So legte ich mich zu dem einen, anstatt zu vielen. Und als die Römer ihn vertrieben hatten, suchte ich Geborgenheit bei dem einzigen der Sieger, der mir Beachtung schenkte. Zu einem hohen Preis. Ich verriet meine Freunde und hoffte, dass ihm das genügt. Alexander bekam so, was er wollte, aber er gefiel sich darin, mich zu demütigen. Für ihn war ich weniger wert, als die geringste seiner Huren." Tränen liefen ihr über das Gesicht. Jakob blieb stumm, so sprach sie weiter. „Du warst nicht bei mir, und es gab sicher Gründe dafür. Ich aber war gekränkt, habe dich und meine Liebe verraten. Kannst du mir das jemals verzeihen?" Voller Angst und Hoffnung schaute sie ihm in die Augen.

Er nahm ihr Gesicht in seine Hände und küsste vorsichtig die Tränen von den Wangen. Mit einer zarten Bewegung des Zeigefingers hob er ihren Kopf, bis sie ihn ansah. „Da gibt es nichts zu verzeihen. Du hast den Krieg überlebt. Darauf kommt es an. Ich blieb hier, weil der Hohepriester darum bat. Er wollte, dass hier draußen jemand seine Angelegenheiten regelt, falls Jerusalem fällt."

Sie schniefte. „Du sprichst von der Truhe in der Höhle?"

Er strich ihr übers Haar. „Ja. Aber lass mich zu Ende reden." Jakob umarmte sie und presste sie eng an sich. Dann flüsterte er in ihr Ohr: „Du warst die ganze Zeit bei mir. Am Tage sprach ich mit dir, und in der Nacht erschienst du in meinen Träumen. Die Sorge um dein Schicksal zerfraß mich. Bis endlich Nachricht von Leila kam und du vorhin in der Tür standst."

Er löste sich von ihr, schaute ihr ins Gesicht. Wollte hinzufügen, dass er furchtbar gern mit ihr leben würde, eine Familie gründen und Kinder großziehen. Doch Rahel las es in seinen Augen. Sie stellte sich auf die Zehenspitzen und küsste ihn auf die Stirn. „Lass uns heute Nacht darüber sprechen, Liebster. Wenn alles vorbei ist." Zögernd machte sie einen Schritt nach hinten, drehte sich um und lief Joannes entgegen.

Als Jakob das Haus wieder betrat, blickten ihn Leila und Josef seltsam an. „Was ist?", fragte er.

„Du lächelst", antwortete seine Schwester. Er zuckte mit den Schultern.

„Na ja. Ich werde Rahel bitten, bei mir zu bleiben. Gleich nachdem der Kampf vorüber ist. Und auf den sollten wir uns jetzt vorbereiten." Ihm war das Thema unangenehm. Leila gratulierte trotzdem. Josef wiederum sagte nichts.

„Dir missfällt mein Entschluss?", fragte er ihn.

Der Freund zögerte mit der Antwort. „Sie ließ sich auf unseren ärgsten Feind ein. Woher wissen wir, dass das kein doppeltes Spiel ist?"

Jakob wurde zornig. „Fragt ausgerechnet der jüdische Heerführer, der zu den Römern überlief. Ich sage dir, dass sie es ehrlich meint. Verdammt, sie geht in diesem Moment zu dem Mann, der ihre Lage während der Belagerung schamlos missbraucht hat! Sie macht das, um unseren Plan umzusetzen. Wenn er etwas merkt, kostet es sie das Leben. Und du redest von doppeltem Spiel?"

Josef hob beschwichtigend die Hände. „Ich meine nur, wir sollten vorsichtig sein und uns nicht allein auf sie verlassen."

Jakob beruhigte sich. „Das macht ja keiner. Ich habe mit Herkules und seinen Freunden in den vergangenen Monaten den Höhleneingang wehrhaft gemacht. Eine Falle am Eingang, Vorräte, eine kleine Zisterne drinnen. Ich zeige es euch nachher. Mit den Leuten des Joannes werden wir spielend fertig. Sorgen machen mir Alexanders Leibwächter. Das sind sicher Kämpfer, die ihr Handwerk verstehen. Wenn der mit mehr als zehn Ägyptern auftaucht, war es das für uns. Zumal wir auf keine Hilfe rechnen können."

„Das sehe ich anders." Leila mischte sich in die Diskussion ein. „Josef sagte, dass Titus heute nach Emmaus reitet, um Berenike das Ehrengeleit zu geben. Er ist der Einzige, der den Oberbefehlshaber seiner Legionen stoppen kann. Wie wäre es, wenn wir ihm sagen, dass Joannes uns in Alexanders Auftrag angegriffen hat und dieser ihm zu Hilfe eilt? Weil die beiden gemeinsam auf der Jagd nach einem weiteren Schatz des Tempels sind, den sie auf dem Land des Hohepriesters vermuten? Ich könnte das übernehmen. Titus kennt mich."

Josef wollte Leila nicht allein losgehen lassen. Aber ihre Idee war gut. „Dann holen wir jetzt Herkules und seine Freunde und bereiten uns an der Höhle auf den Angriff von Joannes vor. Und du machst dich auf den Weg nach Emmaus."

Jakob gefiel das Ganze nicht. „Dieser kühne Plan kann nur gelingen, wenn die Frauen ihren Teil erfüllen."

Leila sah ihn spöttisch an. „Keine Angst, Bruder. Das schaffen wir. Auf unsere Art."

Endlich hatte Rahel die Kuppe des Berges erreicht. Sie sah zurück auf den steinigen Pfad, der sich vom Dorf aus durch die Weinstöcke nach hier oben schlängelte. Obwohl es früh am Morgen war, hatte die Sonne genug Kraft, um ihr ins Gesicht zu brennen. Ein leichter Westwind, in dem sie das Meer roch, verschaffte Linderung. Die würde sie erst recht im Schatten der Eichen finden, die sich auf der anderen Seite des Berges ausdehnten. Dennoch wurde sie langsamer. Denn dort wartete Joannes auf sie. Sie hatte ihm oft etwas vorgemacht, wenn er sie nahm. Aber diesmal musste sie ihm dabei in die Augen sehen. Würde er die Lüge erkennen?

„Wohin mein Täubchen?" Einer seiner Anhänger kam grinsend um den Stamm herum, hinter dem er sich versteckt hatte.

„Frag nicht so blöd, Samuel." Sie ließ sich ihren Schreck nicht anmerken. „Führ mich zu eurem Lager. Dafür bist du doch hier." Er nahm die Zurechtweisung hin und brachte sie ohne ein weiteres Wort zu einer kleinen Lichtung, keine fünfzig Schritte entfernt. Joannes saß inmitten seiner Kämpfer. Sein graues Hemdkleid war starr vor Schmutz, das Gesicht verdreckt, die Haare wirr, der Bart lange nicht mehr gekämmt. Aber in seinen Augen erkannte sie eine gewisse Wärme, als er sie sah.

Er stand auf und kam auf sie zu. „Du kommst von Emmaus?", fragte er. „Hast du Tiberius Alexander gesehen?"

Sie schüttelte den Kopf. „Nein. Er wird erst zum Nachmittag erwartet, mit Titus und Berenike und einer Kohorte Legionäre. Und das ist ein Glücksfall für dich." Joannes schaute sich verwundert im Kreis seiner Männer um, die dem Gespräch lauschten. „Ja", unterstrich sie leichthin. „Er hat mir gestern Nacht seine Pläne enthüllt. Es geht gar nicht um ein paar Stücke aus dem Tempel, die ihr sichern sollt, wie er mich euch ausrichten ließ. In der Höhle befindet sich der Schatz der Hohepriester. In einer Truhe aus Stein mit schwerer Deckplatte darauf. Das Silber will er dem Titus übergeben. Zusammen mit dem Anführer der Juden, den er dorthin lockte. Also dir." Erregtes Gemurmel in der Runde. Sie ließ sich nicht beirren und erzählte die Geschichte weiter, die sie sich auf dem Weg ausgedacht hatte. „So will er die Gunst der Familie des Kaisers erlangen. Die ihm unsagbar größere Reichtümer bringen wird, als sie in der Höhle zu finden sind."

Einige von Joannes' Gefolgsleuten waren aufgesprungen und bedrängten ihren Anführer, er solle nicht in die Falle tappen. Man habe ja gleich vermutet, dass der Römer etwas im Schilde führe. Doch Joannes verschränkte die Arme vor der Brust und hielt seinen Blick unablässig auf Rahel gerichtet, ohne auf das Geschrei seiner Leute zu achten. „Und wieso ist das ein Glücksfall für mich?", fragte er lauernd.

Sie erklärte ihre Idee: „Alexander muss sich unter den Augen des Titus beweisen. Daher kann er nicht vor ihm hier auftauchen. Das gibt euch die Zeit, seine Pläne scheitern zu lassen. Ihr besetzt die Höhle sofort, öffnet die Truhe und flüchtet mit dem Schatz der Hohepriester, ehe der Ägypter hier eintrifft. Pferde und Esel findet ihr im Dorf."

Joannes strich sich über seinen zerzausten Kinnbart. „Klingt schlau. Aber ist es das? Die halbe römische Armee wäre hinter uns her. Und wird die Höhle nicht bewacht?"

Rahel tat, als müsse sie über diese Einwände nachdenken. Dann machte sie eine wegwerfende Handbewegung. „Titus sucht dich jetzt schon. Und die Höhle wird nur von Männern aus dem Dorf beschützt. Wenn ihr sofort handelt, liegt die Überraschung auf eurer Seite."

Joannes blickte in die Runde seiner Leute. „Sie hat recht. Mit dem Schatz könnten wir uns hinter den Euphrat zurückziehen. Zu den Brüdern in Babylon. Holen wir ihn uns!"

Jakob und Josef hatten sich schon am Rande des Dorfes von Leila getrennt. Sie warteten, bis sie der Wald auf dem Weg nach Emmaus verschluckt hatte, dann liefen sie weiter zur

Kampfschule. Jakob schlug mit der Faust dreimal laut gegen das Tor des flachen Gebäudes. Josef hörte, wie jemand den Riegel zurückzog. Die Tür öffnete sich einen Spalt, und ein Auge spähte durch den Schlitz. Im selben Augenblick schreckte es vor der Spitze eines Dolches zurück. „Wäre ich der Feind, wärst du jetzt tot", dröhnte Jakob.

„Irrtum. Dann hättest du nicht einmal mehr klopfen können, mein Freund", tönte es vom Dach. Josef sah hoch. Da stand Herkules mit einem gespannten Bogen, dessen Pfeil nach unten gerichtet war. Jetzt erst erkannte ihn der Grieche. Mit einem kühnen Sprung landete er vor ihm. „Den Juden entkommen und den Römern. Mir scheint, du bist unsterblich, Herr." Freudig umarmten sich die beiden Männer, deren Wege sich in Jotapata getrennt hatten. Dann schaute Herkules auf Jakob: „Ihr steht doch nicht so früh am Morgen vor unserer Tür, um Wiedersehen zu feiern? Kommt rein. Und du Mahmud, hole die anderen. Ich wittere ein Abenteuer!"

Kurze Zeit später machten sich die acht Männer auf den Weg zum alten Tempel. Jakob hatte den Mitstreitern von Rahels Warnung berichtet. Dass sich unter dem Haus des Abinadab ein Versteck der Hohepriester befand, war ihnen nicht neu. Sie hatten ihm ja geholfen, den Eingang zur Höhle zu sichern. Was die Steintruhe enthielt, spielte für sie keine Rolle. Sie standen zu ihrem früheren Anführer. Wenn er ihre Hilfe brauchte, erhielt er die. An dem Altarstein vor dem Höhleneingang machten sie Halt. „Fällt dir was auf?", fragte Jakob seinen Freund.

Josef schaute sich um. Zwischen den flachen Bodenplatten des alten Tempels wuchsen Thymian und andere Sträucher, die hüfthohen Stängel der Meerzwiebel ließen den Übergang zum angrenzenden Dickicht des Waldes fließend erscheinen. Der Abhang über der Höhle war mit Geröll bedeckt, an ihren Seiten streckten sich einzelne Mandelbäume aus dem Gestrüpp. Josef schüttelte den Kopf. „Nein. Was meinst du?"

Jakob grinste den anderen zu. „Da wird er aber staunen!" Er begann, die Leute einzuteilen. „Mahmud, du gehst mit Amon an die Seile. Der Makedonier und Simon besetzen die Felsspalten, Herkules und Jannis, ihr lasst den Feind vorüberziehen und führt Angriffe in seinem Rücken. Josef und ich verteidigen den Gang zur Höhle." Einen nach dem anderen schaute er seine Gefährten an. „Sie wollen die Truhe. Und jeder, der von ihr weiß, soll sterben. Wir werden das verhindern. Mögen der Herr und eure Götter mit uns sein."

Die Männer verteilten sich. Josef folgte Jakob hinter den Felsen, der den Eingang zum Stollen verbarg. Sie setzten sich, den Rücken an den kühlen Stein gelehnt. „Ich werde dir keine große Hilfe sein", begann er stockend. „Offen gesagt, habe ich noch nie in einem Kampf Mann gegen Mann gestanden."

Jakob nahm sein Schwert vom Boden und legte es auf den Schoß. Sorgsam prüfte er mit dem Daumen dessen Schärfe. „Ich weiß", antwortete er. „Mach dir keine Sorgen. Der Gang ist so eng, da reicht ein Mann, ihn zu verteidigen. Sobald sie kommen, stellst du dich an sein Ende. Wenn sie bis zu dir gelangen, sind meine Leute und ich tot. Dann ist es allein deine Sache, wie das Ganze endet." Josef erwiderte nichts. Er wollte leben. Und kam sich feige vor.

Eine Weile saßen sie schweigend. Gedankenverloren spielte Josef mit seinem Kurzschwert. In der Ferne ertönte der Ruf eines Steinhuhns. Jakob horchte auf, lauschte. Erneut war das unverwechselbare „tschuck, tschuck, tschuck" zu hören, gefolgt von dem seltsamen „kakaba, kakaba".

Er erhob sich. „Sie kommen. Geh nach hinten, in die Höhle." Vorsichtig spähte Jakob um den Fels. Gegenüber schlichen die ersten Empörer zum Plateau. Sie hielten an, warteten auf den Rest der Truppe. Am Ende standen fast zwanzig Mann an der Stufe zum alten Tempel. Als Letzter kam Joannes aus dem Dickicht. An seiner Seite eine Frau mit roter Simlah über dem Hemdkleid: Rahel. Zwei Banditen sicherten den Trupp nach hinten. Die übrigen Männer setzten sich wieder in Bewegung. Sie kamen direkt auf Jakob zu. Der schlich im Rücken des alten Steinaltars seitlich in das Gebüsch. Unter einem Mandelbaum entdeckte er weiter oben Amon. Der Ägypter hatte ein Seil in der Hand. Jakob winkte ihm verstohlen, dann schaute er zur Plattform. Die Ersten von Joannes' Männern hatten den Altar erreicht. Langsam gingen sie um ihn herum, die Messer kampfbereit in der Faust. Vorsichtig näherten sie sich dem Eingang der Höhle, bereit, jeden herausstürmenden Gegner zu bekämpfen. Doch es blieb still.

Bis Jakob brüllte: „Jetzt!" Im selben Moment zogen Amon und links davon Mahmud mit einem Ruck an ihren Seilen. Damit rissen sie die Pfosten einer Plattform aus jungen Bäumen um, auf der ein Geröllberg lag. Die kopfgroßen Felsen fielen direkt vor den Eingang der Höhle. Viele prallten dabei vom Berg ab. Als hätte sie eine römische Maschine geworfen, flogen sie in die überraschten Angreifer. Drei wurden sofort erschlagen, einer verschüttet, andere wälzten sich getroffen am Boden.

Hinter ihnen traten der Makedonier und Simon aus ihrer Deckung. Mit ihren Bögen schossen sie Pfeile auf die wie gelähmt dastehenden Banditen. Gleichzeitig rannten Amon, Mahmud und Jakob mit gezogenen Schwertern auf das Plateau. Sie nutzten die Verwirrung der Gegner in der Wolke aus Staub, um weitere Männer niederzumachen. Plötzlich sank Amon tödlich getroffen nieder. Einer der zwei Empörer, die am Rande des Plateaus geblieben waren, hatte ihn mit der Steinschleuder erwischt. Wütend stürmten Herkules und Jannis von hinten heran und erschlugen ihn und seinen Gefährten. Joannes wirbelte zu ihnen herum. Als er die Gefahr erkannte, riss er Rahel an sich und hielt ihr ein Messer an die Kehle.

„Keinen Schritt weiter!", schrie er.

Zuerst war da nur diese Wolke von Staub. Dazu das Dröhnen der prasselnden Steine, das Geschrei der Getroffenen, der Lärm eines erbitterten Kampfes, die Schmerzensrufe der Verwundeten. Und dann legte sich all das. Der Donner, der Nebel aus Felsstaub, das Kampfgeschrei. Josef stolperte auf den Eingang der Höhle zu, das Kurzschwert in der Hand. Er wollte zum Licht. Das schien von oben in den Stollen, der Zugang war halb zugeschüttet. Er kletterte über wegrollende Steine nach draußen. Überall lagen Kämpfer – mit eingeschlagenem Kopf, zerschmetterten Armen und Beinen, Stichwunden, aus denen das Blut quoll. Josef sah Herkules, keuchend über einem schwer Verletzten, den er soeben von seinem Leiden erlöst hatte. Neben ihm stand Jakob, das blutige Schwert in der Hand, er starrte regungslos zum anderen Ende des Plateaus. Zu Joannes. Ihr alter Feind hielt Rahel ein Messer an den Hals.

„Keinen Schritt weiter!", rief er, sich hektisch nach allen Seiten umsehend, als fürchte er zusätzliche Verteidiger, die aus dem Dickicht hervorbrechen. Niemand rührte sich. Jakob bemerkte Josef, warf ihm einen flehentlichen Blick zu.

„Deine Waffe ist das Wort", flüsterte er. „Rette sie!"

Josef legte sein Schwert auf den Boden und hob die Hände, um zu zeigen, dass er unbewaffnet war. Langsam schritt er auf Joannes zu. „Lass sie gehen. Um unserer gemeinsamen Vergangenheit willen. Wir waren doch einmal Kameraden."

Der lachte höhnisch auf und zerrte Rahel mit sich zurück zum Rand des Plateaus. „Bei Eleazar war euch das egal. Jetzt liegt er Jakob zu Füßen. Von ihm durchbohrt!" Josef schaute kurz hinüber. Es stimmte. Ihr Mitschüler war tot. Sein Anblick würde Leila nie mehr an ihre Schändung erinnern. Er sah hoch zu Jakob. Der hatte Tränen in den Augen. Aus Angst um Rahel. Er liebte sie.

Josef beschloss nachzugeben. Sie würden Joannes schon irgendwann erwischen. „Lass sie frei und du bist es ebenso. Niemand von uns wird dich anrühren."

Der Anführer der Empörer zögerte. „Sprichst du für euch alle?" Jakob sah seine Männer reihum an. Jeder von ihnen gab ihm mit den Augen oder durch Nicken seine Zustimmung. „Ja, das macht er", rief er anstelle von Josef hinüber.

Joannes ließ langsam das Messer sinken. „Ich nehme dich beim Wort, Jakob. Dann nimm die Verräterin. Soll sie eben deinen Männern Freude bereiten, statt meinen. Von ihrer Sorte gibt es genug." Er stieß sie von sich weg und ging vorsichtig rückwärts, das Messer drohend gegen seine Feinde gerichtet. Rahel kam langsam auf die Freunde zu. Sie lachte erlöst, Tränen liefen über ihr Gesicht. Dann ging alles furchtbar schnell.

Ein Surren in der Luft, ein kurzes Pfeifen. Josef sah, wie die Männer um ihn herum zusammenbrachen. Der Makedonier, Herkules, Simon, Jannis und Mahmud lagen am Boden, niedergestreckt von Pfeilen. Mit einem lauten Schrei warf sich Jakob nach vorn auf Rahel zu. Die starrte ungläubig auf den Speer, der sich in ihre Brust gebohrt hatte, dann sackten ihr die Knie weg. Ihr Geliebter fing sie auf, sank mit ihr zu Boden. Geschockt bettete er Rahels Kopf auf seinen Schoß, strich ihr hilflos über die Wangen, das Haar. Sie schaute ihn mit einem leisen Seufzer an, dann brachen ihre Augen.

Hektisch sah sich Josef nach dem Mörder um. Und entdeckte Alexander in der Richtung, aus der die Lanze auf Rahel geworfen worden war. Er stand zufrieden grinsend hoch oben über dem Eingang der Höhle. Rund um die Plattform erhoben sich Männer seiner ägyptischen Wache aus dem Dickicht. Es waren an die zwei Dutzend. Sie hatten sie heimlich eingekreist. Jetzt trieben sie Josef und Joannes in die Mitte des alten Tempels, hin zu Jakob, der dort saß und von den Vorgängen um sich herum nichts mitzubekommen schien. Er wiegte Rahel in seinen Armen, schloss ihre Lider und ließ seine Tränen laufen.

Alexander kam den Abhang herunter. Er prüfte den teilweise verschütteten Eingang zur Höhle. Auf seinen Befehl hin fingen die Ägypter an, die Steine beiseite zu räumen. Jetzt erst näherte sich der Präfekt den Gefangenen im Zentrum des Plateaus. Sorgsam wich er dabei den zahlreichen

Leichen aus, die den Steinboden bedeckten. Joannes trat einen Schritt auf ihn zu, wurde aber von den Leibwächtern zurückgerissen.

„Danke, Herr, dass ihr mich befreit", rief er trotzdem. Alexander warf ihm einen geringschätzigen Blick zu. Und ordnete an, alle drei zu fesseln. Jakob wehrte sich, als man ihm Rahels Leiche entriss, wurde aber mit dem Schlag eines Schwertknaufs auf den Kopf überwältigt.

Alexander blickte verächtlich auf die Tote. „So ein Geschrei um eine kleine Hure, die meinte, sie könnte einen Präfekten Roms hintergehen. Dabei hatte ich ihr doch gestern erst gezeigt, wie geschickt ich mit der Lanze bin." Er grinste Joannes und Josef an. „Es scheint, sie hatte uns alle drei verraten. Aber das passt in meine Pläne. So kann ich Titus jetzt den feindlichen Heerführer zum Geschenk machen und Josef, dessen Spion bei den Römern, gleich mit." Er trat mit dem Fuß gegen den ohnmächtigen Jakob. „Der hier wird es bezeugen. Aber das klären wir später. Zuerst möchte ich wissen, was es mit dem Schatz der Hohepriester auf sich hat."

Mittlerweile hatten seine Ägypter einen schmalen Pfad durch das Geröll am Eingang freigelegt. Alexander gab Befehle in der Sprache der Pharaonen, und einige Leibwächter drangen in Begleitung von zwei Fackelträgern vorsichtig in den Gang vor. Schnell kam die Meldung, die Höhle sei frei. Der Präfekt winkte Josef und seinem Bewacher, ihm zu folgen. Drinnen hatten sich die Ägypter im Halbkreis um die Nische mit der Steintruhe gestellt. Neben ihr lagen ein paar aufgeschlitzte Säcke mit Weizen und eine zerbrochene Amphore in einer großen Pfütze. Ein Leibwächter hatte ihren Inhalt mit dem Schwert geprüft. Alexander trat an die Truhe. Sie war hüfthoch, etwa drei Schritte lang und einen breit. Er winkte zwei seiner Männer heran. Sie sollten den Deckel wegschieben. Es gelang ihnen nicht. Vier weitere Ägypter eilten hinzu, doch die Platte bewegte sich nicht einmal um Haaresbreite. Verärgert forderte Alexander sie auf beiseitezutreten. Dann untersuchte er den uralten Sarkophag aus Kalkstein. Schnell entdeckte der Präfekt den Eisenring hinter dem linken, grob gehauenen Fuß. Er zog ihn nach unten. Seine Männer versuchten, den Deckel zu bewegen, blieben aber erneut erfolglos. Alexander prüfte ein weiteres Mal den Unterboden des Steinbehälters. Mit einem Lächeln ertastete er den zweiten Ring und zog ihn ebenfalls mit einem Ruck nach unten. Die Leibwächter drückten erneut mit aller Kraft gegen den Deckel und hätten ihn fast von der Truhe geschoben, so leicht ließ er sich jetzt bewegen. Der Präfekt stieß sie weg und sah hinein. Auf seinem Gesicht erschien ein breites Grinsen. „Das Gewand der Hohepriester", flüsterte er. „Und genug Silber, um sich den Thron der Juden zu kaufen." Er griff in die Münzen und ließ die Schekel durch seine Finger gleiten. „Gut 400 Talent", schätzte er. Jetzt nahm er das oberste Stück des aus mehreren Teilen bestehenden Festkleids aus der Truhe. Josef erkannte den Choschen, die Brusttasche mit den viermal drei Edelsteinen, auf denen die Namen der zwölf Stämme Israels standen. Mit glänzenden Augen betrachtete der Präfekt die Juwelen. Dabei fiel sein Blick auf den Ring an seiner rechten Hand. Ungläubig starrte er auf die gelben Diamanten. Sie pulsierten in einem tiefen Blau.

Sie werden aufgeladen! Demnach birgt die Höhle einen Bledamanten und wir sind ihm nah. Bleibe an diesem Ort, bis die Steine wieder blau sind. Dann zeigen sie uns die Quelle der Kraft. Sie macht dich unbesiegbar. Sorge dafür, dass es keine Zeugen gibt. Wir werden herrschen. Erst in Judäa und schon bald in Rom.

Alexander sah triumphierend in die Runde. Welche Zukunft ihm der Herr des Ringes da versprach! Er würde nicht nur die Juden, sondern bald sogar den halben Erdkreis beherrschen. Doch zunächst galt es, die Mitwisser loszuwerden. Er hatte eine Idee. „Hilf mir, das Gewand anzulegen!", herrschte er Josef an. Der wagte den Einwand, Alexander sei kein Hohepriester. Der Präfekt lächelte kalt. „Der Tempel ist zerstört, dieses Amt ging mit ihm unter. Aber das Festkleid ist dem künftigen König der Juden angemessen. Und dass es ihm ein Priester der ersten Reihe anlegt, der zu den Römern überging, unterstreicht den heiligen Bund der Israeliten mit ihrem neuen Gott. Dem Kaiser in Rom. Denn auch sein Thron ist bald mein. Dank der Macht, die ich heute erlange."

Josef stand starr vor Entsetzen. Alexander war wahnsinnig. Offenbar erwartete er, Vespasian würde ihn zum König der Juden erheben. Als Dank dafür, dass ihm der Präfekt auf den Thron geholfen hatte. Aber was meinte er mit der Macht, die er heute erlangt? Dass die Höhle das Versteck der Lade war, konnte er unmöglich wissen. Sprach er vom Silber? Eine Truhe reicht doch nicht, um in Rom zu herrschen. Aber selbst wenn er König oder gar Kaiser würde: Das stellt ihn nicht auf eine Stufe mit Moses. Das Kleid der Hohepriester steht ihm nicht zu.

Ein Leibwächter trat zu Josef. Er löste die Fesseln und stieß ihn in Richtung der Truhe. Sich zu wehren war zwecklos. Die Ägypter waren in der Überzahl und er selbst kein Kämpfer. Zögernd trat Josef vor und reichte Alexander die einzelnen Teile des Festkleids. Der Präfekt schlüpfte in die Beinkleider und warf sich das bodenlange Hemd aus feinem Leinen über. Josef legte ihm die Tunika mit den goldenen Granatäpfeln und den Schellen am Saum an. Darüber zog er den Efod, das kurze, heilige Gewand mit seinen Fäden aus Purpur, Karmesin, Gold und Muschelseide. Um den Bauch schlang er einen Gürtel aus dem gleichen Gewebe. Zuletzt befestigte er die Brustplatte mit den zwölf Edelsteinen, legte Alexander das goldene Stirnband an und setzte ihm den Turban auf. Im Stillen bat er den Herrn um Vergebung für diesen Frevel. Alles an dem Mann war falsch. Er behielt sogar die Schuhe an. Jeder Jude wusste, dass der Hohepriester das heilige Gewand nur barfuß tragen durfte. Aber Alexander hatte nichts mehr mit den Riten seiner Väter zu tun. Er war Römer durch und durch.

Es war seltsam, den Oberbefehlshaber des Titus im Kleid des höchsten jüdischen Priesters zu sehen. Was sollte dieser Aufzug? Josef kam nicht dazu, länger darüber nachzudenken. Denn ein Ägypter, den der Präfekt hinausgeschickt hatte, kehrte im selben Moment zurück. Er verneigte sich vor seinem Herrn und hielt ihm ein Bündel entgegen. Alexander wickelte vorsichtig den darin enthaltenen Gegenstand aus. Es war eine aus schwarzem Speckstein geformte Statue des Osiris. Josef erkannte ihn an Krummstab und Geißel, die er in den Händen hielt, und an der Federkrone. Er erinnerte sich, wie er in der

Hochzeitsnacht von Alexandria mit Sadah vom Bett aus den Fries an der Wand ihres Zimmers betrachtet hatte. Der zeigte das Leben des ägyptischen Gottes. Sie erzählte ihm damals die Legende, nach der dieser ein beliebter König des Nils war, bis ihn der eigene Bruder tötete. Dank eines Zaubers seiner Königin kehrte er aber als Herr der Unterwelt zurück. Osiris, erfuhr Josef von ihr, stehe für Werden, Reifen, Vergehen und neues Werden. Er sei der Gott des ewigen Lebens.

Der Präfekt hob die Figur über seinen Kopf, woraufhin die Leibwächter auf die Knie sanken. Sie beugten sich nach vorn, bis ihre Stirnen fast den Boden berührten. Dabei murmelten sie ein Gebet in der alten Sprache. Wie die Anhänger einer Secta. Sahen sie in ihrem Anführer etwa einen wiedergeborenen Gott? Erhofften sie sich von ihm ein Leben nach dem Tod?

Langsam ließ Alexander die Figur sinken. Die Ägypter erhoben sich. Die beiden Fackelträger stellten sich an die Seiten des Ausgangs, der Rest formierte sich in einer Doppelreihe. Der Präfekt schritt in ihre Mitte, die Osiris-Figur hielt er vor sich. Josef wurde von seinem Wächter an das Ende der Kolonne gezerrt. Und dann setzte sich der seltsame Aufzug in Bewegung. Alexander ließ einen Ruf in der alten Sprache ertönen, und die Ägypter antworteten im Chor. Ein ums andere Mal. Es hörte sich drohend an. Wie eine dunkle Beschwörung. Als sie den Knick im Gang erreichten, fiel das Licht der Fackelträger, die sich hinter ihm eingereiht hatten, auf einen unscheinbaren Stein, der am Boden in der Wand steckte. Josef atmete durch. Der Plan des Matthias war aufgegangen. Sie suchten gar nicht erst nach einer weiteren Höhle.

Das helle Tageslicht blendete ihn. So sah er zunächst einmal nichts, als ihn sein Wächter um den Felsen vor dem Eingang zerrte. Doch schnell gewöhnten sich seine Augen an das Licht. Die Ägypter hatten im weiten Halbkreis um den Altar des alten Tempels Aufstellung genommen. In ihrer Mitte stand Alexander mit dem Gesicht zum Stein. Vor ihm knieten Joannes und Jakob. Ihre Hände und Füße waren mit Riemen zusammengebunden. Der Wächter stieß Josef an ihre Seite und zwang ihn in die Knie. Dann band er ihm ebenso die Gliedmaßen. Er zerrte die gefesselten Hände zwischen die Beine und verknotete die losen Enden ihres Riemens mit der Fußfessel. Dadurch musste Josef das Haupt vor dem Präfekten senken wie die beiden anderen. Alexander schritt im Festkleid langsam um sie herum. Er trug die Statue des Osiris zu dem steinernen Altar und stellte sie in die verwitterte Nische. Dann hörte Josef ihn etwas in der alten Sprache rufen. Wie ein Mann beugten sämtliche seiner Leibwächter das Knie und verneigten sich vor Osiris. Alexander schritt ihre lange Reihe ab. Dem letzten der Ägypter nahm er seinen kurzen Wurfspeer aus der Hand und stellte sich vor die Gefangenen.

„Ihr habt euren Gott, ich hab meinen. Er hat drinnen in der Höhle zu mir gesprochen und befohlen, aus ihr einen Tempel zu machen. Denn es befände sich eine wundertätige Quelle der himmlischen Macht darin."

Josefs Herz raste. Er geriet in Panik. Zu Alexander sprach ebenfalls ein Gott? Wie zu Leila? Und was sollte das mit der Quelle der Macht? Hatte der etwa Zugang zur Lade? Er wagte nicht, zu Jakob hinüberzublicken. Den mussten die gleichen Fragen quälen. Alexander, der zufrieden sah, welche Wirkung seine Worte bei den beiden auslösten, sprach weiter.

„Um den Boden des neuen Tempels zu weihen, verlangt mein Herr ein Opfer. Und siehe da, er übergab mir sogleich geeignete Anwärter. Drei Juden. Aus dem Volk des Mose. Des Mannes, der einst den Pharao demütigte. Ich sende euch jetzt vor das Totengericht. Auf die Art, wie es in den alten Tempeln am Nil beschrieben ist. Keine Sorge. Der Stich mit der Lanze ist schnell und sicher. Ob ihr tot weiterlebt, entscheidet Osiris."

Alexander hob den Wurfspeer über seinen Kopf, als wolle er ihn auf den Feind schleudern. Gleichzeitig begann er einen Singsang in der alten Sprache. Seine Ägypter fielen ein. Josef schloss die Augen. Er wollte beten, aber es gelang ihm nicht. Die pure Angst durchschüttelte ihn. Warum eilte ihm der Herr nicht zu Hilfe? Der Sprechgesang um ihn herum steigerte sich, wurde schneller und lauter. Dann brach er plötzlich ab. Die Furcht vor dem Tod ließ Josef trotz der schmerzenden Fesseln aufblicken. Über ihm stand Alexander. Mit einem höhnischen Grinsen senkte er den Speer in seine Richtung. Dann holte er zum Stoß aus. Es war zu spät. Jetzt konnte ihn nichts mehr retten. Nicht einmal ein Wunder.

Leila hatte sich am Morgen Zeit gelassen auf ihrem Weg nach Emmaus. Dennoch kam sie zu früh dort an. Versteckt hinter einem knorrigen Baum, beobachtete sie das Tor des römischen Lagers. Sie hörte auf Griechisch und Lateinisch gebellte Befehle, die Hämmer der Schmiede, das Wiehern zahlreicher Pferde. Nichts deutete darauf hin, dass Titus schon eingetroffen war. Sollte sie ihm entgegenlaufen?

Das ergab keinen Sinn. Sicher ritt er neben Alexander. Sie würde nicht offen sprechen können. Nein, sie musste ihn im Lager abpassen. Doch wie an der Wache vorbeikommen? Sie grübelte, aber ihr fiel keine List ein.

Die Sonne stand um einiges höher, als am Tor Hektik ausbrach. Ein Wachposten auf dem Turm zeigte in Richtung Osten, jemand rief einen Befehl, dann ertönte das Signal einer Tuba. Sie übertrug die Unruhe ins Innere des Kastells. Offiziere brüllten, ihr Geschrei mischte sich mit dem Geräusch klirrender Waffen. Die Flügel des Tores schwangen auf. Soldaten eilten heraus und traten in Zweierreihe an. Titus kam.

Zuerst sah Leila berittene Bogenschützen. Sie sicherten den Weg. Ihnen folgten Hunderte von Legionären mit in der Sonne glänzenden Helmen und Brustharnischen, ihren Gladius am Schwertgurt, den Wurfspeer über der Schulter. Die Reiter dahinter hielten ihn in der Hand, die Schilde hingen seitlich am Pferd. Dann kam der Caesar. Er ritt in der Tat mit Alexander. Beide trugen purpurne Umhänge. Sie trabten vor einer von acht Sklaven getragenen Sänfte, deren Vorhänge niedergelassen worden waren. Sicher saßen darin Berenike und Sadah. Hinter ihnen lief die Leibwache des Titus, gefolgt von Dienern der Königin sowie einer berittenen Nachhut. Das Lager sog den langen Zug in sich ein, dann schlossen sich die Tore. Leila geriet in Panik. Sie hatte keine Gelegenheit gefunden, sich unter Berenikes Hofstaat zu mischen. Doch sie musste mit Titus sprechen. Allein. Aber wie sollte sie das anstellen? In ihrer Verzweiflung rief sie den Herrn: „Ejhaw! Hörst du mich?"

Ich bin immer bei dir.

„Ja, aber du antwortest nicht jedes Mal. Ich sehe keinen Weg zu Titus. Können wir uns Alexanders Leuten nicht allein auf dem Weg nach Kirjat-Jearim entgegenstellen und sie mit Blitzen niederstrecken? Wie die Römer unter der Brücke?"

Nein. Die Ringe bekämpfen sich nicht gegenseitig. Niemals.

Am Tor entstand Unruhe. Die beiden Flügel öffneten sich. In scharfem Galopp verließ ein Trupp Reiter das Lager. Sie waren mit Bögen und Schwertern bewaffnet, in der Hand hielt jeder von ihnen eine Wurflanze. Bis auf den Offizier, der sie anführte. Alexander. Er führte die Truppe direkt auf den Weg nach Kirjat-Jearim. Leila erhob sich und sah den Ägyptern hinterher. Die konnte jetzt niemand mehr stoppen. Wenn sie nicht sofort handelte, waren Josef, ihr Bruder und deren Freunde verloren. Entschlossen schritt sie auf die Wache am Tor zu. Ein Soldat trat vor. „Juden haben hier keinen Zutritt!", bellte er sie an.

Leila atmete tief durch. „Das glaube ich nicht", antwortete sie mutig. „Fuhr nicht soeben Königin Berenike durch dieses Tor? Bringt mich zu Flavia Sadah, ihrer ersten Ratgeberin. Ich habe wichtige Nachrichten."

Der Wächter schaute sich fragend zu seinem Optio um. Der zuckte die Achseln. „Ihre Beraterin trägt den Namen der kaiserlichen Familie? Die Welt wird immer verrückter. So sei es. Lucius, Claudius, ihr begleitet die Frau." Die beiden Wachsoldaten schlugen mit der Faust an die Brust und nahmen sie in die Mitte. Sie brachten sie direkt zu einem Offizier der Prätorianer, die vor den Zelten von Berenike und Titus Wache hielten. Zum Glück wurde Leila von Sadah entdeckt, die sich im Vorraum des königlichen Gemachs aufhielt. Sie kam heraus, sprach mit dem Mann und nahm sie mit hinein. Erst als sich der Vorhang hinter ihnen schloss, fielen sich die beiden Freundinnen um den Hals.

Leila riss sich schnell wieder los. „Keine Zeit für Erklärungen!", flüsterte sie gehetzt. „Ich muss Titus sprechen. Allein und sofort. Es geht um Leben und Tod. Josef und Jakob werden angegriffen. Eine halbe Stunde von hier."

Sadah sah die Panik in ihren Augen und begriff, wie dringend es war. „Die Königin nimmt ein Bad. Ich werde Titus zu ihr bitten, und du fängst ihn hier im Vorzelt ab. Hoffentlich verzeiht mir die Berenike das." Leila drückte die Freundin. „Das wird sie. Versprochen. Aber jetzt beeil dich. Ich warte hier!"

Sadah lief nach draußen. Kurze Zeit später kam sie mit Titus zurück. Der Caesar war in Felduniform, den Helm trug er unter dem Arm. Verwundert blieb er stehen, als er Leila sah. „Du? Was machst du denn hier?"

Sie verbeugte sich. „Verzeih, Herr, dass wir eine List nutzten, um dich zu sprechen. Ich bringe eine wichtige Nachricht von Flavius Josephus. Er und seine Freunde kämpfen in diesem Augenblick mit Joannes, dem Anführer der Juden, um ein weiteres Versteck der Hohepriester. Keine halbe Stunde von hier. Wir vermuten, dass jemand aus deinem Lager dem Aufrührer hilft, denn er kam unbehelligt heute Nacht aus Jerusalem hierher. Deshalb musste ich die Nachricht dir allein überbringen."

Titus forschte in Leilas Gesicht nach einer Spur von Verrat, dann sah er auf Sadah, die hinter ihm eingetreten war. „Die Königin hat mich nicht gerufen?"

Sadah schüttelte schuldbewusst den Kopf. „Nein, Herr."

Der Caesar straffte sich. „Der Anführer des Feindes und ein Versteck der Hohepriester. Dann lasst uns nicht länger zögern." Er eilte nach draußen, Leila folgte ihm. Dort gab er Anweisung, eine Centurie Berittener zu alarmieren und den Legaten Cerealis aus dem Nachbarzelt zu holen. Dem erteilte er den Auftrag, ihm mit einer Hundertschaft Fußsoldaten im Eilmarsch zu folgen. „Wohin?", fragte er Leila über die Schulter.

„Nach Kirjat-Jearim."

Es dauerte nicht lange, da stürmte Leila auf dem Pferd eines Prätorianers, der sie im Seitsitz vor sich hatte, hinter dem Caesar her. In scharfem Galopp preschten sie die Lagerstraße entlang und durch das Tor. Kaum hatten sie es passiert, winkte Titus sie nach vorn, damit sie seinen Reitern den Weg zeigt. Auf der Kuppe vor dem Dorf befahl der Feldherr, anzuhalten. Leila erklärte ihm die Lage der Höhle. Der Caesar entschied sich dafür, in den Ort zu reiten und die Pferde dort zu lassen. Die wären im Dickicht nur hinderlich. Er wies seine Soldaten an, keinen Lärm zu machen. Leila führte die Männer zu der Platte des alten Tempels. Der Pfad war eng, sie konnten nur zu zweit nebeneinander gehen. Geduckt schlich sie mit Titus und seinen Legionären zu dem freien Platz. Der Anblick, der sich dort bot, war ungeheuerlich.

Überall lagen Tote, in einigen von ihnen steckten Pfeile. Und auf der gegenüberliegenden Seite knieten vor einem alleinstehenden Felsen am Rande des Plateaus an die zwanzig Soldaten in der Uniform römischer Hilfstruppen. Sie hielten die Köpfe gesenkt und murmelten Gebete in einer fremden Sprache. Was gar nicht zu diesem Bild passte, war der jüdische Hohepriester, der mit einem Speer in der Hand in ihrer Mitte stand und irgendein Ritual vollzog. Sie alle kehrten ihnen den Rücken zu, als beteten sie den Felsen an. Vorsichtig erhob sich Titus, um Einzelheiten zu erkennen. Da erst sah er Flavius Josephus, der direkt vor dem Priester kniete, und zwei Juden an seiner Seite. Alle drei waren so gefesselt, dass sie auf den Boden starrten. Der Caesar hockte sich wieder hin und gab seinen Leuten mit dem Kopf das Zeichen, zu beiden Seiten auszuschwärmen. Warnend legte er dazu den Finger auf den Mund. Das Gemurmel der seltsamen Sekte vor ihnen wurde immer lauter und steigerte sich in einen Sprechgesang. Titus ließ sich einen Wurfspeer geben und hob ihn in die Höhe, um seinen Prätorianern zu zeigen, dass sie gleich angreifen würden. Plötzlich brach der Lärm vor ihnen ab. Der Priester zielte mit seiner Waffe auf den Josephus und zog den Spieß zurück, um zuzustechen. Titus warf mit aller Kraft den Pilum seines Leibwächters auf den Mann. Gebannt verfolgten die Prätorianer dessen Flug. Obwohl die Entfernung an die zwanzig Schritt betrug, traf die Vierkantspitze genau ins Ziel. Sie bohrte sich in den Rücken des Priesters und trat auf der anderen Seite wieder aus. Der Mann verharrte in seiner Bewegung, ließ seinen Speer fallen und kippte nach vorn. Titus brüllte: „Macht alle nieder! Befreit die Gefangenen!" Dann stürmte er los. Seine Prätorianer schleuderten ihre Pila auf den überraschten Feind und zogen ebenfalls ihre Schwerter. Kaum ein Ägypter kam dazu aufzuspringen.

Wer nicht von einem Speer getroffen war, wurde mit dem Gladius niedergemacht. Der ganze Kampf dauerte nur wenige Augenblicke.

„Sichert die Umgebung!", rief Titus. Dann ging er zu Josephus, zog den Dolch aus seinem Gürtel und zerschnitt ihm die Fesseln.

Der konnte sein Glück nicht fassen. „Dich schickt der Herr", stammelte er.

Der Caesar grinste. „Es war eher Leila." Ein Prätorianer trat auf die beiden anderen Gefangenen zu, um ihnen ebenfalls die Stricke abzunehmen.

Josef hielt den Soldaten mit einem Ruf auf: „Spar dir das bei dem. Das ist Joannes. Der Führer der Zeloten. Einer der schlimmsten Feinde Roms und seines eigenen Volkes."

Leila hatte den kurzen Kampf aus sicherer Entfernung beobachtet. Jetzt hielt sie nichts mehr. Mit einem Schrei der Erleichterung stürmte sie über die Plattform zu Josef. Der stand zwar etwas wackelig auf den Beinen, aber das hinderte sie nicht, ihm ungestüm um den Hals zu fallen. Im selben Moment erkannte sie das Reine ihrer Liebe: Der Kopf mochte zweifeln, das Herz hatte sich entschieden. War sie nicht zuerst zu ihm gelaufen, anstatt zu Jakob? Glücklich wandte sie sich ihrem Bruder zu und holte ihn in die Umarmung, sodass sie zu dritt eng umschlungen dastanden. Stumm hielten sie einander fest.

Titus beobachtete gerührt die Szene, dann wandte er sich endlich der Leiche des Hohepriesters zu. Er drehte sie um. Und erstarrte. Vor ihm lag Präfekt Tiberius Alexander. Getötet vom Sohn des Kaisers. Eine Katastrophe.

Instinktiv nahm er seinen Umhang und legte ihn über das Gesicht der Leiche. Panisch schaute er sich um. Hatte jemand gesehen, dass in den jüdischen Kleidern sein Oberbefehlshaber steckte? Scheinbar nicht. Die Prätorianer sicherten das Plateau. Ihnen hatte Alexander im Moment des Speerwurfs den Rücken zugewandt, sie konnten ihn nicht erkannt haben. Die Ägypter der Leibwache waren tot. Blieben die Gefangenen. Josephus stand fest zu ihm. Joannes konnte er verschwinden lassen. Und um das Schweigen des dritten Juden würde er sich kümmern. Notfalls musste der sterben. Titus kniff die Augen zusammen. Die Sache konnte unter Kontrolle gebracht werden. Er holte den Centurio der Prätorianer zu sich und befahl, die Pferde der Feinde suchen zu lassen. Stießen sie auf Wachen, seien die ohne Ausnahme zu töten. Außerdem wies er an, einen Boten zu Cerealis zu senden. Sein Fußvolk müsse einen Ring um den Hügel ziehen. Niemand dürfe hindurch. Alle verbliebenen Prätorianer sollten dem General dabei helfen. Hatte er etwas vergessen? Ach ja, Joannes. Er wies an, ihn zu knebeln und streng bewacht ins Dorf zu schaffen. Um ihn würde er sich später kümmern. Der Centurio salutierte und eilte davon.

Nachdenklich betrachtete Titus die vielen Leichen auf dem Schlachtfeld. Die Ägypter. Was hatten die hier getrieben? Sein Blick fiel auf den dritten befreiten Gefangenen. Der kniete jetzt vor der Leiche einer Frau, in deren Körper ein Speer steckte. Titus rief den Josephus zu sich. „Wer ist das?"

Der schaute traurig hinüber. „Das ist Jakob, der Bruder von Leila. Wir drei kennen uns seit der Kindheit und sind wie eine Familie. Die Frau, die er betrauert, ist Rahel. Seine

Geliebte. Sie bediente uns während des Festes im Palast des Hohepriesters. Sie starb von der Hand des Alexander."

Der Caesar war erleichtert. Der dritte Jude würde keine Schwierigkeiten bereiten. Er wies auf die Leiche zu seinen Füßen. „Wir müssen ihn fortschaffen, ohne dass er von meinen Soldaten erkannt wird."

Josephus zeigte zur Felswand. „Der alte Altarfels verdeckt den Eingang einer Höhle. Wir könnten ihn dort hineinbringen."

Titus schaute sich um. Die steinerne Plattform hatte sich geleert. Die Prätorianer führten seine Befehle aus, nur die drei Juden waren bei ihm. Jetzt oder nie. „Wir schaffen Alexander in die Höhle", entschied er. Josephus hob die Leiche unter den Achseln an, um sie fortzuziehen.

„Warte, ich helfe dir." Dieser Jakob kam herüber. „Zuerst muss der Speer raus." Ein Mann der Tat. Der Caesar sah, wie er mit einem Tritt den Schaft zerbrach und ihn vorn an der Spitze aus der Brust des Präfekten zog. Dann umfasste er die Fußgelenke. Josephus legte seine Arme um den Oberkörper und hob ihn an. Sie schleppten den Leichnam um den Fels herum. Unwürdig, aber es ging nicht anders. Titus folgte ihnen mit Leila. In der Höhle legten die beiden den Toten ab. Zu viert standen sie und blickten auf Alexander.

Titus riss sich als Erster los. „Ein stinkender Haufen Scheiße ist das alles hier", fluchte er. „Ich verstehe es nicht. Was ist an diesem Loch so bedeutend, dass sich Juden und Ägypter bis aufs Blut bekämpfen?"

Josef nahm eine Fackel aus der Halterung an der Wand. „Ich zeige es dir, Herr." Er führte ihn zu der steinernen Truhe in der Nische. Mit Jakobs Hilfe schob er ihren

Deckel beiseite. Im gelblichen Licht des Feuers funkelten Tausende von Silbermünzen.

Der Caesar stand zunächst starr, dann griff er mit beiden Händen in die Truhe, schöpfte einen Haufen Tyrischer Schekel heraus und ließ sie wieder hineinfallen. „Wie viel ist das?", fragte er.

„Alexander schätzte es auf 400 Talent", antwortete Josef. „Er meinte, sich damit den Thron der Juden von deinem Vater kaufen zu können. Vor allem, wenn er ihm obendrein den feindlichen Heerführer übergibt. Er hatte Joannes mit der Aussicht auf den Schatz hierher gelockt. Der sollte für ihn die Drecksarbeit erledigen und die Wächter des Tempelsilbers überwältigen. Danach wollte er ihn festnehmen. Der erste Teil ging schief. Jakob und seine Freunde konnten den Angriff abwehren und Joannes gefangen nehmen. Aber dann wurden sie von den Ägyptern überrascht."

Titus Gesicht hatte sich bei dem Bericht verfinstert. „Willst du damit sagen, Alexander verbündete sich mit dem Feind, um König der Juden zu werden?"

Josef hob bedauernd die Schultern. „So, wie ich ihn heute erlebte – er war nicht er selbst."

Titus schwieg. Dann räusperte er sich. „Ich habe meinen obersten Heerführer umgebracht. Er trug das Kleid eines jüdischen Priesters, wandte mir den Rücken zu und war im Begriff, dich zu töten, aber das gilt nichts in Rom. Es wäre ein ungeheurer Skandal, wenn bekannt würde, dass der Präfekt Ägyptens von der Hand des Caesar starb. Das könnte meinen Vater den längst nicht gesicherten Thron kosten. Schwört mir, dass ihr über das, was Alexander geschah, nie ein Wort verliert." Titus schaute auf Josephus.

Der legte nach Römerart die Faust auf sein Herz. „Du kamst, um mich zu retten. Ich stehe tief in deiner Schuld."

Der Caesar blickte auf Jakob.

„Ich schwöre es. So wahr der Herr, unser Gott, der einzige Herr ist."

Auch Leila gelobte Stillschweigen. Titus war erleichtert. Er wandte sich an ihren Bruder. „Wir beide werden draußen nach einem Ägypter suchen, den ein Speer tötete. Josephus zieht dem Alexander derweil das Kleid des Hohepriesters aus und streift es später dem Leibwächter über. So können wir sagen, der Präfekt starb ehrenvoll im Kampf."

Leila wagte einen Einwand. „Verzeih, Herr, dass ich mich als Frau einmische. Aber so wird es ein Gerede geben, das bis nach Rom brandet: Warum führte der Alexander seine Männer hierher, wieso starben sie, ohne sich zu wehren, welche Beziehung hatte er zum Aufrührer Joannes, war er gar ein Verräter? Doch über etwas, das nicht da ist, redet man nicht. Lass ihn schlicht verschwinden!"

Der Rat verblüffte Titus. „Wie das?"

Leila formte ihre Idee zu einem Plan. „Zieh ihm nicht seine Sachen an, sondern die eines Juden. Unsere Toten müssen unter die Erde gebracht werden, bevor die Sonne untergeht. Gestatte es uns, dann legen wir ihn zu den Leuten des Joannes und begraben alle sofort. Und in deinem Lager berichtest du, dass ihr Alexander nicht gefunden habt. Lass die anderen sich die Mäuler darüber zerreißen, was geschehen ist: Ob ihn seine Leute wegen des Silbers ermordeten oder er von den Männern des Joannes entführt wurde – du weißt es nicht. Irgendwann vergisst man ihn." Das klang schlau. Titus schaute fragend auf Josephus. Der nickte.

Sie folgten Leilas Vorschlag. Der Caesar ging mit Jakob nach draußen, um die Leiche eines Juden zu holen. Und prallte zurück, als er um den Felsen bog: Da stand ein Centurio mit zwei Soldaten. Der nahm sofort Haltung an und meldete, Cerealis sei eingetroffen und lasse den Hügel umstellen. Titus schickte ihn umgehend wieder ins Dorf. Der Legat solle dort Hacken und Schaufeln besorgen und dann mit zwanzig Mann zu ihm kommen. Die drei salutierten und eilten zurück. Jakob hatte sich inzwischen umgesehen und zeigte auf Eleazar. „Einer von Joannes Leuten. Der trug schon zu Lebzeiten gern Kleider." Der Caesar musste grinsen. Der Mann sprach zu ihm wie ein Soldat mit seinesgleichen. Das mochte er.

In der Höhle hatte Josef damit begonnen, Alexander den Turban und das Festkleid abzunehmen. Vorsichtig löste er die Brustplatte. Leila nahm ihm den Stoff mit den zwölf Edelsteinen ab. „Dürfen wir diese heiligen Stücke vergraben?"

Josef hielt inne. „Frag doch den Herrn", schlug er ihr neckend vor. Dann wurde er ernst. „Es spricht nichts dagegen. Matthias hatte das Festkleid als Ablenkung genutzt. Es ist nur eine Nachahmung. Und letztlich: Der Tempel ist zerstört, es gibt keine Hohepriester mehr. Mit dem Kleid begraben wir ihre Geschichte." Leila beobachtete, wie Josef den Gürtel öffnete, der mehrfach um Alexanders Leib gebunden war. Um ihn abzunehmen, musste er den Präfekten auf die Seite drehen. Dabei fiel dessen rechte Hand auf den Boden. Und da sah sie es: das blaue Pulsieren in den Steinen des Siegelrings.

Sein Ring. Er zieht Energie aus der nahen Lade. Doch du kannst ihn nicht vom Finger ziehen. Die Zeichen unserer Macht stoßen einander ab.

Josef hatte das Leuchten ebenfalls bemerkt. Er nahm die Hand hoch und betrachtete den Ring genauer. Da war nicht nur dieses pochende Blau in den gelben Steinen. Zudem strahlte der große Rubin in der Mitte. Er zeigte es Leila und fragte, ob sie wüsste, was das zu bedeuten hat.

Insheta zog sich in den Ring zurück. Er kennt jetzt den Ort, an dem sich die Lade befindet und wartet auf den nächsten Menschen, mit dem er sich verbinden kann, um sie zu öffnen. Er muss fort von der Quelle der Kraft!

Leila erklärte es Josef. „Der Herr hat es mir verraten. In den Ring ist der gebannt, der ihm zu allen Zeiten Widerstand leistet. Er hatte von Alexander Besitz ergriffen und kehrte nach dessen Tod in das Gefäß zurück. Sobald ein Lebender sich das Siegel an den Finger steckt, kann er sich daraus befreien. Wir müssen den Ring so schnell wie möglich wegbringen und begraben."

Josef sah sie seltsam an. Er konnte sich nicht daran gewöhnen, dass die Frau, die er liebte, den Willen Gottes verkündete. „Aber wir können ihn nicht an der Hand des Präfekten lassen", gab er zu Bedenken. „Man könnte Alexander daran erkennen. Ich werde sein Siegel verstecken." Er zog dem Toten den Ring ab und fädelte ihn auf die Lederschnur, die er immer um den Hals trug. Dann wendete er sich wieder der Leiche zu. Während er sie weiter entkleidete, sann er laut über Leilas Worte nach.

„Du sprachst von dem, der dem Einzigen zu allen Zeiten Widerstand leistet. Damit bekommt der Kult der Ägypter Sinn. Der Widersacher des Herrn, der die Menschen versucht, heißt bei uns Juden Satan. Doch am Nil ist es Osiris, der sie prüft. Alexander diente ihm." Er hielt kurz inne, schaute auf das starre Gesicht. „Jetzt tritt er selbst vor dessen Totengericht. Auf eine Waage wird sein Herz gelegt und auf die andere Schale eine Feder. Sind beide gleich schwer, schickt Osiris ihn ins ewige Jenseits. Hat er es aber mit Sünden belastet, dann ist sein Tod endgültig – er wird Opfer der Verschlingerin. Wir wissen beide, wie es ausgeht. Hilfst du mir bei Tunika und Hemd?" Leila zog Alexander aus, während Josef seinen Oberkörper hochhielt. Dem Präfekten die Beinkleider herunterzuziehen brachte sie nicht fertig. Sie wandte sich ab, um die einzelnen Teile des Festkleides aufzulesen. In diesem Augenblick kamen Titus und Jakob zurück. Sie schleppten die Leiche des Eleazar in die Höhle und legten sie neben Alexander. Leila schaute in die gebrochenen Augen ihres einstigen Mitschülers und empfand Erleichterung. Nie mehr würde sie in ihnen ihre Schändung sehen.

Inzwischen war der Präfekt bis auf das um den Unterleib gewundene Tuch nackt. Titus trat an die Leiche und betrachtete sie. Er stutzte: „Wo ist sein Ring?"

Josef warf einen schnellen Blick auf Leila, dann zog er ihn unter seiner Tunika hervor. „Den habe ich an mich genommen. Um ihn dir zu übergeben."

Was macht er da? Er kann den Ring des Insheta doch nicht dem zweitmächtigsten Mann Roms aushändigen! Was, wenn er von ihm Besitz ergreift?

Sie schaute entsetzt auf ihren Freund, doch der gab ihr mit den Augen zu verstehen, dass sie ihm vertrauen soll. Josef hielt den Ring in der Hand und trat einen Schritt auf Titus zu. „Höre Herr. Ich habe dir etwas Wichtiges zu verkünden. Einst sagte ich deinem Vater und dir voraus, dass ihr bald Caesaren Roms werdet. Ich behielt recht, obwohl Nero damals fest auf dem Thron saß und auf ihn drei andere Kaiser folgten. Ich war mir so sicher, weil mich mein Herr in die Zukunft sehen ließ. Heute gewährte er mir ein weiteres Mal diese Gnade. Ich hörte seine Stimme. Hier in dieser Höhle. Sie verlangte, dir den Ring zu überreichen. Denn er enthält das Böse. Die Kraft, die wir Juden Satan nennen. Sie sucht nach einem Menschen, an den sie sich binden kann. So wie sie es mit Alexander tat, der daraufhin bereit war, Rom, den Kaiser und dich zu verraten. Der Herr enthüllte mir, dass du der Bewahrer dieses unzerstörbaren Ringes sein sollst, da du der Einzige bist, der dessen Versuchung widersteht. Es ist an dir, Titus, dafür zu sorgen, dass ihn kein Sterblicher je trägt. So lange du lebst."

Schlau. Wer bestiehlt schon einen Caesar? Josef und du, ihr gebt ein prächtiges Paar ab.

Leila versuchte, sich ihren Ärger über Ejhaws unpassende Bemerkung nicht anmerken zu lassen. Sie beobachtete Titus. Josefs Plan ging auf. Der Feldherr war tief davon beeindruckt, dass ihm ein Gott vertraute. Und sollte er letzte Zweifel gehabt haben, so verflogen die, als er sich Alexanders Ring näher ansah. Das pulsierende Blau der Diamanten und das innere Leuchten des Rubins überzeugten ihn davon, dass hier göttliche Mächte am Werk waren. Und die sollte man besser nicht herausfordern. Er zog sich das Band mit dem Schmuck über den Kopf und versteckte es unter seiner Tunika. „So lange ich atme, wird kein Sterblicher durch den Ring in Versuchung gebracht. Das schwöre ich bei Jupiter."

Das Leben eines Caesars ist manchmal kurz. Wir müssen in seiner Nähe bleiben. Sage Josef, dass du ihn nach Rom begleitest. Wehr dich nicht. Ich habe es so beschlossen.

Leila hörte die Stimme in ihrem Kopf und erkannte, dass es Ejhaw ernst war. Er würde sie zwingen, ihre Heimat zu verlassen. Sie war seine Sklavin. Nach seinem, nicht ihrem Willen hatte sie ihr Leben mit Josef zu verbringen. Damit er Titus und dem Ring des Insheta nahebleiben konnte. Das missfiel ihr. Aber welche jüdische Frau musste sich nicht ihrem Schicksal ergeben? Die wenigsten erhielten dabei so wie sie einen Mann, der sie liebt. Josef bot ihr zudem Sicherheit in dunkler Zeit. Ihr und dem Kind, das nicht das seine war. Sie hatte Glück. Warum nur konnte sie sich nicht darüber freuen?

Grübelnd beobachtete sie, wie Josef mit Jakobs Hilfe den Tausch der Kleider von Alexander und Eleazar vollzog. Dann schleppten sie die Leichen der beiden nach draußen und legten sie vor der Höhle ab. Sie warfen Staub und Gestein auf die Toten. Es sah aus, als seien sie bei dem von Jakobs Gefährten ausgelösten Felssturz ums Leben gekommen. Leila wandte sich ab, als ihr Bruder Alexander mit einem Stein das Gesicht zertrümmerte. Niemand sollte es erkennen.

Kurze Zeit später traf Cerealis mit der Verstärkung ein. Titus empfing ihn vor dem Altarstein und befahl ihm, sich um die Toten zu kümmern. Die Ägypter könne er verbrennen. Für die Juden aber habe Josephus um ein Grab gebeten. Das habe er gewährt, weil ohne ihn und seine Freunde Rom unermesslicher Schaden entstanden wäre. Er zeigte dem Legaten das Silber in der Höhle und gab einen Bericht von den Kämpfen darum. Alexander sei verschwunden, bedauerte er. Er lasse ihn suchen, aber wichtiger sei jetzt der Tempelschatz. Er ordnete an, zwei Centurien von Emmaus in das Dorf zu verlegen. Um das Silber zu schützen.

Die Sonne begann zu sinken, als auf der Fläche des alten Tempels der erste große Scheiterhaufen entzündet wurde. Niemand wusste, wie man Ägyptern einen würdigen Abschied bereitet. So gab Josef ihnen wenigstens die Statue des Osiris als Grabbeigabe mit auf den Weg, damit ihr Gott sie ins Jenseits führt. Die Juden wurden in einem großen Massengrab bestattet. Josef und Jakob warfen die Leiche des Alexander als eine der ersten hinein. Soldaten halfen bei den übrigen Toten. Die wurden zwar nicht wie üblich mit Öl und Gewürzen gesalbt, aber auf Josefs Bitte wenigstens mit Tüchern bedeckt, sobald er ihnen die Lider geschlossen hatte. Hierfür hatte man den Ägyptern ihre Umhänge abgenommen. Dann sprach der frühere Priester der ersten Reihe ein Gebet für sie. Gemeinsam mit Leila und Jakob verharrte Josef kurz vor dem Grab. Er blickte nachdenklich auf die Leichen. Seine Gedanken waren bei Alexander. Der war als Jude zur Welt gekommen und wurde jetzt als Jude bestattet. Trotz allem Einfluss und Reichtum bei den Römern endete er unerkannt im Land seiner Vorväter, keine zweihundert Schritte von der göttlichen Lade entfernt, deren Macht er für sich begehrte. Josef seufzte und gab den Soldaten das Zeichen, die Grube zuzuschütten. Als Sand und Geröll auf die Leiche des Eleazar fielen, drehte sich Leila zu ihm. „Wir begraben hier unsere Vergangenheit", sagte sie leise. „Jetzt freue ich mich auf das, was vor uns liegt. Auf Rom. Und den Tag des Triumphzuges von Vespasian und Titus. Bei dem das Volk den Fall unseres Tempels bejubelt. Aber ich nur Augen für Joannes habe. Um ihm beim Sterben zuzusehen."

Caesarea Maritima

im zweiten Regierungsjahr des Kaisers Vespasian
(Herbst 70 n. Chr.)

Leila saß auf dem Bett und legte die Hände auf ihren Unterleib. Als sie dieses Flattern im Bauch das erste Mal bemerkte, gab sie dem Kichererbsenbrei die Schuld, den Esther aus der Taberna neben dem Tor geholt hatte. Inzwischen war ihr klar, dass sich das Kind regte. Es machte sich immer häufiger bemerkbar. Sie war froh, dass Josef nicht in der Stadt weilte. Schon bald würde sie ihren anschwellenden Bauch nicht mehr unter dem weiten Hemdkleid verstecken können. Und er müsste Freude über die Frucht des Joannes heucheln. Er gäbe es nicht zu, aber es würde ihm zusetzen. Zum Glück begleitete er Titus auf seiner Siegesreise durch Galiläa. Dort war er wenigstens weit weg von ihr. Hier in den Räumen, die der Caesar ihnen im Verwaltungsgebäude der Garnison zugewiesen hatte, würde er sie ständig vor Augen haben. Sie und ihren Bauch mit dem ungeliebten Kind darin.

Leila setzte sich auf. Da war er wieder. Der ziehende und dumpfe Schmerz im Unterleib, der auftrat, sobald sie aufstand. Sie versuchte, sich abzulenken, ging zum Fenster. Die Garnison lag direkt vor dem Palast des Herodes am Fuße einer Landzunge, die weit in das Meer ragte. Man hatte ihnen drei zusammenhängende Gästezimmer gegeben, von denen eins Esther und ihre Töchter bewohnten. Leila liebte den frischen Seewind und das Rauschen der Wellen. Sie setzte sich auf die Fensterbank und schaute zum Hafen. Seine Molen machten das Meer auf der einen Seite wütend und auf der anderen still. Rechts davon sah sie die riesige Rennbahn, dahinter den weißen Tempel des Augustus. In der Ferne verlor sich der Aquädukt, der Wasser aus dem Karmel-Gebirge brachte. Eine einem Caesar würdige Stadt im Land der Juden. In der nur noch Griechen, Araber und Römer leben.

Im Vorzimmer, das Josef scherzhaft Atrium nannte, ertönte ein Klopfen. Leila hörte, wie eines der Mädchen die Tür öffnete, dann die Stimme eines Soldaten: „Der Optio lässt ausrichten, dass am Tor ein Händler steht, der Waren für den Flavius Josephus bringt!" Endlich.

Maria kam herein, wollte die Nachricht wiederholen. Leila winkte ab. „Ich hab es gehört. Das sind die Sachen, auf die mein Bruder Jakob wartet. Mach mir ein Bündel für die Reise fertig. Magda soll etwas Brot und Öl aus der Taberna holen. Ich breche sofort auf. Ach, und schick mir deine Mutter."

„Ich habe dich schon gehört, Herrin." Esther trat hinter ihrer Tochter hervor.

Leila seufzte. „Wir sind die letzten freien Juden in dieser Stadt. Nenn mich bei meinem Namen, wenn wir unter uns sind. Nur vor den Römern gilt es, Josefs Gesicht zu wahren. Ich werde nach Kirjat-Jearim gehen. Für etwa zehn Tage." Sie holte einen kleinen Lederbeutel hervor, den sie um den Hals trug. „Hier sind zehn Sesterzen für euer Essen. Sollte ich nicht rechtzeitig zurück sein, lasst auf den

Flavius Josephus anschreiben. Und geht nicht in die Stadt. Die Griechen hassen unser Volk."

Esther lächelte dünn. „Ist das so? Schon klar. Wir bleiben hier bei den Soldaten. Die töten uns nur mit Blicken. Hoffentlich bessert sich das in Rom."

Leila legte ihre Hand auf die Schulter der Witwe. „Das wird es, Esther. Dort sind wir nicht allein. Es gibt viele Juden am Tiber. Und der Name der Flavier schützt uns. Die Mädchen sollen mir alles ans Tor bringen. Ich breche sofort auf. Der Herr behüte euch."

Sie legte sich die blaue Simlah über den Kopf und trat auf den Gang. Auf dem Weg hinunter zum Hof kamen ihr einige junge Offiziere entgegen. Tribune, wie sie von Josef gelernt hatte. Deren befremdete Blicke wegen ihrer Kleidung ignorierte sie. Leila nutzte die Säulenhallen am Rand, um auf die andere Seite des Platzes zu gelangen, auf dem ein Centurio die Männer seiner Einheit anbrüllte. Sein Geschrei verfolgte sie bis zum Südtor. Der Wachhabende erkannte sie. Er wies stumm auf einen Araber, der auf dem Vorplatz wartete. Leila dankte mit einem Kopfnicken und ging zu ihm hinüber. „Guten Tag, Hamza", begrüßte sie den Händler. „Hast du alles beisammen?"

„Dein Bruder wird zufrieden sein. Bestes Akazienholz vom Asphaltsee. Geölt, leicht, widerstandsfähig und unverfaulbar. Meine Männer haben es wie gewünscht in zwölf Bohlen von zweieinhalb Ellen Länge und knapp einem Fuß Breite gesägt und das Holz poliert. Ich habe sie an die Seiten des Esels gebunden. Auf seinem Rücken trägt er die sechs Bretter von anderthalb Ellen Länge. Liegt alles auf dem Segeltuch, das ich dir am Hafen besorgen sollte. Über den Bohlen habe ich die beiden Stangen befestigt, die dein Bruder verlangte. Ach ja, und die vier Klötze mit dem Seitenmaß von zwei Handbreit sind ebenfalls auf dem Rücken festgezurrt." Leila trat an den Esel. Der Händler hatte recht. Alles da und meisterhaft verarbeitet. Er war sein Geld wert. Sie nahm ihren Lederbeutel vom Hals und holte vier Denare heraus. Hamza verbeugte sich hochzufrieden. „Richte deinem Bruder meinen Dank aus."

„Und Omars Schmiedearbeit? Sie war im Voraus bezahlt."

Der Händler schlug sich theatralisch die Hand an die Stirn. „Die hätte ich fast vergessen." Er nahm einen kleinen Sack, der neben ihm auf dem Boden lag und öffnete ihn. Er enthielt vier glatte Eisenringe. „Ich bind sie an der Seite fest. Der Esel gehört Yusuf. Er wohnt im letzten Haus an der Straße Richtung Samaria. Ich hab mich dafür verbürgt, dass du ihn bei deiner Rückkehr dort wieder abgibst. Mir schien es sicherer, wenn du dafür nicht in die Stadt musst."

Leila fischte einen Sesterz aus dem Lederbeutel. „Danke. Das war aufmerksam von dir. Mögen dich deine Götter schützen." Sie gab ihm die Messingmünze, zog den Esel am Strick und ging, ohne sich umzublicken, auf das Amphitheater zu, an dem die Straße nach Samaria begann.

Hamza sah ihr hinterher. „Möge dein Herr dich nicht verlassen, wie er sein Volk verließ", murmelte er.

Leila schonte ihren Körper. Sie lief ohne Eile über die von den Legionen ausgetretene Straße. Dem Esel war es recht. Er trottete stoisch hinterher. Wenn er sich einem Büschel Gras oder einem halbhohen Strauch zuwandte, blieb sie mit ihm stehen. Die Pausen taten ihr gut. Doch dann zerrte sie ihn weiter. Sie musste bei Tag die Herberge am alten Handelsweg zwischen Syria und Ägypten erreichen. Dem würde sie dann zwei Tage lang bis Lydda folgen, um am vierten Reisetag endlich in Emmaus einzutreffen. Schon am nächsten Morgen wäre sie bei ihrem Bruder. Sie freute sich auf das Wiedersehen. Und hatte gleichzeitig Angst davor. Sie würde mit Jakob über Rahels Tod sprechen müssen. Und fürchtete seine Vorwürfe. Weil sie in der Zeit der Trauer nicht bei ihm blieb. Sondern stattdessen Josef ins Winterquartier des Titus nach Caesarea folgte. Aber als der Caesar sich dann auf seine Siegesreise durch Galiläa begab und dort unbedingt dessen letzten jüdischen Statthalter an seiner Seite haben wollte, hielt sie nichts mehr. Sie beschloss, sich allein auf den Weg zum Haus des Abinadab zu machen. Um endlich ihren Plan zum Schutz der Lade in die Tat umzusetzen. Der Herr stand ihr bei.

Kirjat-Jearim

im zweiten Regierungsjahr des Kaisers Vespasian
(Drei Tage später)

Auf der Kuppe vor dem Dorf blieb sie stehen. Die Luft war nach dem leichten Frühregen von schärfender Klarheit, und die Sonne schien hell auf Weinberge und die Lehmhütten im Tal. Auf dem Hügel gegenüber leuchtete weiß das Haus des Abinadab, das jetzt Josef gehörte. Endlich am Ziel. Auf der alten Handelsstraße hatte sich Leila einigen Frauen angeschlossen, die zur Garnison in Jerusalem unterwegs waren. Sechs Huren aus Antiochia. Ihre drei Aufseher sorgten dafür, dass niemand der Gruppe zu nahe kam. Sie mochte die lockere Stimmung unter den Frauen, die froh waren, ein paar Tage in der Natur statt in der engen Kammer eines Bordells zu verbringen. In Emmaus hatte sie sich von den Dirnen getrennt und auf den Weg nach Kirjat-Jearim begeben. Wie vor ein paar Wochen rastete sie beim Feigenbaum am Rande eines Olivenhains, an dem damals Josef hochgesprungen war, um ihr einige Früchte zu pflücken. Er war an jenem Tag so glücklich gewesen. Bis er erfuhr, dass sie ein Kind erwartete. Von Joannes. Ausgerechnet.

Sie riss sich von dem friedlichen Anblick der Weinberge los. Langsam führte sie den Esel hinunter ins Dorf. Kein

Mensch ließ sich sehen. Die Bewohner waren sicher mit der Weinlese beschäftigt. Oder sie zertraten in den Weinkeltern dunkle Trauben, um deren Saft zu gewinnen. Leila spürte, wie oft in jüngster Zeit, ein Flattern im Bauch. Aber sie konnte nicht sagen, ob es das Kind auslöste oder die Angst, Jakob in Trauer und ohne Lebensmut vorzufinden. Oben am Haus band sie den Esel an einem Pfosten fest und klopfte an die Tür. Es rumorte drinnen, dann wurde sie vorsichtig geöffnet.

„Leila! Welche Freude!" Jakob kam herausgestürzt, fasste sie um die Hüfte, hob sie hoch und schwenkte sie glücklich hin und her.

„Sachte, du Grobian. Ich erwarte ein Kind!", lachte sie und hielt sich mit beiden Armen an seinen Schultern fest.

Erschrocken stellte er sie wieder auf ihre Füße. „Oh, stimmt ja, entschuldige bitte …", stotterte er.

Sie zog ihn an seinem wilden Bart zu sich herunter und gab ihm einen Kuss auf die Wange. „Ich bin so froh, dich zu sehen. Dafür hat sich der weite Weg gelohnt!" Ihr Bruder trat aus der Tür und schaute sich um. „Bist du etwa allein gekommen? Wo ist Josef? Und was trägt der Esel?"

Sie zog die Augenbrauen hoch und gleichzeitig die Mundwinkel nach unten. „Wie wäre es, wenn du mich erst einmal einlässt?"

Jakob musste über ihre Grimasse lachen. „Na klar. Aber wir sollten zuerst das Tier von seiner Last befreien. Wozu bringst du das ganze Holz hierher?"

Sie winkte ab. „Der Herr bat mich, etwas für ihn mitzunehmen, wenn ich schon zu meinem lieben Bruder gehe. Und du weißt, ich kann ihm nun mal nichts abschlagen."

Jakob ging zu dem Tier und strich über die Bohlen. „Akazie. Die wächst hier nicht. Was will er damit?"

Sie zuckte mit den Schultern. „Ich soll es zur Lade schaffen. Er wird schon seine Gründe haben. Am besten, wir machen das gleich." Jakob nahm das Seil des Esels und zog ihn hinter sich her. Langsam gingen sie den Weg ins Dorf hinunter bis zu dem Pfad, der zum alten Tempel führte. Er war von den Soldaten des Titus, die das Silber aus der Höhle holten, breit ausgetreten. Jakob zog den Esel auf die Plattform und band ihn an deren Rand fest. Dann betrat er mit Leila den Stollen. Sie entfernten den Stein, der die verborgene Tür schützte, und gingen in die Kammer.

„Matthias war ein schlauer Mann", sagte Jakob und entzündete eine Fackel an der Wand. „Stell eine Truhe Silber in den Raum und niemand sucht mehr nach einem größeren Schatz. Er hatte völlig recht." Leila bat ihn, das Holz und die Stangen hereinzubringen. „Was ist mit dem Segeltuch?", wollte er wissen, als er damit fertig war.

„Bring alles hierher."

Zum Schluss legte ihr Bruder den Sack mit den Eisenringen auf den kleinen Stapel. Gemeinsam schauten sie auf den Geröllhaufen, der bis zur Decke reichte. „Dahinter?", fragte er.

„So ist es", bestätigte sie. „Aber jetzt lass mich in deinem Haus ruhen. Wir reden später. Uns bleibt genug Zeit."

Leila schlief den Rest des Tages tief und fest. Als sie sich wieder vom Lager erhob, entzündete Jakob das Holz der Feuerschale. Er reichte Oliven und Ziegenkäse zum Brot und stellte einen Krug Wasser dazu. Sie genoss seine Fürsorge, doch mit der Zeit wurde sie ihr unheimlich.

Sie werde Mutter, aber das sei keine Qual, die er lindern müsse, bremste sie ihn. Jakob setzte sich zu ihr auf die Bank vor dem Feuer. Eine Weile sahen sie in die Flammen. Leila legte ihren Kopf an seine Schulter. „So habe ich mir das erträumt", flüsterte sie.

„Hmm hmm", bestätigte Jakob. Dann hielt er es vor Neugierde nicht mehr aus. „Jetzt erzähl schon. Wie ergeht es euch im Palast des Herodes? Mit seinen edlen Gemächern, den üppigen Festen und all den Sklaven, die einem die Speisen bis in den Mund tragen?"

Sie setzte sich auf und lachte: „Du hast keine Ahnung." Dann wurde sie ernst. „Wir leben nicht beim Caesar und seinen Freunden. Titus hat uns Zimmer im Lager der V. Legion zuweisen lassen. In Caesarea gurren es die Tauben von den Dächern, dass Königin Berenike seine Geliebte ist. Da kann er sich eine weitere Jüdin in seiner Umgebung nicht leisten. Er muss auf seinen Ruf achten. Mit Josef ist es etwas anderes, der ist zu den Römern übergegangen. Aber es ist besser, bei der Legion zu leben als in der Stadt. Die Griechen dort sähen uns am liebsten am Kreuz, so hassen sie die Juden. Wenn überhaupt, wagen wir uns nur zu den Arabern."

Jakob verstand das. Er hatte allerdings gehofft, mehr über ihren Alltag zu erfahren. Behutsam fragte er nach. „Und Josef. Wie lebt es sich mit ihm? Wann heiratet ihr?"

Leila sah ihn nicht an, sie schaute weiter in die Flamme. „Ich versprach mich ihm, doch es gibt in Caesarea keinen Priester, der uns verbinden könnte. Wir werden das in Rom nachholen. Dort leben viele Juden." Sie verstummte.

Jakob sah sie aufmerksam an. Er ahnte, wie es in ihr aussah. „Bereust du deine Zustimmung?"

Mit Tränen in den Augen sah sie ihren Bruder an. „Ich habe ihn immer geliebt. Das weißt du. Er ist ein herzensguter Mensch. Aber leider auch eitel. Er sitzt geschmeichelt von der Freundschaft des Caesar in dessen Gefolge und schaut zu, wie gefangene Juden zu Tausenden gezwungen werden, sich bei den Siegesfeiern zum Vergnügen des Publikums gegenseitig umzubringen. Er klagt in Briefen über die Pein, die ihm das bereitet, ja. Aber er steht nicht auf und geht. Denn er gibt den Juden die Schuld an ihrem Untergang, nicht Rom. Das erlaubt ihm, seinen Frieden zu machen mit den Feinden unseres Volkes. Wie ein Halm dreht er sich in den Wind. Manchmal ist mir seine Nähe unerträglich."

Jakob blickte sie erstaunt an. „Verweigerst du dich ihm?"

Ein Lächeln flog über ihr Gesicht. „Aber nein. Josef schont mich. Wegen des Kindes. Außerdem werde ich es gut bei ihm haben. Er stellt sich schützend vor Frauen. Denk nur an Sadah. Doch gegenüber den Römern ist er feige."

Ihr Bruder wiegte den Kopf. „Du müsstest am besten wissen, dass er damit einem Auftrag des Herrn folgt. Das war schon immer sein Ziel: dem Einen zu dienen."

Sie schnitt Jakob erregt das Wort ab. „Aber wie er das macht. Er will gleichzeitig ein guter Jude sein und ein untadeliger Römer. Dem Höchsten im Himmel ein eifriger Diener und zugleich dem Beherrscher des Erdkreises. Doch das gelingt nicht. Indem er beider Willen ausführt, begeht er Verrat an seinem Volk. An all den Juden, die ihm vertrauten, als er Priester oder Statthalter war, und die jetzt in Ketten an ihm vorbeigeführt werden. Auf dem Weg ans Kreuz, in die Arenen, auf den Sklavenmarkt. Das zerreißt mich. Ich liebe den Freund, der er mir immer war, und hasse den Verräter an unserem Volk. Wie soll ich das aushalten?" Erschöpft schwieg sie.

Jakob legte seine Hand in Leilas Nacken und zog ihren Kopf wieder auf seine Schulter. Sanft strich er ihr mit der Rechten über das schwarze Haar. Lange war er still. Dann redete er leise auf sie ein. „Ich liebe ihn genauso. Samt seiner Makel. Meine Brüder hielten ihn im Kampf für feige. Es stimmt, er nimmt das Schwert nicht gern in die Hand. Seine Waffe ist das Wort. Sie führt er geschickt wie kein anderer. Das hat ihm in Jotapata das Leben gerettet, das sicherte den Ring des Alexander. So wie das in der Höhle lief, war das ebenfalls ein Auftrag des Einen, oder?" Sie nickte, irritiert darüber, dass Ejhaw diese Bestätigung zuließ. „Hab ich mir gedacht. Es beweist, dass alles nach dem Willen des Herrn geschieht. Weißt du, ich hätte wahnsinnig gern mit Rahel gelebt. Nicht aus Liebe, das Wort war uns beiden zu groß. Sie wollte beschützt werden und ich alles Übel der Welt von ihr fernhalten. Aber der Herr hatte andere Pläne und nahm sie zu sich. Dem füge ich mich, weil ich ihm vertraue. Das solltest du auch. Josef wird dich und dein Kind beschützen. Ihr bekommt, was Rahel und mir verwehrt blieb. Sei dankbar." Er verstummte.

Leila hatte ihn nie so lange sprechen gehört. Sie küsste ihn auf die Wange. „Bin ich."

Dann setzte sie sich wieder aufrecht hin. Er verstand und wechselte das Thema. „Sag mal, wenn du dem Herrn so nahe bist, kannst du ihn nicht fragen, ob Rahel ihren Frieden fand?"

Sie schaute ihn verdutzt an, dann sah sie das schwermütige Lächeln in seinen Augen. Sie schüttelte den Kopf. „So läuft das nicht. Ich bin seine Stimme, nicht sein Weib."

Am nächsten Morgen machte Leila sich erneut auf den Weg in die Höhle. Sie hatte sich den Ring angesteckt, hier draußen gab es keinen Grund, ihn zu verbergen. Der Wind wehte kühl von den judäischen Bergen herunter, aber die Sonne hielt mit ihrer Wärme dagegen. Jakob hatte gefragt, ob er mitkommen solle, doch sie lehnte das ab. Der Herr wolle, dass sie allein geht. Sie blickte sich mehrfach um, aber es war kein Mensch zu sehen. Wie ihr Bruder ihr berichtet hatte, sahen sich nach dem Abzug der Römer einige Dorfbewohner in der Höhle um. Doch sie fanden alles leer, was ihr Interesse schnell erlahmen ließ. Dennoch schloss Leila die verborgene Tür zur Kammer mit der Lade sorgfältig von innen. Niemand sollte sie überraschen.

Darf ich jetzt übernehmen?

Ungewöhnlich: Er fragte um Erlaubnis. Ihr schoss der absurde Gedanke durch den Kopf, dass sie dabei war, den Einen wie einen Ehemann zu zähmen. Zum Glück konnte er den nicht lesen. „Ich bin dein Körper, du bist mein Geist", erklärte sie sich einverstanden. Im nächsten Augenblick hatte sie einen Hirtenstab in der Hand und ein riesiger Edelstein lag am Boden. Er hatte die Form einer länglichen Felsplatte und war etwa drei Fuß lang, einen Fuß breit und einen halben hoch. Er schimmerte in einem tiefen Blau.

Das ist ein Bledamant. Der Stein der Götter. Das alte Volk nannte ihn Gral. Aus ihm schöpfen wir unsere Kraft. Er ist das Gefäß für eine Energie, die uns die Rückkehr in himmlische Sphären ermöglicht. In den falschen Händen bringt sie Tod und Verderben über diese Welt. Daher schloss ich den Stein in der Lade ein. Denn nur ein Gott besitzt das Wissen, sie zu öffnen. Das ist der Grund, warum ich dich dabei nicht zusehen ließ. Den Stab in deiner Hand habe ich so für den Moses geformt. Um dir zu zeigen, wozu er nützt, muss ich ein weiteres Mal Besitz von dir ergreifen. Doch diesmal siehst du zu.

Ejhaw nahm den Stab des Moses und stellte ihn schräg vor sie, sodass sie auf dessen Spitze blickte. Die trug eine Art Gravur, die wie die Gussform für den Ring aussah: drei Kreise um einen gemeinsamen Mittelpunkt, von einem Kreuz in gleich große Viertel geteilt. Sie hob ihre zur Faust geballte rechte Hand davor und presste den Ring passgenau in die Vertiefung. Prompt änderte der Stab sein Aussehen. Seine Oberfläche wurde glatt und rund. Mit einem leichten Zischen zerlegte er sich in sieben Röhren, die frei übereinander schwebten. Ejhaw ließ sie den an zweiter Stelle hängenden Zylinder ausklinken. Ihr Zeigefinger glitt über dessen Unterseite, bis er eine kleine Erhebung in der Mitte fand. Sie drückte darauf. Lautlos teilte sich die Röhre in zwei an ihrer langen Seite verbundene Halbschalen, die sie auseinanderklappte. Die untere enthielt auf der glatten Oberfläche fremde Zeichen. Leila setzte sich und drückte eines der Symbole. Plötzlich begann die andere Hälfte der Röhre, die über der Zeichentafel ausgeklappt war, zu leuchten. Als strahle ein entferntes Licht unter trübem Wasser. Ejhaw legte ihre Finger auf die vierfache Reihe der Zeichen und begann, schnell eine große Zahl von ihnen zu berühren. Erstaunt erkannte Leila, dass jedes der getroffenen Symbole auf der

Oberfläche der anderen Halbschale erschien. Sie bildeten lange und kürzere Reihen. Wie Schrift auf Papyrus.

Der Stab des Moses ist ein col. Ein Werkkasten der Götter mit sieben Fächern. Dieses hier enthält den primcol. Er sorgt dafür, dass die Werkzeuge von allein ihre Arbeit verrichten. Ich schreibe ihnen auf, was zu tun ist, und auf meinen Befehl hin führen sie es aus. So baute ich die Lade.

Er erklärte ihr, was er da machte! Staunend sah sie zu. Jetzt erschienen auf der leuchtenden Oberfläche Bilder, als seien sie an eine Wand gemalt. Er schob sie mit den Händen beiseite oder vergrößerte sie, indem er sie mit den Fingern auseinanderzog. Dann schrieb er wieder.

Ich bin in der Lage, Dinge aus deiner Welt neu zu formen. Deshalb brachten wir das Akazienholz hierher. Der Primcol enthielt die Pläne für die Lade. Jetzt bitte ich meine Helfer, sie, deiner Idee folgend, ein zweites Mal zu bauen. Um Insheta zu täuschen, falls sein Ring doch wieder einen Träger findet.

Er hat Helfer? Wo denn? Leila war verwirrt. Sie sah, wie er ein weiteres Behältnis aus dem schwebenden Stab herausnahm, in dem dadurch schon die zweite Lücke klaffte.

Dieses Fach ist der Nanocol. Es ist meine Werkstatt. In ihr sind unzählige Helfer, die das menschliche Auge nicht sehen kann. Sie zerlegen jetzt das Holz in seine allerkleinsten Bestandteile und setzen es nach meinen Plänen neu zusammen. Schau nur, wie schnell und genau sie arbeiten.

Ejhaw ließ sie den Behälter neben den Stapel mit dem Akazienholz stellen. Dann drückte ihr Zeigefinger auf eines der Symbole der Schreibplatte. Im selben Augenblick begannen die Bohlen zu zerfließen. Ihr fiel kein anderes Wort dafür ein. Wie Erdpechklumpen, die Fischer aus dem Asphaltsee holen, in der Sonne ihre Gestalt verlieren, so zerlief das Holz. Aber nicht ziellos, sondern in eine unsichtbare Form. Breitete sich am Boden aus und strebte dann in die Höhe. Schnell wuchs aus dem Stapel ein schlichter Klotz, zweieinhalb Ellen lang und weniger als eine Elle hoch.

Staunend sah Leila, wie er begann, wieder flacher zu werden. Es schien, als versinke er im harten Felsboden. Zum Schluss lag da nur eine Platte, die in dem hellen Braun der Akazie schimmerte. Und selbst das war eine Täuschung der Augen, denn das Rechteck hatte keine Höhe – es war wie auf den Boden gemalt. Das alles vollzog sich in kürzester Zeit in vollkommener Stille. Leila konnte nicht begreifen, was da geschah. Erst recht nicht, als sich der Block wieder in die Höhe erhob. Aus dem Fels heraus schälte sich eine Deckplatte, um die herum eine Zierleiste führte. Die schwebte nach oben, getragen von vier Holzwänden, die das Aussehen einer schlichten Kiste annahmen. Sie endeten in einer überstehenden Bodenplatte, die drei Finger dick war.

Die zweite Bundeslade. Sie muss noch verziert werden.

Ejhaw ließ Leila den Nanocol zu den vier Klötzen aus Akazienholz stellen, die sie mitgebracht hatte. Sie trat einen Schritt zurück. Der erste Block sank, wie zuvor der Bretterstapel, in den Felsboden, bis er eine bräunliche Steinbemalung zu sein schien. Dann begann er wieder emporzuwachsen. Es schälte sich eine menschliche Gestalt in wallendem Hemdkleid heraus. Sie beugte sich leicht vor, die Hände nach vorn gestreckt, als wärmte sie sich an einem Feuer. Seltsam wirkten ihre großen, leeren Augen. Inzwischen sank schon der zweite Klotz in den Boden, um sich daraus als weitere Figur zu erheben. Ein Zwilling der ersten. Der Herr hatte seinem Volk verboten, Bilder von Menschen oder Tieren zu formen, doch er selbst schuf hier Werke, die in ihrer Schönheit die griechischen Statuen von Caesarea übertrafen. Schon sank der dritte Holzklotz nach unten. Aus ihm entstanden zwei lange Engelsflügel. Das wiederholte sich beim letzten Block.

Dies sind die beiden Cherubim, die die Lade bewachen. Sie erhalten jetzt Augen aus Bledamant. In ihnen wird ein Teil der göttlichen Kraft liegen. Wo sie sind, kann ich dem Ring verlorene Macht zurückgeben. Oder den col nutzen. Das gilt leider ebenso für Insheta. Er darf nie in ihren Besitz gelangen.

Sie trug den Nanocol zu dem blauen Diamanten aus der Lade. Anders als das Holz zuvor behielt der Edelstein seine Gestalt. Dafür sprang ein hauchdünner Streifen von seiner kurzen Seite ab und teilte sich in vier gleichgroße Stücke. Diese verformten sich zu blauen Augen, die sie in die Figuren einsetzte. Im selben Moment wuchs das Holz der Cherubim schützend über sie, bis sie fest umschlossen waren. Zum Schluss brachte Leila die Flügel an den hölzernen Wächtern an und stellte sie auf den Deckel der Kiste. Die unsichtbaren Helfer fügten alles so fest aneinander, als bestünde die Lade aus einem einzigen Stück. Nirgendwo war ein Spalt zu sehen.

Jetzt fehlt nur der Überzug aus purem Gold.

Er ließ Leila einen Aureus aus ihrem Geldbeutel holen. Den legte sie auf die Sühneplatte der Lade. Fasziniert beobachtete sie, wie die Goldmünze die Form verlor und sich über das Holz ergoss. Nicht eine Stelle blieb frei. Sie trat einen Schritt zurück.

Dann schauen wir mal, ob uns das Werk gelungen ist.

Sie ging zur Kette der übereinander schwebenden Zylinder und schob die beiden fehlenden Stücke zurück in ihre Lücken. Mit einem leichten Zischen verbanden sie sich mit den anderen Röhren und wurden wieder zum Stab des Moses. Jetzt öffnete Ejhaw mithilfe des Ringes den Durchgang in der Wand zum Nebenraum. In den stellte sie sich so, dass das helle Licht des Hirtenstabes auf beide goldenen Truhen fiel, die Lade vor ihr und das Gegenstück in ihrem Rücken.

Du wirst keinen Fehler erkennen. Sie gleichen sich wie ein Zweikorn dem anderen. Aber nur eine von ihnen wird den Gral enthalten. Welche das sein wird, kann ich dir selbst noch nicht sagen. Damit unser Plan gelingt, muss Jakob die Lade in ihrer ganzen Herrlichkeit sehen. Zeige sie ihm morgen früh und lasse ihn dann einen Karren für deinen

Esel holen. Sobald er gegangen ist, mache ich die Lade oder ihr Gegenstück für die Reise wieder zur gewöhnlichen Holzkiste. Damit sie nicht auffällt. Jakob muss fest überzeugt sein, dass in ihr die Tafeln mit den Geboten liegen. Ich werde ihm dies leicht machen.

Ejhaws Plan ging auf. Leila führte ihren Bruder am Tag darauf zur Höhle, um ihm endlich die Bundeslade zu zeigen. Sie erklärte, dass der Herr ihr befohlen hatte, sie mit nach Rom zu nehmen, sie aber den heiligen Schrein in ihrem Zustand ja kaum allein auf den Karren wuchten könne. Als sie die geheime Tür geöffnet hatte, stand Jakob lange vor der legendären Truhe. Ihr Zwillingsstück blieb verborgen. „Die Lade", flüsterte er andächtig. „Wie schlicht und doch von göttlichem Glanz. Schau nur, wie die Cherubim schützend ihre Flügel über den Inhalt breiten." Er wandte sich Leila zu. „Ich bin einer der Gesalbten, die sie sehen dürfen, und ER spricht aus dir. Wir sind wahrlich gesegnet." Er sank auf die Knie und breitete die Arme vor dem goldenen Schrein aus. „Höre Israel. Der Herr, unser Gott, ist der einzige Gott. Hier steht die Lade, die seinen Bund mit dem auserwählten Volk verbürgt. Vor ihr erneuere ich den Schwur, sie lebenslang zu schützen. So wie es Leila und Josef tun." Jakob erhob sich wieder. Verlegen schaute er seine Schwester an. „War es vermessen, euch zwei zu nennen?"

Sie schüttelte den Kopf. „Nein, war es nicht. Aber ihm ist das ohnehin klar."

Wie mit Ejhaw verabredet, schickte sie Jakob ins Dorf, um einen Karren für den Transport zu besorgen. Die Münzen, die sie ihm geben wollte, lehnte er ab. Da stünde einer in der verwaisten Kampfschule, vor den werde er ihren Esel spannen. Nachdem er die Kammer verlassen hatte, schloss sie die Tür zum Gang und stellte sich vor die goldene Lade. Einen Lidschlag später stand die wieder als unscheinbare Truhe aus Akazienholz vor ihr.

Ich musste dich ausschließen. Niemand außer mir soll wissen, in welcher der beiden Laden sich der Bledamant befindet. Zudem passte ich den Stab des Moses an. Er ist jetzt glatter und schmaler, für die Hand einer Frau geeignet. Du wirst ihn mitnehmen und bei der Lade in Rom lassen. So können wir uns dort seiner bedienen. Die Cherubim und ihre Flügel sowie Öle und Phiolen zum Schutz neuer Wächter sind in der Truhe. Nur Gesalbte dürfen sie öffnen. Alle andern finden den Tod.

Er richtet sich auf eine lange Abwesenheit ein, wurde Leila klar. Das hieß, sie sieht ihren Bruder womöglich nie wieder. Sie vernahm vom Gang her Geräusche. Traurig ging sie zur geheimen Tür und öffnete sie. Draußen stand Jakob. „Endlich. Ich habe mit einem Felsbrocken gegen die Wand geschlagen, doch du hast mich nicht gehört. Der Eselskarren steht bereit." Sie umarmte ihn fest. Er ließ es geschehen, schob sie aber nach einer Weile von sich und sah sie prüfend an. „Alles in Ordnung?", fragte er.

„Ja, sicher. Ich war hier drin abgelenkt." Sie führte ihn in die Kammer. Überrascht starrte Jakob auf die hölzerne Truhe, die jetzt im Raum stand. „Wo ist die Lade?"

An Leilas Stelle übernahm es Ejhaw, zu antworten. „Das ist sie. Der Herr hat sie für die Reise nach Rom vorbereitet. Sie soll nicht auffallen."

Jakob schüttelte den Kopf. „Deshalb das Akazienholz. Aber all das Gold abgekratzt, die Engel entfernt – in dieser kurzen Zeit? Das kann ich gar nicht glauben."

Leila blickte ihn mit ausdruckslosen Augen an. „Dann hast du wenig Vertrauen in ihn", entgegnete er mit ihrer Stimme. „Aber ich darf dir einen Beweis geben." Er ließ sie zur Lade gehen und den Deckel anheben. Sie wunderte sich, wie leicht ihr das fiel. Die Truhe war innen mit purem Gold überzogen und aus ihrer Tiefe strahlte ein göttliches Leuchten. Ein zweites Mal sank Jakob auf die Knie. Offenen Mundes starrte er auf das Licht, unfähig ein Wort zu sagen. Sie schloss die Truhe.

Das dürfte ihn überzeugt haben. Du bist jetzt wieder du. Sollte Gefahr für die Lade drohen, bin ich bei dir.

Leila lächelte ihren Bruder an. „Du kannst dich nicht daran gewöhnen, auserwählt zu sein, was? Jetzt hilf mir, sie auf den Karren zu laden." Sie nahmen die Stangen aus Akazienholz, die Hamza in Caesarea besorgt hatte, und steckten sie durch die Ringe am Fuß der Truhe. Dann hoben sie die Lade auf den Eselskarren. Leila holte das Segeltuch vom Rand der Höhle und breitete es über die Fracht.

Jakob verzurrte alles sorgfältig, dann wandte er sich seiner Schwester zu. „Mir ist nicht wohl dabei, dich mit solch kostbarer Ladung allein auf der Straße gehen zu lassen. Soll ich nicht doch mitkommen?"

Leila schüttelte den Kopf. „Der Herr ist bei mir. Das genügt. Außerdem wissen nur wir beide, wie teuer diese Fracht ist. Alle anderen meinen, eine schlichte Holzkiste zu sehen. Wer ihr zu nahe kommt, stirbt." Sie trat an Jakob heran und umarmte ihn. Unbeholfen erwiderte er die Geste. Lange Zeit standen sie fest umschlungen. Leila fürchtete, dass dies ein Abschied für immer war, und ihren Bruder schien dieselbe Ahnung zu beschleichen.

Er schob sie ein wenig von sich. „Wenn der kleine Kerl da ist", blickte er auf ihren Bauch, „dann stattet ihr seinem Onkel Jakob so schnell wie möglich einen Besuch ab, abgemacht?"

„Auf jeden Fall", log sie.

Jerusalem

im sechsten Regierungsjahr des Kaisers Vespasian
(Frühjahr 75 n. Chr.)

Langsam rumpelte die carruca auf der Heerstraße in Richtung Jerusalem. Leila hörte hinter sich das Lachen der Legionäre, die ihren schweren Reisewagen begleiteten. Acht Römer und ihr Optio mit dem Befehl, sie auf dem Weg durch das Heilige Land zu beschützen. Sie wussten nicht, dass sie eine Jüdin ist. Sonst wären ihre Blicke feindseliger, die Erzählungen über ihre Heldentaten beim Kampf um den Tempel zurückhaltender. Wie sollten sie auch auf diese Idee kommen? Sie trug die Kleidung einer verheirateten Römerin und reiste mit einem persönlichen Geleitbrief des Caesar Titus. Da gab es keinen Grund zum Zweifel. Man hatte ihr weiche Kissen gegeben, die jeden Schlag bei der Fahrt abfederten. Des Nachts schlief sie auf diesem Lager, während die Soldaten ihr Zelt neben dem Karren aufbauten. Sie hielten respektvollen Abstand, und Leila war es recht so. So blieb sie allein mit sich und ihren Gedanken. War es doch die erste Fahrt durch die Heimat seit vier Jahren. Sie schlug eines der Tücher zurück, die am Verdeck des Wagens befestigt waren, um Reisende vor Wind, Sonne und Regen zu schützen. Langsam zogen an ihr die Wälder des Berglandes vorbei. Eichen, Kiefern,

Zypressen. Dazwischen kräftige Pistaziensträucher. Sie genoss auf dieser Reise die Kraft der aufgehenden Sonne, das sengende Licht des Mittags, die Tauwolken, die in den ersten Nachtstunden vom Meer her über das Land zogen. Sog den Geruch von Thymian und Wacholder ein, schmeckte die trockene, erhitzte Luft, suchte den strahlend blauen Himmel nach Geiern ab. Wie hatte sie all das in Rom vermisst!

„Seht nur, Herrin!", ließ sich der Optio vom Kutschbock vernehmen. „Man sieht die ersten Spuren der Belagerung!" Sie verließen die kühlenden Wälder. Der Wagen rumpelte jetzt durch eine Wüste aus Sand, Steinen und toten Baumstümpfen. Die Römer hatten das Holz für ihre Feuer, Wurfmaschinen und Belagerungsgeräte gebraucht. Josef erzählte ihr, dass in einem Umkreis von drei Stunden Fußmarsch rund um Jerusalem kein Baum mehr zu finden sei. Sie hatte es ihm nicht geglaubt.

Die Soldaten vor und hinter dem Reisewagen waren verstummt. Ihnen machte die Mittagshitze zu schaffen. Leila zog die Vorhänge aus dem gleichen Grund wieder zu. Sie musste eingeschlafen sein, denn plötzlich erschreckte sie ein lauter Ruf des Optio. „So Männer. Zeit, Haltung anzunehmen. Ab jetzt geht es im Marschschritt weiter. Und wehe, ich höre einen Ton von euch, bevor uns der Präfekt wegtreten lässt!" Leila richtete sich auf und schob die linke Stoffbahn zur Seite. Und sah erst einmal nichts als einen langen, aufgeschütteten Berg von Steinen. Wie der tote Körper einer Schlange wand er sich nach Norden von der Straße weg. Ihre kleine Kolonne passierte ihn an einem breiten Durchgang, der von römischen Soldaten bewacht wurde. Und da begriff sie, dass sie hier die Reste der Stadtmauer von Jerusalem sah. Jenen Teil, der einst vom Turm des Hippikus zur Festung Antonia verlief. Die Fortsetzung im Süden hatte man stehengelassen – samt dem Tor, das jetzt als Eingang zum Lager der X. Legion diente. Der Optio führte ihre Kolonne nach einem kurzen Wortwechsel mit dem Wachhabenden zu einem großen schmucklosen Haus, das offenbar aus Steinen des Herodes-Palastes errichtet worden war. „Der Sitz des Lagerpräfekten", erläuterte er. „Solange Statthalter Trajan mit der X. gegen die Parther kämpft, ist er der ranghöchste Offizier in Judäa. Ich bringe dich zu ihm." Sie folgte dem Mann über eine Treppe in den ersten Stock. Der lange Stab, den sie als Gehhilfe bei sich trug, veranlasste ihn, ein gemächliches Tempo vorzulegen. In einem Vorzimmer saßen vier Schreiber.

Der Optio meldete sie: „Die ehrenwerte Flavia Leila wünscht, den Kommandanten zu sprechen."

Nur einer der Männer sah von seiner Arbeit auf. Er stand auf und ging wortlos durch eine Tür an der Stirnseite des Raumes in das Amtszimmer des Präfekten. Einen Moment später kam er wieder heraus. „Wartet hier." Er deutete auf eine kleine Holzbank an der Wand. Da Leila keine Anstalt machte, sich zu setzen, blieb dem Optio nichts übrig, als ebenfalls stehen zu bleiben. Nach einer ungebührlich langen Zeit hörte man endlich das Klingeln eines kleinen Glöckchens.

„Ihr könnt eintreten", sagte der Schreiber, ohne von seinen Papieren aufzusehen. Leila begriff, dass man ihn angewiesen hatte, sie nicht allzu höflich zu behandeln.

Der Optio öffnete ihr die Tür und trat mit ihr ein. „Die ehrenwerte Flavia Leila", meldete er und schlug die Faust an seine Brust. Hinter einem schweren Schreibtisch, an dem früher womöglich ein hoher jüdischer Beamter gesessen hatte, lehnte sich ein griesgrämig dreinschauender älterer Soldat zurück. Er trug die Ledertunika eines Offiziers, auf dem Tisch lag der Helm eines Centurio.

„Willkommen bei der X.", brummte er. „Mein Name ist Quintus Vibius Capito. Ich vertrete den Statthalter, der mit dem Hauptteil der Legion einen Feldzug gegen die Parther führt. Man sagte mir, dass ihr die Privilegien des Cursus Publicus nutzt. Dies darf nur der Kaiser genehmigen. Zeigt mir bitte seine Erlaubnis." Die Forderung klang unhöflich, war aber verständlich. Das Reisenetz des Palastes stand nur hochrangigen Beamten und Militärs oder Boten mit Sondervollmacht zu. Sie erhielten Wagen und frische Pferde zur freien Verfügung, jede Herberge hatte ihnen bestmögliche Unterkunft zu geben. Leila trat vor und legte stumm eine gesiegelte Urkunde auf den Tisch. Capito nahm sie und las sie aufmerksam. „Ungewöhnlich", meinte er und gab den Papyrus zurück. „Darf ich fragen, warum der Caesar Titus einer Frau solche Sonderrechte gestattet?"

Leila ärgerte sich über das ungehobelte Benehmen des Centurio. „Hättest du einem Mann, der dir ein Dokument mit dem Siegel des Caesar überreicht, dieselbe Frage gestellt?" Sie wartete die Antwort nicht ab, sondern zog ein weiteres Schreiben aus einer Falte ihrer gelben Stola. Es war zusammengerollt und trug ebenfalls ein kaiserliches Siegel. „Dies ist ein Brief des Caesar Titus Flavius Vespasianus an den ranghöchsten Vertreter Roms in Judäa. Das bist im Augenblick du. Es beantwortet deine Fragen." Sie übergab die Rolle an Capito, der bei der Nennung des offiziellen Namens aufgestanden war.

Der Centurio prüfte das Siegel, brach es und las. Zufrieden registrierte Leila seine Verwirrung. „Im persönlichen Auftrag ...", stammelte er. „Verzeih, woher sollte ich ..." Dann riss er sich zusammen. „Was wünscht du von mir?"

Sie musste nicht lange überlegen. Dazu hatte sie auf der Fahrt genug Zeit gehabt. „Ich möchte eine Genehmigung von dir, die es mir erlaubt, mich frei in Judäa zu bewegen. Wenn du dir schon nicht vorstellen kannst, dass ich im Auftrag des Titus unterwegs bin, könnten deine Soldaten ebenso zweifeln. Sie soll zugleich für meinen Begleiter gelten."

Capito zog die Augenbrauen hoch. „Wie lautet sein Name?"

Keine Schwäche zeigen, ermahnte sich Leila. „Der geht dich nichts an. Es ist ein Einheimischer, der mir helfen wird. Und vergiss in deinem Schreiben nicht den Befehl des Caesar: Niemand darf uns aufhalten oder durchsuchen."

Es war dem Centurio deutlich anzusehen, dass ihm diese Wendung des Gesprächs überhaupt nicht gefiel. „Eine Matrona aus Rom kennt einen Judäer? Bist du etwa Jüdin?", platzte es aus ihm heraus.

Leilas Blick wurde starr. Wie immer, wenn Ejhaw übernahm. „Du redest mit einer persönlichen Gesandten des künftigen Kaisers von Rom. Stellst du weiter seine Autorität infrage, sorge ich dafür, dass du deine restliche Dienstzeit in einem Außenposten bei den rebellischen Stämmen Britanniens verbringst. Du weist mir jetzt ein annehmbares Zimmer zu. Ich werde es nur für eine Nacht benötigen. Lass mir das verlangte Schreiben dorthin bringen. Ich warte im Hof." Ohne eine Antwort abzuwarten, drehte sie sich um und ging hinaus.

Der Centurio lauschte entgeistert dem leiser werdenden Klacken ihres langen Stabes auf dem Granitfußboden nach. Dann schaute er auf den stur geradeaus blickenden Optio. „Verdammt, sie ist eine Jüdin. Ich rieche das. Schick einen Schreiber zu mir. Und lass den Legionär Stavros von der 3. Centurie suchen. Er soll sofort herkommen."
Der Mann schlug mit der Faust auf seine Brust, brüllte „Ja, Herr!" und eilte hinaus.
So hörte er nicht mehr den Centurio zischen: „Und wenn sie dreimal dem Titus ihren Arsch hinhielt. So eine erteilt Vibius Capito keine Befehle!"

Oh, wie sie das hasste, wenn der Herr von ihrem Körper Besitz ergriff. Dieser Auftritt war völlig unnötig. Sie hatte auf den ersten Blick gesehen, dass der Centurio mit seinem Posten überfordert war. Ein alter Kämpfer, gewohnt, in Schlachten Befehle zu geben, aber nicht in der Sprache der Höflichkeit. Es war überflüssig, ihn mit der Warnung vor einer Strafversetzung zu provozieren. Sie ging zum Reisewagen, an dem ihre kleine Wachmannschaft wartete. Kurze Zeit später kam der Optio hinzu. Er befahl zweien seiner Männer, ihre Reisekiste hinter ihnen her zu tragen, und führte sie zu einem Zimmer im rechten Obergeschoss. Eine ältere Sklavin richtete es her. Leila teilte dem Optio mit, dass sie ihn bis zu ihrer Abreise morgen Früh nicht mehr benötige. Als die Männer das Zimmer verlassen hatten, ging sie zum Fenster und schaute auf den Tempelberg. Er war seltsam leer. Keine Mauern, keine Säulenhallen, kein strahlender Tempel, der bis in den Himmel reichte. Eine flache Ebene, aller Pracht beraubt. „Du bist Jüdin, nicht wahr?", fragte Leila die Sklavin.

„Ja Herrin", antwortete die leise.

„Es hieß, ihr dürft die Stadt nicht betreten?"

„So ist es, Herrin. Der Aufenthalt rund um den Tempel ist uns verboten. Wir sollen nicht mehr dort beten. Juden gibt es nur noch hier in der Garnison. Als Sklaven von Beamten oder Händlern. Ich bringe gleich Obst. Brauchst du sonst etwas?"

Leila schüttelte den Kopf. „Nein, geh nur." Was sie erfahren hatte, gefiel ihr nicht. Sie hätte gern ihre Simlah angezogen, wenn sie zum Tempelberg geht. Unter diesen Umständen musste sie weiter die höchste Gunst genießende Römerin spielen, die die Neugier in die besiegte Stadt treibt.

Die Soldaten am Tor nahmen ihr diese Geschichte sofort ab. „Viel zu entdecken gibt es nicht", warnte sie der Offizier der Wache. „Der Feldherr Titus hat die Stadt schleifen lassen. Nichts soll an ihre einstige Pracht erinnern. Das Gute daran ist, dass du auf keinen Juden treffen wirst. Unsere einzige Aufgabe ist es, sie von hier fernzuhalten. Aber die kommen gar nicht mehr. Im Augenblick genügen eine Wache, die durch die Stadt streift, und ein Posten an der Brücke zum Tempel."

Das Portal des Lagers, das sie früher unter dem Namen Gartentor kannte, wurde geschützt von drei mächtigen Türmen, die König Herodes einst erbauen ließ. Es waren die einzig intakten Gebäude des alten Jerusalem. Titus hatte sie als Zeugnis dafür stehen lassen, wie herrlich und befestigt die Stadt war, bevor er sie bezwang. Zwischen diesen letzten Wächtern der Stadtmauer und dem Tempel sah Leila nichts als Trümmer. Statt des Gewirrs der Gassen, die früher die Oberstadt durchzogen hatten, fand sie nur eine schnurgerade Straße, die sie jetzt teilte und direkt zur Brücke über das Käsemachertal führte. Sie hatte gehofft, einen letzten Blick auf den Palast des Matthias werfen zu können und auf den Halben Schekel, aber sie konnte nicht einmal die Gassen ausmachen, an denen sie einst standen. Auf der Straße war niemand. Kein Mensch, kein Hund, kein Karren. Die zerschmetterte Stadt flirrte in der Frühlingssonne, deren Strahlen auf kein Hindernis trafen, das Schatten spenden könnte. Auf halber Strecke in Richtung Brücke entdeckte sie eine Lücke in den Schuttbergen, einen schmalen Pfad, der nach Norden führte. Sie folgte ihm. Wie erhofft, fand sie hinter der zerstörten Stadtmauer einen Weg zum Käsemachertal. An dessen Grund lagen viele Steine, die beim Abbruch der Tempelmauern hinuntergeworfen worden waren. Vorsichtig stieg Leila mit ihrem Stab über die Trümmerhaufen zum stumpfen Pfeiler der abgerissenen Brücke. Zu ihrer Überraschung fand sie den geheimen Eingang unversehrt. Sie schaute sich um und hoch zum Viadukt. Nirgendwo war jemand zu sehen. Sie schlüpfte hinein und schloss die Tür.

Ein ganzes Stück weiter hinten, wo der Weg von der Mauer ins Tal einbog, setzte sich der Legionär Stavros auf einen Stein. Er hatte keine Ahnung, wie die Jüdin an dem Brückenpfeiler verschwinden konnte. Sie war hinter das Mauerwerk gegangen und nicht wieder aufgetaucht. Aber das würde er später klären. Wenn sie zurück ins Lager ging. Er nahm sich einen Apfel und biss hinein. Er hatte Zeit.

Quintus Vibius Capito konnte es nicht fassen. „Du hast sie verloren?", brüllte er Stavros an. „In einer Stadt, in der sich niemand verstecken kann, weil es keine Häuser mehr gibt?"

„Aber dafür Höhlen und Gänge, die wir längst nicht alle entdeckt haben", wagte der Legionär einzuwenden. „Wie gesagt, sie verschwand am Pfeiler der Brücke. Es muss einen Geheimgang geben, doch ich konnte ihn nicht finden."

Der Lagerpräfekt versuchte, sich zu beruhigen. Stavros war ein fähiger Mann. Offenbar stand ihm die Jüdin in nichts nach. Womöglich war sie eine kaiserliche Agentin? So selbstsicher wie die aufgetreten war ... Er baute sich vor dem Legionär auf. „Das war dein letzter Fehler. Sie reist morgen ab. Die Soldaten aus Caesarea werden sie begleiten. Du schnappst dir Nikos und Georgius und wirst ihnen verborgen folgen. Sie hat einen Passierschein für sich und eine weitere Person verlangt, der überall in Judäa gilt. Das heißt, sie trifft jemanden. Und das sicher allein, denn mit ihren Legionären hätte sie eine solche Genehmigung nicht nötig. Ich will wissen, mit wem und wozu. Verfolgt sie unauffällig. Keine Uniform, keine Schwerter. Wenn ihr merkt, da stinkt etwas, dann beseitigt das Problem. Ohne Aufsehen. Drei erfahrene Kämpfer wie ihr bekommen das doch hin?"

Stavros war klar, dass der Centurio keine Antwort auf diese Frage erwartete. „Zu Befehl, Herr!" Er schlug die Faust an die Brust und eilte nach draußen in den Hof. Ein zweites Mal würde ihm die Römerin nicht entwischen.

Er hatte Glück. Sie stand neben einem Reisewagen und sah zu, wie zwei Legionäre eine Kiste auf dessen Dach hoben. „Wer reist denn heutzutage so durch das Judenland? Stammt die etwa aus der kaiserlichen Familie?", sprach er einen der Soldaten des Trupps an, der sich abseits fertigmachte. Der zuckte mit den Schultern. „Keine Ahnung. Geht mich nichts an. Wir begleiten sie zum Kastell Emmaus. Mehr muss ich nicht wissen."

Der Grieche grinste. „Dann grüß in der Taberna die dralle Philea von ihrem Stavros. Womöglich lohnt sie es dir."

Der Feigenbaum. Er stand wie eh und je am Rande des Olivenhains. Die römischen Äxte hatten ihn nicht erreicht. Weder die der Belagerer von Jerusalem, noch die der Erbauer des Kastells in Emmaus. In dem war ihr Begleittrupp heute früh zurückgeblieben. Leila hatte dem Optio gesagt, ihr Auftrag führe sie in die Umgebung, und sie könne dabei keine Soldaten gebrauchen. In drei Tagen sei sie zurück. Ihm war es recht. Im Lager gab es eine Taverne und zwei Huren. Man würde sich die Wartezeit schon vertreiben.

Leila legte den Stab des Moses, den alle für eine Gehhilfe hielten, unter den Feigenbaum und lehnte sich an seinen Stamm. Sie schloss die Augen und sah Josef, wie er immer wieder hochsprang, um ihr Sommerfeigen zu pflücken. Wie naiv sie damals waren! Er träumte von einem glücklichen Leben mit ihr und ihren Kindern, sie hoffte, dass sich sein Wunsch erfüllen würde. Vergeblich.

Da im Winter die Überfahrt nach Rom auf See zu gefährlich war, hatte sie das Kind noch in Caesarea Maritima zur Welt gebracht. Einen Jungen. Sie gaben ihm den Namen Moshe, im Andenken an den ersten Bewahrer der Lade. Aber er blieb ungeliebt. Wenn Leila ihn ansah, zog die Erinnerung an jene furchtbare Nacht in Jerusalem auf, in der er gezeugt wurde, und Josef wiederum erkannte die finsteren Gedanken in ihrem Blick. Moshe verließ nach nur zwei Monden die Welt, in der er nicht willkommen war. Der Junge trug kein Zeichen einer Krankheit an sich, er stahl sich ohne Ankündigung im Schlaf der Nacht davon. Sie war über seinen Tod traurig, aber zugleich erleichtert. Und schämte sich dafür.

Nur wenige Wochen später schifften sie sich nach Rom ein. Der Kaiser hatte ihnen als Zeichen seiner Gunst sein altes Stadthaus auf dem Quirinal überlassen, in dem Titus und sein Bruder Domitian aufgewachsen waren. Dort heirateten sie nach jüdischem Brauch und dort schenkte sie ein Jahr später dem Josef endlich seinen Sohn. Er gab ihm den Namen des Hohepriesters, der das Königreich der Juden einst unter den Schutz der Römer gestellt hatte: Hyrkanus. Aber während er aller Welt mitteilte, wie glücklich ihn die Geburt des Jungen mache, verfiel sie in Schwermut. Sie hatte gehofft, die mangelnde Zuneigung für Moshe mit der Liebe zu Josefs Kind wettzumachen, aber das gelang ihr nicht. Wenn Hyrkanus nach ihrer Brust schrie, hörte sie das Greinen seines toten Bruders. Nahm der Vater den Jungen auf den Arm, empfand sie Verachtung für den Mann, der sein jüdisches Kind zu einem Römer machte. Vespasian hatte Josef die Bürgerrechte verliehen und ihm eine jährliche Leibrente zugestanden. Und der einstige Priester am Tempel zu Jerusalem und Statthalter von Galiläa war gewillt, es ihm zu danken. Er hatte sich auf die Schriftstellerei verlegt, und sein erstes Buch, ein Bericht über die Belagerung Jerusalems, wurde eine einzige Rechtfertigung der Taten seiner Gönner Titus und Vespasian. Dafür nahm er in Kauf, dass es um sie herum einsam wurde. Die Juden mieden ihn, da er die

Seiten gewechselt hatte, und die Römer misstrauten ihm aus demselben Grund. Ihr Leben war öde ohne Freunde.

Leila seufzte und erhob sich. Jetzt lag das alles weit weg von ihr. Sie trug wieder die Simlah, genoss die Wärme der Sonne im Gesicht, sog die frische Waldluft ein. Und sie war auf dem Weg zu ihrem Bruder. In die Heimat.

In gebührendem Abstand, der sie vor Entdeckung schützte, folgten drei Legionäre in schlichter Tunika der seltsamen Römerin, die sich als Jüdin verkleidet hatte. Stavros, ihr Anführer, hatte ein zufriedenes Grinsen im Gesicht. Je weiter sich die Frau von Emmaus entfernte, desto leichteres Spiel hatten sie. Der Lagerpräfekt wollte keine Schwierigkeiten mit ihr. Gut. Er genauso wenig. Ihr Tod war für ihn beschlossene Sache. Ein Überfall auf offener Straße. Kann passieren. Er musste nur vorher erfahren, mit wem sie sich traf. Und warum. Womöglich ging es um Geld. Die Juden sollen ja eine Menge davon versteckt haben. Und dass sie reich war, sah man schon an ihrem riesigen, mit Edelsteinen besetzten Goldring. Sein Grinsen verbreitete sich. Das wäre es. Fette Beute, kein Zeuge und zuvor etwas Spaß mit ihr. Dieser Ausflug wird sich lohnen. So oder so.

Gegen Mittag erreichte Leila endlich den Hügel mit dem Haus des Abinadab. Sie schaute sich um. Kein Mensch zu sehen. Langsam schritt sie bergan, suchte den Pfad zu dem alten Tempel. Er war völlig zugewuchert. Sie bahnte sich mit dem Stab einen Weg zu der Plattform und ging zunächst nach rechts zu den Gräbern von Rahel und Jakobs Gefährten. Ihr Bruder hatte sie mit großen Steinen markiert. Sie setzte sich vor sie hin und sprach leise ein Gebet für die Toten. Leila rief sich das Gesicht von Rahel ins Gedächtnis. Ihre kindlichen Züge, das spöttische

Lächeln, die dunklen, braunen Augen, das lange, schwarze Haar. Sie hörte weit weg die dröhnende Stimme von Herkules, sah ihn mit den anderen scherzen. Seufzend öffnete sie die Augen wieder und ging zum Eingang der Höhle hinter dem Felsen mit der Altarnische. Das Grab des Alexander und der Männer des Joannes suchte sie gar nicht erst im Gestrüpp.

Vor dem Stollengang lagen die Felsbrocken, die Jakobs Leute vom Hügel rollen ließen. Zwischen ihnen spross scharfdorniges Becherkraut empor. Ein schmaler Pfad führte hinein. Sie entriegelte die geheime Tür im Gang und betrat die Höhle dahinter. Neben der Tür lagen ein Eisen und trockener Schwamm. Mit ihrer Hilfe entzündete sie die Fackel, die darüber im Fels steckte. An der gegenüberliegenden Wand drückte sie den Ring in die Kerbe, die ihr einst Ejhaw gezeigt hatte. Der Durchgang zum kleinen Nebenraum öffnete sich.

Danke. Der Rest ist meine Sache.

Sie kam nicht einmal zum Nachdenken, was er damit meinte. Im nächsten Augenblick stand sie draußen vor dem Geröllhaufen. Nur, dass der fort war. An seiner Stelle klaffte ein Loch in der Felswand, ein weites Portal in die nun offene Nebenkammer. In deren Mitte stand die goldene Bundeslade. In den Ringen ihrer Bodenplatte steckten armlange Stangen. Hinter ihr lehnte der Stab des Moses an der Wand. Der Durchgang an der Seite war verschwunden.

Es ist alles vorbereitet. Jetzt gehe zu deinem Bruder.

In ihrer Erinnerung war Jakob muskulöser. Und schmaler. In seinem Gesicht entdeckte sie Falten. Und dennoch hatte er sich überhaupt nicht verändert. Sie hatte ihn vor dem Haus angetroffen, und als er sie erblickte, stand er zunächst wie zur Salzsäule erstarrt. Aber dann stürzte er auf Leila zu, wirbelte sie herum, als seien sie Kinder, und küsste sie immer wieder auf die Wange. Warum sie sich denn nicht angekündigt habe, wollte er wissen. Wo ihr Gepäck sei und wie lange sie bleibe. Was Josef mache und ob sie ihm seinen Neffen zeigen wolle. Sie hatte ihn lachend von sich geschoben und gesagt, dass sie ihm seine Fragen beantworte, sobald er sie ins Haus bitte. Und da saß sie jetzt am Tisch. Jakob war nach oben geeilt, um einen Schlauch Falerner zu holen, den er dort für spezielle Gelegenheiten lagerte. Sie schaute sich um. Der Raum war sauber und alles an seinem Platz, der Tisch abgewischt, und von der Decke hingen Kräuter, von denen ein frischer Duft ausging. „Kann es sein, dass du hier nicht allein lebst?", rief sie nach oben.

Jakob erschien auf der Treppe, den Weinschlauch in der Hand. Er nahm zwei tönerne Becher von einem Wandregal und stellte sie auf den Tisch. „Eine junge Frau aus dem Dorf kümmert sich um mich. Geht es dem Verwalter gut, haben alle etwas davon", meinte er verschmitzt.

Sie legte den Kopf zur Seite, zog die Augenbrauen hoch und sah ihn fragend an. „Den Blick kenne ich", lachte er. „Ja, mag sein, Ruth ist außerdem in mich verliebt. Warum auch nicht. Ich seh gut aus und bin unter den paar Männern, die es hier noch gibt, die beste Partie." Er zwinkerte sie an. „Ich werde dir deine künftige Schwägerin morgen vorstellen. Heute ist sie bei ihrem Vater."

Leila schaute ihn überrascht an. „Du heiratest. Welche Freude! Ich wünsche euch viele Kinder und ein glückliches Leben." Sie hob ihren Becher und prostete ihm zu. Dann wurde sie ernst. „Hoffentlich lernen wir uns noch kennen. Denn mir bleibt nur eine Nacht. Morgen früh geh ich nach Jerusalem."

Jakob stellte seinen Trinkbecher erschrocken auf den Tisch zurück. „Du kannst nicht dorthin. Die Stadt ist für uns Juden verboten!"

Sie goss sich etwas Wasser nach. „Ich muss. Es ist der Wille des Herrn. Und du wirst mich begleiten."

Sie konnte nicht anders, sie musste über das verdutzte Gesicht, das er machte, herzlich lachen. Aber dann riss sie sich zusammen und erzählte ihm endlich von Rom und Josef. Wie sie der Tod des kleinen Moshe getroffen hatte. Von der Schuld, die sie empfand, weil sie sich gleichzeitig von einer Last befreit fühlte. Sie sprach über das anfängliche Glück, das sie beide nach der Geburt des Hyrkanus empfunden hatten, und von der Schwermut, die immer stärker von ihr Besitz ergriff, während sich Josef von ihr entfremdete. Zum Schluss hätten sich Esther und ihre Töchter mehr um das Kind gekümmert als sie. Da habe eines Tages wieder der Herr zu ihr gesprochen, nachdem er zuvor jahrelang geschwiegen hatte. Er habe sie aufgefordert, Rom zu verlassen und nach Narbo zu gehen.

Jakob hatte sie bis dahin nicht unterbrochen, aber hier konnte er sich nicht zurückhalten. „Wohin? Von dem Nest habe ich nie etwas gehört. Was sollst du dort?"

Sie zuckte die Schultern. „Es ist SEIN Wille. Den hinterfrage ich nicht. Narbo liegt in Gallien, im Vorland eines gewaltigen Gebirges kurz vor Hispania. Nicanor meint, es sei der zweitgrößte Hafen Roms. Er hat dort ein Handelshaus."

Jakob war erneut verblüfft. „Du hast Nicanor getroffen?"

„Ja. Er war schon zweimal am Tiber, um mit der kaiserlichen Verwaltung über irgendwelche Heereslieferungen zu verhandeln. Er wohnte jedes Mal bei uns. Bei Sadah ging das nicht. Sie kam mit Berenike letzten Herbst nach Rom. Die Königin verlangt, dass sie bei ihr im Palast des Titus lebt. Sie braucht eine Freundin, denn die Römer hassen sie. Sadah ist die Einzige, mit der sie darüber reden kann."

Leila sah Jakob an, dass dem bei all diesen Neuigkeiten der Kopf schwirrte. Sie drückte seine Hand. „Es gibt so viel zu erzählen. Aber dafür haben wir morgen Zeit, auf dem Weg nach Jerusalem. Hast du einen Eselskarren?"

Er nahm einen tiefen Schluck. Dann schüttelte er den Kopf. „Nein. Aber einen Ochsen und einen Wagen, den er zieht. Wofür brauchen wir einen Karren?"

„Wir bringen etwas zum Tempel."

„Nach Jerusalem? Ich sag doch, das Betreten der Stadt ist Juden strengstens verboten! Außerdem ist alles zerstört. Die Trümmer des Heiligtums füllen die Täler, über denen es einst stand. Man kann nichts mehr zur Wohnung des Herrn bringen."

„Aber in deren Keller."

Am nächsten Morgen führte Jakob seinen Ochsen mit dem Karren durch das Gestrüpp zur Plattform des alten Tempels. Leila bat ihn, dort kurz zu warten. Sie holte den Stab des Moses aus der Höhle mit der Lade. Dann übernahm Ejhaw. Als sie wieder die Kontrolle über sich hatte, sah sie, dass die Geheimtür im Gang verschwunden war und sich an ihrer Stelle ein Loch in der Felswand auftat – groß genug, um die goldene Truhe hinauszutragen. Sie rief Jakob hinein, der, wie verabredet, die Decke aus zusammengenähten Ziegenfellen mitbrachte, die er mit ein paar Seilen immer auf dem Wagen liegen hatte. Sie passte ihn im Gang ab, nahm die Tierhaut, ging in die Kammer, legte sie über die Lade und holte ihren Bruder nach. Der blickte mit großen Augen auf das riesige Loch in der Wand, sagte aber nichts. Dann entdeckte er in der Mitte der Felshalle die von der Ziegendecke umhüllte Lade, aus der Tragstangen ragten. „Denn nur die Auserwählten dürfen sie sehen", murmelte er vor sich hin. Gemeinsam trugen sie den heiligen Schrein nach draußen und stellten ihn auf dem Ochsenkarren ab.

Während Jakob die Ladung verzurrte, holte Leila den Stab des Moses und die kleine Truhe mit den Phiolen und Salben aus der Höhle. „Die gehören zusammen", erläuterte sie.

Jakob nahm das Kästlein und band es mit unter die Decke. Doch ihn quälte eine Frage. Er stellte sich vor Leila und verschränkte seine Arme. „Du sagst immer, ich solle den Willen des Herrn nicht hinterfragen. Fein. Aber das gilt nicht für die Taten meiner Schwester. Vor ein paar Jahren zeigtest du mir die Lade, und ich brachte sie mit dir auf den Weg nach Rom. Weil ER es so wollte. Heute ist sie plötzlich wieder in der Höhle, und diesmal heißt es, sie solle zum zerstörten Tempel gebracht werden. Was ist das für ein Spiel?"

Leila wollte nicht mit einer Lüge von ihm scheiden. „Eine List, Jakob. Es gibt zwei von ihnen. Jede ist echt, denn sie entstanden nach seinem Plan. Aber eine ist leer. Welche, das verriet er mir nicht." Sie wunderte sich, dass ER sie all das sagen ließ. Offenbar vertraute er Jakob. „Die eine Lade versteckten Josef und ich in Rom, unter einem gewaltigen Tempel der irdischen Macht der Kaiser. Die andere bringen wir beide heute zurück zur einstigen Wohnung des Herrn. Dort wird sie tief im Fels auf den Tag warten, an dem die Juden sein Heiligtum ein weiteres Mal errichten."

Jakob strich sich langsam über den Kinnbart. „Verstehe." Sie sah, wie es in ihm arbeitete. Plötzlich erhellte sich sein Gesicht. „Du sagtest, die Lade und der Stab des Moses gehören zusammen. Aber der ist nicht in Rom. Du hältst ihn ja in der Hand. Demnach enthält die Truhe auf meinem Karren die heiligen Steine. Sie ist die wahre Lade."

Leila lachte: „Das weiß nur ER allein."

Sie machten sich auf den Weg. Vorsichtig setzte der Ochse die Hufe zwischen das Geröll des Pfades, der hinunter ins Dorf führte. An der alten Kampfschule stoppte Jakob ihn. Er ging in das Gebäude und holte ein dort versteckstes Kurzschwert, das in einer Lederscheide steckte. „Man weiß nie", meinte er.

Leila wies mit dem Kinn auf die Schule. „Willst du sie wieder eröffnen?"

Ihr Bruder schaute kurz zurück. „Nein, die Zeit der Kämpfe ist vorbei. Manchmal zeige ich den Kindern, wie man eine Schleuder benutzt oder einen Vorteil beim Ringen erhält. Doch deren Zukunft liegt in den Olivenhainen und Weinbergen, nicht auf den Schlachtfeldern. Die Bauern nutzen die Schule jetzt als Vorratskammer."

Sie waren in der Dorfmitte angekommen. Jakob schaute

seine Schwester fragend an. „Über Emmaus und die Heerstraße oder durch die Berge?"

Leila legte den Kopf schräg. „Meinst du, ich will mit der Bundeslade auf dem Karren einem Trupp Römer begegnen?"

„Stimmt. Blöde Frage." Er zog den Ochsen nach links, in Richtung der judäischen Berge. Eine Weile liefen sie wortlos nebeneinander, das Tier in der Mitte. Langsam nahmen sie den Anstieg des Weinbergs, hinter dem die Wälder begannen. „Du wirst also Josef verlassen", stellte Jakob plötzlich fest und blieb kurz vor der Kuppe stehen. „Behält er den kleinen Hyrkanus bei sich?" Über den Kopf des Ochsen hinweg sah er Leila aufmerksam an.

Die musste bei dieser schlichten Frage schlucken. „Sobald wir hier fertig sind, kehre ich nach Rom zurück. Dann werde ich mit ihm darüber reden." Ihre Augen füllten sich mit Tränen, sie wandte sich ab. Jakob zerrte den Ochsen über den Rest des Anstiegs. Leila wischte sich mit der Simlah die Tränenspuren aus dem Gesicht. „Das ist womöglich der Preis, den ich zahlen muss. Gewöhnlich bleibt bei den Römern ein Junge bei seinem Vater. Und das ist in unserem Fall sogar vernünftig. Der Herr gab mir mit seiner Macht eine Selbstsicherheit, von der ich früher nicht einmal zu träumen wagte. Damit wurde ich jedoch zu einer schlechten Mutter, denn ich will mich nicht mehr mit dem Leben einer römischen Matrone bescheiden. Esthers Töchter behandeln Hyrkanus wie ihren kleinen Bruder und befolgen mit ihm die jüdischen Bräuche, die sein Vater immer nachlässiger einhält. Josef wiederum kennt die besten Lehrer der Stadt und kann sie vor allem bezahlen. Ich glaube, es …"

Leila unterbrach sich. Sie hatte beim Reden nach hinten gesehen, um zu prüfen, ob die Lade nicht verrutscht, und sah drei Männer, die ihnen folgten. Sie trugen römische Tuniken. Jakob, der wissen wollte, warum sie verstummte, erkannte sofort die Gefahr. „Das sind Soldaten", war er sich sicher. „Der in der Mitte ist ihr Anführer. Lauf weiter, als ob nichts sei, ich hole den Gladius."

Leila schüttelte den Kopf. „Nein. Ich habe einen Geleitbrief des Lagerpräfekten der X. Legion für mich und meinen Begleiter. Wenn das nicht reicht, wird uns der Herr schützen." Sie machte eine kleine Pause und fragte: „Das wird er doch, oder?" Es klang, als rede sie mit sich selbst. Dann schaute sie ihren Bruder lächelnd an. „Er verspricht es." Sie blieb stehen. Jakob hielt den Ochsenkarren an und stellte sich an ihre Seite.

Die drei Männer kamen heran. „Das sind eindeutig Legionäre", flüsterte ihr Bruder. „Soll ich nicht doch ...?"

Leila schüttelte den Kopf. Ihr Blick wurde merkwürdig starr, sie legte die Hand auf ihren Ring. Kaum merklich drückte sie einige der blauen Steine. „Vertrau dem Herrn", stieß sie zwischen den Zähnen hervor.

Inzwischen hatten die drei den Karren erreicht. „Sieh mal an", höhnte der Mittlere. „Ein Jude und sein Weib auf dem Weg in die verbotene Stadt. Ich wusste, wir würden heute eine Menge Spaß haben." Grinsend drehte er sich zu dem Kumpan rechts von ihm. „Nikos, durchsuch den Kerl nach Waffen."

Der trat vor Jakob und klopfte ihn kurz ab. „Nichts", meldete er.

„Fessle ihm die Hände auf dem Rücken. Ich mag keine unliebsamen Überraschungen." Der Mann verstand sein

Handwerk. Jakob schaute wütend auf seine Schwester, aber die schüttelte langsam den Kopf. Ohne Gegenwehr ließ er sich fesseln.

„Um sein Weib kümmere ich mich persönlich", kündigte der Anführer an. „Georgius, halt ihr die Arme auf dem Rücken fest."

Der andere Bandit lachte voller Vorfreude. „Na klar, Stavros". Ejhaw tat so, als wehre sich Leila, achtete dabei jedoch darauf, dass ihr linker Zeigefinger auf dem Ring blieb. Der Wortführer trat auf sie zu und streifte ihr die Simlah vom Kopf. Er griff mit beiden Händen in das lange, schwarze Haar, strich dann über ihre Wangen und zog zuletzt das Gesicht zu sich heran.

„Ich habe einen Geleitbrief des Präfekten Quintus Vibius Capito", rief Leila. „Er liegt in der Kiste unter der Decke!"

Der Anführer, der weiter ihren Kopf festhielt, schnellte plötzlich vor und küsste sie fest auf die Lippen. Dann stieß er sie von sich weg. „Ach ja? Gut, dass du seinen Namen erwähnst. Fast hätte ich unseren Auftrag vergessen. Schauen wir doch einmal, was in eurer Kiste liegt."

Sein Kumpan Nikos hatte einen Einwand. „Soll ich dem Kerl nicht gleich mein Messer in den Rücken rammen? Ich mag nicht, wenn mir einer dabei zusieht, wie ich sein Weib zum Stöhnen bringe."

Jetzt begann Jakob sich zu wehren, doch der Anführer hatte blitzschnell seinen Dolch gezogen und hielt ihn an dessen Hals. „Reg dich nicht auf Freundchen. Ich schau erst, ob ihr mir Fragen zu eurer Fracht beantworten müsst. So lange geschieht euch nichts." Er trat an den Geschwistern vorbei an den Karren, löste das Seil über der

Plane und schlug sie zurück. Mit offenem Mund starrte der Legionär auf die goldene Truhe darunter. Sie war das Letzte, was er in seinem Leben sah. Ein weißer Blitz schlug aus dem Deckel der Lade und streckte ihn nieder. Entsetzt blickten seine Kameraden auf das Häuflein Asche, das an der Stelle rauchte, an der sich ihr Anführer befunden hatte. Jakob gewann als erster der Männer die Fassung zurück. Er ließ sich fallen, damit nicht der nächste Blitz ihn trifft. Daraufhin riss sich Leila von Georgius los. Sie zeigte mit dem Ringfinger auf den vor Schreck erstarrten Nikos und drückte mit der anderen Hand auf den Rubin. Aus dem Ring schlug ein weißer Bogen hinüber zum Soldaten, der kurz am ganzen Körper zitterte und tot zusammenbrach. Leila schwang mit dem ausgestreckten Arm herum und zeigte jetzt auf Georgius. Der starrte sie blöde an. Im selben Augenblick wurde auch er von einem Lichtstrahl niedergestreckt.

Jakob lag wie betäubt am Boden. Er hatte den einseitigen Kampf fassungslos verfolgt. Entsetzt schaute er Leila an. Die kniete sich nieder, als wäre nichts geschehen, und löste seine Fesseln. Dann half sie ihm auf. Jakob rieb sich die Handgelenke. Sein Blick wanderte von den Überresten der Toten zu seiner Schwester. „Du hast mich getäuscht", stammelte er. „Du bist mehr als die Stimme des Herrn. Er teilt mit dir seine Macht. Du bist doch sein Weib!"

Eine feine Idee. Dein Bruder gefällt mir.

„Sei still!" Jakob, der glauben musste, sie hätte ihm den Mund verboten, schaute sie verwirrt an. Da konnte Leila nicht anders: Sie lachte laut. Beruhigend legte sie ihrem

Bruder die Hand auf die Schulter. „Manchmal findet der Herr freche Worte. So wie du. Diesmal ist er es, der schweigen soll."

Es war Nacht, als sie endlich die Stadt erreichten. Nach dem Kampf hatten sie die Lade gesichert und später am Rande des Waldes eine lange Rast eingelegt. Weil rund um Jerusalem keine Bäume mehr standen, hätte man sie sonst leicht entdecken können. Sie zogen erst weiter, als es dämmerte. Den Ochsen ließen sie an ihrem Rastplatz, das Gespann wäre zu auffällig gewesen. Stattdessen trugen sie die verhüllte Lade wie eine Sänfte über schmale Hirtenpfade. Den Stab des Moses hatte sich Leila mit einem Seil auf den Rücken gebunden. Von Weitem hätte man ihn für einen Bogen halten können. Zum Glück entdeckte sie niemand. Ejhaw hatte ihr beim Besuch der Silberhöhle vor zwei Tagen einen anderen Zugang als den im Pfeiler der Brücke gezeigt. Einen uralten Gang, der in gemauerte Katakomben führte. Die hatten die Erbauer des zweiten Tempels angelegt, um seine Fundamente zu stützen. Im Laufe der Jahre waren sie in Vergessenheit geraten. Auf diesem Weg hatten Matthias und seine Vorgänger das Silber aus der Schatzkammer in die Höhle gebracht. Jetzt würden sie ihn nutzen, um die Lade zu verstecken.

Leise näherten sie sich der Freifläche, auf der einst die Festung Antonia stand. Sie lauschten nach einer römischen Wache, aber es blieb still. Im Schutz der Trümmer schlichen sie zu dem weiten Platz, auf dem über Jahrhunderte der Tempel gestanden hatte. Er war vollständig abgerissen, nur die Fundamente deuteten an, wo sich das Heiligtum und die Höfe der Priester und Frauen mit ihren

Nebengebäuden befunden hatten. In der Schatzkammer lag die einst von einer Falltür versperrte Treppe zu den Gewölben frei, in denen die Hohepriester das Silber lagerten. Vorsichtig trugen sie die Lade hinunter und stellten sie in der Mitte des Raumes ab. Leila ging an die der Treppe gegenüberliegende Wand, löste einen Stein am Boden und öffnete eine breite Drehtür, hinter der man nur ein dunkles Loch sah. „Seltsam, dass die Römer die nicht gefunden haben. Sie kennen doch inzwischen diese geheime Technik", wunderte sich Jakob.

„Als Josef ihnen das Tempelsilber übergeben hatte, gab es für sie keinen Grund mehr, nach verborgenen Gängen zu suchen", mutmaßte Leila. „Sie haben die Schatzkammer mit Trümmern gefüllt, damit war die Sache für sie erledigt."

Jakob sah sich erstaunt um. „Und wer schaffte den Schutt wieder heraus?"

Leila zuckte die Schultern. „Wer wohl? Der Herr ließ all die Trümmer verschwinden, als wären sie nie da gewesen." Sie nahm den Stab des Moses von ihrem Rücken, drückte den Siegelring zweimal kurz in die Vertiefung an seiner Spitze, und ein warmes, blaues Licht durchflutete den Raum. Sie band sich den Stab wieder um, und im Schein der göttlichen Fackel trugen sie die Lade durch einen von Sklaven gehauenen Gang bis zu einer weiteren Geheimtür. Sie führte zur Höhle, in der der Hohepriester Matthias einst das Silber des Tempels versteckte. Hier stellten sie die Lade ab. Ejhaw bat Jakob mit ihrer Stimme, die kleine Kiste mit den Salben und Phiolen zu holen, die sie in der Schatzkammer zurückgelassen hatten. Ihr Bruder nahm sich eine Fackel von der Wand, entzündete sie und ging zurück. Der

Herr nutzte die Zeit und verschloss ihr kurz die Augen. Als sie sie wieder aufschlug, war der Ausgang in Richtung Brückenpfeiler verschwunden. An seiner Stelle erhob sich eine uralte Felswand, verwittert und grau, als stünde sie seit Tausenden von Jahren dort. Sie würde nie erfahren, wie ER das gemacht hat, aber es musste mit dem Stab des Moses zu tun haben. Er stand, wie von unsichtbarer Hand gehalten, leuchtend in der Mitte der Kammer. „Du hast den Eingang vom Käsemachertal geschlossen", stellte sie laut fest.

Er war zu vielen bekannt. Dieser Raum kann künftig nur über die Gewölbe der Schatzkammer erreicht werden. Ich werde ihren Zugang vom Tempel her wieder mit den Trümmern der Römer füllen. Bald wird sich niemand mehr an sie erinnern.

In dem uralten Felsstollen hallten Schritte. Jakob kam zurück. Ejhaw wies ihn mit ihrer Stimme an, die Kiste mit den Salben und Phiolen in eine Ecke zu stellen und die Fackel dort abzulegen. Dann gingen sie wieder zur Schatzkammer des Tempels, wo der Stab nach einem kurzen Druck mit dem Ring aufhörte zu leuchten. Ejhaw schloss die Geheimtür in der Wand und bat Jakob, Tempelgelände und Antonia auf mögliche Wachen der Römer zu überprüfen. Kaum war er über die Treppe verschwunden, fand sich Leila plötzlich an deren oberster Stufe. Der Raum unter ihr war vollständig mit Schutt und Trümmern gefüllt.

Es ist jetzt alles vollbracht. Bis Narbo bist du allein du. Ruf mich beim Namen, falls du vorher meine Hilfe brauchst.

Zum ersten Mal verabschiedete er sich von ihr. Sie hatte keine Ahnung, ob der Herr so etwas wie Gefühle kannte. Aber wenn, war das womöglich seine Art, Danke zu sagen. Jakob kehrte von seinem Spähgang zurück. „Alles still", meinte er.

„So lass uns heimgehen", sagte sie zufrieden.

Am Tag darauf standen sie beide auf dem Weg, der von Kirjat-Jearim nach Emmaus führt, und schauten auf das Dorf zurück. Sie waren vor der Morgendämmerung aus Jerusalem zurückgekehrt und hatten sich ein paar Stunden ausgeruht. Dann drängte Leila auf den Aufbruch. Sie wollte nicht, dass der Optio sie suchen ließ. Der Abschied fiel ihnen beiden schwer. „Es ist schade, dass ich Ruth nicht mehr kennenlernte", brach sie das bedrückende Schweigen.

Jakob zwinkerte sie an. „Sie ist ein wenig wie du. Sagt mir ständig, was ich zu machen habe. Ihr hättet euch prima verstanden."

Sie lachte. Dann wurde sie ernst. „Ich wäre gern hiergeblieben, Jakob. Aber der Herr hat andere Pläne. Ich danke dir für alles, was du für mich getan hast." Sie hielt kurz inne, berichtigte sich. „Für uns. Mögest du in Frieden leben. Mit einer Familie und vielen Kindern. Und jedes Mal, wenn dir ein Händler einen Schlauch Falerner von Nicanor überbringt, gibst du ihm eine Nachricht für mich mit. Ich antworte auf demselben Weg. Versprich mir das."

Jakob wollte nicht, dass sie die Tränen in seinen Augen sieht. So umarmte er Leila fest. Er legte seine Hand auf ihren Kopf und führte den Mund dicht an ihr Ohr: „Versprochen, kleine Schwester. Möge der Herr dich schützen.

Ich werde dafür beten, dass er bald wieder nach seiner Lade sehen muss."

Leila gab ihm einen Kuss auf die Wange, löste sich von ihrem Bruder und zog sich die blaue Simlah über den Kopf. „Ich werde es ihm ebenso raten. Leb wohl, Jakob." Sie küsste ihn ein letztes Mal, drehte sich um und ging in Richtung Emmaus. Er hätte sie gern auf dem Weg zum Kastell der Römer begleitet, aber sie meinte, der Ring sei Schutz genug. So schaute er ihr traurig nach. Kurz bevor Leila im Dunkel des Eichenwaldes verschwand, drehte sie sich um. Die beiden Geschwister winkten sich ein letztes Mal zu. Und da fiel es Jakob auf: Sie trug ja den Stab des Moses bei sich! Hatte sie nicht gesagt, er und die wahre Lade gehörten zusammen? Befanden sich die Steine des Herrn demnach doch in Rom? Aber warum mussten sie ihr Abbild dann unter den Tempel schaffen? Jakob seufzte. Nachdenken war nicht seine Sache. Dafür hatte er Leila. In diesem Moment frischte der Wind auf. Und ihm war, als trüge er ihre Antwort auf seine Fragen heran: „Das weiß nur ER."

Epilog

Rom im dritten Regierungsjahr des Kaisers Titus (14. September 81 n. Chr.)

Das energische Wummern gegen die Eingangstür dröhnte durch das ganze Haus. Josef, der schon an seinem Arbeitstisch saß, hob den Kopf und lauschte. So früh am Morgen war Besuch äußerst ungewöhnlich. Alexandros eilte durch das Atrium zum Eingang. Er hatte den Griechen als Korrektor seiner Schriften eingestellt, da er sich in den Feinheiten dieser Sprache nicht sicher war. Aber zuweilen spielte der junge Mann den Hausdiener, den er nicht hatte. Magda und vor allem Maria zuliebe. Jetzt waren genagelte Stiefel im Flur zu hören. Kein Zweifel: Soldaten drangen in sein Haus ein. Da stürzte Alexandros in das Arbeitszimmer. „Der Kaiser!", rief er.

Ungehalten warf Josef das Schreibrohr auf den Tisch. „Unsinn. Der Princeps ist tot. Ganz Rom trauert."

„Für einen Meister der Worte formulierst du ein wenig ungenau. Das Volk beweint Titus, das ist wahr. Aber es steht nicht ohne Herrscher da." Ein schlanker Mann erschien in der Tür, er trug die mit breitem Purpurstreifen gesäumte Toga. Sein schütteres Haar bildete einen seltsamen Gegensatz zu dem jungenhaften Körper, die großen Augen waren durchdringend und kalt.

Josef trat eilig hinter seinem Schreibtisch hervor, legte die Faust vor die Brust und verbeugte sich. „Domitian! Verzeih die spontane Reaktion. Die Nachricht vom Tod des Titus ist so neu. Ich bin voller Mitgefühl für den Schmerz, den du als Bruder fühlst. Und gleichzeitig verstehe ich die Freude, die in dir herrschen muss, weil du an seine Stelle trittst. Was verschafft mir die Ehre dieses Besuches, Princeps?"

„Und wieder wählst du das falsche Wort, denn ich komme in meiner letzten Stunde als gewöhnlicher Mann zu dir. Ich bin auf dem Weg in das Lager der Prätorianer, die mich zu ihrem Gebieter, dem Imperator, ausrufen werden. Princeps bin ich erst, sobald der Senat den Willen der Soldaten anerkannt hat. Was heute Nachmittag geschieht." Domitian drehte sich um und sah das Atrium voller Menschen. „Lass uns in den Garten gehen. Hier lauschen zu viele Ohren."

Josef eilte hinter dem Tisch hervor und ging voran. Im Innenhof waren Esther, Magda, Maria und Alexandros von Domitians Männern zur Wand gedrängt worden. Die Familie stand links, am Durchgang zum Garten. „Darf ich dir meine Frau und die Kinder vorstellen, Caesar? Das ist Miriam, Tochter angesehener Eltern aus Kreta. Sie ist die Mutter unserer Söhne Justus und Simonides. Und das ist mein Ältester, Hyrkanus." Domitian winkte träg allen zu. Ihn zog es in den Garten. Josef lief ihm hinterher. Er fragte sich, weshalb der Bruder des Titus an diesem bedeutenden Tag als Erstes einen Juden aufsucht. Oder galt der Besuch gar nicht ihm, sondern dem Haus, in dem Domitian aufgewachsen war? Draußen sog der Caesar tief die frische Morgenluft ein. Dann winkte er Josef zu sich und begann mit ihm einen Spaziergang durch den Garten. „Dein ältester Sohn entstammt einer früheren Ehe?"

„Ja Caesar. Er ist das Kind meiner zweiten Frau Leila. Sie hat sich von mir vor Jahren getrennt und lebt jetzt in Gallien."

„Ist das bei den Juden erlaubt? Dass das Weib den Gatten verlässt?"

„Ich gab meine Einwilligung, Caesar. Mir gefiel ihr Wandel nicht. Sie sprach lieber mit Gott, als mit ihrem Mann."

Domitian setzte sich auf eine schmale Gartenbank. Er blickte den vor ihm stehenden Hausherrn spöttisch an. „Für Domitia bin ich ihr Gott." Josef hütete sich, diese Bemerkung des Caesar über die neue Kaiserin zu kommentieren. Doch der hatte keine Antwort erwartet. „Deine zweite Frau", grübelte er. „Wenn ich mich recht erinnere, war sie Nachfolgerin der Flavia Sadah. Was ist denn aus der geworden?" Josef erstarrte innerlich. Das Gespräch nahm eine gefährliche Richtung. Als Vertraute der Berenike hatte die Freundin bis vor Kurzem in Rom gelebt. Ging es hier etwa um die Prinzessin? Es war ein riesiger Skandal, dass Titus seine Geliebte an den Tiber geholt hatte. Viele meinten, es war Domitian, der damals das Gerücht streute, sein Bruder wolle sie zur Kaiserin machen. Denn ein Kind der beiden hätte ihn selbst in der Thronfolge nach hinten rücken lassen. So aber murrten Senat und Volk, sie würden keinen Sohn einer Jüdin als Caesar dulden. Mit diesem Zug zwang er Titus, Berenike aus Rom zu verbannen, als der vor zwei Jahren Kaiser wurde.

Vorsichtig wählte Josef seine Worte. „Ich erhalte nur selten Nachrichten über meine erste Frau, Caesar. Nach

Auskunft ihres Bruders kehrte Sadah zu ihm in das elterliche Haus zurück, als Prinzessin Berenike sich in die Einsamkeit zurückzog. Ob sie dort blieb, ist mir nicht bekannt."

„Ihr Bruder. Das ist dieser Nicanor, den du in deinem Buch über den jüdischen Krieg erwähntest, oder?" Josef wurde übel. Domitian hatte sich auf diesen Besuch vorbereitet. Er kannte alle seine Freunde beim Namen. Was wollte er?

„Du hast ein ausgezeichnetes Gedächtnis, Caesar. Ja, er diente als Tribun im Heer des Titus. Nach dem Krieg übernahm er die Geschäfte des Vaters. Seine Schiffe und Karawanen erreichen heute alle Provinzen. Der große Vespasian ehrte ihn mit vielen Aufträgen für Roms Legionen."

Josef sah, dass er einen Fehler gemacht hatte. Vater und Bruder des Domitian zu erwähnen war unklug. Die Miene des Caesar hatte sich verfinstert. Aber aus einem anderen Grund, als befürchtet. „Wenn man bedenkt", sagte er leise, „die beiden sind jetzt vergöttlicht. Dabei war Vespasian zeit seines Lebens nichts als ein Bauer und Titus ein Soldat. Sie erhielten von mir die höchste Macht auf Erden und blieben nur gewöhnliche Menschen. Aber Rom braucht Kaiser, die Götter schon zu Lebzeiten sind." Es war still im Garten. Nicht einmal ein Vogel zwitscherte. Josef wagte kaum, zu atmen. Domitian war ernsthaft der Überzeugung, er hätte im Vierkaiserjahr die entscheidende Schlacht um Rom für Vater und Bruder gewonnen. Dabei wusste jeder, dass er sich als Diener der Isis verkleidet von den Tempeln des Kapitolhügels schlich, während sein Onkel bei dessen Verteidigung starb. Er traute sich erst wieder aus seinem Versteck, als einen Tag später das Heer der Anhänger des

Vespasian den Sieg errang. Ja, er wurde damals von den Soldaten zum Caesar ausgerufen. Aber sie ehrten damit den Vater im fernen Ägypten, nicht den Knaben, der sich feige im Tempel verkroch.

Josef hütete sich, ein Wort über diese Sache zu verlieren. Still und bewegungslos stand er vor dem Mann, der heute Kaiser werden sollte. Da erhob sich Domitian von der Bank. Er sah sich im Garten um, dann schaute er ihm direkt in die Augen. „Sag, wann war Titus das letzte Mal hier?"

Eine erneute, gefährliche Wendung. Niemand sollte von den heimlichen Treffen mit Berenike an diesem Ort erfahren. „Das war, als er mir auf Befehl eures Vaters das Stadthaus der Familie übergab", log er. „Ich sollte es als meines betrachten."

„Das es nicht ist. Blieb er damals allein hier im Garten?"

Josef überlegte kurz. „Ja, in der Tat. Er sagte, er wolle einen Augenblick für sich sein, mit den Gedanken an die Kindheit und die Jahre der Jugend, die er hier verbrachte."

Domitians Mundwinkel zuckte, als versuche er zu lächeln. „Das ist der Grund, warum ich auf meinem Weg zu den Prätorianern hierher in die Granatapfelgasse abgebogen bin. Ein letztes einsames Erinnern an Titus als den geliebten Bruder, bevor der Senat ihn heute zum Gott erhebt." Es war dem Caesar egal, ob Josef ihm das abnahm. „Ich wünsche, dass deine Familie und du, eure Diener und Sklaven, mich allein lasst", stellte er klar. Domitian schaute zum Atrium, wo ein Centurio seiner Leibwache stand. „Sextus Lucianius! Lass die Villa räumen. Alle sollen gehen, selbst deine Leute. Bis auf vier Mann, die innen den Eingang bewachen. Sofort!"

Der Offizier salutierte und brüllte seine Befehle ins Haus. Domitian legte seine Hand beruhigend auf Josefs Schulter. „Keine Sorge. Es wird nicht lange dauern. Und nun geh."

Der Caesar wartete ungeduldig, bis es endlich still wurde. Er ging zurück ins Atrium und stellte sich an das rechteckige Auffangbecken für das Regenwasser. Hier hatte er als kleiner Junge Seeschlachten nachgespielt. Immer allein, Titus hielt das für unter seiner Würde. Er ging hinüber zu den Schlafzimmern, schaute kurz in den engen und finsteren Raum rechts außen. Hier war er geboren worden. Was für eine elende Kindheit. Kaum Personal, nicht ein Gefäß aus Silber im Haushalt, kein Kamerad zum Spiel. Titus wuchs im Palast des Claudius auf, wurde gemeinsam mit dem Sohn des Kaisers erzogen und nannte den Britannicus bald seinen besten Freund. Doch als es an ihm selbst war, eine unbeschwerte Kindheit zu genießen, hatte sich alles verändert. Claudius und sein Sohn wurden vergiftet, zum neuen Herrscher Nero fand Vespasian keinen Zugang. Ohne Amt und Einkunft verarmte er, selbst der Sitz im Senat schien gefährdet. Titus war immer Liebling der Götter, ihm jedoch verwehrten sie den Weg zu ihnen. Domitian lief ein Schauer über den Rücken. Damit war es vorbei. Heute nahm er den ihm gebührenden Platz ein. Er sog tief Luft ein. Es war Zeit, die unwürdige Vergangenheit hinter sich zu lassen. Nur ein Letztes musste in diesem Haus erledigt werden.

Er ging zu den vier Prätorianern, die den Eingang bewachten, und sprach den ersten von ihnen an. „Gib mir deinen Dolch!" Der Mann blickte zu seinen Kameraden, zögerte. Domitian wurde ungehalten. „Glaubst du, ich bringe mich an dem Tag um, an dem ich zum Kaiser ernannt werde? Mach schon!"

Mit der Waffe in der Hand schritt er zurück in den Garten. Zielstrebig lief er zur Ecke zwischen Außenmauer und Speisezimmer. Er bückte sich und zählte die Ziegelsteinreihen ab. Bei der fünften befühlte er das Mauerwerk. Da war es. Das geheime Versteck seines Bruders. Er hatte ihn einmal beobachtet, wie er dort ein Pergament hineinlegte. Da war Titus keine siebzehn Jahre alt und er fünf. Als er später unter der Aufsicht seines Onkels allein in dem Haus lebte, weil Vater und Bruder Posten in den Provinzen übernahmen, hat er sich daran erinnert und das Geheimfach geöffnet. Bei dem Pergament handelte es sich um einen Liebesbrief. Eine Cornelia heulte sich darüber aus, dass sie nichts lieber täte, als Titus zu gehören, aber ihr Amt als vestalische Jungfrau lasse das nicht zu. Domitian verstand damals nicht, warum solch ein Brief versteckt werden musste, und legte ihn zurück. Heute wusste er es besser. Die Priesterinnen der Vesta wurden im Alter von sechs bis zehn Jahren in ihr Amt berufen. Verloren sie danach ihre Jungfräulichkeit, galt dies als unheilvolles Ereignis für Rom. Entsprechend hart waren die Strafen, die ein solches Vergehen nach sich zog. Unkeusche Vestalinnen wurden lebendig begraben, ihre Liebhaber öffentlich zu Tode gepeitscht. Cornelia würde bald die Älteste der Priesterinnen der Vesta sein und er Pontifex Maximus – oberster Aufseher der römischen Kulte. Da konnte solch ein Brief helfen, seinen Willen durchzusetzen. Egal, ob sie bei Titus gelegen hatte oder nicht. Sorgfältig kratzte er mit dem Dolch die Fuge um den Stein aus und löste ihn aus der

Mauer. Er steckte seine Hand in das Loch und suchte nach dem Pergament. Er war nicht mehr da. Dafür ein Stück Stoff. Er fingerte es hinaus. Domitian wickelte das Bündel auseinander. Und fand einen Ring.

Staunend betrachtete der Caesar das Schmuckstück auf dem blauen Samt. Es schien alt und doch von einem Meister gefertigt. Auf seiner Platte strahlte ein Smaragd. Um ihn herum schimmerten in drei Kreisen gelbe Edelsteine. Ihre Reihen wurden von einem goldenen Kreuz durchbrochen. Domitian nahm den Ring und hielt ihn prüfend vor das Auge. Die Steine leuchteten von innen. „Welch prächtige Aufmerksamkeit von Titus", murmelte er. „Sie wird mich immer an das Geschenk seines frühen Tods erinnern."

Dann steckte sich der neue Herrscher des mächtigsten Reiches der Welt den Ring auf seinen Finger.

Wollen Sie mehr erfahren?

Im Jahr 81 n. Chr. wird Domitian Kaiser in Rom. Doch die Herrschaft über das riesige Reich genügt ihm nicht. Denn er dient zugleich dem Insheta, der wie Ejhaw nicht von dieser Welt ist. Der setzt alles daran, dem Gegenspieler die Bundeslade abzujagen, um in den Besitz ihres einzigartigen Inhalts zu gelangen. Erneut ist es an Ejhaws Helfern Leila und Josef, sie vor dem ewigen Rivalen ihres Herrn zu schützen.

Beobachten Sie das Entstehen von Teil II der Ringträger-Reihe in meiner Schreibwerkstatt
https://buchhazy.com/

Milton Keynes UK
Ingram Content Group UK Ltd.
UKHW031356011224
451755UK00004B/288

9 783769 301144